京西逸民

凸凹 著

北京日报出版社

图书在版编目（CIP）数据

京西逸民 / 凸凹著. --北京 ：北京日报出版社，
2020.7
ISBN 978-7-5477-3609-8

Ⅰ. ①京… Ⅱ. ①凸… Ⅲ. ①长篇小说－中国－当代
Ⅳ. ①I247.5

中国版本图书馆CIP数据核字(2020)第052630号

京西逸民

出版发行：北京日报出版社
地　　址：北京市东城区东单三条8-16号东方广场东配楼四层
邮　　编：100005
电　　话：发行部：（010）65255876
　　　　　总编室：（010）65252135
责任编辑：许庆元
装帧设计：今亮后声 HOPESOUND pankouyuyu@163.com
印　　刷：北京博海升彩色印刷有限公司
经　　销：各地新华书店
版　　次：2020 年 7 月第 1 版
　　　　　2020 年 7 月第 1 次印刷
开　　本：880 毫米×1230 毫米　1/32
印　　张：16
字　　数：350 千字
定　　价：68.00 元

目录

绳子

这个小区，地处京西南部大石河畔，叫绿城百合，是花园式小区。有甬道，有廊亭，有喷水池，有街头雕塑，楼间的树木极为繁茂，绿化面积超过了百分之三十。春花绚烂，夏荫蓊郁，秋实累累，叫绿城，也的确是名副其实。

这个人，叫绳子，是在小区里逡巡的拾荒者。年龄在五十岁到六十岁之间，微胖，身材适中，腿脚灵活，整天推着一辆破旧的自行车。是彻底的破旧。除了两个轱辘、一管大梁、一个后车架以外，铃铛、把套、挡泥板、护链板等附属零件都早已丢失。所以，他人走得无声，车子也无声。车座本来是主要部件，却也秃了，所以他站着骑，靠两条腿做支撑。

问他为什么叫绳子，他说，你这还不明白——捡破烂儿的什么最重要？就是绳子，因为你捡来的东西需要捆，以便毫不遗漏地送到废品收购站去，换成钱。

难道你就没有大号？

一个捡破烂儿的，要什么大号，有大号也不便叫，因为低贱，辱没祖宗。随便弄个绳子叫叫，叫应了就成了。

栖居

绿城小区有阔大的地下停车坪，也有小巧的非机动车停车场。

非机动车停车场坐落在单元楼的地下一层，主要是放置三轮车、电动车和自行车。因为骑车人稀少，搁放的车辆就很稀零，整个停车场就显得很空旷，清洁人员又很勤勉，打扫得很干净，就有一种奢侈的清冷。

走下水管的一角，支着一张弹簧床，床头放着一床不辨颜色却叠得很整齐的被褥，还有一张旧桌子挤靠在床头，上面放着一把黑铁壶、一只铝制饭盒、一个盛散装酒的塑料桶。还码着几本书：一本《路德维希·费尔巴哈哲学论文选》、一本《鲁迅杂文选》、一本本雅明的《发达资本主义时代的抒情诗人》、一本罗曼·罗兰的《哥拉·布勒尼翁》、一本托马斯·曼的《大骗子克鲁尔的自白》和一本《圣经》。

书都是捡来的。

绳子卖完破烂儿，就静静地躺在弹簧床上看书，一双光脚延长出床沿，细长、惨白而干净。

总是能看到他躺在床上的光景。因为他知道小区居民丢弃、投放垃圾的时间有规律，便不盲目地满小区跑，到了一定时候才起身，而且他也不贪心，能捡拾到多少就多少，能够一天的吃喝即可。

他穷得从容。

白德臣发现他的时候，是在一个早晨。小区西边四公里处的开古庄，农民开了一个针对小区居民的菜市场。由于稍远些，又由于人群熙攘，也没有特辟停车场，机动车无处停放，老婆便让他买了一辆自行车，专供逛市场用。

逛早市回来，自然要放自行车，就发现了静静地躺在床上看书的他。他那天正在看路德维希·费尔巴哈，便让白德臣很惊愕：一个睡地下车库的盲流，居然读得这么高雅、深奥，在遗弃中还有崛起。这可不是一般的捡破烂儿的，不可小觑。

白德臣朝他笑笑，他也朝他笑笑，也不欠身，好像他跟他没什么两样。

冲着路德维希·费尔巴哈，白德臣把后车架上顶花带刺的黄瓜给了他两条。他说了一声谢谢，也不伸手接，只是示意白德臣给他放在桌子上。

进了家门，白德臣对老婆说，我发现了一个人就住在地下车库里。老婆说，他早就住在那里了，是个捡破烂儿的。清洁工也不赶他，也不上报，因为人家也不扰民，地下车库又空，况且流浪狗都有人捡起来饲养，更何况是个活人。自己活着也让别人活，正好行善积德。

吃食

绳子吃捡来的食物。

居民扔了的烂桃，搁蔫了的黄瓜，放干了的馒头，冷藏久了的哈尔滨红肠，总之都是剩物、衬物和弃物。

对于烂桃，他先是把腐烂的表面小心地揭去，揭到贴近果核的部位，便开始下嘴。桃子这东西很奇怪，就像冬储大葱，烂叶不烂心儿，贴近果核的果肉，依旧新鲜，且桃味浓郁。蔫了的黄瓜，外皮老了，不堪咀嚼，也就揭去，待呈现出多籽的瓜肉，他就去吃，能传出嘎巴嘎巴的咀嚼声。听着这声音，他感到黄瓜的味道实在好，好像是黄瓜拌芝麻，是精品小菜。干馒头表面有一层霉，给人坏了的假象，揭去之后，馒头更白，但吃到嘴里会掉渣，得用手接着，不然就浪费了，甚可惜。冷藏久了的哈尔滨红肠变得很硬，对付它得有好牙口。而他正有着一副好牙口，他便很得意，疑似特供食品，给他一种奇特的感觉。

他对自己说，捡来的吃食也是美味，只要你认真地吃，心里就不悲戚，反而盈满。所以，他有心思喝几口塑料桶里的散装酒。说是散装酒，也多是瓶装货色。因为这里的居民说富不富、说贵不贵，自视中产阶级。一这样“自视”，就觉得自己真富、真贵，“穷”亲戚送来的酒，什么二锅头、京王子、江小白、黑土地、老村长，甚至泸州老窖，他们都看不上眼，很不吝惜地就扔进垃圾桶里。绳子捡回来，把瓶子里的酒倒进桶里，然后卖掉瓶子。别以为他作为拾荒者，本能地就想卖瓶子，其实他是觉得，那些酒太好，成瓶摆在眼前，太显摆，与自己的身份不符。一装进桶里，立刻就找回了自己，心里妥帖。

他也捡回整盒成条的烟，但他从来不抽。他认为抽烟会让人无聊、愁苦、自贱，甚至堕落。他把捡来的烟收藏着，遇到抽烟的同路人，转身就送给他们。所以即便是一个拾荒者，他也唇红齿白，口气清爽，行走自如。

悲悯

绳子躺在地下车库的角落里，自然就能看到最隐秘的东西。

一个长得像山口百惠一样的女子，总会在天刚蒙蒙亮的时候，从电梯间出来。她蹑手蹑脚地走，虽步履无声，但步态总显得仓皇。

她推着电动自行车匆匆地走出车库，臀部隐忍地摆。

他觉得她来去可疑，就暗自留意。他发现，她是从七楼乘的电梯，而七楼有两个住户，一户是从山东退休来京的两个老工人，儿子在京城当小老板，在这儿给他们买了套单元房，供其养老，只是到了月末才带着老婆孩子前来探望一下。另一户，据说是个区里某局的副局级干部，老婆是医院的夜班医生，女儿在北京电影学院上大学。

他判定，山口百惠就是从那个副局级干部的房间里溜出来的。

副局级干部的老婆绳子见过。因为她每天七点多下夜班回来，也是骑辆电动自行车。她放车子的时候，动作很轻，因为地下车库有回音，她不忍弄出声响。她白脸长身，长得很清秀，腰肢也柔软，是个美人儿。副局级干部的女儿他也见过，月末回家的时候，她会到地下车库接上刚下夜班的妈妈，直接去菜市场买菜。她跟妈妈勾肩搭背，有说有笑，美得生动活泼。

绳子很纳闷，那个副局级干部家里有这么一对大美人儿，有享不尽的艳福，却还不知足，非偷偷摸摸地勾引美丽之外的美丽。他图什么呢？

他觉得这个人精力太充沛，生活太顺遂，所以要寻求额外的刺激，给自己制造一点小小的危机，让呼吸急促、心跳加快。他也知道，本分的东西容易让人疲惫，多余的东西才能让人兴奋。

但那个山口百惠图什么呢？

那天，山口百惠下来得早些。一下来，就直奔她的车子，三步并作两步，有不可掩饰的急切。却打了一个趔趄，扑倒在地上。她一只高跟鞋的鞋跟断了，再也不能平衡地径直走出去了。她很狼狈，扶着车子紧急环视，就碰上了绳子注视的眼睛，她吓了一跳，小脸抽搐。

绳子意会到了什么，从他的床下，取出一双他捡来的成色还簇新的一双高跟鞋，赶紧趋上前去："这个给你，不用还了。"

山口百惠得救了一样，迅速穿在脚上，把残破的那双鞋子踢给他："谢了。"

她赶紧推着车子往外走，疑似逃。

"你且从容些，才不引人注意。"绳子从背后提醒她。

她放慢了脚步，有了高贵的袅娜。

不久，从车库的小门进来了另一个推车的女子。是那个上夜班的医生。她今天好像回来得早了一点。

她放好车子，就地站着，不停地张望，自言自语地说道："这车库里的味道怎么这么熟悉？好像我们家那口子刚来过这里一样。"

绳子想笑，但忍住了，在弹簧床上往紧里蜷了一下身子。

女人刚上楼不久，那个副局级干部就下来了。他穿着睡衣，来回走，好像在努力平息心中的愤怒。他点上一支烟，用力地抽了一口，唠叨道："突然回来堵我，好像我有什么不轨，你想错了，我是谁？大雪无痕，游丝无轨，你只能扑空。"

他三口两口就把烟抽尽了，顺手把烟头朝绳子躺着的地方扔过来。绳子下意识地喊出声来："瞧着点，这儿有人。"

副局级干部被吓了一跳，缩了缩肩："不好意思。"

"别不好意思，"既然被冒犯，所以绳子觉得他有资格给这个人一点忠告，"我说领导，您笼子里的鸟够吵的了，多的那只，您就放生吧。"

"你什么意思？"

"没什么意思。"

偷情

绳子躺在弹簧床上睡回笼觉。

其实也睡不着，就胡思乱想。

这个女人既然美得像山口百惠，为什么不选个好人家把自己体面地嫁了，却非要跟一个有妇之夫不清不楚地搅在一起？往左一想，他觉得问题不在她，而在于那个副局级干部，因为那个人有一点点地位、有一点点实力，自然就会生出一点点偷腥之心；往右一想，又觉得问题还在于那个山口百惠，因为她长得美，太美的女人，就是预备着让男人偷的，这一如精美的食物，就是预备着让人吃的，如果不能名正言顺地吃，就偷吃。精美的食物如果不吃，只是放在那里，久了就会长毛、发霉，就可惜了。所以，美的东西，会消解偷的罪恶，给人一个理直气壮的理由。

为什么这么说？因为绳子有切身的体验。

小的时候，他被母亲差遣去村里的小卖部打醋。母亲给他的不是现钱，而是一枚鸡蛋。一枚鸡蛋在那里可以换成六分钱，而醋一斤八分钱，还差两分。但小卖部还是给打了一斤醋。因为小卖部的醋掺水了，打给一斤也不赔钱。绳子以为这醋里掺水类似造假，是不名誉的事情，母亲会有意见，没想到，母亲却说，小卖部的人很懂人心，它掺进的不是水，而是情义，让散醋，也成斤。既然小卖部有情有义，绳子就很愿意担当家里购买的事，去那里的次数就多了。就发现，村里的儿童都喜欢到小卖部来，因为货柜里有一种很吸引童心的东西——动物饼干。

儿童们有的用硬币买，有的用鸡蛋换，都吃得香甜而贪婪。绳子很眼馋，就在家里搜罗硬币，居然一枚也没搜罗到，就偷偷地从家里拿了一枚鸡蛋。动物饼干刚刚下肚，母亲的巴掌已重重地打到了他脸上：“败家的玩意儿，看你以后还敢再馋！”家里的鸡蛋不能拿，就把眼光放在了草窠里邻人的鸡蛋。鸡蛋丢失过几次之后，邻人就加强了防范，使他无从下手，只好空着手到小卖部去，看着黄澄澄的动物饼干发呆。看得久了，他突生一念：这么精美的食物放在那里，就是预备着让儿童们吃的，怎么吃到不重要，重要的是一定要吃到。便趁着店主失神的时候，快速地抓了一把塞进裤兜里。逃出小卖部，他一边狼吞虎咽，一边想：偷的手段虽然老套，虽然有些不名誉，但究竟是得到了，也验证了自己不是个尿货，是有胆量和创造力的。

他很得意。

久而久之，他就有了偷的嗜好，从邻人的鸡蛋，到小卖部的动物饼干，到其他物品，他都有悄悄拿走的欲望。即便是大车轮胎、架设高压线的电料，虽无日常之用，他也想偷回家去。柴棚是他储存赃物的处所，每天坐在一角检阅他的所获，他有快感。但总有被捉住的时候，被人沿街痛打，虽然被打得遍体鳞伤，他却不发一声呻吟。那年他偷了下拨的救济物资，由于性质恶劣，虽未成年，也被批捕，被五花大绑地扔上警车，他还喊革命口号。母亲到看守所看望他，他脸色铁青，说自己很痛苦。以为他痛苦于有了悔改之意，母亲安慰说，改了就是好孩子。他居然说，已经偷了那么多年了，应该练就了隐身之法、迅疾动作，却还轻易被捉，嗐！他母亲十分惊异，原来他痛苦于技艺不精。

拘押三个月之后，他被放了出来。正好到了上学的年龄，父母羞耻，不敢给他报名，他自己却挺着腰杆进了学校。有些师生说，你一个小偷，还有脸来上学？他说，就是因为当过小偷，才来上学，因为知识有神力，可以提高偷的技艺。

由于有学习动力，他学习很刻苦，学习成绩总是名列第一。

因为学习好，别人的歧视就无处安身。校长说，什么叫浪子回头金不换？绳子就是一个生动的例子。

也是因为学习好，他居然断了偷的念头。他对自己说，学习好的人，怎么会是小偷？岂有此理。

事情总是朝着反面发展。他小小的年纪，就懂得了这个道理。

队长

事情真的是朝着反面发展。

虽然他知道自律，不再偷，但是偷的历史像胎记，一沾在身上，就再也甩不掉了。即便他很顺利地考上了大学，但一政审，他还是被拿掉了。

他本来也没拿政审当回事，觉得既然自己已改邪归正了，就已经是正派人了。不然他也不会那么刻苦地学习，花去那么多被父母视为无用的功夫。

他是自己拿着政审表去找支书签署意见的。

支书问他，这表怎么填?

他说，就全往好里填。

支书说，你终究偷过，还蹲过几天篱笆。

他说，这都是小时候的事，现在的我已经跟好人一样了。

支书说，这倒是，而且比好人还好。

但就要落笔的时候，支书说，对不起，我胆小，怕人举报我。

他说，这有什么胆大胆小的，顺笔一填就齐了，再说考学又不同当兵、提干，政审就是走个过场，没人返回来追究。

支书说，看你说得这么轻巧，我就更不敢填了。

他绝望了，骂道，这山里人真操蛋，干不了什么大事，成不了什么大气候，算我倒霉。

政审没通过，他滞留在家里。支书像是犯了大错误，每天见到他，总是抬不起头来。

绳子却没事人似的，还照旧看书、学知识。

为什么能这样？因为母亲是一面镜子。

在这个小小的村子，有两种东西被人看重：一是会写大字，二是会打珠算。母亲未嫁之前，上了四年小学，就会了大字和珠算。嫁过来之后，在文盲群里她是秀才，每到年关，人们都来找她写对子（春联），贴在门楣上，除旧布新，祈望好日子。村里请她当会计，噼里啪啦一阵珠算，虽足不出户，不去田堰，但也挣村里最高的工分。

母亲在村里很被敬重，即便儿子有过偷窃的前科，人们也不好议论。

后来绳子的大字比母亲写得好，珠算也比母亲熟练，大家就困惑了：放在旁人，这不是事儿，然而比竟却放在了母子之间，他们不好取舍。

绳子对大家说，你们也别多想，大字和珠算是属于母亲的，我不过是跟心里的失落较劲而已。

这让支书更为难堪，他主动找到绳子，说，你是咱们村里的大秀才，有满肚子的算计，你就当个副业队队长吧，带着村里的大姑娘、小伙子，到外边揽工程、挣现钱吧。

那时，国家正在山里修一〇八国道，绳子就带着副业队去挖土石方。大姑娘、小伙子都很卖力气，关键是绳子觉得这个队长就是个带头干活儿的，只能弯下腰去，翘起屁股，而不是站着身子指手画脚，就干在前头，让大家不好意思偷懒，遂挣了不少现钱。

钱一到手，就得有人管，他指定了一个人，就是支书的闺女兰子。

兰子说，你是队长，钱应该由你管，你好掌握底数，计算盈亏。

他说，我究竟当过三只手，在大家的心里有阴影，我如果管钱，多了少了，说不清楚。这一如裤兜子里抹黄酱，不是屎也是屎，断不了偷的嫌疑。而你是干部子女，政治上可靠。

兰子答应了，那好，你再给我配两个助手，不仅是帮衬，还是监督，要知道，一个人不记账，两个人不数钱，三个人才是秉公理财。

因为主管财务，兰子应该脱产，至少应该半脱产。但兰子心性高洁，不愿被人另眼看待。便还整天干在工地，只是到了晚上，才与她的两个助手秉烛梳理账目。

那时管这叫加班加点，是觉悟的象征。

兰子真有觉悟，让队里的人都敬重。

不仅敬重，还都稀罕。在京西，稀罕，就是喜欢、就是爱。因为兰子长得美，脸蛋儿秀气，身材也抓人。她站着的时候，很苗条，腰身紧绷，不显屁股；但弯下腰的时候，屁股就惊险地翘了起来，让人情不自禁地产生联想。这么美的一个人，却不惜力气，即便是个柔弱的女子，也抢着干活儿，不让棒小伙儿落在后边。

又美又勤勉，谁不稀罕？

这就让绳子十分警惕，哪个男子太朝她身边趋乎，他就连瞪带踢，把人赶到一边去。

小伙子们不服气，跟他动拳脚。别看他才高中毕业，身膀不及这些人，但他肯下狠手，专往人的要害处打。他说，我已蹲过篱笆，就不怕再蹲篱笆，他无所畏惧。

小伙子们悻悻地说，她是你的什么人，凭什么就让你占着？

绳子说，就凭她爹毁了我，让我上不成大学，就把她给我预备在那里，到时候好替老东西还账。

这么操蛋的理由，传到兰子的耳朵里，她居然一点也不恼，还灿烂地笑。人们以为她不知羞耻，她却大大方方地说，既然他把坏心思说出来了，就不坏了，也就没什么可怕的了，反倒让我知道怎么防范他、管理他。这一如人们走夜道，因为黑，便格外小心，反而走得稳当。

动情

即便当着队长，绳子也不琢磨当队长的门道，反倒事必躬亲，只考虑如何带头把活儿干好。

土石方工程虽然能挣到钱，但卖的只是苦力，没什么技术含量，绳子并不看重。所以，分到的承包任务一旦完成，他就决定不再承包了。他看上了农村改水工程，给各村安装自来水管道。

大家开辟走线、铺设管道，他则亲自负责钣金、套丝、捻扣、装阀门、安龙头。因为这些活计有技术要求，有许多物理参数，只要差了一毫毫，管箍就拧不上，阀门就拧不紧，龙头就漏水。而村里只有他物理学得最好，他一上手，就能达标，就能合格，一次验收就通过，绝不会再返工。

所以，他没必要摆出他的队长身份，他用拿手的绝活儿树立自己的权威。

这一点，让他在兰子的心中有了独一无二的地位，她主动跟在他身后，自愿给他当助手。

绳子埋头套丝、对扣，目光凝聚，嘴唇紧抿，脸上总洇着一层细密的汗水。这样一来，他脸色就白里透红，有一种动人的东西。兰子感到这很美，心里情不自禁地倾慕。绳子知道兰子正在动情地注视着自己，想表现得更好一些，就收腹提臀，屏住呼吸，不仅要干得精准，还要有样儿。由于多了一层用心，精神就紧张了一些，腔子里居然就生出一团气，而且一会儿比一会儿膨大，直至管束不住，响亮地放了一个屁。绳子觉得很丢人，脸红得发紫。为了掩饰，他埋怨道，人家干活儿，你看歪正，去去，一边凉快着去。

兰子说，我就不。她眼下不仅不嫌弃屁，还觉得绳子多了一点可爱，因为这么一个半大小子别看平常表现得生冷不忌，其实骨子里柔软，知道害羞。

她开始动感情了，每天带干粮的饭盒里就多了点细菜，比如几块摊鸡蛋、十数粒炒花生米、一两方豆腐乳。一到午餐的时候，她会从角落里找到他（绳子家穷，干粮总是粗糙，为了脸面，他总是躲进角落偷偷地吃），不由分说地把细菜拨进他的饭盒。

本来是送去关心，但兰子却有些难为情，她说，我们家也买不起肉，你就凑合吃吧。

绳子说，这比肉好吃。

他不拒绝兰子的关心，觉得兰子不关心他还关心谁？别人都不配。

再说，他为什么不干简单易做的土石方，非要承揽有一定难度的改水工程？不就是想让人们感到自己跟他们不一样，进而吸引兰子的眼睛，再进而蛊惑她的芳心吗？他得逞了。

定情

后来绳子和兰子的感情发展得不可收束，工余的时间总是寻找暗处。

绳子问兰子，你喜欢我什么？兰子说，你人长得好看，还是个能人。绳子说，可我曾是个三只手，做过贼。

兰子说，那是小时候的事，就不算事儿。因为谁小的时候，都有偷的欲望，没能力买嘛。譬如我吧，到小卖部去，看到好吃的动物小饼干，也馋得流口水。也会情不自禁地偷偷装进兜里。我一共偷了两次，到第三次的时候，就不敢下手了，我发现，那个卖货的老头儿，其实早就察觉了，他不说破，是有别的想法——你也知道，那个老头儿，是一个老鳏夫，面黑齿豁，阴沉寡言。所以，我每次见到他，不敢嬉笑，更不敢跟他说多余的话，就觉得他是一个严正的人，绝不会有不庄重的举止。但是，那年夏天，我第三次要偷的时候，他居然诡异地笑了笑，故意转过脸去，给我下手的机会。这反倒让我发怵了，愣在那里。他便转回身来，干脆问道，你想不想吃饼干？我摇摇头又点点头。他继续说道，没钱没关系，大爷拿给你吃。饼干吃过，我送给大爷一个感激的笑。大爷说，你过来，让大爷摸摸你的脸。脸摸过，却没有就此停止，继续摸我的胸，摸我的腰臀。我虽然有些害怕，但大爷没有进一步的冒犯，也就忍受了。大爷笑着说，想吃饼干的时候，你再来。但从此我再也不去了，因为他是天下最大的坏蛋，我偷饼干他偷人，还让人不敢吱声。

怎么，你居然被人摸过？既然被摸过，却还装得跟个没事人似的，你可真不简单。绳子坏笑着说。

兰子一愣，说，本来是安慰你，也是要表达对你的坦诚，没想到却受到你的讥笑，我还是死了吧。兰子一边说着，一边流泪，一边朝村口的井边走。

绳子吓了一跳，赶紧追上她，一把拽住她。央求道，你可千万别寻短见，我不过是情不自禁，并没有恶意，其实是代表我稀罕你，痛恨老鳏夫的不正经。再说，我们俩的日子才刚刚开始，你就弃我而去，你就舍得？

"我们俩的日子"是一句定魂的话，兰子停住了。

他们又回到暗处，而且是坐在一处谷堆之上。

他们开始设计俩人今后的日子。

绳子说他要向兰子的父亲提亲，兰子说你只要敢跟我父亲提亲我就敢嫁给你。绳子说，那有什么不敢，是他毁了我，他得还账。兰子说，我父亲可不欠你的，是你偷盗在先，他坚持原则在后，他为人很正，你得敬他，不然我就不会嫁你。嫁给一个黄世仁有什么意思？我又不是白毛女。

绳子说，我也就是这么一说，道理我还是明白的，没父母同意和祝福的婚姻那叫什么婚姻？再说，你一旦嫁给我，你和你的父母就是我的恩人，真正欠账的倒是我了，我既要给你做仆人，也要给你父亲当长工，不然我还算人吗？

绳子的话很让兰子感动，她情不自禁地把毛茸茸的脑袋靠在绳子的肩上。

绳子被撩拨得有些激动，我亲亲你成吗？

兰子轻轻地点点头。

不仅亲嘴唇，还咬舌头，还咬耳朵、咬脖子，亲得遍体鳞伤。

绳子又说，我摸摸你成吗？

兰子睁大了眼睛，有些迷惘。

好像得到了默许，绳子开始一径摸去。先是摸手，后是摸她毛茸茸的脑袋，简单地摸了一下脖子之后，猛地就摸进了领口。兰子“呃”了一声，抽紧了身子，僵在那里。这疑似纵容，绳子放肆地摸下去，摸得一塌糊涂。

摸到最后，兰子僵直的身子就散了架，瘫倒在谷堆上。

这个瘫倒的姿势让绳子激动不已，他覆盖上去，喘息着说，让我蹭蹭好吗？

兰子打了一个激灵，警觉起来，说，咱可说好了，只是蹭蹭而已。

这一蹭不要紧，蹭过了界碑，蹭到禁区里去了，有了一不做二不休的不管不顾。

意外的激情平息之后，兰子就那么摊开着自己，眼角无声地滚下硕大的泪珠，伤心地说道，我完了。

绳子说，你放心，我明天就去向你父亲提亲。

兰子凄然一笑，你去吧，祝你成功。

绳子难为情地一笑，拉起兰子，替她整理凌乱的衣服。兰子攥住他的手，竟说道，别急，咱们再来一次。

绳子愣在那里。

兰子说，你发什么呆？难道你只会偷，就不会名正言顺？

分离

绳子第二天果然就去向兰子的父亲提亲。

兰子的父亲也不吃惊，平静地问，你凭什么要娶我们的兰子？

绳子说，我们之间真心实意地要好，而且生米已煮成了熟饭，你必须让我对她负责。

兰子的父亲吃了一惊，随手就给了绳子一个耳光，愤愤地说，这么严重的事，你还说得这么轻巧，谁给你的胆子？

绳子捂着被痛击的脸子，涎着脸说，这还用问，除了你，还能有谁？

绳子真青皮，这么重大的关口，还不忘记运用暗示，用钝刀子杀人。

兰子的父亲问站在一边的兰子，你们真的已生米煮成了熟饭？

兰子平静地说，那还有假。

既然都这样了，你怎么还这么没事人似的，你哪儿来的底气？兰子的父亲很诧异。

兰子说，整天跟你们睡在一条大土炕上，男女的事儿见多了，也就不觉得有多么严重了。

土炕还有这种作用?

京西的土炕，炕体里有一个网状的火道，与炕畔的地炉子紧紧地连在一起。无论是烧柴，还是燃煤，均能在提高室温的同时，把土炕烘热了。而绵密的土层具有极强的保温性，以至于室内的温度已经降下去了，而土炕上却仍然如火。

雪花飘飞的季节，断了农人的活计，人们不得不蹲在家里“猫冬”。便是偎在土炕上，喝烧酒。炕热攻心，酒热也攻心，不久就喝得浑身通泰了，便吼出一些不酸不咸的调子，感到自己虽出身贫贱，却比神仙还自在。兰子的父亲是读过几年书的，每喝到心酣耳热的时候，他总是站到旷野里去，面对纷飞的雪花说：这苍茫大地真干净。还说：这老天真是会安排，他用雪把你堵在屋里，让你懒得理直气壮——天暖而劳，天冷而歇，乃自然律也。

就是说，大自然给了农人像猫一样偎在土炕上的道理。

土炕持久而沁入骨肉的温暖，会穿透人与人之间的感情隔膜。兰子的五婶是不愿嫁给五叔的，以至于新婚之夜不愿与五叔合房。但后来二人的感情出奇的好，不到三年就连生了三个孩子，五婶也变得很乐天认命。有人问她，你不是很不心甘吗，为什么还跟他过得这么情愿？她竟说，都是土炕闹的。他们家的土炕烧得愣热，坐在炕上，热气从尾巴骨一直蹿到头发梢儿，骨头都酥了，心性都软了，贱得直想跟他亲热。一次亲热了，还想再亲热，后来就挂了崽，也就心甘情愿了。

也正是滚热的土炕，和土炕上上演的剧目，启蒙了农村孩子的性的意识，使他们普遍地性早熟。因为家里三代人同睡一条土炕，而夜晚的棉被下，大人的睡相也是赤裸的，土炕之热哪里能容得半丝衣缕？于是，农人的父母是很容易给自己的子女上人体课的，赤裸在他们的眼里，是一种很自然的存在。而土炕上的温暖，也使年轻的父母几乎夜夜缠绵，即便是十二分的周到，也终有消息外泄的时候。所以，孩子们对情色有了见怪不怪的感觉，好像这与鸡踩蛋、狗炼丹没什么两样。

兰子能那样回答她的父亲，反倒让她的父亲感到了羞耻，因为那背后的意思是说，这有什么了不起的，不过是把你们平时干的事儿，我们提前干了一下而已。甚至还有一层咄咄逼人的意思：你们能做的事儿，我们怎么就不能做？

所以兰子的父亲说，就冲你这没皮没脸，我也不会同意你嫁给他，我要拿你正法，让村里人学会正经。

后来兰子的肚子大了起来。

她大着肚子在村里走来走去，还面带微笑。

面对众人的议论，兰子的父亲，也不懊丧，也是面带微笑。

兰子的肚子大到了一定程度，兰子笑不起来了，因为生孩子是要有主儿的，他（她）不能就这样私生下来。

兰子的父亲觉得火候到了，推开了一户人家的柴门。

这户人家只有母子俩，母亲是个瞎眼婆婆，儿子在大安山煤矿挖煤，是国家职工。小伙子长得个矮、丑，待在家里没前途，支书一悲悯，就把一个招工指标给了他。村里人也悲悯，热烈拥护。

小伙子叫大山子，这一天他正好公休在家。

见支书登门，大山子慌了，您先坐，我给您沏茶。

支书说，茶就甭沏了，你有没有酒？

有，我正好有两瓶竹叶青，还有一斤花生米、一只烧鸡。

那还愣着什么，拿出来喝啊。支书说。

喝完第一瓶，又喝第二瓶，支书就说话了，我跟你商量个事，你得实话实说。

还商量个啥，您尽管吩咐，我的日子都是您给的，您说一不二。

这可不好，你得有自己的主见，省得以后反悔。

好好，您的吩咐，就是我的主见，这不矛盾。

兰子的情况你也知道，我不能让她大着个肚子满世界丢人现眼，我得给她肚子里的孩子找个爹，让她安身立命。

您是让我给孩子当这个爹？

怎么，不愿意？

这是天上掉的馅饼，我怎会不去接？要不是您看得起我，我想都不敢想。我一千个愿意，一万个愿意。

那你可不能嫌弃她。

哪儿敢呢，又哪里舍得呢，她即便大着肚子，肉也是天鹅的肉，我不过是一只癞蛤蟆，能吃到嘴里，往死里美哩。

咱可说好了，你一旦把她娶进门去，是事儿都要听她的，对也好错也好，你都要绝对服从，她毕竟是支书的闺女，她是代表我在跟你讲话。

是，支书。

反抗

对这样的决定，兰子自然是反抗的，对父亲说，除了孩子的父亲，她谁都不嫁。

父亲说，你谁都可以嫁，就是他不成，因为他挑战了我做人的底线，差不多是骑在我的脖子上拉屎了。你去问问，就咱这村子，谁敢动支书的闺女？他不仅动了，还觍着脸子说是在向我讨债，他怎么就这么牛屄！

那我就让他硬娶。兰子说。

父亲说，他敢，他要是敢上门来，我就把他的腿打折。

那我就把自己送上门去。兰子也不示弱。

父亲说，你敢，你要是敢把自己送上门去，我就跟过去，捣毁你们鬼混的老窝。

亏你还是当支书的，怎么这么浑？

亏你还知道你爹是当支书的，你就应该知道，你爹为了你，受了多大委屈！你让你爹蒙受了奇耻大辱，已经是声名扫地，虽然还当着这个支书，其实一点威信都没有了，当与不当也没什么两样。但这正好让我有了脾气，可以打折他的腿，也可以捣毁你们鬼混的老窝，不仅光荣卸任，还可以赢得尊重。

不仅父亲要捍卫他做男人的尊严，村里的舆论也对绳子一片谴责。本来就是一个三只手，因为支书的重用，村里人也就跟着把他当成一个能人，却不懂得夹着尾巴做人，还把恩人当成仇人，这是一个什么人？畜生！

兰子只好灰溜溜地走进大山子的柴门。

孩子一生下来，一落了户口，兰子和绳子可就奓刺了。

大山子常年在外，家里的明眼人只有兰子和孩子。绳子就抽冷子不请自来。

那是一个早晨，兰子刚吃完韭菜馅儿合子，正嘬着牙缝里塞的韭菜，绳子就来了。

兰子一惊，大早晨你就来，你胆子可真大，你不怕人说你就宿在我这里？

绳子笑笑，我闻到你韭菜合子的味儿了，不禁馋。

都吃进肚里了，只剩牙缝里的几叶韭菜。兰子说。

那我就吃你牙缝里的韭菜解解馋。绳子送上嘴巴亲吻。

兰子也迎接这个亲吻，顺从地张开了嘴巴。两只舌头就互相探寻、互相搅动，传递着几叶韭菜，吮、咀嚼，像在吃一道大餐。

两个人嘴里呜呜哝哝，手上摩摩挲挲，很忘情。孩子哭，瞎眼婆婆叹息，他们不管不顾。

他们停下来的时候，忧伤抬头。兰子安抚孩子，抚摸着孩子的头发不停地流泪。绳子则蹲在兰子身边，抚摸着她的膝头流泪。他们不悲悯瞎眼婆婆、名义上的丈夫和心碎的支书，他们只悲悯自己。

絮叨了一阵绝望的情话，发泄了一番恶意的抱怨，日头已贴近了正午。兰子说，你留下来，我给你烙白面烙饼。

绳子逗弄孩子，兰子烙饼。

和面、擀面、上铛，兰子背对着绳子，肩背匀称，臀子凸翘，弄得绳子心里直痒，再加上新饼掩不住的热香，他情不自禁地贴了上来，在兰子的臀腰处蹭来蹭去。

兰子也被撩动，转过身来，说，也不挑个时候。

绳子索性把她抱了起来，扔到土炕上。雄器挺出，他拽过她的手，寻求抚慰。兰子说，手上正沾着薄面呢，怎么动？怎么就不能动？动。绳子催促道。面粉就势敷满，有食物的面貌，正可以哺喂饥渴。女人好像真的被喂饱了，因为她剧烈地筛动，并发出响亮的哼吟。

停息之后，女人说，咱们可真坏。

男人说，就是要坏，因为咱们一坏，心里的伤口就愈合，就减轻了对你爹的仇恨，绝望的日子也就能过下去了，免得寻死觅活。

绵长

想往事想得绳子头脑昏沉，也悲情难已，他忍不住流泪。他不停地在弹簧床上翻身，吱吱的声音连续不断。他觉得这是一张灵床，他最终会挺尸于上。

地下停车场突然人多了起来，他们纷纷来推车子，接踵而去一个地方，即四公里之外的开古庄菜市场。

从人们的言谈中，他知道，今天是端午节。

端午节，是纪念屈原的日子。未必人人都知道屈原，但却成了人人共享的假日——职员公休，市民喜庆，休闲、美食、团聚、旅游，多一份福祉。屈原不死。他不禁摇摇头。

人家把端午当节日过，我又怎么过？该去捡破烂儿了，过我的落寞人生。

他推着那辆无声的车子无声地走出地下车库。他步履轻稳，向阳光升起的地方走去。从背后看，他的剪影很挺拔，不似老人，让人感动。

出口不远处的马路上，停着一辆不守规矩的深黑色的丰田霸道，他走近车子，阔大的前挡风玻璃反射着阳光，异常刺眼。

他心中一动，麦子得救了。

连日的阴雨，如果不及时响晴，已熟透了的麦子就会霉在地里。看来，屈原有大悲悯。绳子不过是个拾荒的，却关心田垄上的麦子，他自己都为自己感动。

既然是节日了，自己应该去看看她，也别忘了给她送上一束花朵。

这个她，自然是兰子。

那个年月，他们公然地鸠占鹊巢、发泄私情，让支书、大山子和村里人都不得安宁，大家合谋，让大山子举家搬到矿上去，让距离离间骚动，让一对不要脸的人得以消停。

兰子一家出村那天，绳子早早地攀上了村口那棵大槐树，坐在一处树杈上。兰子经过的时候，朝树杈上望望，大声说道，你要坐稳了，别掉下来，你也别想不开，他吃的是阳间的饭、干的却是阴间的活儿，管不齐矿井就冒顶，他就会被砸死，到那时候，我就回来找你——你要有耐心，一定会有那一天的。

这样的咒语，一个脸相秀美的女子居然也能公然喊出口，看来男女的感情，到了一定火候，就恶毒了。

然而矿井怎么也不冒顶，即便是冒顶也从来不冒在他们诅咒的人身上，绳子绝望了，也不下地，也不去打工，整天窝在土炕上，身上的油脂都耗尽了，瘦得脱了形。他父亲说，瞧你那点出息，为了一个小娘儿们，你至于守身？他说，她身心都已给我，且土炕上的恩爱，让我销魂，不忍离弃。他的母亲抢着说道，在日子面前，土炕上的事儿再大，也是小的，作为一个大老爷们儿，最大的本分是娶媳妇、揍（生）孩子，有一大群孩子围着你叫爹，证明你不是废物，才有种。

这话管用，绳子随便娶了一个。

其实真正能离间感情的是时间。多少年过去，绳子已足够老，竟然儿女成群，且都已成家立业，家境殷实，其中还有一女儿是大款，能护佑隔代人。绳子便没有生活负担，也决不向儿女伸手，他过自己的。但落寞更重，整日里闷闷不乐、沉默寡言。

兰子生的儿子，绝顶聪明，也勤勉不惮苦，机会来临，就大发达，扶助弟妹，共同奔小康，成就了远近闻名的富庶家庭，便让父亲提前退休，远离了冒顶之灾。然而大山子抑郁，每天喝足量的竹叶青，竟至把肝胆喝坏了，在过不完的好日子中，溘然逝去。因为夫妻之间，除了生儿育女，无感情交流，他病于情。儿女们都恨兰子，虽百般孝顺，使她生活无虞，但感情之冷像泛着亮光的软刀子，让兰子感到了不可言说之痛，她也心灵落寞，无幸福感觉。我的身子被喂肥了，心却瘦得见了骨头，我是个活着的死人。兰子偷偷地对人说。

绳子也如是。全家富足，老妻健康，在客厅里听儿女谈笑，觉得自己是多余的人。终于有一天，他悄然出走，数日不归，儿女找寻不见，欲登启事寻人。他们的母亲摆摆手，说，你们只需到某地某小区找某人。果然在兰子处找到，拽其回家，当着母亲的面斥责道，你已到了儿孙绕膝、德高望重的年龄，却如此不自重，还红杏出墙。他苦笑一下，说，我的这棵杏，从来就没在墙里长过，不信就问你们的母亲。他们的母亲说，自打把我娶进门来，他从来就没给过我恩爱，就是在床上，他耕种我这块土，也是吆喝别人的姓名，他是一头牲畜。言罢，大哭，惹儿女大恨，说，闭其门，饿其饭，看他还有没有多余精神。闭其门，他会翻墙而走，那么高的楼层他也不惧险，顺着下水管道灵巧而下，脚一落地，就径直去找兰子，与她在公园里偷偷摸摸地转悠一天。饿其饭，他就在路边捡，即便是垃圾桶里的食物，在他看来，也比昨日餐桌上的精细、新鲜。没办法，他的儿女们就到兰子家，登门吵闹。迫于儿女们的压力，兰子也就不再敢容留，催他速走。他就去睡马路，在街头石案上吃捡来的包子，慢慢地咀嚼，呆呆地望远。

后来老人终于摊牌，对儿女说，我要离婚。他说，以前隐忍，是因为生活苦，我得担起日子。现在你们都混得好，不需我来牵挂，我可以走。儿女说，那个女人有什么好，老女人一个，还不如我们的母亲年轻。他说，在我心中，她再老，也年轻也美——我就爱闻她身上的气味，就爱躺在她的怀里，摸她的奶，一句话，只有在她那儿，我才觉得自己是个男人，才不感到老。儿女们惊愕，儿女们的母亲，却撕开自己的前襟，哭着说，我也有奶，还是比她的还肿的奶！他摇摇头，轻声说，你那是一块儿死肉。终于整体地爆发了，关于老不正经的一些词句，都从儿女们的口中比肩接踵地骂出。他始终微笑着承受，因为他知道，泄愤之后是无愤，离自己的解放之日就不远了。儿女们的母亲说，在儿女面前一点尊严都没有的人，还配做什么父亲，还不如死。他说，没有尊严，就有了自由，我可以理直气壮地为自己活。

然而离婚的技术问题却成了障碍。存款，房子，所有家产，儿女们都不允许他参与分割，如果一意孤行，只有赤身离去。兰子那一方也如是，虽然儿女们尊重她的感情，但却不能允许财产的分离，他们爱财产，胜于爱爱情。于是，兰子不敢离开儿女的家。因为爱情在岁月深处，还流放在麦地、瓜田、窝棚、街头，虽然他们说，痛苦一生终于知道，床上的事儿虽小，对于没有来生的他们来说也是大的，但他们毕竟已是白发老人，一处屋檐，是重的。

最后的结果，绳子依然离家出走，去做他的拾荒者。儿女们顺势断绝了与他的父子关系，任他没皮没脸地去幽会他远处的爱人。兰子那边的儿女也有明确规定，他白天可以来，但晚上必须离去，因为儿孙们下班归来，他的存在，会让大家感到不名誉。而且，隔辈人纯洁，容不得“污”，会让他们感觉羞耻，于健康成长不利。

于是，每到早晨上班的时候，人们都能见到绳子推着自行车逡巡在垃圾堆里的身影；每到下班的时候，也能如期地看到老人准时地躺回他地下车库的弹簧床。好像远处他有一个永不退休的岗位，工作繁忙，牵系大局。

不过，死亡的阴影总是追踪着他。夜半心脏病发作，他只有求助于儿女；儿女们也尽责，会及时地呼应他的求助。但只见救护车来，不见他们的身影，他们靠钱办事，耻于用情。街坊邻居怜悯，乐于帮助，他均是委婉拒绝，因为儿女们有规定，不允许他与熟人接近，以免话多语失，泄露了家中消息，让家族蒙羞。所以熟人与他相遇，热情问安，他也只是点点头，匆匆地走过。他爱他的儿女。

端午节的垃圾出奇的多。绳子很快就捡到了足够买一束玫瑰的钱数。那一束玫瑰有十朵，寓意自然是十全十美。他飞快地朝兰子居住的小区骑去，由于兴奋，他放任自己发声地笑，好像要与阳光比灿烂。兰子有预感，在楼上的窗后，一直盯着身影会出现的路口。绳子一露头，她就飞快地跑下楼来，接过那束玫瑰拼命地嗅。

“你可真是的，咱俩一直就残破着，你却还讲究十全十美。”

绳子喘息着说：“你这就不对了，在我心里，咱俩从来就没残破过。”

兰子忘情地嗅过，又把那束玫瑰塞进绳子的怀里：“花我已经收了，就请你代我在你的住处找个瓶子插上，赏它个十天半月的，放在我这里，转眼就会被他们扔了、踩了，再舒展的感情也会变得皱皱巴巴，因为放假了，他们都待在家里。”

“我知道了。”绳子掉过车把，说一声“端午节快乐”，就又飞也似的骑远了。

他一点也不悲伤，因为心上人已经闻到了花香，花放在哪里已经不重要了。

绳子径直回到了地下车库，把花插在了弹簧床前的小柜上。他这里正有一个捡来的高档花瓶，花插进之后，立刻就花枝招展，显得高雅而贵。

“花朵就是花朵，它只管开，而不挑剔地界。”绳子很开心。

中午迫近，来了他的女婿。女婿拿着一包花生米、一只烧鸡，提着两瓶国窖。“岳父大人，咱爷儿俩喝两杯。”

“好，这酒应该喝，因为我喜，因为你悲。”绳子说。

绳子知道，自己这个女婿也有一相好，系钱多生事，不禁赶了时髦，暗中奔走正颇以为苦，便把他这个岳丈视为知己并还有几分羡慕。他也希望速老，因为老了可以忘却颜面，可以被宽恕，可以公然做鹊桥会。

酒过三巡，绳子说："不怕你不高兴，你与你的岳丈不同，我的感情是根里带的，而你的所谓爱情则是随手种植，不关收成，一旦老，会时过境迁，生出悔意，所以，你最明智的选择，是规规矩矩，跟我闺女好好过。"

"怎么个规矩法？"女婿问。

"很简单，你给那个女人一笔钱，把她打发掉。我是这么想，你跟我闺女也是自由恋爱，没有旁的逼迫和压迫，所以你底气不足——你与旁的女人偷偷摸摸之后，再见到自家女人时，你一定会满心愧意，你说是不是？"

"你怎么知道的，难道你是我肚子里的蛔虫？"女婿吃了一惊。

"因为我就是个坏人，坏人最理解坏人。"绳子严肃地说。

"即便是坏，也是你给带来的。"

"所以，别废话，我不允许你坏。"

绳子表情凝重，语气坚定，从旁窗窄缝里钻隙而进的阳光兀自洒下，给他勾勒出金色的轮廓。女婿感到这个有故事的老人是有质地的，他很尊贵。

咀嚼着他的悲壮与决绝来纪念屈原，也是对的。女婿对自己说。

救生

这天夜里，雷声滚滚，大雨倾盆。

绳子被惊醒。

由于雷声震动，地下车库的灯都亮了。因为都是声控的感应开关，亮了之后，会随着雷声的强弱，忽明忽暗，整个车库就有些魔幻。绳子感到自己是这魔幻世界里一个孤零零的小鬼，低贱得可有可无。

地下车库顷刻就奔窜了无数股水流，遍地流淌。他发现，这些急剧而生的水流，流得很有秩序，不乱窜、不漫溢，也不滞留，随涨随消，决不浸泡车辆。

他感到，这个排水工程做得好，既按规矩修建，也不偷工减料。

他知道，这个小区的开发商是温州人，他们的“绿城”系列楼盘，在全国各地乃至海外都有分布，规模大得珍惜荣誉，注重品质。他还知道，在温州人里有个作家，叫林斤澜，写小说注重结构，讲究语言，精雕细刻，一丝不苟。由开发商到林斤澜，联想之下，他觉得温州人虽然聪明灵活，但不瞎灵活，能正经做事，很讲究，不糊弄人。

可本地人就不同，眼里只有快钱——盖楼房时，预制板还没完全凝固，就匆匆上架安装；修水坝时，地基刚刚夯过，还没待到沉实，就匆匆浇注主体——雨大就漏，水大就坍，而且由于主管部门验收不严，还没法追究责任。

他为本地人感到耻辱。

正在这时，电梯的门哐一声开了。在谩骂声中蹿出来几个人。

跑在前边的是那个山口百惠，她急切地跑到她停放在地下车库的自行车面前，但她掏不出钥匙，打不开锁。身后的一男一女已撵上她，情急之下，她跑向地下车库的出口，一头钻进滂沱的大雨之中。那一男一女也紧追不舍，薅住她的头发就一顿拳打脚踢。山口百惠被打倒在雨水中，只剩下爬和蠕动。她只要一爬，一男一女的脚就一起往身上踩；她只要一蠕动，一男一女就往她的肋下踢。即便已没了动静，一男一女还不甘心，薅头发拽腿，在地上拖。

“你们这是在干什么，再不住手，会出人命的。”绳子在他们身后喝道。

一男一女愣在那里，待看到是绳子，那个男的说：“你一个捡破烂儿的，别他妈的多管闲事！”

“这不是闲事，是刑事犯罪。”

那个男的一把薅过绳子的脖领：“怎么，你也要找打？”

绳子也顺势薅住那个男子的脖领：“那么，你就试试。”

正在僵持间，那个女的——副局级干部的老婆走上前来：

“算了，算了，别在雨中淋着了，咱们回家。”

两个人扬长而去。

在大雨之中，山口百惠蜷缩在地上一动不动。她衣不蔽体，口鼻和身上多处都在无声地出血，但血刚一冒出来，就被雨水冲刷干净了。即便是伤着，也不留下痕迹。

绳子很害怕，摸了摸她的鼻息，人还活着。他想报警，但身上又没有通话设备，便围着女子转了一遭。她除了赤裸的四肢莹白地瘫在那里，没有一点自救的可能。

他抱起了女子，把她抱离大雨，回到地下车库，放在弹簧床上。女子一沾上柔软的东西，立刻就呻吟起来。她想翻身，却动弹不得，只招惹出更重的呻吟。

当她睁开眼睛，看到眼前的绳子时，居然凄美地一笑：“我真丢人。”

说完，咬紧嘴唇静默，她是觉得在一个旁人面前喊出疼来，很羞耻。

“到底发生了什么？”绳子问。

“都怪我贪恋那个男人，趁着他夫人值夜班的机会跟他约会，以为大雨滂沱是天然屏障，没想到他的女人有心计，叫了他的弟弟冒雨返回，把我们堵在了床上，于是就大打出手。嗐，真是丢人。”

“狗日的爱情！”绳子愤愤地骂了一句。

“我得走了，待在你这儿，会给你招来麻烦。”女人身子一挺，滚下床来。她爬起又跌倒，跌倒又爬起，虽然意志决绝，但终究不能把自尊立起，倒是滚满了泥水和血污，把自己弄得很脏。

看到她既脏污又赤裸，绳子翻出来一身干净衣服，叮嘱她穿上。女子笑笑：“麻烦你找来洗漱用具，我要擦擦身子。”

洗脸盆和毛巾倒是有的，就放在一个人见不到的角落里。但脸盆黑得不见本色，且洗脸、洗脚、洗身子混用，有时候半夜里内急，还用它来接尿。那条毛巾也是如是，乃浑黑的不洁之物。他不禁摇了摇头，说道：“你等着，我去给你找。”

他一头钻进雨幕，去敲一个商店的门。他花光了这几天拾荒换来的所有钱款，买了一只高档脸盆和一条高档毛巾，还附加着一块力士香皂、一盒大宝增白粉蜜。他觉得一个这么忠实于爱情并为之献身的女子，只能用干净的新脸盆洗涤。

他把盛满了清水的脸盆放在女子的眼前：“你忍忍痛，自己收拾一下吧，我到出口去给你望望风。”

他知道，就女子现在的身体状况来说，揩洗是十分困难的。但男女授受不亲，他拉不下脸来帮忙。

他望着黑沉沉的雨幕，感到自己很可笑，因为自己本来就是一个风月中人，居然羞于看到一个女人的肌肤。看来，人的动物属性里，也有着天然的禁忌，不让你一味地坏下去。

过了很久，他听到一个弱弱的声音：“你回来吧。”

踅回去之后，他吃了一惊。他找出来的那身干净衣服穿在女子身上，肥肥大大，很不合身。但正因为肥肥大大，却呈现出一种无辜、无助的姣好，他心里涌上来一股莫名其妙的悲伤。

“我可以走了。”女子说。

“好，我去给你找把雨伞。”

虽然嘴上说走，但女子就是迈不开步，一离开床沿的撑持，就要跌倒。绳子知道，她虽然衣冠整齐，但遍体鳞伤，她走不出已有的羞耻。

绳子说一声“你且等等”便钻进了电梯间。

不久，那个副局级干部被他带了下来，他说：“你们把人打坏了，你得负责任。”

那个副局级干部与绳子以前是见过面的，所以他也不见外，甩给绳子两捆钞票：“麻烦你把她送到医院去，帮她治伤。”

“她这是情伤，得负心人治，”绳子告诉他，“身体的伤好治，心里的伤难愈，你得亲力亲为，否则会留下病根。”

因为他的话大有寓意，所以副局级干部很反感：“废话，遍地是熟人，我怎么能露面，就请你帮忙，钱不是问题。”就又扔给绳子一捆钞票，转身上楼了。

整个过程副局级干部一句话也没跟山口百惠说，遑论询问伤情。绳子大感不公，扛起女子就尾随而上，逼进了干部的家里。

那天是世界杯足球赛，那对姐弟也许是因为惩治奸情之后的亢奋难以平息，正扬扬得意地坐在客厅里看赛事。见有人扛着女人进来，竟也不吃惊，依然坐在沙发上，只是姐姐瞪了一眼副局级干部：“他要干吗？”

副局级干部难为情地摇摇头。

“不干吗，你们应该把她送医院，否则我就要报警。”绳子替副局级干部回答道。

“她第三者插足，没搞臭她就算便宜她了，还给她看病？你脑子里进水了吧？”干部家属说道。

“你真应该把她搞臭，让她知道丢人，但你们不能这样打她，民事就变成刑事了，所以你们得负责任。”绳子把山口百惠放在沙发上，笑着说。

“谁看见我们打她了？”那个弟弟恶声恶气地问道。

“我看到了。”绳子毫不犹豫地说道。

“那好，我连你一起打。”那个弟弟站了起来。

“好，那你就动手，我一个捡破烂儿的，正愁没有养老的钱。”绳子讥笑道，满脸无畏。

副局级干部赶紧挡在二人面前：“算了，算了，别把事闹大了。”

副局级干部的客厅很阔大，平板电视也大得像一面墙。好像他们很有情致，客厅的落地窗也不拉窗帘，一边看赛事，一边欣赏外边的风雨。

他们觉得跟一个拾荒的争执很不体面，索性就漠视他，让绳子就那样站着。山口百惠感到难堪，想从沙发上站起来，离开现场，但几经努力就是不能起身，反倒招惹出疼痛，忍不住呻吟。屋里的人居然也漠视这不堪的声音，津津有味地看赛事，好像这是美妙的伴音。

这种情景让绳子不可忍受，眼前居然黑了一下。这一黑，让他心里乱了一下，或许心脏病就要犯了。这个意识让他恐惧，必须在躺倒之前给可怜的女子找到生路，否则自己也就成了羞耻的一部分。

情急之下，他看到了阔大的落地窗，他抄起茶几上的烟灰缸，狠狠地朝那扇豪华砸去。

一片哗响，风雨飘入，屋里人都惊了。

绳子哈哈大笑：“你们赶紧报警，就说有人夜闯民宅，寻衅滋事，搞打砸抢。”

他感到前胸被狠狠地击了一下，就倒下了。

再醒来的时候，他就躺在那张破弹簧床上。那个副局级干部居然就坐在他身边，见他醒来，说道：“今天的事我跟你没完。”说完，迅速转过头去。绳子捕捉到，他在转脸的时候，居然偷偷地笑了一下。

绳子马上问道：“她怎么样了？”

“让我小舅子送她上医院了，这种事，我不好出头。”副局级干部说。

理解

绳子每天都能看到那个副局级干部。

但自从那个风雨夜之后，他脸上总是涂着一层忧戚之色。不仅忧戚，还有皮肉之伤。额头，眉宇，脸颊，手臂上，变换着位置有抓伤。不用说，他们夫妻之间有不停息的战事。

那个夜班医生，担心鸠占鹊巢，也倒成了上白班。所以，那个副局级干部前脚走了，她后脚就下楼。绳子发现，这些日子，她走路的姿势很特别，腰肢没了往日的袅娜，而是别着身子走，好像她腰窝上放着一瓶珍品，小心翼翼地挺着，生怕滑落下来。绳子确信，那是被她丈夫擂的或踹的。

一个有明伤，一个有暗伤，他们互相伤害着却谁也不撕破脸皮，凑合着过日子。

那个副局级干部每天是开车上班，他的老婆则是艰难地骑着自行车。绳子摇摇头，既然家里很有钱，这个女人不应该混得这样惨。不过稍一思忖，绳子又觉得这很正常，因为男人有外心，不可能让她过得那么滋润。再说，她固执地挡着一对情人相见的道路，她必须承受怨恨的惩罚。一般地，男人舍得给情人花钱，对老婆就抠，不仅是要保持收支平衡，更重要的是，感情的天平如果不倾斜，那还叫感情？

绳子笑笑，搁着我，也会这样。

那个副局级干部现在添了一个毛病，每天下班回来，他并不马上就上楼去，只要绳子在，他都要在车库那里坐一会儿。

绳子知道那个家对他没有吸引力，所以劈头说道：“领导，活得这么憋屈，干脆痛痛快快地离了算了。”

领导说：“你说得倒简单，这人一有了身份，离婚是很难的。”

绳子说：“这有什么难的？签协议，或到法院起诉。只要你真想离，而不是吃着碗里的，还要看着锅里的，是很容易就搞定的。”

“身份，你听不明白是咋的？”领导瞪了他一眼，“这人一有了身份，就有了顾忌，担心她把你搞臭，搞臭还无所谓，最可怕的是她狗急了跳墙，去举报你。”

绳子迷惘了一下，但还是装出明白了的样子：“呃，是这样。”

他隐隐地觉得，有身份的人，都有不可言说的秘密，不能想干什么就干什么，得反复掂量。

领导知道他并没有明白，对他多说了几句——

身份，就是社会背景，有背景的人，往往被人看成有实力。其实背景不过是布景、道具、装饰物，在光线——比如阳光、月光、灯光下，才能看得清，才显得亮丽耀眼，但一到了暗处，就是赘物、赃物、废物、碍物，那时的人不过是一个凡俗之物。

就比如，再大的官儿，一回到家里，谁还把你当作官儿看？再有钱的人，把你扔到荒原旷野，也只剩下了本身的动物属性。

“我跟你说这些干什么？”领导对自己很不满意，但还是继续说道——

身份的不同，纯属偶然，造成的因素，起初是机遇，继而是财富。说白了，是金钱堆起来的。但金钱特权是一种可以变换的偶然性特权，弄不好，转眼就会失去。当你失去了有特权地位的身份之后，哪个女子还愿意做你的情人？所以离婚不是儿戏，弄不好会身败名裂、鸡飞蛋打。

“哦，这一次，我是真明白了。”绳子说。

领导笑笑：“其实我这个当局长的，跟你这个捡破烂儿的，没什么不同。”

绳子听罢，陡然升起一股热流，忍不住给了副局级干部一个耳光。

“你为什么打人？”

“这是表示亲热，”绳子嘿嘿一笑，“我们捡破烂儿的见面，遇到要好的伙计，都是要相互掴一巴掌，这样才显得不见外。”

副局级干部哼了一声，左右开弓，打了绳子两个耳光。

“你？”

“别见外，在我们局里，下属胆敢打领导的耳光，如果领导大度，不记仇，会立刻把耳光赏还回去，而且是给一还二，为的是对得起领导的身份。”

两个人久久对视，均捂着脸。后来他们同时笑了，都觉得对方有点可爱，是可以往深里交往的。

布道

有一天，那个副局级干部来的时候，绳子正趴在他的弹簧床上看书，看的是《路德维希·费尔巴哈哲学论文选》中的一篇——《基督教的本质》。

他看得很专心，并不理会来的这个人。

那个副局级干部感到自己被冷落了，便在绳子的后背上拍了一巴掌："你一个捡破烂儿的，现实的生存问题都没有解决，还看这么不切实际的东西，你是不是精神有问题？"

绳子翻身坐了起来，说："不仅我精神上有问题，你精神上也有问题，而且每一个活着的人，精神上都有问题。"

副局级干部说："那么看书就能解决精神问题？"

绳子说："当然，书本里有逻辑、有道理，可以为人指点迷津，让人开窍。"

副局级干部说："即便是这样，你也要看跟你身份相符的书，像你就应该看如何改变命运的书，而不是《基督教的本质》。"

绳子说："就像你所说的，身份是一种偶然性的存在，看什么书，也是一种偶然性的选择。我一个捡破烂儿的，只能看我捡来的书，我恰好捡来了一本路德维希·费尔巴哈的书，里边恰好有一篇《基督教的本质》。”

副局级干部说：“它那么深奥、那么抽象，对你没什么实际帮助，你纯粹是瞎子点灯——白费蜡。”

绳子说：“那你就错了，看书的目的就是让你忘了现实的处境，不为眼前之忧而忧，在抽象中幻想，让人觉得充盈。”

副局级干部笑着摇摇头。

绳子说：“你还别不屑，这篇文章正好对你有用，我建议你也认真看看。”

“我可没那个闲淡工夫。”

“那好，我转述给你听。”

绳子说——

全部的哲学，特别是近代哲学的重大的基本问题，是思维和存在的关系问题。而思维对存在、精神对自然界的关系问题，也就是哲学的最高问题，像一切宗教一样，其根源在于蒙昧时代狭隘而愚昧的观念。

正是在这样的思维逻辑上，费尔巴哈在《基督教的本质》一文中对基督教的本质做了一系列理性的论述。他认为，宗教并不是对上帝旨意的传递，也不是按照上帝的指引所进行的道德救赎，其本质，不过是在教义基础上所建立的一种人与人之间的感情关系、心灵关系而已。因而宗教情感，也绝非是一种无差异的普遍遵从、信奉继而消泯自我体认的“绝对情感”，它也是有着毋庸置疑的物质属性、现实属性和社会属性的。因而费尔巴哈说：“宫廷中的人所想的，和茅屋中人所想的是不同的。”“如果你因饥饿、贫困而身体里没有营养物，那么你的头脑中、你的感觉中，以及你的心中便没有供道德可用的食物了。”由此看来，虽然我们不能再用阶级斗争的学说衡人论事了，但物质决定意识、存在决定精神的基本观点，是无论何时、无论何地、无论哪个社会阶层，也无论哪个哲学流派，都无法否定的。宗教在不同的人群之中，有着不同的现实对应——帝王拜权，商人拜金，士人拜名，农民拜土地，而你，因生活余裕而乱搞女人……

基于此，便不能人为地夸大宗教对人的作用。我们考虑问题时，不能仅仅把人作为一个“纯粹的自然物”，还要看到人是生物、文化和社会的综合产物。虽然追求幸福的欲望是人生来就有的，这也构成了一切道德产生的基础，但是追求幸福的欲望受到内在和外在的双重矫正——第一，受到人类行为的自然后果的矫正：酒醉之后，必定头疼；放荡成习，必生疾病。第二，受到人类行为的社会后果的矫正：要是我们不尊重他人追求幸福的同样的欲望，那么他人就会反抗；如果我们的自我实现，与社会的现行规则相违背，就会受到法律制度的惩处。所以，要满足和实现自己的欲望，首先要正确地估量我们行为的种种后果，也就是说，我们不能随心所欲，要学会自我节制，要懂得爱人，这或许就是宗教得以存在的基本准则。否则，再神圣的宗教，也会沦为精神鸦片，既麻痹自己，也欺哄他人。所以费尔巴哈的论述，处处闪耀着唯物主义的理性光辉，入情入理，醍醐灌顶，观照当下，有很强的现实意义。它是一服特别的清凉剂，既可以纳凉，也可以醒心，疗治昏蒙与愚昧，特别是对你。

这其中，“追求幸福的欲望受到内在和外在的双重矫正”的说法，你尤其要用心琢磨一下。别以为你搞婚外恋，是潮流所至，是没什么大不了的小事，但由里到外的双重反抗，也随之而来，你没法躲避，必须承受。所以你现在的痛苦，是咎由自取，你千万不要归罪于他人。我要说的是，你老婆和那个山口百惠你都要善待，连带着我，你也要善待，虽然我砸了你们家的玻璃，但是你也不要怀恨报复。

副局级干部说：“我要是真记恨你，还会找你聊天？我知道，你砸我们家玻璃，是在为我解围，是变相地帮我。再说，你已经知道了我的秘密，你就变得牛屄了，我还哪儿敢得罪你？”

“你这话说得，知道你的秘密有什么好？反倒叫我不自在了，因为我也担心‘双重矫正。’”

“我就纳闷儿了，捡破烂儿的人里边怎么会有你这么个人？”

“这也如你所说，偶然性。”

偶然性

这个“偶然性”逻辑，也被绳子运用到他日常的行为上，无论他捡到什么，都被他收入囊中。他认为“捡”，就是偶然性所得，因为不是主观性的选择，所以不关乎“良知”“道德”和“善”“恶”这样的社会伦理。

譬如他从被人扔掉的月饼盒里捡到了一张银行卡，他会径直到银行去，把里边的钱取出来，再存入自己的储蓄账户。那种银行卡，属于隐秘贿赂，一般都不设置密码，即便送受双方发现遗失，也不敢公然报失，让银行冻结。他觉得自己的行为，有些替人销赃的性质，疑似善举，不必惭愧。

譬如他从被遗弃的生日蛋糕里，会抠出一方袖珍首饰盒，盒里会有一枚足金的戒指。他眼前一亮，赶紧装入胸前的口袋。这枚首饰，是奉上天的旨意专门送给他的，让他日后充作爱情的礼物，送给大兰子。大兰子就是兰子，因为她毕竟有一大把年纪了，再兰子兰子地叫，给人一种装嫩的感觉，近乎讽刺，便改称大兰子，以示尊重。大兰子虽然被人看管着，不用他操心，但看管人只施与粥饭，绝不会施与戒指，因为首饰是非物质性的东西，属于爱与尊重。大兰子虽然也足够老，但爱金银珠宝饰物是女人的天性，不分长幼，所以如果他有一天把这枚戒指戴在她的食指上（在他心里，他的大兰子一直是待字闺中，等着他去迎娶），她也会乐得摇头摆尾。

他还捡了许多几乎是新的东西。譬如鞋子、帽子、皮带、皮包。这些东西，他会留下来，男士的自己用，女士的留给大兰子。

给他的感觉，现在的人真是有钱，多贵的东西，只要不合心、不赶趟，用过一两次甚至还没来得及用，转手就扔了，回过身去就再买。好像现在的人只为多余的东西活着，眼里已没有了“应该”和“必须”的生活。

所以，绳子虽然是捡破烂儿的，除了坐下的车子破得适合他的身份，他头上戴的、身上穿的、脚下蹬的，都是很上档次的货色。再加上绳子的身膀挺拔，腹平无赘物，如果他不推车子，不向垃圾桶俯身，而是轻装上街，任意徜徉，绝对是一个优雅的、疑似有身份的老头儿。

一天，那个副局级干部对他说：“你整天窝在这么一个角落里，不是常法，你应该换个地方。”

绳子说：“小区的人，包括居委会和居民都接受我了，他们不会赶我，我待在这里，很踏实。”

“这我知道，”副局级干部踢踢他的破弹簧床，露出很不屑的表情，“这个地方四面漏风，对身体不好；每天还看到许多不该看到的事，对眼睛不好——你必须换个地方。”

绳子面有难色：“怎么换？”

副局级干部说："这你不用管，咱们既然是朋友了，就由我来想办法。"

副局级干部找到小区所在的居委会，好像很不费力气，就给绳子协调出一个住处。地下车库有个储物间，是小区勤杂工放工具的地方。他让人把工具清理出来，放在绳子原来待的那个角落。"几把破扫帚、破铁锨，也不会有人偷，再说，能在这个小区居住的，都是有身份的居民，也不会把这些东西放在眼里。"他对居委会的负责人说。

居委会的负责人对他毕恭毕敬："就是，就是，就照您说的办。但是……"

"但是什么？"

"他住进去了，是不是应该给一点房租？"

"给什么房租？他一个捡破烂儿的，还能付得起房租？如果不好交代，这钱由我来出。"

"那哪儿敢，您给了小区不少照应，我们还欠着您人情呢。"

"他的确是不能白住居委会的房子，为了免去口舌，我倒是有个办法，你们堆在角落里的工具是不是得有人看？你让他给你们看工具，也不付工钱，这不就两讫了？"

"很好，很好。"

"不过，口头的约定不足为凭，你们之间得签一个书面的协议。"

协议签订之后，绳子有好几天心里不踏实，他总有一种偷的感觉。虽然副局级干部帮助了他，但绳子一点感激之情都没有。因为他觉得这个人很不地道，掠夺式的占有给弄成了合理的拥有，让一个好人身不由己地同流合污。

他把那纸协议偷偷地撕了。

那个副局级干部颇有帮忙帮到底的派头，他差人给绳子粉刷了墙壁，还搬进去一全套什么人淘汰下来的家具，包括真皮沙发、硬木茶几、席梦思床和原木书架，还有冰箱、彩电、灶具、热水器，把一个十几平方米的小屋子塞得满满当当。绳子感到很不真实，待在屋里，他感觉奇异，好像一个贼，守着一堆赃物，富有得只剩下了凄惶。

虽然他完全可以开火做饭，热汤热水，还可以靠在沙发上看电视，过正常人的生活。但是他不，仍是喝凉水，吃捡来的食物，不仅不开电视，连照明的顶灯也关了，他窝在黑暗里，延续他以往的生活。他觉得只有这样，才与他捡破烂儿的身份相符，才能找到他自己。

鸠占鹊巢

一天中午，绳子吃完捡来的食物，窝在沙发上想睡一会儿。

房门无声地开了。

进来的是那个副局级干部，身后还跟着一个陌生女子。

那个女子不仅很漂亮，还满身馥郁。那味道过于浓郁，自己就往绳子的鼻子里钻，他情不自禁地站了起来。

那个副局级干部在他的后腰上猛地拍了一下:“午饭后居民要清扫，会往外扔许多东西，正是你捡破烂儿的时候，就别懒在屋里，赶紧去。”

由于本能的好奇，他想再看一眼那个女子，但那个女子已转过身去，亮给他一个后背。那个后背真是惊心动魄，衣领开得很低，露出大面积的莹白，是一种不名誉的美，让他不敢驻足，顺势就走出了房门。

到了门外，他很不平，愤愤地想，现在的女子真是不自重，他不过是一个副局级干部，有什么了不起的，大中午的就送上门来，你对得起生你养你的父母吗?

中午的抛弃物果然多，绳子毫不费力地就捡得车子无法承载，他只好去了废品收购站。那个回收员认识绳子，一边打着哈欠给他过秤，一边漫不经心地说："你老哥中午不是懒得出来吗，今天怎么勤快了？"

"咳，再懒的猫也有睁眼的时候，这有什么稀罕的。"绳子也漫不经心地应道。

往回走的时候，经过一家肯德基专卖店，他摇摇头，把车子支在门外，人则闪身而入。他觉得这次卖破烂儿的钱属于计划外收入，应该毫不吝惜地把它花出去。

他给自己要了一个汉堡包，又要了一瓶矿泉水。本来吃汉堡，应该配一杯"拿铁"牌咖啡，但他的进项只够这些，便只好寒酸地奢侈一下。

享受完了之后，他走出店门，又推起了那辆破车。刚要迈步，肚子咕噜地叫了一声，一股隐痛又牵住了他的脚。这就是惩罚。本来已经吃过了，还要吃，在已有之上又加上了多余的东西，他那个贫贱的胃，承受不起这份富贵，要闹肚子了。

他又回到了肯德基的店子，在豪华的卫生间卑微地蹲下。他必须控诉一下，好能清洁地走。但他蹲了很久，只有欲念而没有实质，他很着急。外边有人推门，哐哐地响，很不耐烦。他只好仓皇地让位，逃了出来。

他满脸大汗，用手一擦，即便是在热烈的阳光下，汗水也是冷的。他情不自禁地想到那个副局级干部，人家总是吃着碗里的，还想着锅里的，不停地加餐，却也不闹肚子，这人跟人真的不能比。

由于不平，所以愤恨，他更觉得那个副局级干部不是个东西。狗肏的！他骂道。

又一天中午，那个副局级干部又带来一个女的。

是那个山口百惠。

山口百惠见了绳子，脸腾地就红了。绳子感到她的脸红有点没道理，因为你既然被人家打、被人家羞辱，被打坏了身子还得不到医治，怎么你还自己找上门来，真是没皮没脸。

所以，没等那个副局级干部说话，绳子自己就摔门而出。他觉得那个山口百惠，虽然美，但美得没有重量，她辱没人格，让人不齿。

如果跟自己没有关系也就算了。

因为他给过她最大的同情和怜惜。给她提供顺利逃走的鞋子，给她购买清洗脏污和血水的盆具，还为她砸了人家的落地玻璃。她的举动，彻底否定了他的义举，他变得跟她一样，无足轻重，一钱不值。

他怀着化不开的忧伤，不，简直是懊丧，漠然地到小区里去捡拾。

中午的阳光很灿烂，万里无云，金光四射。但是他觉得那光线很鲁莽，很恶毒，简直是恼人透顶，因为他不快活。

那个废品回收员又打着哈欠给他过秤，最要命的是，他随口追问了一句："绳子，你现在怎么变得勤快了？"

"因为淫欲！"他没好气地回答道。

他又进了街头那间肯德基店，依然买了一个汉堡包。

他这一次，不是为了犒劳自己，而是想到了大兰子。这几天他搬家、粉刷房子、策应那个副局级干部，把自己的心上人都冷落了。

甜食

到了大兰子的住处，还没等他敲门，门自己就开了。

“冤家，你这几天都死哪儿去了？”大兰子一把将他拽进来，劈头就说。

“死在原处，看《基督教的本质》。”

“你真是有病，病得不可救药。”

“是啊，我这病恐怕这辈子也甭想治好了，因为守着一个下毒的，治了也白治。”

“你这是在抱怨。”

“我还有力气抱怨吗？”

绳子赶紧送上那个汉堡：“特意给你买的，就是为了堵上你那张不饶人的嘴。”

大兰子眼睛一亮：“好几天没看到你，连饭都吃不下，正给你预备着胃口。”

她轻轻咬了一口：“嗯，好吃。”

绳子自然相信，因为那是一个偷食动物饼干的胃口，对甜食有深刻的记忆。

即便是好吃，大兰子也吃得很节制，这与思念之后的相聚相呼应，她要慢慢品味。

一个老妇人的吃相像少女一般妩媚，诱发了绳子的感动，他把大兰子拥进怀抱，头贴在她的胸前。咀嚼的动作，牵动了她胸部的蠕动，给了绳子一个提醒：这是一双活奶子。他便顺势把手伸进衣襟，不管不顾地抚摸。

大兰子呜哝于汉堡，绳子则呜哝于胸乳。情欲是一个穿透岁月的东西，没老没少，都呈现着原初的模样。

汉堡吃进肚里，大兰子就不再关心日子的物质属性，而是专注于那只手的精神性的抚弄，她被撩动了，用力摁了一下绳子的脑门："也不挑个时候。"

绳子索性把她抱了起来，扔到了床上。雄器挺出，他拽过她的手，寻求抚慰。兰子说："手上正沾着油腥呢，怎么动？"

"怎么就不能动？动。"绳子催促道。

油腥就势敷满，亦有了美食的面貌，正可以哺喂尚未餍足的饥渴。女人又好像真的被喂饱了，剧烈地筛动，响亮地哼吟。

停息之后，女人说："咱们可真坏。"

男人说："就是要坏，因为咱们一坏，心里的伤口就愈合，就有信心等待下去，绝望的日子也就能忍着过，不惧怕老。"

"然而我们究竟是老了，再不服老，可真应了那句俗话，老不正经了。"

绳子不愿意感受这份悲戚："咱们先不说这个。"他笑了笑，说："你猜《基督教的本质》让我懂得了什么？"

大兰子摇摇头。

“那么就让我告诉你。”绳子说——

死亡的迫近，虽然不是一件好事，但它正唤醒了人类性的本能，青春的欲望会再一次在血液里燃烧，烧成一把病态的大火。死亡与性欲在临终的剧痛中交融，把它的发作变得既恐怖又妖娆。你想，要是让一个对性事一无所知的人去听窗户根儿，即偷听二人的交欢，他肯定会以为自己见证的是一幅垂死挣扎的场景。因为死亡的样子是那么接近生命的巅峰时刻，可以说是相似得无多少差别。其实当死亡的意识一旦强烈起来，它转而振奋人心，绝望的力量胜过任何人类的希望，它类似回光返照，唤起连我们自己都感到吃惊的最后的激情，我们骄傲地投入自己，蔑视死亡的来临。

大兰子被唬住了：“你瞧瞧，一看书，就被麻倒，连人话都不会说了。”

绳子立刻就严肃起来，说：“我们平常说的都是俗话、废话、胡话，眼前说的才是正经的人话。”

“你说说，你说说，你一个捡破烂儿的，读什么哲学？读下去就不消化，胡言乱语就跟病了一样。”

“这人一沦落到捡破烂儿的地步，就废了，就变得无用了，而哲学正是无用的学问，一如数学里的负负为正，‘无用 + 无用’，反而让我有了一种莫名其妙的笃定，在低贱中也不凄惶，大大方方地跟各种人交往。”

“那哲学可是深奥的学问，你一个捡破烂儿的也能看得懂？”

“学问，学问，一边学一边问，靠的是不停地琢磨，只要肯琢磨，终究会懂。再说了，哲学里也没那么多生僻字，只要有初中文化就能读下来，况且我是高中毕业，连大学都考上了，还有什么难的？嘁，就我你还不知道，管工、钳工、钣金工，都不是科班出身，不照样带着你们干改水工程？哲学又怎么了？它只要写进了书本，我就能把它啃下来。”

大兰子主动地抱了抱他：“我喜欢的就是你这点。”

他们又有了雨点一般的一阵亲吻。

当绳子的手又要有进一步的动作的时候，大兰子说：“我怎么给忘了，闺女今儿个倒班，你快走吧，她说话就要回来了。”

同感

晚上，那个副局级干部来找绳子聊天，随身带了两瓶人参酒和一方酱牛肉、一只清蒸肘子。

绳子揶揄道:“你倒大方，酒一带就是两瓶。”

“你甭夸我，真的好酒也舍不得给你喝，这人参酒口感还可以，就是不上档次，不值得存。”副局级干部说。

“既然这样，就跟你好好喝喝，反正就跟捡来的破烂儿似的，属于我。”绳子拿来两个白瓷碗，酒满在碗里，瓶子就空了。

那牛肉酱得不错，黑里透红，嚼在嘴里，既有咬劲，又不硌硬，香而不腻。那清蒸肘子就腻了，肥得流油，让人反胃。

“你们当官儿的，就是贪婪，贪婪得毫不讲究，本来应该弄道清淡一点的酒菜，还弄得这么肥腻，油上加油。”绳子说。

“怎么不讲究？我老婆就是不吃这肥腻的东西，才让我拿过来给你，不然，这么好的美食，你哪里配吃？”

“哦，原来这清蒸肘子也是破烂儿，那就不客气了。”

两人伴以大肉，大口喝酒，很快那白瓷碗里的酒就见底了，副局级干部惊悚了一下：“你是要把我灌醉咋的？”

“怎么会是我把你灌醉，我又一滴酒没比你少喝。”绳子一边反驳，一边又把酒满上。看着并肩而立的两个空瓶子，副局级干部说：“你是不是有点别有用心？”

“别有用心？”绳子盯着对方说道，“你这词儿用得好，正好用来形容你自己。”

“你什么意思？”

“你嘴上说是帮助我解决一个体面的住处，实际上是为了方便自己偷女人，给自己开了一间炮房。”

“你一个捡破烂儿的，竟然这么时髦，还炮房呢，”副局级干部摇摇头又点点头，“本来没有这层意思，经你这么一说，还真有那么一点意思，哈哈，你让这间破房子增值了。”

以为他会辩驳，没想到竟顺势而说，这让绳子肚里那些指责的话失去了目标。他有些泄气，嗫嚅道：“你既然那么有实力，干吗不在外边给女人买一套好一点的房子，正正经经地包养？”

这好像是一把刀子，因为那个副局级干部被戳得脸上皱了一下，端起大碗灌了自己一口。

“包养？你他妈的还真的很时髦，但包养得有实力，你以为我当的是那种呼风唤雨的官儿？权力、票子都那么富裕？你哪里知道，我当的不过是一个享受副局级待遇的虚职，就是一个绣花枕头，别看外边光鲜，其实里边是空的。”

“那么，你能不能告诉我，你当的到底是什么官儿？”

“你是不是喝多了，这种事能告诉你？”

绳子也觉得自己有点多嘴:“对不起，自罚一个。”他端起白瓷碗，也灌了自己一大口。

酒热攻心，绳子的意识反而愈加清醒，他觉得眼前这个人，仕途不顺，情绪失落，靠搞女人寻求一种心理平衡。但女人是无辜的，你拿人家出气，是不是有点缺德？至少是在不公处又制造了新的不公。他觉得自己有必要指点他一下，别就这样坏下去。

绳子装着有了醉意:“局长，我喝多了，可能要说几句酒话，您可别在意。”

局长可是真喝多了，已不在意酒话，手一挥:“你尽管说。”

绳子便说——

您搞女人我不反对，反对的是您乱搞女人（他把“烂搞”两字咽下去了），而不尊重女人。咱就说吧，那个山口百惠为了您，躲躲闪闪，仓仓皇皇，挨打挨骂，受尽屈辱，你怎么就不怜惜，还背着她去搞别的女人？您这不叫爱情，叫玩弄，就连我这样的小人物，都感到您有失身份。

副局级干部愤怒地站了起来，但被酒力控制没有站稳，又一屁股坐了下去，坐也没坐到原处，而是重重地坐在了地上。这一摔，把他要辩驳的话摔没了，瞠目结舌地摇头之后，抽抽搭搭地哭了。

绳子被吓坏了，想把他搀起来。他一晃胳膊，拒绝搀扶:“跌在低处就不怕再跌，我坐在这里很好。”

副局级干部止住哭泣，对绳子说——

你说的那个山口百惠，我怎么会不吝惜？除了一个夫妻名分，我什么都给她了。但她还是不依不饶，非要“转正”。“转正”的事我也跟老婆说了，她威胁我去举报，我一狠心，举报就举报吧，那些事你也有份，大不了咱们一起烂在锅里。她后来不举报了，而是让他的弟弟施之以武力，我一说离婚的事，我小舅子就揍我一回，揍得我浑身上下没一处好（副局级干部顺势脱去衣裤，只剩下一件内裤），你看这儿，再看这儿，明创、暗伤、瘀青，比比皆是。这还是一个有身份的人的身体吗？连个捡破烂儿的都不如。就这样，那个山口百惠也不怜惜，连连进逼，落俗到也要举报。我威胁说，你尽可以举报，你一举报，我就掐死你。她也不会真的去举报，我也不会真的去掐，但这样一来就变味儿了，她离我而去，断绝了跟我的来往。我离不开她，反复去乞求她。她不仅不动心，还多了对我的鄙视。我一气之下，生了一计，找了一个风情女子，就是你看到的那个。为了叙述方便，索性就叫她莱温斯基。我带着莱温斯基在山口百惠出现的地方进出闪回，招惹她的妒意。你还别说，这一招还真起作用，在真真假假中，让山口百惠大感危机，她很快就又回心转意。她有一句话弄得我肝肠寸断，她说：“你就别折磨我了，我的身子已经习惯了跟你躺在一起的感觉，下贱得离不开你了。”

听到这儿，绳子也一屁股坐在地上，抱住副局级干部的头哇哇大哭。他是想到了大兰子。都二三十年了，大兰子的胸脯虽已经衰败无形，但在他心中依旧坚挺鲜活，一旦抚摸不到，他便心生杂草，只觉人生荒芜。

觉悟

人与人之间，一混得厮熟，身世它就会自己站出来说话。

副局级干部到底还是对绳子讲了自己的来路。

他叫白德臣，在区房屋土地管理局工作。现实身份，是局工会主席，虽是个闲职，但兼任局党委委员，给了一个副局级待遇。

他的父亲生前是大安山煤矿的副矿长，所以白德臣高中一毕业，其父就利用职务之便把他招进矿办，在宣传科里当宣传干事。这在当时的环境下，自然要招来议论，认为是以公谋私。矿务局领导就找他父亲谈话。副矿长其实是一个好干部，历来都是听领导的话，跟党走，工作上也勤勤恳恳、任劳任怨，只不过那时的就业门路少，农村的孩子要“跳农门”，实在不易，他只好依仗着自己是矿上的功臣，硬着头皮在险处求。领导还没有开口批评，他自己就哭了。这倒让领导感到难为情，对他说，知道你这么多年很不容易，这么着吧，让你的儿子去参加矿务局的技术培训，等毕业了，再由矿务局给他重新分配工作。这样一来，就属于组织行为，与你个人就没啥干系了，省得别人对你有意见。

他哭得更厉害了，既有感动，又有惭愧，还有自怜。

儿子被组织上照顾着，他只剩下无条件的感恩，他拼命干活儿，虽是矿上的领导，但也总是往一线跑，不怕跑冒滴漏，脏活儿、累活儿、急活儿、险活儿他都带头干，不仅有了身先士卒、率先垂范的美名，还被评为部级劳动模范。

他的儿子白德臣培训结束后，被安排在矿务局技术处当技术员。一直干到他就要退休了，儿子还是一个普通的技术员，组织上也没有提拔任用的意思。这让他感到纳闷，依他劳动模范的身价，儿子更有资格被照顾，而且现在不是照顾不照顾的问题，而是对劳模尊重不尊重的问题。

实在不能忍受，就去找领导，就儿子的事，提出了自己的条件，希望能提拔儿子到领导岗位。领导居然很不客气，说，你怎么当的劳模你自己应该清楚，如果不是我们网开一面，你的以权谋私早就被处理了，哪还有你现在的风光？所以，你能有今天，那是组织上关心的结果，你应该知足。孩子有班儿上，能挣钱养家，已经是很不错了，再说你退休之后，还能享受提高百分之五工资的劳模待遇，不能什么好处都是你的，这不公平。

这堂而皇之的理由把他的嘴堵上了，他很郁闷，回来之后就病了。病愈之后，他的心眼儿活泛了，自己给儿子安排后路。那个时候，矿脉附近的地方乡镇，也搞煤炭开采，急需要专业人员指导。他就看准了一个效益好的史家营煤矿，把儿子输送过去，当了管技术的副矿长。他自己也利用多年来积聚的各种优势给这个煤矿进行有偿服务。比如，从关系单位为其低价购买新型设备；用政策的弹性空间为其划转和拓展销售渠道；用业余时间为其进行安全培训，让这个煤矿从诸多乡镇煤矿中脱颖而出，经营得如火如荼。

领导又找他谈话，说他的做法是在挖国矿的墙脚，是在犯错误。

他挺直了腰杆说道，你们别给我扣帽子，我又没有违纪违法，一切都是在政策规定的范围内。

领导说，即便是这样，也颇不妥，你毕竟是我们培养出来的劳模，要一心为公，表现出应有的觉悟。

他摇摇头，说，在你们眼里，什么是觉悟？不管做了多大贡献，也忍在一个副矿长的位置上而不叫屈就叫觉悟？不管有多合理的现实诉求，也忍在一个冠冕堂皇的理由上而不叫苦就叫觉悟？我就是因为太有觉悟，才一忍再忍。到了现在，我终于明白了，我是被“觉悟”绑架了。

以黑养绿

史家营煤矿虽是集体煤矿，但属于个人承包性质，有弹性的分配空间，所以白德臣与其父随矿主发财而发财。

他们有了大钱之后，并不像矿主一样摆阔、显富、挥霍，而是不露声色地朝深里经营。

父亲觉得乡镇煤矿不是久留之地，因为除了能挣到钱以外，对个人身份和地位的提升没有多少直接的作用。便用手中的余钱，为儿子打通仕途。

区里为了大力发展采矿业，专门成立了矿业办。他们盯住了矿办主任，在私下里又请又送，终于把白德臣运作到区矿办，当了正式的国家干部。

煤矿的副矿长虽然能挣大钱，但钱是流动的东西，终有散尽的时候，但衙门可是铁打的，是个稳定的东西。眼前不是官儿，总有当官儿的时候，起初官儿还小，总有当大了的时候。他们有朴素的生存设计。

他们管这叫作“以黑养绿”。绿，不特指青山绿水，是指前途和未来，是渐渐会到来的家庭兴旺。

白德臣依次得以升迁，从科员到副科长、从副科长到科长、从科长到矿办副主任，都是必然性的步骤。但从副主任到主任，就是偶然性了。偶然性就在于，主任之职决定权在上边，他们爷儿俩还没有越位伸展的触角，只能寄希望两个因素：一个是主任本人不慎犯了错误，被拿下；另一个是主任升迁到更高的位置，反过来推荐得意的下属。前一个因素不太可能，一般会捞的干部，都有步步为营、严加防范的素质，时刻警惕着败露。后一种因素倒是正途，只不过成本要大些。

既然船到中滩，山到半腰，是不能退的，只能硬着头皮上。爷儿俩便咬着牙往里砸钱。他们为破解这种偶然性而战。

后来矿办主任升任房屋土地局副局长，白德臣也果然被推荐上位，山果然绿了。

白德臣充分享受到了当矿办主任的好处。

主要不在钱，而在于体面。

地方煤矿野蛮开采，只顾眼前产量和效益，不管不顾地与国有煤矿抢滩争食，不免破坏了矿脉，让国矿苦不堪言。国矿领导便纷纷找白德臣出面协调，他在两边的席面上都是座上宾。

体面还不在此，在于老主家的登门求助。

大安山煤矿的领导找到白德臣，说，你究竟是从咱们矿上出来的，你也要为矿上说说话。

说什么话？

你看，地方的史家营煤矿，在咱们矿的顶层开采，破坏了咱的矿脉不算，还捅漏了地下水，把咱的巷道都冲垮了，严重威胁着生产安全。报到市里，市里主管领导说，眼下是开放搞活的生产环境，你们两个煤矿，不管是亲儿子，还是后儿子，背着抱着都是我的儿子，都给我上缴税收，而且他交的也不比你少多少，你让我怎么管？所以，你们不要伤了和气，还是坐下来自己协调吧。而我们怎么自己协调？咱一主动，他们就会得寸进尺，所以还是得请你出面。

好说好说，咱们矿究竟是我的老主家，不能坐视不管。不过，我这里有点现实问题，还要烦主家帮忙。

你说你说。

我父亲就要退休了，他辛辛苦苦、兢兢业业了一辈子，还需要矿领导多多体恤。

好说好说，他工龄长，是矿上第一代的元老，副矿长的任职时间也颇不短了，而且还是省部级劳模，按政策，应该落实待遇。那么，就按矿长待遇退休，同时念他是矿上的功臣，平时也不向组织上伸手，就再奖励他一个两居室吧。

嗯？两居室？在我们地方，正处级干部的标准就是三居室，国矿矿长的级别最起码也应该是副局级吧。

好说好说，虽然企业不讲究行政级别，但还是按正处级，三居室。

谢了。不过，这可是矿上的决定，跟我无关。为了保险起见，矿上应该形成一个书面决定，省得人私下议论。

当白德臣的父亲拿到了矿上的书面决定，白德臣旋即在史家营煤矿召开了现场办公会。他说，我们煤矿，一直以来不讲规划、野蛮开采，破坏了矿脉，严重影响了大安山国矿的正常生产，按有关规定，不仅要整顿，还属于被关闭范围。

矿长沉不住气了，抢白道，白主任，你可是从咱们煤矿起家的，可不能不念旧情。

白德臣一笑，说，谁说我不念旧情了，我不是要关闭煤矿，而是要咱们矿往西移十公里，躲开大安山矿的掌子面，不与国矿争利，这样，我才能理直气壮地向着你们说话。

都是挖煤的，凭什么我们让？

白德臣一板脸，你们别忘了，我已经是国家干部了，一切都要以国家利益为重。否则就会认为我不作为，就会把我换掉。我都被换掉了，谁还替你们说话？

见矿长直摇脑袋，白德臣愤愤地说，你究竟是个老农民，屁都不懂，你想想，没有国家的政策，你能挖煤，你能发大财？所以，你得知道感恩。再说了，让你西移，其实是让你不跟国矿发生纠纷，能踏踏实实地长期开采。如果真的较起真儿来，你胳膊还能拧得过大腿？第一个就把你整顿了。所以，说来说去，我就是因为念旧情，在设身处地地为你考虑。

矿长想了想，难为情地笑了，说，我想明白了，还真是那么回事。

失势

白德臣在区矿办主任的位置上，呼风唤雨了多年，见了不少场面，经了不少世事，得了不少实惠，内心膨大到连自己都觉得自己已经是京西的一个人物了。

原矿办主任、后来的房屋土地局副局长也真觉得他大有前途，亲自牵线，把上医学院的女儿介绍给他。一来二去，还真的把白德臣设计成了自己的乘龙快婿。

副局长本来就是从矿办主任起的家，知道矿办是一只盛满了油水的大锅，他被油水浸泡过，当然知道油性，把白德臣纳入门庭，掌勺的还是家里人，“油”的还是他自己。

白德臣当然乐得攀附，钱权本来就是联姻的，有了钱自然要谋权，有了权自然要多进钱，“偶然性＋偶然性”，就是“必然性”了。他虽然出身于山村，是标准的农家子弟，但沿路走来，世风化人，他已经失去了纯朴，“贪”字加身，有了野心。眼下哪儿还有至纯至洁的爱情？婚姻包上钱权的软缎，既华丽又温暖，很好！

就这样，白德臣有了一个体面的小家，后来还有了一个聪明的女儿。日子过得顺风顺水，温馨美满，令人羡慕。

但正因为美满，他生出多余之心，去寻找实力的确认，即搞女人之外的女人。

也就是那个山口百惠。

山口百惠本名叫黄咏梅，大学毕业，分到了矿办。她身材窈窕，却丰韵。走起路来，袅袅娜娜，但人一站立，就是浑身的线条。这是令人心动的美，用白德臣的说法，她会长，穿衣显瘦，脱衣有肉。这种评价属于触觉，属于“占有”层面上的语言。

所以能成为白德臣女人之外的女人，其原因便不在于黄咏梅。因为她一到了矿办，就已成了贪婪之心的捕捉对象，白德臣志在必得。留给她的，只能是个被裹挟的命运。

白德臣先是让她当秘书，后是让她当办公室主任，始终把她把控在自己身边。小女子的虚荣被一项一项地满足之后，便自然而然地投入了早就张开着的怀抱。

这个怀抱，虽然非分，但是温暖，黄咏梅缱绻其中，不能自拔。她不再能接受白德臣之外的男人，不谈恋爱也不结婚，就这么不明不白地跟着白德臣，直到他的女儿都上大学了。

这是多么漫长的心路历程啊，她麻木得连悲伤都没有了。就白德臣来说，享有得久了，也心安理得，连歉疚的影子也消失得一干二净。

怀有无限歉疚的，倒是白德臣的父亲。父亲对他说，以前咱们要点小诡计、玩点小手段，是为了生存，你现在的做法可就另说了——长期霸占着一个大姑娘，满足生存之外的私欲，这叫什么？往轻里说，是你学坏了，不能本分做人了；往重里说，你是变质了，腐败了，走上了毁灭之路。

父亲逼迫他“放生”，让人家黄咏梅过正常的日子。

他说，“放生”？往哪里放？她天生就是这个品种，靠傍男人吃饭。即便我“放生”了，她也还会去傍别的男人，所以，我没必要拱手相让。再说，她被笼养得久了，翅膀退化，早就不会飞翔了，你若是把她撒在野地里，甭说豺狼虎豹侵袭，就是苍蝇蚊子叮咬，她也不会飞、不会躲。这哪里是去享受自由和幸福，而是去遭罪，承受欺压和蹂躏。这样悲惨的境遇，你能看得下去？即便是你能看得下去，我也不堪忍受，毕竟她是我的人，本能地就想悲悯和怜惜。

你总是能给自己的坏找出善的理由，所以你坏透了。父亲愤愤地说。

这还不是因为你，上梁不正下梁歪，是你领着我走上了歪门邪道。白德臣嬉笑着说。

儿子的无耻，让自己无奈，老人家抑郁了。抑郁到最后，老人家穿得整整齐齐走上了屋后的山巅，决绝地跳了下去。老人走后不久，他的老伴儿也穿得整整齐齐，然后平静地喝下农药，靠在被垛上，从容地迎来了死亡。儿子的事她也从老头子那里知道得清清楚楚，对一个满脑子传统观念的老妇人来说，这是天大的罪孽，她赶紧躲开，既是眼不见心不烦，也是为了不背上造孽的罪名。

一对老人双双自裁，给旁人留下了想象的空间。都觉得白德臣这个人一定有问题，至少是不祥之物，便本能地疏远。在乡里乡亲、邻里邻居那里，白德臣这个人好像已经不存在了。至于领导和同事、同学和朋友，也笑里藏着冷意，客气中多了戒惧。

这一切，白德臣都感觉到了，即便是拥着黄咏梅温软的身子，他也不能忘情，心里也积着一团拂之不去的阴郁。这人活得！他暗暗叹息。

心气儿一打了折扣，自然就作用到了他的感情生活。在黄咏梅这里，明明有甜蜜，但也感觉不到甜蜜，反倒是觉得，在甜蜜之外，她还给他带来了晦气；在他老婆那里，没有甜蜜，他原来还可以制造出甜蜜，现在不同了，他已无心“制造”，任其冷。便同时荼毒了情人和老婆的关系，情人凄惶日甚，老婆疑心日重，他整个人像悬在空中，整天都是忧心忡忡。

跌落的时候终于到了。

首都城市功能重新定位，京西被划定为绿色屏障、生态涵养区，除了留下少数几个国有煤矿，地方的煤矿，包括石灰、水泥、石材等其他相关产业，一律关闭，实行以旅游业为主的产业转型，区矿业办公室就势撤销。

矿办系区房屋土地管理局的归口管理单位，所以白德臣和矿办的一干管理人员被撤回局机关。

关于白德臣的安置，还是他的岳父起了作用。

他对局长说，矿办是咱们局的重要单位，白德臣是重要单位的一把手，要重点安置一下，应该考虑让他在局领导班子里有一席之地。

局长说，你的意见很有道理，但是有个技术问题，你们俩有翁婿关系，依组织人事的回避制度，你们不能在同一个单位任职，得留一个走一个。

按照惯例，白德臣被提拔的可能性不大，他的岳父深知此道，所以很不情愿地说，那么我走，但是去哪儿呢？我自己向组织上提要求有些不妥，还得仰仗局长您给向外推荐。

好说，好说。局长笑笑，很亲切地说道，咱们区被确定为生态涵养区之后，旅游业要大发展，为了给旅游保驾护航，区气象站升级为气象局，正好有个局长的位置，如果你同意，我赶紧给你推荐。

白德臣的岳父摇摇头，说，那可是个边缘单位，有职无权。

局长板起了面孔，你这么说就没意思了，气象局局长好歹也是正职，从级别上和我平起平坐，有多少人已经盯上了这个位置，你却还患得患失，你有没有脑子？

那好，就麻烦您费心推荐吧。

房屋土地管理局是个炙手可热的大局，所以它的副职肯到冷部门去任正职，组织部门也乐得顺水推舟，事情便很快办妥了。

但白德臣的任职却不像翁婿俩预想的那么顺当，他并没有当上副局长，而是被安置为局党委委员兼工会主席。局长解释说，在走民主评议、民主推荐程序时，白德臣的得票率很低，他的群众基础太差了，我不敢拂逆民意，硬性提拔，能有现在这样的结局就已经很不错了，这也是冒着很大风险呢，要不是念在跟你多年的交情，我也是不会干的。

倒是白德臣想得开，他安慰岳父道，咱们在矿办经营了那么多年，局长觉得咱得了太多的实惠，他早就看不惯了。所以他没把咱们连根拔起就已经是很不错了，说明他给人面子、与人为善。对这样的人不能有恨，只能有敬。

翁婿二人都任了闲差之后，因为官场的失势，反倒让他们彼此走近，能平等地说话，相处得比以前轻松多了。

失和

白德臣把黄咏梅弄成情人，是典型的兔子也吃窝边草。

这是官场的大忌，因为情人对其工作与生活全面知情，是与非、正与邪，无从回避。这就是巨大的危险，像一条温柔的绳索，把他捆缚住了。所以，即便是他想“放生”，也得看女人愿意不愿意，主动权在人家手里。

白德臣在官场失势之后，黄咏梅反而有了一种安全感。多年的地下同居，情人的身份和身子被用旧了，就跟老婆没什么两样。他有没有权、有没有钱，真的不重要，只要他能不离不弃，始终对自己好。所以，她对白德臣比以前还温柔，遇到他失落、发牢骚，她还不停地送上安慰。

白德臣没权却有闲，而且野心死灭，平常心露头，觉得这个情人是他现在唯一的宝物，可以医治无聊与落寞，让他活得充实。他便把大部分精力都用在她的身上，一得空就和她缠绵在一起。

而缠绵是一个定数。他在黄咏梅这里释放了缠绵，回到家里就撑不起缠绵，他对自己的老婆越来越冷。本来他老婆对他和岳父改任闲职就大有意见，经常抱怨，瞧瞧你们这一对，一点出息都没有，连个权力都守不住，真让人看不起。感情再一放冷，她就更不能承受，总是恶语相加，不给好脸。这就败坏了他们的夫妻关系，白德臣的背叛就更加肆无忌惮。

你在外边是不是有人了？老婆问。

有，怎么着？没有，又怎么着？他反问道。

真是邪门儿了，你都是一个可有可无的工会主席了，脾气却大了，你要脸不要脸？

工会主席怎么了？因为无足轻重，反而自由自在，解放个性。

你别他妈的刺猬插翅膀——假充飞鸟，你能小公鸡打鸣，前边肯定有一个摆尾巴的烂母鸡。

你说得很对，因为这是天地伦理。

你要是有胆量，就告诉我她叫什么？

正因为我有胆量，所以我不告诉你。

这日子没法过了。

不过就不过。

事情到了这种程度，对白德臣来说，就等于自掘坟墓。因为他的老婆有了意想中的敌人，对他失去了信任，实行严格监管。

追问、追查、追踪、追捕，一系列急迫的行动之后，黄咏梅浮出了水面。

接下来的事情，就有了绳子的目击、知悉和莫名其妙的卷入，就不需要白德臣再费口舌叙述。

他们夫妻闹到了这种程度，他的岳父自然要介入。

他岳父说，为了你，我可倾其所能、倾其所有，你应该知恩、感恩，不能就这样公然背叛我闺女，这牵扯到一个男人的人品。

他说，您说得严重了，夫妻矛盾，这里的成因很复杂，而且是双方的过错，这跟人品没有必然的联系。

如果你不搞第三者，就不会有家庭矛盾，对婚姻不负责任，在外边乱搞，是不是人品有问题？我没给你戴上道德败坏的帽子就很给你面子了，还在我这儿诡辩，真是岂有此理。

其实我们俩之间，没必要涉及道德话题，因为都不配。咱就说我的婚姻问题，到了现在这个地步，也不是主观故意，全是境遇和环境所致。而我的境遇和环境里，少不了您老人家，如果非得追究责任，您也难辞其咎。

我那么不遗余力地帮助你、栽培你、成全你、成就你，难道还有错了，你这人还讲不讲良心？

您是帮助、栽培、成全、成就过我，但却不是建立在纯粹的感情之上，而主要的是为了您自己的利益。我是您延长了的手臂，面对油锅，我在前面掌勺，您在后面打油，装满了不都成了您的库存？所以，婚姻如果是建立在利益的基础之上，当事人有理由背叛。

你，你，你是不是因为我没有了原来的实力，没有了你能借助的势力，就把我往小里看，就不再敬重，就可以任性而为？

这是自然的。因为以前你是我难以承受之重，你现在失去了重量，正可以还我轻松和自由。

你就这么赤裸裸?

咱们又不是外人，干吗还要绕弯子说话?整天冠冕堂皇地遮掩和包装，您就不感到累?

遮掩和包装我感到舒服，因为我已经习惯了，而你这样赤裸裸，我只有心痛。

您还是调整一下心态，赶紧习惯了好，这对您的身心有益。

无论如何我还是你的岳父，你应该对我有起码的尊重。

正因为对您尊重，我才移情而不毁家，保持婚姻的完整。所以您老人家得劝劝您的女儿，让她有点理性，别歇斯底里、不管不顾，到时候玉石俱焚、同归于尽，对咱们都不好。

你，你，你真是无耻。

岳父大人，别说得这么难听好不好?再说，秘密、存折、命运，这些关键的东西还不都在您和您的女儿手里?留给我的不过是一点追求个人感情的小小自由，如果再残忍地剥夺，真正无耻的就不是我了。

白德臣和他岳父的这番对话，白德臣没有对绳子说。所以当白德臣的岳父从突然昏厥住进了特护病房，到终于能走出医院在自家花园里晒太阳，整整两个月的时间，白德臣都整天泡在病房里，端屎端尿、悉心照顾，比亲儿子都孝顺，着实地让绳子大惑不解。

“我知道，你们当官儿的，都把自己隐藏得很深，”那天绳子同满身消毒水味的白德臣又喝了两口，轻飘之下，说道，“可是你却跟我讲了那么多自己的事，不知为什么?”

白德臣立刻回答道：“因为你不过是一个捡破烂儿的，无足轻重。”

虽然绳子读过路德维希·费尔巴哈，知道放纵行为本身的“双重矫正”，但也怦然惊愕，愣在那里。

震撼

一天，白德臣给绳子讲了一个他在大安山煤矿当技术员时听来的真实的故事。

听完这个故事，绳子受到极大的震动，之后的整个夜晚，他忍不住还原那故事发生的现场、补充那故事缺失了的细节，竟至彻夜无眠。

白德臣说，在矿上，有一个很优秀的段长，叫大山子（绳子心中一震）。他工作极为负责，巷道里，哪一处掌子面出现了险情，他都是第一个赶到，奋不顾身地进行处理。他几次被冒下来的煤层掩埋，被刨出来的时候，都是遍体鳞伤。工友们隐隐约约地感到，他有些主动赴死的意思。但他终究不死，命很硬。每次他都要受到嘉奖，被树为生产标兵。工友们对他很敬佩，真诚地向他学习，他却表现得很不耐烦，没好气地说，向我学习个什么？我又没死。我要真是呜呼了，也值得你们学习，我这样做，不过是尽一个段长的本分而已，再说了，我吃得比谁都多，得对得起粮食。

工友们感到奇怪，逗弄他，难道你就真的想一命呜呼？

他说，那得有多痛快。

他平时总是沉着脸，不苟言笑，整天也不会说一句整话。他特别能吃，每顿饭都要吃十多个馒头，让人觉得他好像是饿死鬼托生的。他曾对工友说过，他很感谢煤矿，如果不是当了矿工，能不花钱地吃饭，他早就饿死了。

工友们又逗弄他，听说食堂要改章程了，工人要自己花钱买饭票，要真是这样，你还那样吃吗？他毫不犹豫地说，肯定不会那么吃了，因为心疼钱。

好像是为了感恩，他基本是以矿为家，出满勤干满点，很少休假。工友们不禁逗弄他，听说你老婆兰子长得很标致（绳子又心中一震），你就这么忍心把她放在家里，任其荒？女人可是一块地，勤收拾、勤耕耪，才有地力，才长好庄稼。

大山子只是阴沉地一笑，并不说话。

工友接着说，听说你们那个地界，不垒院墙，屋门就直对着山川，你不常回家去看看，就不怕有人乘虚而入，半夜里推门而进，替你钻进热被窝里去？

你他妈的会不会说话？大山子霍地站起身来，狞恶地盯着对方，呵斥道，你再不闭上你那张臭嘴，小心我扇你！

狞恶的目光有吃人的味道，带着吃十几个馒头的狠劲，工友被吓坏了，嗫嚅道，你这个人是怎么了，连个玩笑都不能开了？

大山子说，你这哪里是玩笑，分明是讽刺！

这怎么就变成讽刺了？真是邪门儿。工友莫名其妙，很委屈。

大山子能吃、能干，有壮健的身膀，虽个矮，但走路时身姿挺拔、矫捷如风。他胡须很重，但一冒头就刮去，所以面容洁净，表情坚毅。在矿上人眼里，他有男子气。工友们便觉得，他的老婆标致一些，也算天遂人意。

但他却懒怠缠绵，总是赖在矿上，没有一点急切的欲望，这是为什么？大家隐隐约约地感到他们夫妻之间有问题，很可能女人身后还养着人，空有夫妻名分；但谁也不敢深问，怕招惹他发狠。

他无冬历夏都洗冷水澡。这让人感到奇怪，因为挖煤的皮肤上都嵌满了煤粉，只有热水才能洗得干净。时间久了，许多人都发现了一个秘密，他冷水浇身还不奇怪，奇怪的是，冷水浇身之后，他还有进一步的动作。

夜色暗沉，星星眨眼，他披着满身的水珠朝虚空里站立。待确认身边无人，他开始砍椽子（手淫）。动作一点也不温柔，既急迫又仓皇，那个狠劲，好像他很恨自己。喷薄而出的时候，他从牙缝里挤出一个名字：兰子。当变形的脸子复位之后，他居然呵呵地傻笑起来，好像他眼前是遍地可笑之人和可笑之事。

工友们即便发现了，也无人点破。人心朴实，觉得在这种事上点破，很下作、很不厚道。只是觉得他太可惜，有精力不用在女人身上，而是自己糟践自己，太不知道怜惜。人们也从情理上理解，他身体那么健壮，有多余的欲望，实属正常。

白德臣知道之后，第一个反应就是，大山子娶了一个不爱他的女人，名分之下，他不过是一个摆设。（白德臣后来感情出轨之后，居然又从这事上产生了联想：如果非要“放生”，让黄咏梅嫁人，岂不是又制造出一个大山子式的人物？他能从别人身上给自己多吃多占找到道义上的理由，连自己都感到吃惊。）

又对大山子产生了同情，甚至是好感，每年评先进的时候，他本能地就想到推荐大山子。不仅如此，他还鼓动厂长亲自给大山子发奖。发奖的时候，他看到领奖人憨厚的笑容，心中刺痛，好像败坏这个工人婚姻和爱情的人，不是别人，而是他自己。

白德臣说，对大山子的感情生活，我也生出好奇心，想探一下这个工人的婚姻路径，弄清楚女人背后那个男人究竟是哪一个，但念头一出现，我马上就觉得没意思。因为情感这东西没有对错，不能简单地进行是非之论和道德判断，再说，农村里名存实亡的婚姻遍地都是，很不新鲜。既然是这样，就没有必要关心那个人的存在，爱是谁是谁吧。

（白德臣的态度，又让绳子心中一震，因为依他的逻辑，他绳子不过是一个抽象的符号而已，并不是一个血肉之躯。这让他有点难以承受，他很想跳出来说，那个人就是我。但他忍住了，原因在于他突然灵光一现：他白德臣的私密我几乎全知道了，而我的隐情他却浑然不知，这样一来，我就有了道德优势，我随时可以评判他，他却无从评判我，在交往中，我就有了主动的地位。他虽然是当官儿的，我不过是个捡破烂儿的，但他跟我没什么两样。绳子暗自窃喜，他认识到，原来私密也是权利，不到万不得已，切不可轻易出让。对待白德臣这种当官儿的人，他要给自己留有后手。）

白德臣接着说道，奇怪地，大山子的自我糟践，居然赢得了工友们普遍的好感和尊重。细一探问，因为他还有惊人之举——

矿区里有几处小酒馆、洗脚房和美容店，基本都是外地人开的，出出进进有不少花枝招展的女人。

出于对大山子的同情与关心，好心的工友有意地把他带到那些地方去。请他喝酒、洗脚、按摩，在把他灌得熏然目迷、按摩得飘然欲仙的时候，顺势把他引进密室，然后把一个袒胸露乳的性感女郎推进他的怀里。

但是，即便是在醉中，大山子也把那团带香味的软肉猛地推出去，愤愤地质问，你们要干什么？

以为他是心疼钱，工友便说，不贵，不贵，不过是一张老头儿票子。

大山子说，不是钱的问题，而是下作，败坏人品，让人觉得像畜生。

工友说，你别说得那么严重好不好？这事儿就是一个乐子，解闷儿，大家都愿意逗弄，又不是唯独你。

大山子说，你们愿意逗，尽管逗就是了，可千万别扯上我，兰子在老家辛辛苦苦地伺候着我瞎眼的老妈，我决不能做对不起她的事儿。

为了怕被工友裹挟，一不留神马失前蹄，小酒馆、洗脚房和美容店那种地方，大山子干脆就不去了，一收工就窝在宿舍里，更加沉闷、木讷，让大家很压抑。

知道了大山子的这般形状，绳子更加震惊。没有爱情的婚姻大山子都这样珍重，他是条汉子。以前总以为命运对自己不公，现在看来，对大山子更是不公。以前总是把仇怨倾注在大山子的身上，恨不得矿井马上就冒顶，把他捂死在井下，现在看来，自己真是太恶毒了，起码是烙饼不翻个，只看到自己这面煳，没看到另一面也煳。两个人过得都不容易，都是受了老天爷的捉弄。那么就该怨恨大兰子的爹吗？他爹又不是老天爷，不过是一个没多少文化的老农民，也是身不由己地做了那样的选择。这真是捉弄人的人也被捉弄，到头来，都不知道该怨恨谁了。

路德维希·费尔巴哈能给个答案吗？

他是从宗教看人事，而京西人又不信教，只是依着本心过活，所以绳子觉得，他也给不出答案，是一定的。

由于知道了不应有怨，绳子反而在惭愧中有了更厚朴的爱意，他觉得应该敬重大山子，因为从做人的方面看，他比自己还地道。这种敬重，让他开始用全新的视角看大兰子。以前她只是自己的爱人，现在咱得承认，她也是大山子的未亡人，对她便更要怜惜，不仅要爱，也要敬——替大山子爱，为自己敬。

有了这样的心理，他再见到大兰子的时候，便收敛了猴急猴急的情欲——即便是她的衣领半敞，他也不好意思顺势伸进手去，一阵乱摸；即便是她肥臀摇曳，他也不好意思凑上前去，放手去捏。他能够很平静地诉衷肠、话家常，像回到初恋，既柔情蜜意，又规规矩矩。

他们能在一起待上很长的时间，因为这种温馨的相处，没有了仓皇忐忑的东西，让他们感到很名誉，不怕她的子女不期而归。

大兰子不免感到有些陌生："你怎么变得这么客客气气，难道你不爱我了？"

"爱，更爱。"

拒绝

由于既爱且敬，两个人之间，除了爱情之外，又多了一份亲情。

这就让绳子感到，他和大兰子虽不在婚姻之内，却也有家庭成员之实。这让他生出一个奢念，想进一步挤进大兰子的家庭，在其中占一个位置。

一天，他突然问大兰子：“你的大儿子是不是咱俩的孩子？”

大兰子不假思索地说：“这还有假？”

“既然是这样，咱也就别藏着掖着了，我想把他认下来。”

“为什么要认？”

“我是想，咱们都这把年纪了，有今儿没明儿的，如果不赶紧把他认下来，将来用什么证明咱俩曾好过一场？”

大兰子怪异地一笑，断然说道：“你甭想。”

“为什么？”

“我怕大山子的阴魂半夜里找来，让我不得安宁。”

大兰子对他说，咱们有生无养，用老辈人的话说，是造孽。是大山子辛辛苦苦把他抚养大，一辈子都没有一句怨言。他从来都认为儿子是自己亲生的，对孩子一味娇惯，百依百顺，虽然儿子也从街坊邻居那里知道一点什么，但他至死都没有挑破，这就等于没有。所以，没有大山子亲口承认，咱俩的话不算数。非要相认，孩子肯定不接受你。这还不是最重要的，最重要的是，咱俩让大山子凄惶了一辈子，欠下了一笔没法还清的人情债。他活着的时候，我只想着是他挡了咱俩的道，便不管不顾地折磨他，看着他憋屈痛苦，我心里才找到一点平衡。也真是奇怪了，等到他死了，我的心境一下子就变了——年轻时的那点男欢女爱，不过是一股没头没脑的邪劲，过去了也就算了，干吗让人家付出了一辈子的代价？你说这对吗？见到死，我突然懂得了生，明面儿上是他毁了咱们，其实是咱们毁了他，因为他是无辜的。换个说法，这里的错，与其说是我爹强加给他的，还不如说是咱俩硬塞给他的。但他这个人耿直、善良，一切都逆来顺受。现在看来，他有多么的了不起，比咱俩活得有尊严。所以，儿子你不能认，咱俩得对得起他的死。

“那咱俩的感情怎么办？”

“咱俩不是从年轻时起就一直没有断吗，你还想怎么办？”

“我是想光暗地里好不算数，要有名有实。”

“那你就耐心地等，等你的老婆肯放手，等孩子们肯接受，咱俩就能走到一起了。”

“那得等到什么时候，咱们是不是有点太老了？”

“你怎么这么点信心都没有？咱俩都是农村出来的，从小就干体力活儿，身体都有老底儿。你再看看现在，我有吃有喝浑身是肉，厚实；你风里雨里的天天都锻炼，皮实，且活着呢。

只要心不变，一定会看到你明媒正娶我那天。”

“你的心真大。”

“不是心大，而是心不死。”

这就等于大兰子在告诉他，能证明他们爱过，还在爱的唯一证明，就是最终走进婚姻，每一天都睡在一个屋檐下。

还能说什么？因为这就是京西人的生活逻辑。

轻薄

在绳子和大兰子的感情越来越厚重的同时，白德臣和黄咏梅的感情却越来越轻薄。

因为他们不相信有未来，便只贪恋眼前的享乐。自认为是两块就要烧尽的炭火，必须抓住时日，拼命地做最后的燃烧。

白德臣放任自己的情欲，情绪一亢奋，就给黄咏梅打电话，要她速来。一遇到拒绝，就大失风度，先是愤怒、威胁、恐吓，后是诱劝、哀求、许愿。总之是不达目的，不会消停。

他许多次都是在绳子的小屋里打这种电话，所以他的失态和出丑，都让绳子尽收眼底。一如老妇簪花不自羞，娇羞上了少年头，白德臣不觉得悲哀，绳子却已经悲情满怀，难以承受。这世间怎么还有这么不自重的人，不知他这个领导干部是怎么当到现在的。绳子暗自感叹道。

黄咏梅每次都禁不住白德臣的死缠烂打、软磨硬泡，最后都是乖乖地如期来到。嗔怨一番之后就释怀，推拒一番之后便就范，把绳子赶出门去，仓皇地但行好事。

绳子躲在一个隐秘的角落给他们放哨、打掩护，心里很不是滋味。

待黄咏梅完成使命闪身出门之后，绳子会立即冲进门去，对人模狗样地整理衣冠的白德臣命令道：“别光顾着打扫你自己，赶紧把我的床好好整理整理。”

“你的床还是原来的样子，有什么好整理的？”

“有脏物。”

白德臣俯身看了看：“什么都没有嘛。”

奇怪地，绳子竟从床上捡起了一根卷曲的毛发：“这是什么？”

“好像是小黄的头发。”

“狗屁，我看是你掉下来的鸡巴毛。”

“你怎么这么不客气？”

“你还让我怎么客气？”

白德臣说：“知道我们这种赤裸裸直奔主题的做法引起了你的反感，其实这有什么可大惊小怪的，你细一想想，男女之间，无论什么名目，说来说去，不就是卡巴裆那点事儿吗？提起裤子之前都是脏，就别那么假模假式、冠冕堂皇。”

绳子说：“即便是这样，也要留下一层窗户纸，有一点最后的遮掩。这最后的一点遮掩很重要，它能把人和畜生区分开来。”

“你别卖弄从路德维希·费尔巴哈那儿趸来的那点哲学，床上那点事儿是用哲学解释不清楚的。”

“这不是什么哲学问题，这是尊严，也就是俗话说的脸面问题，即便是女人能让你随便搞，也要多少给她留点脸面。就说你这个山口百惠吧，让你搞得召之即来、挥之即去，你把她当成什么了？还口口声声说是为了爱情，其实我看你是把她当成了街头卖肉的鸡了。”

“你别他妈的说得这么难听好不好？”白德臣面色铁青，一拳头打在绳子的脸上，说道，“都说打人不打脸，你说得这么难听就是在打我的脸，对不起，我也必须打你的脸。”

绳子嘿嘿一笑，毫不犹豫地迎头还击，也把拳头打在白德臣的脸上。他说：“我也必须打你的脸，因为把你的脸打疼了，你才知道要脸。”

两个人你来我往地厮打在一起，好像他们是仇人相见，不依不饶。

最后，两个人都鼻血覆面，有邪恶的生动，都仰躺在地上，粗厉地喘息。

白德臣毕竟年轻，比绳子早一些还原过来，他朝绳子脸上吐了一口血水：“绳子，你既然爱玩弄哲学，那么我也跟你哲学一回。”

绳子狠狠地抹了一下脸：“听着呢。”

“这男女之间，说来说去，不过是一个嫖与被嫖的关系，”白德臣嘿嘿一笑，“所不同的是，老婆娶回家里，名正言顺地嫖；情人牵在手里，偷偷摸摸地嫖；小姐招进屋里，花了钱去嫖。在我眼里，本质上是一样的，都是鸡。你说是不是？”

“不是！”绳子断然说道，“白德臣（他第一次敢对一个副局级干部直呼其名），在我眼里，你已经无足轻重了，因为你已经把自己堕落成一个嫖客，再美好的感情你也感受不到了，嫖客的目光只能看到下作和淫，你完蛋了。”

养生

从与白德臣互赠老拳的那天起，绳子决定改变。

首先他不再吃捡来的食物，而是开始吃热的、新鲜的、卫生的食物。

车库一角的小屋里，有完备的灶具，他每天捡来的收入，也完全能够购买所需的食材，他烧饭给自己吃。

因为他跟大兰子有约定，一定要等到“每天都睡在一个屋檐下”那一天，他要忠诚地履约。也是因为白德臣的破罐子破摔，给了他一个相反的力量：如果不相信有来日，人就颓废了，不仅会否定感情，也会否定感情的来路。

虚无是腐蚀剂，既可腐蚀身体，更可腐蚀灵魂。他要警惕堕落的“双重矫正”。

他从自己的藏书里找出了一本捡来的菜谱，依葫芦画瓢学着烹饪。那本菜谱他刚捡到的时候，觉得无用，差点就被当作废纸卖掉，只是因为它是用铜版纸全彩印刷，格外精致，有一点不忍。现在看来，它是命运给自己的预设，在适当的时候现身。

他首先学会的一道菜，是湘菜的肉末炒酸豆角。

京西有腌渍酸菜的习惯，腌好的豇豆很爽口。逢年过节会用白肉炒一碟，又酸又腻，很下饭。如今老了，胃承受不了油腻，而湘菜的肉末酸豆角，用的是瘦肉，且剁得糜烂，既有肉味又味道清爽，很适宜老人。

由这道菜，他又开始研究腊肉的做法。

腊肉的原料有两种，一是湖南腊肉，二是四川腊肉。虽然都是腊肉，味道却有明显区别：湖南腊肉干，有咬劲；四川腊肉水，吃起来疲沓。为什么？绳子查阅了有关资料，得知，两种腊肉在前期都是腌制，但湘地潮湿，须用烟熏令其脱水方能保存，而蜀地干燥，自然风干即可。

绳子喜欢湖南腊肉的口味，因为它干硬，耐咀嚼，须吃得从容。虽然他已经有了一把年纪，牙齿大多已经松动，但干硬的东西能凸显口感，便让人喜。谁说这人一老，就得松软？硬的感觉总是能让人依恋，因为它与生命的力道有关。

起初，他用湖南腊肉炒两道菜，一是腊肉炒尖椒，一是腊肉炒蒜薹。后来，就剩下了后一种，因为尖椒一上火就软，失了清脆，而且辣味和熏味有些相克，能混乱口味，吃到嘴里有欠清爽。而蒜薹就不同了，虽然也辣，但辣中有甜，且上火炒时噼啪作响，诱引人的欢悦。再者，好掌握火候，一旦噼啪声减弱，就赶紧出锅，腊肉焦黄着，蒜薹支棱着，干与脆均在，色香味俱全。

绳子吃胖了，脸上有了红红白白的光泽，皱纹也舒展了许多。

白德臣说："你老小子其实是有几分模样的。"

绳子说:“那当然，我年轻的时候，也是很吸引大姑娘的。”

白德臣说:“你早该这样了，别净吃捡来的食物，弄得跟脱了形的野狗似的，好像是为了什么信仰献身受难。”

绳子说:“你别看我现在胖了，但心里还是瘦的，因为我的确有信仰。”

白德臣不知道他心中的信仰就是大兰子，便说:“别说你胖，你就喘，横竖不过是个捡破烂儿的。”

好像吃和穿是一对连带的东西，因为绳子正经吃了之后，马上想到了也要正经穿。他从箱底拿出捡来的好衣着，披挂在身上。既然肚里有热食，身上就不能有冷衣，他穿得理直气壮，一点都不难为情。

紧接着就觉得那辆破自行车有些不匹配，就对白德臣说:“把你家车库里那辆自行车给我推来，我要骑。”

“凭什么给你骑?”

“因为你不骑。”

见白德臣有些犹豫，绳子哲学了一下:“这世间万物都要各尽其用，因为你不用，所以天然地就要让别人去用。还有你的老婆，你如果长期闲置着不用，说不定哪一天，我也会拿来一用，呵呵……”

白德臣一把薅过绳子的脖领:“你怎么这么不知深浅?我现在就抽你，你信不信?”

绳子赶紧作揖求饶:“大人不记小人过，我不过是开玩笑开顺嘴了，你千万别当真、别动怒，今后的日子，咱俩还得商量着过呢。”

“谁他妈的跟你商量，”白德臣松开手，很委屈地说道，“小人物就是小人物，你千万别拿他们当人，因为你一随和，他们就敢随便。”

来了一个女人

一如杨树一招摇就有喜鹊来搭巢，一有炊烟就会招来人。

绳子刚关上灶火，身后就有轻轻的敲门声。未等应承，门就开了，居然走进来一个女人。

“炒的什么菜，味儿这么窜。”女人笑吟吟地问。

味儿窜，是京西俗语，喻食物的味道特别浓郁，自己就无遮无拦地窜入人的鼻孔。

“嘿嘿，不过是腊肉炒蒜薹。”绳子一边说着，一边把锅里的菜起进盘子，端到桌子上。

女人竟捏起一节蒜薹送进嘴里，又捏起一块儿腊肉再送进嘴里，不露牙齿地咀嚼了一下：“火候恰到好处，蒜薹脆，腊肉焦，比我炒得好。”

“过奖了，不过是瞎糊弄。”因为面对的是女人，绳子本能地自谦。

绳子觉得这个女人有些面熟，试探着问：“您是不是七楼的？”

女人笑着点点头。

一旦得到了确认，绳子立刻就紧张起来。因为她是白德臣的老婆，而他与白德臣又有着很不地道的关系，他不禁心虚。

“不好意思，我砸过您家的玻璃。”绳子脱口说道。

“别提那些破事儿。”女人说完，竟脸红了，好像是她砸了人家的玻璃，终于有机会惭愧一下。

她居然会脸红！

这出乎所料，也与白德臣描述的泼妇形象对不上号，绳子便觉得对人家应该放尊重一些：“您请坐。”

女人大大方方地落了座。

由于绳子的椅子是人家淘汰下来的，既旧且矮，女人又穿着裙服，她坐下来之后，便紧紧地并拢了双腿，上身也笔直地朝上挺，坐姿很端庄。

站着的绳子可以往下看，他看到这个女人的肩膀不胖不瘦，线条很停匀，很美。脸色也白，眼睛也大，不过是有了一点眼袋，呈现着岁月的痕迹。这一丝痕迹反而让绳子生出好感，因为它属于正经的妇人。

“局长夫人，您上我这儿来，有什么吩咐？”绳子谦恭地问。

夫人笑笑：“就是想来坐坐，因为我闻到了饭菜的香味。”

“不会这么简单吧。”

“如果非要给个理由，那么我坦率地说，因为我们家白德臣总是来，使我很好奇，情不自禁地就想来看看。”

女人的声音很好听，是低婉柔和的那种。

她的声音与那个风雨之夜的声音有很大的反差，她那天的声音很凌厉，有刺入骨肉的质地。绳子不禁想到了“侵犯”两个字，因为女人被侵犯之后，才变温柔为凌厉，是愤怒扭曲了本性。都是他妈的白德臣闹的！他替白德臣愧疚。

“其实你们家白局长到我这儿来，是可怜我，瞧我过得冷天冷地，很凄惨，他有同情心。”

妇人摇摇头，说：“他可没那么大的善心，他是可怜自己，到你这儿散散心，透口气。”

“也许吧，”绳子顺势说道，“不过，你们家白局长跟别的当官儿的很不同，他待人随和，很亲民，您说是不是？”

“他当的也不是什么正经官儿，不是什么局长，他不好意思拿架子，所以就随和。既然是这样，你也甭总是叫我局长夫人，名不副实，挺别扭的。”妇人欠了欠身子，让自己坐得随便一些：“你就叫我名字吧，我也姓白，叫白雪怡。”

这个名字很好听，透着纯净，也透着亲切，但绳子可不敢亲切，说道：“既然是这样，那我就叫您白、白、白女士吧。”为什么结巴了一下，是因为他本想叫白夫人，猛地想到他们夫妻感情不合，那样一叫，不免有些冒犯，他迅速做了修正。

我绳子是谁？他为自己的敏捷暗自窃喜。

接下来，白女士很亲切地跟他聊了起来——

你看，我们家那点破事儿，你基本都知道了，让人怪难为情的。说实话，我们家老白，虽然是靠我父亲起家，但主要还是靠他自己的主观努力。他很聪明，懂得抓住机遇，与人相处也懂得眉眼高低，也有令人佩服的办事能力，不然也不会有现在的地位。俗话说，麻绳提不起软豆腐，癞狗也扶不上墙。他如果不是有两下子，我父亲也不会看上他，更甭说还把自己的女儿托付给他。

我们能走进婚姻，也不单是我父亲起的作用，还是两情相悦、相互吸引。他那个时候，唇红齿白、眉清目秀，看着就让人心动；做派也单纯朴实，善解人意，一举一动都让人喜欢。结婚之后，也很顾家，所有收入都交给我管，即便是有几个私房钱，也都是花在我身上，想方设法哄我高兴。他后来变了，主要责任也不在他，一是身边的环境引他心生杂念，二是官运不顺让他意志消沉，三是工作上的无聊让他无事生非。俗话说，苍蝇不叮无缝的蛋，他原来是颗完整的蛋，种种原因让他有了裂缝，苍蝇便叮上来了。他们单位的黄咏梅是什么主儿？不仅年轻貌美，还是名牌大学的高才生，鬼精鬼精的，既然这蛋上有了缝，她干吗不来叮？她来叮也不能就说她是个轻浮的烂货，她也是被风气绑架了，什么干得好不如嫁得好，嫁得好不如傍得好，在这样的暗示下，她能不动心吗？

在这种情况下，他们不搞在一起才怪。所以刚察觉我们老白有了外遇，我先是震惊，又哭又闹，决不容忍，但是后来静下来一想，又哭又闹解决不了问题，不容忍改变不了现状，还是采取现实的态度为好。我便对他说，你跟着赶时髦，过过瘾、玩玩儿也就算了，可别动真感情，更别破坏家庭。没想到，他们毫不收敛，而且愈演愈烈，男的嫌弃原配，闹着要离婚，女的贪心膨胀，逼着要转正。这就让我没有退路了，因为它超过了一个正经女人能够容忍的底线。所以我找来自己的弟弟对她大打出手，我也狠得跟泼妇似的。我是觉得，黄咏梅是大学生，又是黄花大闺女，既自尊又娇贵，承受不了打骂，会望而却步。

没想到这女人一跟男人上了床，就不在乎脸面，也变得皮实了，她不怕打。相反，我的做法竟把我们家老白推向了她那一边，他心疼、愧疚，决意要对她进行补偿，便真的动了娶她的心思。我急了，决定要举报他，使出最后的撒手锏，让他身败名裂。但是，这个撒手锏是双刃的，刺向他的同时也刺向了自己。因为举报他乱搞男女关系，作用不大，就要连带着举报他乱搞背后的东西，这必然要牵扯到我父亲和我自己。当然，我父亲和我也没有什么见不得人的东西，商品社会有些利益交换也是情理之中的事。但这毕竟是自证其污，很是愚蠢。关键是，一旦把他弄得身败名裂，他会破釜沉舟，义无反顾地投入黄咏梅的怀抱，留给我的，只能是鸡飞蛋打。这是我不愿意看到的，因为我对我们家老白毕竟还有感情，我们还有一个单纯得没心没肺的女儿，我还在乎我们的家。所以我只能忍，忍到他们自己都互相厌恶了，我们家老白就回来了。但是，我一忍再忍，也不见他们彼此厌恶的迹象，我就忍得没有底气了，所以就来找你，讨个主意。你说，我该怎么办才好呢？

一句“我该怎么办才好呢”，白雪怡虽然说得声音很轻，但进入绳子的耳郭，却立刻就放大了，如鼓声震响。他的心一下子被震乱了。因为他一直站在白德臣的立场上，同情他，体贴他，并为他的乱搞打掩护，创造条件。听了白雪怡的一番话，他觉得她更可怜、更值得同情。不仅如此，她还可敬，因为叙述他们夫妻间的事，虽然有控诉性质，但从始至终，她总是一句一个“我们家老白”，抱怨而不诋毁，伤心而不贬损，对背叛者还始终维护。这个女人很是善解人意，很是通情达理，是个好人。而自己还助推“背叛”，简直就是个坏人。一个好人，来求助一个坏人，把信任嫁接在一个最不值得信任的人身上，真是太滑稽了！

“你们都是场面上的人，经历的事都是那么的高深和复杂，而我不过是一个捡破烂儿的，憨直而简单，我能有什么办法？”仓皇中，绳子随手就扯过这样一块盾牌。

白雪怡摇摇头，说：“简单的人往往说直理，总是向着对的，不权衡，不糊弄。”

男女感情上的事，有对错吗？哲学家式的绳子心里说。但想到白德臣与黄咏梅近来直奔主题的乱搞，他白德臣就是错的。常人的绳子心里又说。

哲学家式的绳子与常人的绳子在心里拉锯，所以他久久沉默。

白雪怡渴望的眼神暗淡了，露出了忧戚之色：“唉，我也是有病乱投医，不该拿自己的事来麻烦你，好了，就不打扰了。”她站了起来，点头笑笑，就要推门而走。

“您？”绳子下意识地发出一个声音。

白雪怡闻声回头：“不过，既然来了，索性就求你一件事。”

“您说。”

“只求你保持一个态度，明确地表示不赞成他离婚。”

白雪怡解释道，别看你是个捡破烂儿的，也是社会舆论的一部分，因为他随时就可以到你这儿来，发泄怨气，寻求安慰，你很可能就是那最后一根稻草，你不赞成他离婚，就是始终把那根稻草拿在手里，别看就这么点重量，你若不压上去，他摇晃自然摇晃，却不会马上坍塌。这一点，你不信，我信。

“您把我弄晕了，我有点不知道自己是谁了。”

绳子的调侃，刺激了白雪怡，她索性重又坐在矮凳上。“事已至此，我也就不嫌寒碜了，”她居然撩起自己的裙摆，“你看这儿，你看这儿，还哪有一处好处？”

女人腴白的两条大腿，里侧和外侧均布满了伤痕和瘀青，惨不忍睹。

男人如果不狠毒，女人哪会不知羞耻？绳子十分震惊。虽然白雪怡是个性感的女人，但论年龄，她不过是隔辈的女儿。一种类似父爱的东西油然而生。

“闺女，我都知道了，”他帮白雪怡放下裙摆，说道，“我现在知道给您拿什么主意了，他不是逼你离婚吗？你要不急不躁、不哭不闹，每天都快快乐乐地上班，认认真真地吃饭，稳稳当当地睡觉，决不提‘离婚’二字，拖死他！”

这是他老婆对待他的态度，本来十分厌恶，但父爱加身，顿生怜惜，已不论是非，只剩下了最原始的保护。

对不起了，白德臣。因为你心太狠，简直就不是人，那么，我也就不客气了。

浇灭激情

白德臣对黄咏梅还像召妓一样，放任自己的欲望；黄咏梅也心无挂碍，召之即来，满足自己的情欲。绳子的小屋，真是一处温柔地，让他们深陷其中，忘记无望。

奇怪地，绳子对他们俩，已改变了以往的厌恶，不仅总是笑脸相迎，还主动送上关心体贴——暖壶里总是灌满了开水，碗橱里还特意备下几道冷食，当然还有酒，白酒、黄酒、红酒、啤酒一应俱全，任他们享用。

因为男女之间的缠绵，体力、精力、心力都是费的，会下意识地寻找吃食，享用之下，才更浪漫。

既然绳子对白雪怡有承诺，还动了父女一样的感情，为什么还这样？

这才符合绳子的来路，他不仅捡破烂儿，还读路德维希·费尔巴哈，通俗之外还有哲学。古人大禹，好像只穿兽皮和树叶，但却比穿得齐备和华美的今人还要有智慧——他的治水之策，讲究疏堵结合，光是堵，会截高水位，鼓蓄激情，水灾会更加泛滥；如果施之以疏，水势汹涌之后，会渐渐变缓，最后会消失在漫漫平畴之中。男女之情也是的，你越是反对，你越是阻拦，他们越是向往，也越是激情浩荡，但你若是任其泛滥，任其任性玩耍，则会让他们及早地耗尽激情，变得疲惫或者麻木，浪漫的感情也会变得稀松平常。

事实上也是的。白德臣和黄咏梅缠绵到最后，热情大减，感到床上那点事儿，其实真的没啥意思。都说，夫妻之间，到了最后，感觉就像自己的左手握右手。情人之间，到了最后，也一如老旧的夫妻，也是相同的感觉。白德臣心里说，既然都是左手握右手，还离婚干什么。由于离婚的内动力不足，他不想再付诸决绝的行动，告诉自己，看看再说吧。

而在白雪怡那一边，她听从了绳子的劝告，虽然承受着背叛，但不急不躁，不哭不闹，更不逼着他跟黄咏梅分手。白德臣回到家里，总能看到白雪怡给他预备下的热菜热饭；如果他脱下替换的衣服，她也不声不响地给他洗晾。白雪怡对他的态度，不迎不推，不温不火，平平静静、自自然然。绳子对她说，你一定要掌握好火候，太热情了，让他觉得你过于在乎，他会长行市，小看你；如果过于冷淡，他会感到你已经不在乎他，到了可有可无的程度，便彻底“死”了家的意识。所以，饭照样给你做，你爱吃不吃；衣照样给你洗，你爱穿不穿。虽然没有明确的意愿，但总是给你留着归路，你自己瞧着办。这样一来，白德臣又失去了离婚的外力，他就感到无所适从了。

渐渐地，白德臣回家的次数多了，带黄咏梅来绳子小屋的次数少了。即便是来，也多是他孤身一人。

他对绳子感慨道：“白雪怡不知道怎么了，对我和黄咏梅居然能够容忍。”

绳子说：“主动权在你，她不容忍又能怎么着。”

“我跟黄咏梅之间也不知怎么了，那股只想燃烧的感觉不知去哪儿了，只剩下了平平淡淡。”白德臣说。

绳子说：“这怎么不好理解？人又不是不灭的炭火，烧过了，一定会生出灰。”

白德臣说：“我现在已拿不准，是不是非得娶黄咏梅。”

绳子面色阴沉，不说话。但他心里是乐的，因为他给白雪怡“拿主意”的前提，就是白德臣的不坚定，他移情而不毁家，享乐而不担当，用时髦的话说，他是个渣男。看来自己号准了脉，对得起白雪怡对他的信任。

“你怎么不说话？”白德臣有些不满意。

“我为什么要说话？又不是我的女人。”绳子气哼哼地说。

“夹在两个女人之间，不离不弃，不明不白，这日子可怎么过！”白德臣哀叹道。

“这女人好对付，这日子可不好对付，你只有一个办法，受着。”

虽然是调侃，但绳子也有些心酸，因为他突然觉得，这三个人都他妈的很可怜。因为他们都是被命运牵动的木偶，自己决定不了对错，自己决定不了取舍，唯一可做的选择，是把自己交给时光，听天由命。

为了不让白德臣过于懊丧，绳子说：“我倒有一个办法能帮你选择，就是喝场大酒，看你喝醉了之后，最想去找谁——如果你最想找黄咏梅，那么你就下决心离婚；如果你最想找白雪怡，那么你就赶紧回家，别瞎耽误工夫。”

白德臣皱了皱眉头：“操，我喝醉了最想干的事，你小子还不知道，就是他妈的赶紧睡觉。”

乍现曙光

在白德臣的感情生活陷入纠结，寻找不到出路的时候，绳子的感情生活却有了意外的转机。

那天，他正与大兰子在她的家里做生活的闲叙，大兰子的儿子突然推门而进。

大兰子住的是女儿的房子，平时，儿子很少来。只是逢年过节来看看母亲，跟大家聚一聚，联络一下亲情。而今天突然就来了，弄得两个老人很惊惶。

绳子赶紧起身："我该走了。"

"走什么走，又不是外人，坐你的就是了。"大兰子的儿子说。

绳子哪里能坐，因为他一直难以面对这个人，虽然从没有说破，也不相认，但他们都知道彼此是什么关系，一旦相遇，很尴尬，都不知该说什么好。

他还是往门口走。

大兰子的儿子很是生气，一把把他薅回来，狠狠地扔在了沙发上。

这里包含着一辈子可能都化不开的怨气，绳子不敢吱声。

“我正好要跟你和我妈说一件你们最想听的事，你怎么能走？”大兰子的儿子说。

大兰子赶紧接上话茬儿：“小山子，你要说啥？”

小山子是大兰子儿子的小名，是大山子给他起的，是让他记住，他是大山子的儿子——大山子之后，岂不是小山子？

“妈，他都不着急，你着什么急？在这一点上，很让我瞧不起你。”小山子说。

大兰子撇撇嘴：“你也甭瞧得起我，你也知道，我一辈子就是放不下他，什么时候顾及过脸面？”

小山子皱皱眉头，躲过他母亲的话头儿，又去逼问绳子：“你想知道不？”

绳子赶紧应承：“想。”

小山子对他们说，你们这对老人一辈子拉拉扯扯、勾勾搭搭、黏黏坠坠，无论是斥责、棒打、讥讽、冷落，都不能让你们分开。你们既让人可气，又让人可怜，横竖是没有办法了。我想了，你们都这把年纪了，还有几天好日子可过？如果再不替你们想一想，等你们死了，罩在我们头上的，肯定是你们不散的阴魂。我想通了，想让你们称心如意，最终能走到一起。

为什么想开了？不瞒你们说，是老天爷眷顾，给了你们一个现实的可能。咱们这里是早先的京西矿务局家属宿舍，属于老旧小区，上边决定要拆迁，开发现代商品住宅。等新型小区建成，老住户回迁，其余的房子商卖，让当地政府挣一笔大钱。因为这是土地财政，政府决心很大，很快就要变成现实了。

回迁有政策，按人口和现有住房面积综合核定回迁面积。我说妈，你听清楚了，咱的这套住房，虽然归我妹妹一家住，但原始户主还是我父亲，既然是我父亲，第一继承人当然是你。好在我妹妹一家的户口也上在这个门下，连你在内，一共四口，属两代同堂人家。再加上我父亲生前一直是矿上的先进，对国家的贡献很大，也是政策要考虑的条件。这样一来，回迁的时候，我家至少能分到两个两居室。一套归我妹妹，一套记在你的名下。既然你的名下有房，住得进你自己，也就能容得下你的老相好（听到这样的称呼，绳子的心被刺了一下，不禁皱了皱眉头）。现在的问题是，你得好好想一想，这个老头子已经这么老了，你是不是还愿意跟他。

“我愿意，我当然愿意！”大兰子迫不及待地打断了小山子的话。

这个母亲毫不矜持，让小山子感到丢脸，所以他愤愤地转向绳子：“那么你呢？”

这样的怒火让绳子立即惊醒：“我当然愿意，为了等到这一天，我都到大街上去捡破烂儿了。”

“瞧你那点出息，”这别样的谦卑让小山子心理平衡了一些，他放缓了语气说，“既然是这样，你回去赶紧办一件事，赶紧跟你那个老婆子办离婚手续，虽然还没拆迁，但你得先有个态度，给我妈一个保证。”

“办，办，我肯定去办。”

“还有件事，咱得提前说好，”小山子直视着绳子，“你跟我妈生活在一起之前，你还要签一个协议，协议里写明，房子你只有居住权，而没有继承权，一旦我妈不在了，你要自动搬出去。”

“不用多虑，我肯定比你妈先走。”

“那可说不准，就你整天风里雨里捡破烂儿，身子骨弄得这么皮实，你且活着呢。”

听了这话，绳子悲从心起：“这你也不用多虑，一旦你妈比我早走，她头天走，我第二天就把自己吊死，让你小子给我们合坟。”

“是条汉子，我妈没有看错，不过空口无凭，立字为据，这个协议你还得签。”

“你小子就预备下吧，你什么时候让签我立马就签，绝不让你心中打鼓。”

小山子得到明确答复，心情大好，打趣道：“男女之事，得男方主动，可到了你们这儿，竟然是女方主动了，什么事儿啊。”

“说明你这孩子懂事，孝顺。”绳子虽然嘴上这么说，但心里很是不平，你是什么女方？你分明是我的亲儿子，我揍出你容易吗？你早他妈的应该回报一下老子了。

在两个男人过招儿期间，大兰子虽然静观，但是心中也是忽上忽下，眼下终于妥帖了，她忍不住抽泣起来。她的抽泣不是因为眼前的顺遂，而是有太深的底蕴，那是几十年血泪的凝聚、相思的煎熬，她到底是在黑暗的遮蔽中见到了一丝曙光。

她不停地抽泣着，弄得小山子很烦，他抽出一张餐巾纸递给绳子，嘟囔道：“到底是老了，怎么一点也不长眼？”

绳子赶紧长眼，接过餐巾纸，笨拙地给大兰子揩眼。

大兰子一把抢过纸张："用你？要等着你，我早就被眼泪淹死了。"

自得

绳子对他的老婆最后摊牌，话说得异常豪迈。他说，我们早已死了的婚姻该结束了，而且你不想结束也得结束，因为我不想再忍受，也是我无法再忍受，如果你非要我再忍受，我可以忍受，但我的神经它不忍受，它会让我搞破坏，甚至是杀人。而且你也没理由不结束，因为我净身出门，不带走一片屋瓦，不带走一粒粮食，不带走一分家财，也不带走一个儿女，你还想怎么样，结束吧，结束。

他老婆冷笑一声，说，这一天我也等待多时了，等得我已经想不起你这个人了，结束就结束吧。不过我想说，你都多大岁数了，还这么折腾，你真是五迷三道，缺心眼子，换句话说，你简直是个大傻屌!

绳子笑笑，你骂得好，因为你这一骂，反而骂走了我对你最后的那点愧疚，因为能骂出这样的粗话的女人，还有什么可怜惜的？不仅爱情不在，连亲情也一笔勾销。

别废话，赶紧结束。他老婆等不及了。

奇怪地，绳子的儿女也不做一点阻拦，听之任之，冷漠得近乎麻木。

这倒让绳子伤感了一阵子。你们的老爹不是干坏事去了，而是投奔爱情去了，你们居然一点都不牵挂、一点都不关心，好像你们终于甩掉了一块羞辱，你们是什么东西！绳子伤感一阵子之后，很快就释然了，因为没有爱情的男女之间揍出的子女，必然不懂爱情，冷血和热血相比，虽然都是红的，但却有骨子里的差别，所以不能怪他们，要怪就怪自己。怪自己听了父母的屁话，说男人生命的证明，是叽里咕噜地揍出孩子。说到父母，绳子锐痛了一下，因为为了一个大兰子，他魂不守舍，连尽孝的事都马马虎虎。有心事也不给好好宽慰，有大病也不给好好治，让老人们眉心不展，活得窝窝囊囊、冷冷清清，以至于都没有活过六十岁。如此看来，孩子们对他的态度也是咎由自取，自己给他们留下了一个坏样子，他们自然会学到冷漠，所以，这是报应。

也就是一阵子的伤感，之后就是欢悦。一如瓶子倒掉了旧物，空自然是空，但是豁亮，而且还有可能装进自己喜欢的新物。

自己这只旧瓶子终于可以装下大兰子了，他欢悦得有些找不着北。

找不着北是什么样子，是情不自禁的自得。

这个世界太缤纷了，杂沓得有点乱，不过，我有我。

这真是再好不过——我有我自己，西山脚下的不老翁史福云。对了，史福云是谁？史福云就是绳子，绳子就是史福云。自己的名字多年不叫了，猛地叫起来还有点不好意思。总的来说，史福云是个好人，做人谦卑，性情随和，肚皮臃肿，年纪不轻，已五十五足岁。但是背还没驼，眼睛还没花，牙齿还咬得动，耳朵还能听得清，头发虽然已经花白，但还是紧紧地栽在头皮上，密密丛丛。可笑的是，卵蛋子还是紧紧绷绷，每到五更，那玩意儿自己就硬得肿肿胀胀。如果有人让我回到二十年前，或三十年前，我反而会不高兴。因为这十个五年，到底是不简单啊，得有多少内容！再说，并不是谁想活到五十多岁就能活到五十多岁。别以为拖着一副臭皮囊在京西这块土地上走上五十多年就不算是一件事，天哪，这意味着我的背上要晒过多少太阳、淋过多少雨？这能假吗？难道不是晒了又晒、淋了又淋，无遮无拦。于是，这副老皮囊爆过皮、结过碱，类似上了一层硝。上过硝的皮囊装东西不漏，我得装进了多少快乐和痛苦：恶作剧，穷开心，经验和错误；多少需要的和不需要的，情愿吃的和不情愿吃的，生的和熟的，醉人的和呛人的东西；多少见过的，读过的，听到过的，得到过的，丢失过的，经历过的，喜欢过的，厌恶过的事物！这些东西都堆在我的肚子里，虽然乱七八糟，但应有尽有，这是属于我自己的财物，如果谁不相信，我可以开出几天几夜也拉不完的清单。这张长长的清单，让我内心盈满，感到没白活一场。所以，你别看我沦落成一个捡破烂儿的，但你要是拿你得意扬扬、自以为是的生活跟我这破落、孤寂的生活来换，我才舍不得换呢，因为你是你、我是我，在场的、唯一性的生命体验，没法替换。

晚上他有滋有味地看捡来的罗曼·罗兰的冷门小说《哥

拉·布勒尼翁》。发现布勒尼翁也有这样的自言自语，不过，纸上的浅淡一些，他的强烈一些，布勒尼翁是小说的描绘，他的是现实的感受，一个假，一个真，还是自己的算数。

放松禁锢

一如驴子吃完山场上的草，就认为山场不用看守了，绳子一旦对大兰子的子女允下承诺，大兰子就可以跟他到家门外走走了。

大兰子的子女，允许他们出去约会，只不过要尽量地躲避熟人，并且回来得不要太晚。

为什么？

因为熟人是烂舌头，总是嚼陈腐的东西。

因为老年人不宜走夜路，会被绊倒；老年人也不宜弄情，会丢怪露丑。

一对老人能自由地结伴走在洒满阳光的大街上，他们感到很新鲜，也很兴奋。因为感情常年被捂在暗处，已有了发霉的味道，所以不单晾晒了身体，也晾晒了心情。实际上，与其说是兴奋，不如说是惊慌，因为久在黑暗中的眼睛，不能承受骤然的明亮，以至于大兰子不好意思跟绳子走得太近，她在不远处跟着。这哪里像恋人在幸福地徜徉？所以绳子很不甘心，狠了狠心，猛然踅回去，紧紧地牵上大兰子的手。

大兰子的手就甩也甩不掉了，嗔怨道："你这是牵牲口呢。"

绳子说："不，我是牲口，你是绳儿。"

尽管人已老迈，但是自己的恋人还像年轻时一样懂得逗趣，大兰子心里很暖："那好，我就厚着脸皮让你牵着吧。"

绳子把大兰子牵到一家中餐馆，向服务员申请单间。服务员看了看他们，撇了撇嘴："没有单间了，只有大堂。"

"大堂就大堂。"绳子说。

大兰子说："说好了出来走走，干吗非要下馆子？"人来人往的，她抹不开面子。

"这小青年搞对象，不都是先下馆子，难道我们就不是搞对象？"

"我们这叫什么搞对象，是在忍受痛苦。"

"就是痛苦也需要养料，你就坐吧。"

坐下之后，绳子双手把菜单递给大兰子："请点菜。"

"我一个被圈养的老太婆，哪里会点菜，你给什么就吃什么吧。"

绳子点了水晶肘子、油焖大虾、藕片西蓝花和清蒸鲑鱼。

大兰子吓了一跳："都是贵菜，你一个捡破烂儿的，哪来的钱？"

绳子自得地一笑，竖起两个手指头："你别看我是个捡破烂儿的，折子里也有了两个数。"

大兰子又吓了一跳："都是你从牙缝里抠出来的吧？"

绳子说："我不从牙缝里抠，我从大马路上捡，我吃遍四方。"

大兰子把肘腕搁在桌子上，双手紧紧地捂上脸，她的灵魂正在忙活着，尽管她的牙齿和喉咙还一口也没吃上，但心里已经在剧烈地咀嚼。我可怜的男人啊！

待终于可以平静地面对这个痴心男人了，她说：“你点的全是硬菜，我们一对老帮菜哪儿吃得了，退一个吧。”

“绝不能退。”绳子口气坚定，不容分说。他解释道：“我点的是偶数，退一个就成奇数了，这可不得了，我现在越来越迷信，一定要双，绝不能单，我单怕了。”

菜上来了，量很大，大兰子咧嘴一笑，打趣道：“这回你肯定就不痛苦了，因为有了过剩的营养。”

“那当然，”绳子先给大兰子夹了一块儿水晶肘子，扬扬得意地说，“一个法国佬说得好，肚皮空，灵魂痛，肚皮饱，灵魂好，别愣着了，吃。”

“你多咱见到法国佬了？还听到了人家说的这么古怪的话？”

“我是从书上看到的，书名叫《哥拉·布勒尼翁》。”

“什么割了、不了、你疯，别读出毛病来。”

“嘿嘿，那书很好，写的是一对老夫妻整天相见却不相爱，一对老相好整天分离却爱得解不开，就好像是专为咱们俩写的一样。”

“这就怪了，写的人又没到中国来，他哪里会知道？”

“这有什么奇怪的，虽然地分东西，但都是人，感情上的事都是一样的。”

“你这么一说，我就舒服多了，原来天下人都痛苦，不单单是咱们两个，”大兰子小女儿一样吐吐舌头，“那我可就下筷子了，你知道，我这个人天生就嘴馋。”

“那还愣着干吗，吃。”

他们吃得很忘情，绳子还不时逗两句小男生一样的甜言蜜语。一次，他一不留神说出了“真想现在就亲亲你”的话。

“你也不注意点，前后都是人，”大兰子羞得直脸红，但还是补充了一句，“你嘴对心吗，你亲的是嘴呀，还是嘴里说的话？”

他们正隔空弄恩爱，却听到周围有嘁嘁喳喳的声音。抬头一看，见有好几个人望着他们，并交头接耳。他们赶紧埋下头去。依稀听到这样的议论：

“这个老头儿我认识，是个捡破烂儿的。”

“捡破烂儿的还穿得这么好，还吃得这么好？他可真舍得造。”

“能不舍得吗，他身边不还有个老妇女嘛，这男人不管老少、不管贫富，一有女人就殷勤。”

“你还甭说，这女人老是老点，但长得还是很有样的，配捡破烂儿的还是绰绰有余。”

大兰子很惊慌，在桌底下狠狠地踢绳子，嘟囔道：“都是你！”

绳子也不抬头，竟弄出满脸的坏笑：“我怎么了，这饭吃得，真他妈的值！”

肯德基

大兰子的女儿前脚刚走，绳子就来敲门。

“福云，是你吗？”大兰子问。

“不是我还能是谁？”绳子，不，史福云虽然压低了声音，但还是遮掩不住声音里的兴奋。

“刚给了你一点自由，你就来叫早，你呀你。”

话虽然说得矜持，但门已经开了。绳子一进门，鼻子就被一股久违了的香味刺激了一下。他使劲嗅着，向屋里迈出寻找的脚步，最后他确认，那香味是从大兰子身上散发出来的。他还发现，大兰子把头发梳得水滑熨帖，俗话说，连蝇子落在上边都会劈叉。脸子也涂抹了什么东西，不仅白，还反射出亮光。那香味就是从亮光里散发出来的。一件紫红的夹袄已整整齐齐地穿在身上，由于贴身，她显得很饱满。裤子上眼一看，就是新的，因为裤线笔直像刀刃，虽然料子是黑色的，但也能砍出新鲜的血液。虽然人在屋里，但是脚上居然穿着一双便于走路的平底皮鞋。看来，这间屋子的门，虽然是关着，但早已预备着开。屋里的人早已魂不守舍。

“兰子，你把我老汉惊着了，你还是以前的那个大美人儿哩！”

“你是不是在寒碜我？一个老不正经的。”

绳子劈头就说：“既然都齐整得这样了，还不赶紧走？”

大兰子故意推拒道：“随意就跟你走，让旁人见了，还不笑话？”

“你看外边的阳光有多好，”绳子上前拉她的手，“一个法国佬说，风景美在外头，而美人儿待在屋里，这简直就是罪过，别拿架子了，走。”

“走，怎么走？”大兰子朝里屋喊道，“燕子，你赶紧出来。”

话音未落，从里屋不声不响地走出来一个小女孩儿，五六岁的样子，穿得花团锦簇。

“这是我外孙女，叫燕子。”

“以前我怎么没见过？”

“以前儿女们不接受你，怕见了你把孩子影响坏了，就让她到幼儿园去，躲开你，现在不是不一样了嘛，可以留在家里了。”

“那好，咱就带她一起出去。”绳子觉得，她既然穿得花团锦簇，就是预备着被带出去的，所以他毫不犹豫地说道。

“燕子，你愿意跟我们出去吗？”大兰子问。

小女孩儿晃晃身子：“不愿意。”

“为什么？”

“这个人我不认识。”

大兰子摇摇头，吐吐舌头，看着绳子。

绳子一笑，心里说，这有什么不好办的，咱是聪明人。怎么才是聪明人？不是有了满肚子知识就是聪明人了，知道把知识用到点子上的人才是聪明人。

于是他问："燕子，你不认识我，但是你认识肯德基不？"

"认识。"

"你喜欢不喜欢肯德基？"

"我们小孩子都喜欢。"

"那好，你愿意不愿意跟爷爷、姥姥去吃肯德基？"

燕子愣了一下，很快就用力点点头。

三个人便顺利出门。

孩子表现得很兴奋，一直走在前边，她是向着肯德基径直而走。

后边的大兰子悄悄地问绳子："你怎么还跟当队长的那个时候一样诡道，这个点子你是怎么想的？"

"我想到了连带效应，"被老相好夸奖，绳子很得意，"她不认识我，然而认识肯德基，那么咱们就带她吃肯德基；这样一来，她认识了肯德基，反过来就会认识我，由于她喜欢肯德基，反过来她就一定会喜欢我。兰子，你还记得'爱屋及乌'这个成语吗？这个连带效应，跟这个词的意思差不多。"

我这个老男人啊！大兰子的心，历史了一下，又现实了一下，默默地动情。

进了肯德基，绳子对燕子说："想吃什么，你尽管点，爷爷有钱。"

燕子要了一个汉堡包，一个鸡大腿，一份炸薯条，还有一杯拿铁。

这么小的孩子，怎么就喜欢咖啡，而且还是名牌咖啡。

两个老相好不免吃惊。

“照燕子的样子，也给你来一份，我知道，你最喜欢吃甜食。”

大兰子摇摇头。

“别客气，我知道，见了甜食，多老的女人也跟小女孩儿似的，忍不住就想吃。”绳子坚持道。

大兰子贴着他的耳朵说道：“你别多说话了，你看那几个人，都在看咱们呢。”

绳子看时，果然像上次在那家中餐馆那样，有几个人交头接耳、嘁嘁喳喳。

“这个人我认识，是个捡破烂儿的孤老头儿。”

“既然是个捡破烂儿的孤老头儿，怎么还有老伴儿，还有外孙女？”

“就是，靠捡破烂儿为生的人，怎么养活老小，怎么还能有钱来吃肯德基？”

“真是虚荣得不靠谱，在极穷处奢侈。”

绳子有些恼怒，他站起身来，看准了其中一个他也认识的人快步走去。

“是你啊，王新子。”

“是我，绳子。”

“我问你，我怎么就不能吃肯德基？”

“我没说你就不能吃肯德基。”

“那么，我再问你，汶川地震时你给灾区捐了多少？”

“按单位的规定，不多不少，整一百。”

“那么我告诉你，别看我是个捡破烂儿的，却捐了整整一千，哼，还国家干部呢，也不嫌寒碜。”

“绳子，你这是怎么了？”

“没怎么，我是要告诉你，别门缝里看人，捡破烂儿的也照样能理直气壮地吃肯德基，这跟虚荣、奢侈没有一毛钱的关系，就是他妈的喜欢吃！口味只属于肚子，它不分贫富、高低！”

“得得，我不惹你。”

“你也惹不起我，俗话说得好，光脚的不怕穿鞋的。”

再回到座位上的时候，以为大兰子会埋怨他，没想到她送上来的，却是亮晶晶的眼神儿。她低声对他说：“你还是原来的你，你一点都不老。”

声音虽低，却异常清晰。

到公园去

燕子真是贪吃，吃了那么多的东西，竟依然喊着还要吃。

绳子告诉自己，这是不可以的。

不是因为肯德基是垃圾食物，吃多了对身体不好，也不是因为小孩子容量小，吃多了对胃口不好，而是因为他觉得贪吃的背后，是贪婪，贪婪的背后是贪占，贪占的背后是贪腐。一个小女孩儿一旦跟“贪”字挂上钩，就会轻浮，就会失去自制力，将来如果哪个男人，诱之以美食、美衣、美庐、美车、美钞，她就会情不自禁地跟他走。

也是因为他与大兰子现在已经看到了明天的样子，他们会成为一家人；既然是这样，那么燕子也就将是自己的外孙女。父爱悄然冒头，自然会牵扯责任的意识。俗话说，屁股决定脑袋，既然大兰子家已经给他预设了位置，他不能不履职。

但是，考虑到要燕子能真正接受自己，他不能断然拒绝，他对燕子说——

“肯德基咱们自然还要吃，但是，我有个建议，希望你能同意。是这样，那边有个公园，有果树、有花草、有小山、有小桥、有滑梯、有动物，是个很美的地方。咱们先到那里玩儿一会儿好不好？你会玩儿得很快乐的。”

“不，我就要肯德基，不要公园。”燕子任性地跺脚。

“燕子，听话，你再耍性子，就再也不带你出来了。”大兰子严厉地说。

“哼，谁愿意跟你们老头儿、老婆儿玩儿。”燕子也不客气。

绳子一笑，说：“燕子，你今天穿得真漂亮，很好看，呃，对了，你姥姥今天打扮得也很漂亮、很好看。你们既然这么好看，如果不让人见到，就不美了。因为在爷爷看来，好看并不就是美，美是让好看在适当的地方出现。什么是适当的地方？就是那边的公园。”

大兰子撇撇嘴，说：“你瞎白话什么，她一个小孩子，哪儿能听懂这么玄乎的东西，就连我都被你说糊涂了。”

“越是对小孩子，越是要讲一些好像难懂的话，这会逼着她琢磨，有利于智力开发，”绳子试着在燕子的头发上摸了摸，“说不定我们燕子已经懂了，我们燕子有多聪明。”

“我当然懂了，”燕子歪歪脑袋，说，“这老头儿的意思是说，我们今天很漂亮、很好看，最应该到公园去臭美一下，让别人都看见。不错，这是个好主意，咱们去。”

走进公园不远，就有个岔路，虽然绳子知道应该走哪条路，但他还是斜着眼瞧着另外一条水泥铺就、泛着亮光的小径。他问燕子：“燕子，你说往哪儿走？”

燕子左右看看，说：“这难不倒我，当然是走那边那条没铺水泥的小路。”

“为什么？”

“因为没铺水泥的小路，才能通到有小动物、有果树和花草的地方去。”

绳子很惊异，这个穿得花团锦簇、贪吃肯德基的小东西，并不是一个玻璃人儿，还真的有脑子，不可小瞧，便笑着说：“好，就听你的。”

往里边走了几十步，突然就看见了一排白脸的李子树。因为树花正绽放得热烈，白成一片、白得绚烂。

“呀！”小燕子和大兰子同时叫出声来。

好像叫声招来风，凭空就有一股风吹过来，把树上的花瓣吹得满天飞舞。娘儿俩情不自禁地伸出手掌去接，花瓣却不停留，纷纷从指缝里滑落。顷刻之间，脚下就有了密密的一地莹白，好像是下雪了。

远处鸟啼婉转，由于隐藏在树梢间，看不见鸟儿的身影，让人觉得是这纷飞的树花划破了空气，意外地弄出声响。空气里就多了一丝神秘。

踏着花瓣铺就的甬路，继续往前走，果然就见到了一座小桥。那小桥是用木头做的，圆木密密匝匝地错落成桥的形状，由于看不到榫卯，看不到栓钉，也看不到捆绑，好像是圆木自己挤出了桥背。在燕子眼里，它就是个积木玩具。所以她不由得兴奋起来，飞快地跑上桥面，在上边又蹦又跳，似要把它踩塌，然后再由她重新搭建。

无论如何蹦跳，也不见摇晃，也不见坍脱，只是踏起嗵嗵的声音，好像一经她蹦跳，圆木就变成了金银，更加坚固了。

她新奇得嗷嗷叫，然后拼命地招手：“爷爷，姥姥，你们快来！”

一座神秘的小桥，一个花团锦簇的小女孩儿，真像是一个童话中的场景。

两个老人很感动，飞快地跑上去，好像孩子的叫声背后有狼，他们得赶紧前去保护。他们三个人无原则地抱在一起，笑成一团。

这一刻，绳子感受到了亲情，一手抚摸着孩子的头发，一手抚摸着大兰子的后背。

小桥下面是一条小小窄窄的河流。由于看不出流动，便像一柄窄长的镜子。俯下身看，有三个清晰的影子。影子属于灵魂，在安徒生童话里的叙述和京西乡下里的议论中，都是这么说的，所以三个人都感到，这三个灵魂肯定是从一个地方走出来的，而且是不能走散的，一走散，就谁也找不到谁了，就变成了生死别离。

溪水虽然浅静，但溪岸上的水草却繁茂幽深。草很高，但不招摇，蜻蜓成群结队地在上边飞，飞累了就落在草尖上。这里的蜻蜓真是懒，因为它们一落下，就待得久久。以为是标本化了，但是细一凝视，那金色的翅羽还微微颤动着。是伪装的深沉。

燕子被诱引，放下小桥去捉蜻蜓。

懒蜻蜓好像就是预备着被捉的，燕子很容易就捉住数只。这里的蜻蜓个子很大，而她的手很小，便把握不住，捉了前只跑了后只，真正在手的，总是原初的那几只。她很是不甘心，便用眼神向两个老人求助。

最先跑到燕子跟前的，是大兰子。大兰子想用她的大手，替她把握，但接替的动作很不灵敏，不断有蜻蜓从她手里跑走，已有也变得无有。燕子噘着嘴说：“姥姥，你真笨。”

绳子适时登场。他像变魔术一样从衣兜里变出两根红头绳，然后很麻利地把燕子捉到的蜻蜓一只接一只地拴在头绳上。两长串蜻蜓提在手里，由于它们想挣脱，绳子就上下舞动，好像是两条魔绳，自己就会飞。燕子高兴地问：“爷爷，你怎么就知道带红头绳来？”

绳子说：“我就知道，只要燕子到了公园，肯定要捉蜻蜓。”

燕子说：“爷爷，你很懂我，对我真好。”

大兰子当然知道，绳子的细心，其实是对她的用心，这代表着不变的深情。她不由得涌出一股激情，她也想放飞自己，找到那久违了的浪漫。她迅速地环视，找那放飞的园地。她发现，小桥的那边，是一片花草，虽然隔得还远，但她已经看到了蒲公英的毛絮。

“燕子，快跟姥姥来，去摘蒲公英的种子。”

话音未落，她已经朝着那个方向飞奔而去。

狭窄的田埂，洇湿的地面，阻挡不了她飞速的脚步，她已不是一个五十多岁的老妇，而是一个青春正旺的少女。

绳子大吃一惊，赶紧追上去：“你慢一些，你已经不年轻了。”她回过头来，用眼睛剜了他一下——哎呀！绳子感到她火辣的眼神里有钩子和网子，先是钩住他，然后再用网紧紧地缠住他。人说，“女人的眼珠子是蜘蛛，女人的眼神儿是蜘蛛网”，说得多有道理啊！你一碰上，想挣扎摆脱，可已经来不及，你这只笨拙的蜻蜓只能跟着她，因为你的翅膀已经被她牢牢地粘住了。

到了那片花草地，大兰子朝一处蹦过去，就摘到了一穗蒲公英的毛絮，然后又朝另一处蹦过去，又摘到一穗毛絮。

这毛絮，是蒲公英的种子。一颗强烈的想发芽的心，就埋在毛茸茸的、似乎无用的轻羽之中。

大兰子跨过一个田埂，又一个田埂，她跑来跑去，跳来跳去，抓完一把蒲公英的种子，就又去抓另一把。

她熨帖的髻发散成浓密的披发，齐整的衣襟被丰满的乳房顶起来，健壮的腰肢也危险地做柔韧的摆动，圆润的膝盖也灵活地弯曲舒展，像抹了油的门轴。绳子已认不出她了，但却被深深地打动，好像是被一个陌生的魅力四射的女郎所打动。

他看呆了。

知道他呆了，所以大兰子每摘到一穗蒲公英的种子，就挥动起手臂，朝他大喊：

“我又逮住了一束多情的种子！”

喊过话之后，就把毛茸茸的种子塞进她半开的胸衣，放在两个奶房中间。绳子虽然看呆了，但作为老相好——时间深处的情郎，也本能地不肯错过时机，他对她回应道——

“把我也塞进去吧！”

那边的她就大笑了起来，把两只手放在屁股后边，两条丰腴的大腿叉开，挑逗他的欲火，喊道：

“你别只让你的野心从牙齿和嘴唇上往外浪费，你要往真心实意里使劲！”

那是大地上的隐喻，意思是你要动真格的，赶紧把我娶回家。

因为京西有俗理：田埂上的浪漫只是“浪”，屋檐下的相守才是“情”。

绳子也叉开双腿，猛烈地一挺腰身：“你且放心，我不会让你空等。”

“姥姥，你赶紧住手，给我留一点那蒲公英的种子吧，我也要采。”

燕子从绳子的身后蹿过去了。

两个老相好先是一愣，之后是同声大笑。他们太忘情，把禁忌全给忘了。

不过还好，乡风自有节律，他们本能地使用了只有他们自己才能听得懂的乡土语言。

从这一天起，绳子有了家的感觉。

到街上去

大兰子觉得，她的福云，捡了这么多年的破烂儿，淋了这么多年风雨，遭了这么多年罪，居然还是那么乐观、机灵、精明、有趣，他真是皮实。他年轻的时候，就有一身的爱人肉，经历了几十年岁月的剥蚀，竟一块也不见少。这样的人，怎么能叫人不喜欢?

有一天，她执意要跟绳子到街上去，跟他捡一天破烂儿。

因为别的捡破烂儿的，都是灰头土脸、猥琐落魄的样子，而绳子却是面红齿白、神清气爽，一举一动，倒像是个在场面上混的人。他究竟是怎么做到的?

她告诉他，她很好奇，就是想看看他到底是怎么捡破烂儿的。她说:“我有的时候会突然问自己，我为什么就爱上了这个捡破烂儿的?你如果不让我见识见识，我就不能说服自己。”

绳子一笑，心里说，其实你已经说服自己了。因为一个女人，不仅对一个男人本人有兴趣，而且还对他所干的事感兴趣，那就是爱得牢固、爱得深了。

“如果你不嫌寒碜，那就跟我走。”

绳子叫大兰子等一等，他要去借一辆三轮车。

以前他是一个人，骑着一辆自行车跑来跑去的，只要不辞辛苦，倒也方便。但现在是两个人，实际上，有考察和观光双重性质，大兰子要坐在车上，好让她舒舒坦坦、惊惊叹叹、指指点点。你以为她真的是去捡破烂儿啊，她是去找说服自己的理由。

车子借来了，是辆电动三轮车。

皮面的车座，是长条形的，可以容下两个人。绳子坐上驾驶位置之后，指指身边："你就坐这儿。"

大兰子很是迟疑，还站在原处。她是害怕，你一个骑自行车的，怎么就敢侍弄一个电动的车子？人动和机动到底不同，不仅要有胆子，还需要本事，你有这个本事吗？

"你就放心吧，这车子它听我的，"绳子对她解释道，"你的福云，从来是有心人，一如吃着碗里的还看着锅里的，我干着眼前的也留心远处的——捡破烂儿的同行都用什么样的运输工具，我都是一清二楚。不外乎自行车、三轮车、摩托车、平板车，很少有用汽车的。三轮车分人动三轮和机动三轮，机动三轮分电动和油动。油动噪声大，还有尾气，一进居民小区就招人烦，总是遭人呵斥和阻拦，所以现在的机动三轮基本上都是电动的了。也是因为现在的居民小区，公共充电桩多了起来，充起电来很方便，价钱也便宜。这么多电动三轮在你眼前跑，你能饶了它？时不时地抢过同行的车子，开着兜两圈。到了现在，虽然自己没车子，但比有车子的开得还要溜。你听说没有，有的人虽然拿下了驾驶本，却不敢开车上路；有些人没上过驾校，却能熟练地开车。我就属于后一种。这也没什么好奇怪的，你的福云你还不知道，不仅学习好，脑子好使，动手能力也很强，咱没学过钳工、管工、钣金工，不也敢揽自来水铺设工程？这你难道都忘了？所以，你就别抻着了，赶紧上车。”

大兰子虽然上了车，但心里还是不踏实，车子一动，她情不自禁地就往绳子身边靠，而且下意识地把手揽在绳子的腰上。

绳子说：“把手拿开，不然影响我开车，会撞上南墙。”

“撞上就撞上，最好是把人都撞过去，也省心了。”大兰子说。

京西人忌讳一个“死”字，往往用“过去了”来代替，与“过世”的意思等同。那么，“撞过去”一词的含义，就不言而喻了。

绳子知道大兰子对他们两个人的处境抑郁而悲，有些不耐烦了，便说：“好日子都是奔来的，别尽想省心的事。”

大兰子“唉”了一声，把手松开了。

车子无声地朝前走，两个人也一路沉默。

绳子心中有些怨，因为大兰子无意间破坏了他的好心情。

大兰子感觉到了，便说：“福云，我给你说一个歌谣。”

绳子挤出一丝笑：“想说就说。”

大兰子说——

小小子儿坐门墩儿，
哭着喊着要媳妇儿，
要媳妇儿干吗？

点灯就伴儿，

吹灯说话儿。

大兰子说完，问:“怎么样?”

“不怎么样，”绳子干笑两声，“都老掉牙了，俗滥。”

“可我觉得挺好玩儿，特别是给一个糟老头子背这种歌谣，你知道为什么?”大兰子捅了捅绳子的腰眼儿，弄得车子摇摆了一下，她咯咯地笑着说，“只要糟老头子一噘嘴，他立刻就变成了小破孩儿了，呵呵，呵呵，你哪儿知道，只有老掉牙的、俗滥的，才能让老婆子开心，因为顺嘴就能说，不用动脑子。”

有一层意思，大兰子没好意思说出来——这样的歌谣属于童年，拿这样的歌谣说给你听，是在提醒你，我们是青梅竹马的一对，有坐根儿的感情。

智能捡拾

小区里的垃圾桶，很醒目地摆在那里，但绳子却视而不见，把车子径直往前开。

大兰子提醒他，我们是来捡破烂儿的，不是来逛街的，怎么就把那一个一个的垃圾桶都放过了？绳子说：“你坐着我开的车子，你就听我的。”

小区的东南部，有一处小广场，坐落着一排店铺。

绳子就在店铺前停了车子。

一家平价超市前，也停着一辆车子，是一辆一三〇小货车。车上装着各种日常百货。绳子向门市里喊了一声：“李老板，我来了。”

李老板从里边答应道：“还像每天的样子，该卸就卸吧。”

绳子脱下身上的长外套，扔给大兰子：“你就好好地坐在车上，把我的衣裳披上，别着凉。”

绳子赶紧走上前去，从卡车上往下卸货，扛在肩上，一直送到店铺里去。奇怪地，店铺里也没人出来，任绳子自己进进出出。可见绳子与这家店铺很熟了，彼此之间有很深的信任。

差不多有半个时辰，绳子把车上的货物都卸完了，才走出来一个人。那人查看了一下车厢，笑笑：“您今天的货怎么卸得这么麻利，像返老还童似的。”

绳子嘿嘿地笑。

那个人扫了一眼绳子的车子，看到上边坐着一个端庄的妇人，也嘿嘿一笑。

绳子赶紧说：“那是我姐。”

“以前怎么没见过？”

“啊，她昨天刚从乡下来。”

这么一说，倒叫那个人又回过头去多看了几眼。怎么看都不像是乡下人，便笑着摇摇头，对绳子说：“请跟我来。”

再出来的时候，绳子提着两捆纸箱子被压平了叠在一起的纸袼褙，好像分量很沉。那个人，也就是李老板，端着一塑料箱子酒瓶子跟在绳子后边。

把东西放在绳子的三轮车上之后，两个人又踅了回去。前后搬了三次，搬上车的纸袼褙、啤酒瓶、饮料听，堆了很大一块地方。有两个饮料听自己滚下车去，绳子赶紧追着去捡。李老板说：“你真是贪财，一个不过两分钱。”绳子说：“两分钱也是钱，捡破烂儿的就是积少成多。”

李老板又情不自禁地看了大兰子两眼，说：“老姐姐，您不进去坐坐？”

没等大兰子作答，绳子先就接上话说：“不了，我们还要到别处去收呢，晚了，会让别人收走。”

远离了那个超市，大兰子问：“你给他卸货，他给工钱吗？”

“给呀，”绳子回头看看车上，“这不，就是这些废品。”

绳子告诉大兰子，多年来，他与超市老板形成默契，每天到了这个时候，他都适时赶到，给老板当装卸工，然后老板把超市积攒了一天的废品都送给他，你我两讫。

“他真会巧使人。”大兰子说。

“不，是咱们会讨巧，”绳子很得意地笑着，“咱一个乡下人，浑身有的是力气，闲着也是闲着，举手之劳，就弄了半车值钱的东西，你说划算不划算？”

绳子笑吟吟地往前开，到了一座单元楼下，他朝楼上望了望，停下了。他说：“你还在车上等我，我去去就回。”

绳子迅速钻进楼里，电梯开启的声音传到大兰子的耳朵里。

很快绳子就出来了，手里提着两捆期刊和报纸，胳肢窝里还夹着两本书，嘴里叨念着：“兰子，托你的福，今天是赚了，还意外地得到了两本赠书。”

这两本书，一本是长篇小说，叫《玄武》；一本是散文集，叫《夜之细声》。

打开书的封面，绳子让大兰子看，每本书上都有题签，写着相同的字：敬请绳子师傅雅正。落款：凸凹。

大兰子问：“绳子是谁？”

绳子说：“绳子就是我，是我的代号。”

“你不是叫史福云吗，什么时候又变成了绳子？”

“不知为什么，这里的居民都这么叫我，叫来叫去我听习惯了，也懒得告诉他们其实我叫史福云。我是觉得，咱一个捡破烂儿的，能叫应了就成了，没必要那么讲究，再说，捡来的破烂儿需要绳子捆，叫绳子倒也与身份相符。”

“那么这个凸凹又是谁？”

“是送我书的那个人，是很有名的一个作家。”

绳子告诉大兰子，作家凸凹就住在这座单元楼的五楼，写小说、写散文、写文学评论，出了四十多本书。但是，你别看他在全国都有大名，却是个书呆子，干不了体力活儿，动手能力也太差——他们家灯管儿坏了，也不会更换；水龙头漏水了，也不会修理；高压锅皮垫松了，也不会绷紧。虽然是小事情，却弄得夫妻常发生口角。他夫人讽刺他，你一个大老爷们儿，咋什么都不能干？他说，然而我能写书。夫人说，那你就跟书过日子去吧。他很生气，说，这老娘们儿就是头发长见识短，看不到大处，只会从鸡毛蒜皮的小处衡量人。

也是机缘凑巧，有一天他在楼下唉声叹气，被我遇见了。我看到他像个读书人，对读书人的好感让我忍不住发问，您这是怎么了？他说，这不，厨房的水龙头漏了，直往外滋水，我也不会拧，就通知了小区物业，我在这里等半天了，也不见人来，急死我了。我问他，那您家里有没有扳子、钳子之类？他说，自然都有。我说，那好，您也不用发愁了，领我去给您看看。到了楼上，一看是小毛病，三下五除二我就给修好了。然后我问，您还有什么地方需要修理？他说，我书房顶灯的灯管坏了，灯管儿也买了，就是不知道怎么换。我说，这好办，我给您换。

一切妥当之后，他很高兴，要送我一条红塔山以表谢意。我说，您别客气，我不抽烟。他说，那怎么成，你要不收下，我心里很过意不去。我随意一看，他的屋里有十几架藏书，书房里还堆着几大摞报刊。他说，这都是过期的赠报赠刊，还没来得及清理。我一下子乐了，对他说，您实在想送我什么东西，就把您不用的过期报刊送我，实不相瞒，我就是一个捡破烂儿的，这些东西我很稀罕。

拿到了这些过期报刊，我对他说，您是个大文化人，怎么能被家里的那些手工活儿麻烦了手脚。这么着，您家里有什么小活儿、碎活儿，就找我，一切都是手到擒来，您千万别客气。他说，那怎么好意思。我说，我也不让您过意不去，您就把不看的旧书、过期的报刊给我留着，我捎带手收走，就算是工钱了。于是，我们就有了约定，他家的这些东西，包括其他废品，就定向属于我了。

“你怎么就知道他人就在家里？”大兰子问。

“你没看我刚才上楼前朝上望了半天，我看他家的窗户开着，而且还有似有似无的烟冒出来，他这个人烟抽得厉害，只要在家，就得开窗户。省得夫人一回来，又是一阵训斥，嘿嘿，你的福云聪明吧。”

“我们家福云本来就聪明嘛，可惜了，这么聪明的脑袋都用在了这些上不了台面的小事上，老天真是不公。”

“甭管公不公，用得上就成。”绳子很豁达，不为自己忧戚。

大兰子摇摇头，苦笑了一下。这是一个聪明的苦人，她心中怜惜得不行。

车子上已装了不少东西，大兰子以为绳子就要径直送到废品收购站去了，没想到他三拐五拐到了一处建筑工地。绳子一露面，就听许多工人都喊“绳子”，看得出彼此很相熟，好像他们都期盼着他来。

让大兰子吃惊的是，绳子居然从外披的大褂里“变”出来一条红塔山烟，呼着脚手架上的工友：“下来，下来，歇一会儿，抽支烟。”

工友们好像就等着这一刻，下来之后，就簇拥上来，转眼的工夫，他手中的烟就被瓜分干净了。工友们一边抽烟，一边朝这边的车上瞟。

有人问：“绳子，车上的人是谁？”

绳子说：“是我姐。”

另一个说：“我看不像，我看是你相好的。”

绳子说：“是又怎么样？”

绳子这么一说，工地倒沉默了。卖苦力的人，有本性的朴实，一旦把话说破了，倒不好意思打趣了。他们尊重人、尊重感情。

绳子围着脚手架转了一遭，对身边人说：“我看脚手架的捆绑有些松了，得赶紧紧一紧。”

“懒得紧，”那个人一边吸烟，一边嘟囔道，“没大事，塌不了，即便是塌了，摔死了，正好解脱，摔伤了，正好吃工伤。”

这是什么话？

绳子知道，这群人心中灰暗，极端自卑，因为拼死拼活地干，也挣不上大钱，开发商即便富得流油，也十分吝啬，不给苦力福泽。而这些人又没有别的门路，一边恨着，一边隐忍。所以，他们自轻自贱，不看重生死。

绳子摇摇头，从他们脚下拿起工具，攀到脚手架上去，帮他们紧。

对绳子的好意，工友们麻木，只顾得抽烟。倒是大兰子很激动，她的绳子都五十多岁的人了，身手却是那么敏捷，也不忌惮高，捆绑的动作很从容。她觉得这种活儿绳子以往没少干，因为他的一招一式显得很内行。

待绳子从脚手架上下来，一个工友说："你真是个大善人，但这么有善心的人却是个捡破烂儿的，哪儿说理去呢。"

绳子说："这有什么不好理解的，老辈的话说，穷不帮穷谁照应？用现在时髦的词儿说，因为咱们是一个波段的，共振出爱心。"

工友们也表达对绳子的爱，把一些锈铁块、钢筋头，还有用过的铅丝、截下来的管箍、破了皮的铜线，都从角落里找出来，给绳子装到了车上。

这是他们早就给绳子收集了的，就等着他来。

绳子满载而去，因为殷实而重，前行一路，竟不起浮尘。

到了收购站，过秤员说："绳子师傅，你真让人纳闷儿，怎么每一次你捡到的都是破烂儿里的精品，都是值钱的东西？"

绳子一笑，调侃道："《红楼梦》里说得好，切莫说，切莫说，一说就错，还是留着你自己琢磨吧。"

返回来的路上，大兰子问："过秤员问你，你为什么不说？"

绳子说："这也是商业秘密，一说出去，咱还能这么自在？"

大兰子说："看了一道，我算是明白了，别人捡破烂儿是用手翻来覆去地从垃圾箱里捡，你却是不慌不忙地从人心里取。"

“对了，你说得真好！你知道我管这叫什么？叫智能捡拾。”

绳子得意之下，忍不住在大兰子的大腿上捏了一把。

大兰子尖叫了一声：“该死的史福云，你有点正行没有？老色鬼！”

绳子哈哈大笑，他觉得在这世俗的肉感之下，有属于灵魂的盈满。

快把门插上

卖完破烂儿，绳子就断然收工了。

大兰子说：“太阳刚往头顶上爬，离中午还有大把的时光，你怎么就不捡了，难道你还嫌钱咬手？”

绳子说：“咱都这个年纪了，第一等要做的事，就是收敛贪心。咱这个捡破烂儿，又不是捡一天、两天，而是天天捡；既然是天天捡，就没必要急，因为那么多破烂儿就摆在那里，你一下子就能捡得完？不慌不忙地捡就是了。而且你也看到了，我这个捡破烂儿的，跟别的捡破烂儿的不同，他们是为了生存，我是为了生活。一是为了自食其力；二是来去自由，能够随时见到你。”

“怎么，你捡破烂儿还是为了我？”大兰子有些吃惊。

“还能为谁？”绳子苦笑了一下，“捡破烂儿是我离家出走的最好的方式。”

绳子把大兰子带回自己的住处：“我给你做饭吃。”

进了屋门，大兰子看到，这个住处，房间虽小，但过日子的家什一应俱全，收拾得也干净，吸吸鼻翼，居然还能闻到淡淡的香味。

“怎么还有香水味？难道你还有别的女人？”大兰子下意识地问。

“别疑神疑鬼，像我这么个糟老头子，又是捡破烂儿的，能有哪个女人那么不开眼？”绳子迎着大兰子质疑的目光，说道，“真要说有女人，也是你的影子——虽然我一个人过，我也当是我们两个人过，每天我都告诉自己，兰子就在身边呢，人不能脏，屋子不能乱，屋子有发霉的味道，也要喷点香水，兰子她是个干净人儿，是个讲究人儿。”

绳子的话，既入情入理，又分外煽情，大兰子心酸起来：“福云，你真会折磨人！”

“呃，我有些纳闷儿，你一个捡破烂儿的，怎么还会有自己的屋子？你付得起房租吗？”静默了一会儿，兰子问。

“这房子是福利，不用付房租，”绳子解释道，“我除了捡破烂儿，还兼着小区的保管员，夜里为他们看管楼道里放着的清扫工具，他们不付我工钱，也不收我的房租，两下顶了。”

“我的福云就是与众不同，捡破烂儿都把自己捡得跟个职业工人似的。”

“嘿嘿，你还甭说，我还就是个职业工人，把捡破烂儿当成一份职业了。”

绳子的话，与他说的“别人捡破烂儿是为了生存，而我捡破烂儿是为了生活”相符，让大兰子不住地点头。

绳子出门前是有准备的，几案上放着醒好了的面。他说：“我一会儿给你炸油星。”油条、油饼，在京西统称油星。其实也略有不同，标准的油星在油条和油饼之间，有三角形的形状，不长不短、不宽不窄，既焦脆，又绵软。

炸油星之前，绳子先弄了几个菜，一个拍黄瓜，一个水煮花生米，一个摊鸡蛋，一个腊肉炒蒜薹。

大兰子年轻的时候，喜欢生吃青黄瓜，每到收工回来，倚在门槛上，拿着一整条黄瓜，咬嚼得响脆，类似招摇。刚从土里刨出来的应季花生，土都不洗干净，就放在铁锅里煮，煮得之后连锅子一道端上桌子，迫不及待地吃，眨眼的工夫，就剥出了一桌子的花生皮子。摊鸡蛋，在乡下，是平常日子里的荤菜，既用来打牙祭，又用来治病。一遇到头疼脑热，身子疲软，大兰子就向母亲撒娇："妈，能不能给我摊个鸡蛋？"摊鸡蛋吃过，她就又生龙活虎了。

这些绳子都清楚，所以他弄的这前三道菜，既是告诉大兰子他不忘来路记着她的嗜好呢，又是表达他从昨天到今天始终不变的深情。

至于最后的一道菜——腊肉炒蒜薹，既是他进步的证明，又是他一种用心的告白，毕竟是活到今天了，她的老相好也有了冲出记忆的新鲜的东西。

菜弄得了之后，他即刻就炸油星。

大兰子想帮他，他坚决不让："你且歇着吧，让我尽一次男人的义务。"

他把火势弄得适宜，把油温弄得恰当，动作很麻利，油星炸得大好。大兰子捏起来尝尝，正是记忆中的口味，便惊叹："福云，你还真成啊！"

绳子很得意地傻笑，却像突然想起了什么：“你等等。”

他放上来两个浅碟，拿过来一个袖珍塑料桶，桶上有商标：百花牌荆花蜂蜜。“吃炸油星得蘸当年蜂蜜，差点忘了。”

油腻的却偏偏还要配以甜腻的，京西人固执地认为，只有这样，才内行，才能吃出美食的感觉。

大兰子好像等不及了，贪婪地吃，吃得满嘴流蜜。

“不急，不急，”绳子拿上来一瓶竹叶青酒，“难得咱们单独在一起，必须喝两口。”

他知道，大兰子的爹就喜欢喝竹叶青，她一定被熏出了竹叶青的口味。事实上，大兰子也的确喜欢喝竹叶青。但是他忘了，大山子也喜欢喝竹叶青，她的喜好，更多的是受大山子的影响，因为她爹反对女子喝酒，她一端酒杯就遭呵斥。倒是大山子不敢反对，他一喝酒，大兰子肯定会凑上来。大山子说，我喝酒是因为心里憋闷，你心里装着人，很盈满，干吗也喝酒？大兰子说，屁，我心中装着人有什么用，还不是得整天陪着你？你憋闷自然也会带来我的憋闷，所以我也要喝。两人兀自喝，谁也不搭理谁，大兰子反倒喝出了味道，很享受。

由于这层原因，大兰子对绳子说：“我还是不喝为好，因为一喝，就必然想到死鬼，就不喜兴了。”

绳子一下子就明白了，但是他还是说：“尽管喝吧，因为咱们今天心情健旺，压得住死鬼。”

也是。自己的爱人就活生生地站在眼前，还燃烧着红火火的爱情，岂不就照出了明晃晃的一大片光亮？光亮之下，阴魂逃散，所以，大兰子只是惆怅了一下，马上又欢畅了。“好，咱们喝。”

两个人推杯换盏，喝得有滋有味，好像这么多年的等待，就为了这一刻。

“呃，你不是一直吃捡来的食物吗，怎么现在也吃上了颠炒？”大兰子突然问。

颠炒，系京西口语，即：烹饪。以炊烟中的动作，喻自己下厨房做出来的热汤热饭。

绳子告诉她，明明就爱着你，却不能娶，明明就近在咫尺，却无能力朝夕相聚，他愧对感情，恨自己，不配活得好，便用吃捡来的食物惩罚自己。后来是外人给了他一个刺激——他们游戏感情，却还吃得精细，不仅热汤热饭，还山珍海味，而自己在无望中还敬重感情，为远处的爱人在近处端庄，凭什么就自我作践？便也开始颠炒，吃新鲜的、热的食物。我要把自己的身体侍弄好了，待能团聚的那一天，也能给你献上一个健康的身膀，不让你失望。到了后来，咱们的儿子他开始明理，接受了咱俩的关系，好像希望就在眼前，那么，我更得吃颠炒，嘿嘿。

大兰子摇摇头，眼里泪光闪烁，说：“你这个人心太重，遇事总是先拿道理衡量一下，能说服自己了才去做，真是让人为你发愁，嗳。”

大兰子叹息了一声。她所说的“发愁”，是揪心、酸楚和悲伤的意思。

“你也甭为我发愁，”绳子独自喝了一杯酒，说，“诗里说，少年不识愁滋味，然而咱们已老，再不识愁，就愧对岁月了，再说，真正的感情，是沉重的东西，当然要与忧愁和悲伤相伴。”

大兰子心中感动：“那咱们今天就多喝点。”

两个人不知节制，把一瓶竹叶青都喝干净了。

大兰子喝得很飘忽，满脸通红，把脸上的皱纹都涨得无一丝踪影。她好像又回到了往日的韶华，艳光四射。

她一把抓住绳子的手：“福云，你还等什么，快把门插上。”

绳子也柔情似水，握着大兰子的手不停地摩挲：“什么都没变，你还是从前的兰子。”

“那就从前一下子。”大兰子催促道。

绳子笑着说：“咱们只说现在，不说从前。”

“为什么？”

“我这里就是个门房，平时什么人都来，什么屁股都坐，什么身子都往床上躺，你别看表面干净，其实很脏。我们兰子是谁？别看老了，在我心中也是金枝玉叶，这个地界配不上你。”

温厚

即便是在酒热攻心的情况下，绳子也没忘记他的床是被白德臣和黄咏梅糟蹋过的，绝不能玷污了爱人高贵的身子。可见，他下意识里已否定了那两个人的感情，将之放在了被鄙视的位置。

一般地，女人动情的时候，男人是不能拒绝的，那样，会招来怨恨。但绳子把话说得那么撩人，大兰子不仅不怨，而且还感动，所以不“从前”就不“从前”，好歹我们还有“现在”可以善待。

虽然不使用床，但不能放过时光。

大兰子说：“福云，你过来，坐在我身边。”

绳子疑惑地坐过来，看着大兰子。

“傻看什么，把你的手伸给我。”大兰子说。

绳子伸得有些迟疑，大兰子索性把他的手拽过来，放在自己的腿上。

她从斜兜里掏出一把指甲刀：“看看你的指甲，又长又脏，像一辈子都没人疼似的。”她一个指头一个指头地细心修剪，像母亲打理小儿。长指甲剪完了，便掏指甲缝里的泥垢，泥垢除净，就又用剪刀的锉面锉平指甲上的毛茬儿。整个过程，透着十二分的耐心，真是有母爱的样相。

大兰子的脸始终通红着，既是被酒热烤炙，又是被压抑的激情所撑持，她的鼻息很重，热气嘘到绳子的指头上，导致了他心中的痒。但他不露声色地克制，感到两个人既熟悉，又陌生。

这种感觉很好。

因为熟悉，所以自在；因为陌生，所以好奇——好奇于明明是旧情人了，但怎么会像初恋一样?

这时，有人推门而进。

进来的是白德臣和黄咏梅。

虽然是不速之客，但在温馨状态中的绳子和大兰子也不惊慌，竟很坦然地望着来人。倒是弄得来人进也不是退也不是、站也不是坐也不是，很是尴尬。

“这是我姐。”绳子大大方方地把大兰子介绍给他们。

为什么是姐，而不是妹?姐直指亲情，妹却显得暧昧。应答出于本能。这既可以避免他们疑猜，又可以让他们在亲情的暗示之下，放得自然一些。

未等后来的两个人反应过来，绳子和大兰子竟不约而同地站了起来:“咱们走吧。”

“走”“走吧”是两个同义词，但现在用来，意义就大不同——走，是为了回避或躲避来人，不得不走；走吧，是既定的动作，意思是说，本来就要走，这时正好走。

走到街上，大兰子好奇地问:“他们俩是什么人?”

绳子知道，她问的意思是他们俩是什么关系，所以说："他们是两口子，就住在头上七楼，每天上楼之前，都在我这儿坐一坐，随便唠两句。"

"他们之间，年龄可差了不少。"大兰子说。

"嗐，这有什么新鲜的，眼下老夫少妻是一种风气。"

"那么，他们肯定就不是原配。"

"你的眼睛可真毒，是男的离婚再娶。"

绳子为什么介绍他们是夫妻？因为一介绍他们是情人，必然就会引起大兰子的好奇，他就得给她讲这其中的故事。不仅要费口舌，还要激发她的联想，会扰乱她的心绪，很可能还要进行类比，这样一来，她就不平静了。

他觉得，简单和纯朴对他的爱人最相宜，不能让她接触复杂的东西。

他把大兰子送回家，然后还车，接着在阅报栏看了几篇社会新闻。

觉得留给那两个人的时间足够了，便毫不迟疑地回他的住处。

白德臣竟还没走。

他坐在沙发上抽烟。屋里的烟雾很厚，遮蔽了其他气味。

"那个女同志真的是你姐？"白德臣问。

"废话！"绳子一下子就把话头堵死了。

"那么你就不问问我和小黄的事？"

"有什么可问的，说实话，我早已把你和她当作夫妻看了，所以，你们大可以来去自由，不必考虑我的感受。"

白德臣笑笑，起身走了。

绳子开窗通风，收拾卫生。再坐下来的时候，屋里已是一片清爽，毫无污浊的痕迹。

他躺在床上，借着散碎的阳光，看自己的双手。

自己的手，指甲有圆润的弧度，手面有净白的肤色，几乎是美的，外人看见，绝不会想到是一双捡破烂儿的手。它们应该属于官员、医生，或者是书生、文人、哲学家。

他竟想到了从一个作家的文章里读到的一句话：己心妩媚，则世间妩媚；己心温暖，则世间温暖。

是啊，一切都是境由心造，大兰子给了他妩媚、温暖的东西，就忘记了冷、暗、丑和污浊的东西。比如身下这张床，虽然躺过偷情的贱人，但它是无辜的，本质上并未改变它干净、温暖的属性，依然可以躺纯净、纯朴、纯正的好人。

再想到白德臣和黄咏梅的关系，他居然什么想法都没有了，对与错，正与邪，本分与非分，都不必有断然的结论，他甚至觉得他们就是一对夫妻。

这与其是一种接受，不如说是一种漠视。

他这时觉得：玉米再金黄，不过就是玉米；谷穗再饱满，也不过就是谷子；落叶再斑驳，也还是叶子；野花再卑贱，也还是花朵。如此说来，白德臣与黄咏梅的感情，不贵不贱、不黑不白，不正不邪，虽奔放出岸，但也无足轻重。便大可任其自生自灭，没必要放在心上。最应该放在心上的，就是他的大兰子，她要健康、她要快乐，以便能等到该来的生活。

因为，唯一能够收拾人的东西，只有时光啊。

妥协

对白雪怡的承诺，起初绳子还是放在心上的，这时他放弃了。

白雪怡向他打听白德臣的行踪，他漫应道：“我现在也很少见到他。”

白雪怡说：“不对吧，他每次晚归，都说在你这儿聊天来着，还跟你喝了几杯。”

“那是他在拿我当借口，说明他的心计越来越深了。”

“那我该怎么办？”

“没办法。”

白雪怡脸色唰地白了，眉头打了个结。

绳子看到她的满脸苦相，心中叹道：她已经不年轻了。

“你们俩的事，我倒是替你琢磨了，不知你愿不愿意听？”

“您就照直了说吧，我已经无所谓了。”

绳子说：“我是想，你也不年轻了，就要想得开，别在一棵树上吊死。既然没办法让他回心转意，就干脆放弃。一放弃，你自己的路也就宽了，可以再谈一次恋爱，选择一个适合你的人。现在离婚成风，离婚已不是什么大事，没人太在意你们，所以你也别抹不开面子。你要是真的往前走一步，或许就找到了自己的幸福和快乐。”

“人们都说，对婚姻，要劝和不劝离，您这是怎么了？”白雪怡摆摆手，“我怎么觉得您好像被白德臣买通了，开始站在他的立场上说话。”

“他能买通我？你别看我是个捡破烂儿的，他也没让我看得起过，他哪里是个男人？”看到白雪怡吃惊的样子，绳子继续说，“你还记得那个风雨之夜吗？黄咏梅被你和你弟弟打了，躺在泥水里不能动弹，他居然还顾及面子，躲在家里看电视，惹得我一气之下砸了你们家的玻璃。从那时起，我就觉得他白德臣极端自私，不配好女人爱他。所以我想，我今天劝你放弃他，我明天还要劝黄咏梅离开他，让他成为孤家寡人，不知羞耻地去爱他自己吧。”

绳子的潜台词是：白德臣是个极端自私的人，他除了爱自己，至于你白雪怡和她黄咏梅，他谁也不爱。既然是这样的人，我既不能劝你们离，也不能劝你们合，决定权还在于你白雪怡自己。

白雪怡自然能听懂他的意思，所以，她久久沉默。

“就这样吧。”最后白雪怡撂下这么一句话，走了。

她的意思是说，离婚的事，她也不做决断了，就交给时光吧。

这之后，白德臣、白雪怡和黄咏梅的关系进入了异常和谐、异常平静的阶段。他们波澜不兴，我行我素，好像淡忘了恩怨与忧愁。

有一天，白德臣颇为自得地对绳子说：“哥们儿现在的日子不错，有两个老婆，家里有一个老一点的，伺候吃喝；外边有一个娇嫩一点的，提供浪漫，嘻嘻。”

绳子笑而不语。但心里说，无耻到了极点，就生出了另一种人格。

有一天，白雪怡略带羞涩地对绳子说：“我们家老白现在回家的次数多了一些，见了我，也有了笑脸，还嘘寒问暖，好像我们之间什么也没发生似的。”

绳子还是笑而不语。但心里说，人格放低庸福近，在居家的世界，原则，是多余的东西。

有一天，黄咏梅很坦然地对绳子说：“我现在想开了，不想逼他太紧。俗话说，床上夫妻，床下君子。因为他总是迫不及待地拥我上床，说明在事实上，我才是他的妻子，白雪怡不过是个摆设。”

这一次，绳子不再笑而不语，而是劈头说道：“你真是变了，这种话也好意思说出口？你怎么就那么肯定，他不跟白雪怡上床？嘁！”

黄咏梅瞠目结舌，久久地瞪着绳子，最后用幽怨的眼神狠狠地“剜”了他一下，扭扭地走了。

绳子有些后悔，真不该这么直白地跟她说话，也应该向对前两个那样笑而不语，隐藏态度。这样一来，自己在人家心里肯定是种下了怨恨，转恩为仇了。但是，他做不到，因为在心里，对黄咏梅，他本能地多了几分怜惜——她毕竟是个黄花大姑娘，在这种三人关系中，她是最吃亏的。

绳子不由得心情暗淡了一下。

但一推上自行车走上捡破烂儿的道路，他的内心又豁亮了。

因为他想到，这三个人跟他这个捡破烂儿的比，地位比他高，影响比他大，进项也比他多，可以说，他们都是人物，而自己不过是草民，甚至可以说是贱民。但是，他们却混得这么不明不白、不伦不类、不人不鬼，且纠结夹缠，苦痛加身，以至于人格降低、情趣卑下。而自己再卑贱，却是正经人家；再悲苦，却有真爱暖心——我一点也不比他们差。所以，我没必要鄙视他们，相反，还要感谢他们——是他们，让我有了做人的自信，我跟他们是平等的。也就是说，我跟他们有一样的地位，大可不必自轻自贱。

盼望拆迁

眼下绳子最关心的一件事，就是大兰子所在家属区的搬迁改造。

因为一“改造”，大兰子家就能得到两个两居室的单元房。按小山子的说法，其中有一间属于大兰子，他们可以住进去，完婚，然后过两个人的日子。

然而始终没有搬迁的动静，绳子很是着急。

他不停地向有关部门打听搬迁的消息，但谁也不给他明确的回答。转了半天，他突然想到白德臣，因为他就在房屋土地管理局工作，土地和房建的事，都跟他有关。“咳，真是灯下黑啊。”他拍了一下脑门。

问到白德臣，白德臣愣了一下：“你问这干吗？好像跟你没什么关系吧。”

“是跟我没关系，是我的一个亲戚住在那里，托我帮他打听打听。”绳子说。

白德臣告诉他，旧小区搬迁改造，是个很复杂的工程，牵涉着矿务局和地方的关系，首先要立项，确定投资主体、明晰产权，然后是要办理各种审批手续，实施环节跟发改委、建委、市政管委和房管局等多家单位都有关系，是个漫长的过程。

“能有多漫长？”绳子急切地问。

白德臣瞪了他一眼：“所谓漫长，是个不确定的说法，可快可慢，快到两三个月，慢到两三年，甚至更长。”

“为什么？”

“这里的原因很复杂，我只能通俗地给你说一说。”白德臣开始通俗——

这么说吧，家属区隶属矿务局，而土地所有权虽然属于国家但实际上却归属地方。在历史上，矿务局可以无偿使用土地，但眼下不成了，要支付土地出让金、土地补偿金等各种费用才可以使用，取得土地使用权之后，还要斥资建房。而小区改造完成之后，管理权又划归地方，也就是说，出钱的不管人，管人的不出钱。这样一来，问题的关键就又在于矿务局了，就要看它决心有多大，舍不舍得为职工花钱。客观地说，现在的国矿，效益普遍不好，下起决心来，也不是那么容易，这就要看矿务局领导的眼界和情怀了。当然也有地方的问题，地方政府要是有大局观念，肯于牺牲一点自身利益，再愿意给一点力所能及的支持，问题解决起来就容易得多了。我想，咱们区政府应该有这个觉悟，毕竟家属区已实际上完全融入了地方，居民大多数是土生土长的本地人，血脉和情感与当地百姓已浑然一体，教育、医疗、养老等也都社会化（地方化）了，已不好区分你我了。都是自己的子民嘛，给一点关怀也是应有之义。

“还有这么多道道儿。”绳子把脑袋都听大了。

“不过，据我所知，矿务局居民小区改造工程的立项已经通过，拆迁回迁已成定局，”白德臣向绳子点点头，“你就跟你那个亲戚说，把心放在肚子里，他早晚能住上新房。”

“早晚都能住上新房”的说法，让绳子有了底气，他找大兰子商量，你既然是自由身，我也离了婚，是不是就去领个证，早点生活在一起？

大兰子点点头又摇摇头：“这个事，你还是找小山子商量吧。”

找小山子一商量，小山子阴着脸问：“结婚证好领，那么你们住在哪儿？眼下我妈住的房属于我妹妹，可容不得你进进出出。”

绳子犹豫了一下，说：“在绿城百合小区，我租着一间房，足够我们俩住。”

小山子撇了撇嘴：“你那个地方我知道，在地下车库，是个放工具的地方，哪儿能住人？睡你个捡破烂儿的还可以，睡新郎新娘可就操蛋了，你想都甭想。”

这种否定疑似关切，让绳子惭愧。而且他又想到，那个地方什么人都进，还容纳不名誉的事情，既嘈杂、肮脏，又淫邪，自己都嫌弃，怎么情急之下，居然想到了要做婚房，你羞愧不羞愧？

由于有了这一层自我否定，他接受了小山子的否定。

绳子木在那里，一言不发，表情凝重。

以为伤了他的心，小山子上前拢了拢他的肩膀：“我说，几十年都等过来了，怎么就这么几天都等不起了？”

这是小山子第一次跟他这么亲热，他有些难以承受，不好意思地笑笑：“嘿嘿，等得起。”

我折子上有钱

区里成立了城市建设领导小组。组长由区长亲自担任，常务副组长自然是主管副区长，成员则是有关单位的一把手。

所谓城市建设，包括征地拆迁、旧小区改造、房地产开发、新项目落地和居民安置等，是个复杂的系统工程。

领导小组下设办公室，外挂区拆迁办公室的牌子，工作人员从有关单位抽调，负责处理具体事务。

白德臣居然被任命为办公室主任，从单位的闲职，成了城市建设的一线大员。这种安排，出乎他的意料，他很欢悦，很兴奋。

他岳父提醒他，这是个得罪人的差事，也是个极容易被问责的位置。城市拆迁，利益补偿、居民安置、土地储备、房地产开发，既要整天跟群众打交道，又牵系着错综复杂的利益关系，弄不好，就会引起群众上访，就会陷入腐败陷阱。其荣也勃焉，其毁也忽焉，你要好好考虑考虑。

白德臣说，这容许我好好考虑吗？区里就是看到了我年纪虽轻，却常年处在二线状态，是一颗被浪费了的棋子儿，能被起用，也是把我当人才看待，想充分发挥作用，这类似器重，您说我还有理由推托吗？再说，我也的确是个有能力、能干事的人，这您也是知道的。但却窝窝囊囊地待了这么多年，心里积聚了太多的压抑，到了该释放的时候了，我自己也愿意一展身手，有一番作为，让社会认可。虽然这是个风险很大的岗位，但风险的挑战，正可以焕发人的激情，让人找到生命的活力。人必须有魄力、有气性，宁做刀俎下的鲜肉，也不做被搁置腐烂、只能被扔掉的臭肉，您说是不是？

岳父知道，他的话，是说不动白德臣了，便说，你要想到，你一旦上任，麻烦事、急难事、夹缠事就会接踵而来，有你小子受的，你切不可掉以轻心。

白德臣一笑，反问道，再难受，还有夹在女人之间更难受？

白德臣的说法，近乎是背水一战的豪迈，让他的岳父无话可说。岳父摇摇头，哼了一声，转身走了。

他的一声“哼”，颇有深意，意思是说，什么豪迈？愚蠢的豪迈！

白德臣上任之后，真是全身心投入，急切地想干出一点彩儿来，证明给领导和社会看。

他的第一把火，就烧向了矿务局家属区的改造工程。

他在矿务局干过，既有历史人脉，又清楚他们的运作程序、行为特点，跟矿务局的领导好沟通。他现在又是地方干部，区领导的决策意图、思维方式、目标要求他也心知肚明，有关政策原则、伸缩空间他也悉数掌握，便能跟矿务局精准对接。

就这样，复杂的事被他弄得简单了，在短期内，就拿下了矿务局旧小区改造项目。

敲锣打鼓，两方领导现场剪彩；铲车、塔吊、翻斗、推土机、运输车和戴安全帽的人群，轰轰隆隆、浩浩荡荡地开进现场。被白德臣称作“漫长”的那个工程，居然一下子被他弄出了吸引眼球的“浪漫”景象。

搬迁居民的安置，白德臣也考虑得很周全，他主张多条腿走路：发给补助，鼓励其去投亲靠友，或到附近乡村租赁；在公共场地搭建临时安置房，提供给那些既无亲友可投靠，又不愿意外出租赁的住户。几种方式，全凭自愿，绝不强求。

这里的住户，毕竟是属于工人阶级，组织意识、集体意识、国家意识都比较强，强调困难的少，服从安排的多，居民搬走得颇为顺利，这让白德臣十分感动，他亲任工程总指挥，每天都出现在工地现场。

大兰子一家出生在山区，附近没有亲友可以投靠，即便是有补助，也舍不得花钱去租赁，便想搬进临时安置房。

绳子说：“且慢搬，我去考察一下。”

考察回来，他告诉大兰子：“还是租赁吧。”

为什么？因为临时安置房间在空旷处，是由轻型建材搭建而成，保温性差，四面透风，而且没有上下水管道，如厕得到远处的公共厕所。而他的大兰子已经不年轻了，怎忍心让她经受冬天的冷？

“租赁就要花钱，而闺女儿子既要给我养老，又要供孩子上学，眼下矿上不景气，孩子们挣得也不多，不凑手。”大兰子说。

"不是还有我呢吗？"绳子一拍胸脯，"难道你忘了，我折子上有钱。"

他们在附近的詹庄村租了两间民房，房主是一位跟大兰子年龄相近的老年妇女。她老伴儿已去世多年，膝下只有一个女儿。女儿远嫁到海淀四季青，一个月才来看她一次。这几乎就是一种寡居状态，所以一听说有人租房，她答应得很痛快，房租定得也很低。她说："我一个孤老太太，一个人守着这么大的一座三合院，空落落的，正需要有人做伴。"

他们租的是人家的东厢房。东厢房实际上是三间，中间是一间客厅，两边用隔断隔出了两间住房。房主很朴实，她按能住人的房间算，说："谁住房不得有个先落脚的地方？所以中间的客厅是房主应该给的，不能收房租。"

房子租得便宜，还合用，大兰子一人一间，她女儿一家占据一间，在中间的客厅放一张折叠桌一起共餐，摆布得开，所以一家人很是高兴。

住进以后，整个院落清气换成了热气，但是总也驱不走一股隐隐的霉气，绳子便有点不满意。本来他又不是住户，轮不到他生出情绪，但他有理由，因为房子是他帮助找的，又是他出资租的，所以他应该保证居住质量。

他便仔细寻找霉气的来源。

找到最后，他发现在西墙根儿下，蹲着一口大缸，缸上盖着一个用木板条钉成的缸盖。缸盖黑乎乎的，还覆着一层厚厚的尘土，因此看上去，似乎没有被人动过的痕迹。

这缸里到底盛的是什么呢？绳子很好奇。但既然没有动过的痕迹，他就不便给人家掀开，这是做人最起码的规矩。

他便围着缸体不停地嗅。

果然就闻到异味。这味道很奇怪，既像霉，又像臭，而且味道也不强烈，近闻无，远闻有，似有似无。所以绳子判断，这是陈腐的味道。

新居安顿好了，绳子留下吃饭。因为这顿饭是绳子叫的外卖，本来就有自己的那一份。

在客厅里，绳子一边吃饭，一边望着西墙根儿的那口大缸，他想把那里的秘密琢磨透了。

一会儿，那个房东老女人从正房闪出，直奔大缸而去。虽然年纪已不轻了，但步履却轻盈、敏捷、碎密，快。到了大缸的近前，她把缸盖从侧面推出一道缝，然后歪着脸子伸进去一只手，摸出一只萝卜状的东西。然后再把缸盖推复原，捣捣地回屋去了。

绳子情不自禁地站起身来，快步到了正房门前，推门而进。这类似冒昧，但他实在管不住自己的好奇。

见一个人蓦然而进，老女人也不吃惊，阴着脸说："我知道你为什么来，你是要看究竟。"

老女人坐在一张老旧的八仙桌前，那个杌凳很高，她坐在上边不停地晃动着两条腿。腿有绑带，衬以两只锥形小脚，像圆规在画弧。

绳子觉得这个老女人跟别的老女人不一样，她坐在"动"中，有一点狐仙的味道。

老女人面前放着一小碟煮黄豆，上边撒着一层韭菜花儿，另一只碟子里，就放着她刚摸来的那只黑萝卜。碗里是白水泡白米饭，跟前的暖壶，还没有盖上壶盖，冒着缕缕热气。

“您就吃这个？”

“这有什么不好？是养生的饭。”

老女人好像是故意要给绳子破解谜团，手里的筷子照直就戳在那只黑萝卜上。只是轻轻地一戳，整条萝卜就散了。她搛起一小块儿，送进嘴里，一边咀嚼着，一边喝下一口汤泡饭。“嗯，好吃。”她弄出惬意的感叹。

绳子趋向前去，用食指和拇指捏起来一小块儿，试着放进嘴里。

“甭尝，就是腌萝卜。”老太太咕哝道。

送到嘴里的那一小块儿，软、咸、臭，是搁得太久，腌糗了的味道。真是难以下咽，他只想吐出来，但看到老太太凌厉的目光，他强迫自己咽了下去。

老女人为什么示以凌厉的目光？因为随便尝人家的东西，是不礼貌的，再吐出去，那简直就是侮辱。

老女人嘿嘿一笑：“不错，就是糗萝卜，这缸菜是老头子临去世前腌下的，到现在得有五六年了。”

“吃糗萝卜对身体不好，这发了霉的东西有毒。”

“有什么不好？这是神仙的吃食，凡人不配吃。”老女人又搛了一小块儿糗萝卜，津津有味地嚼着，不怕咸、不怕臭，类似示威。“腌菜不糗不香，再说，要是有毒，缸里的小东西早就被毒死了，它们一直活得很欢，哈哈。”

“什么小东西？”

“你可以自己去看。”

既然被允许了，绳子便抢出门去，直奔大缸。他学老女人的样子，从一侧把缸盖推开，推到能够看清里边物什的程度。

他心中一惊。那物什表面起着一层白膜，有密密的、白白的蛆虫在争抢着蠕动。

天！他忍不住伸进手去，戳破了白沫表面的一个气泡，来不及看究竟，便赶紧把缸盖推严实，拼命地擤鼻涕，因为他的鼻孔里已被塞满了重重的霉味。

腐败得比较彻底的东西，已经不会发出臭味，只有厚重的霉味。所谓厚重，是它往深里凝结，且自我遮蔽，如果不触动、不搅动，气味不会外溢。因为绳子多了一个触动的动作，所以他闻真切了霉味。

知道了究竟，但绳子隐忍，既不声张，也不露声色，因为东厢房里，大兰子一家正吃得香甜，这么腐败的吃食会败坏他们的胃口。便又踅回了老太太的房间，追问：“您到底是什么人，能吃得下这样的东西？”

老女人用玩味的眼光看着他：“难道你不知道，我是这地面儿上的仙儿。”

“仙儿？”

“对，就是巫婆，用读书人的说法，又叫蛊医。”

蛊医

绳子便对这个房东发生了兴趣，每次来看大兰子，都要跟她攀谈一番。也许是因为孤寂，也许是因为他捡破烂儿的身份，老女人毫无顾忌，什么话都主动跟绳子说。

老女人的娘家在京西的极地，一个叫宝水的小山村。所谓极地，是因为它坐落在北京和河北涞水的交界处，是北京西部的最后一个村落。

老女人大号叫罗民广，很男性的一个名字。小名叫秀儿，又过于阴柔。

“那我怎么称呼您才好呢？”绳子问。

“就叫我秀姑吧，”房东老女人说，“村里尊重我的，无论年纪大小，都这么称呼我。”

秀姑告诉绳子，她当仙儿，是有来路的，因为在故乡，她经历过许多极怪异又无法理解的事情。比如——

二臭坐在柿树底下晒太阳，无意中，扫见树顶有一只熟透了的红柿，孤寂地鲜艳着，就目不转睛地看，直到那软柿子终于自己掉下来，自己将自己弄稀烂了。柿子掉下来，二臭就觉得极无聊了，便踱进屋去，想在土炕上好好睡一觉。突然那眼就疼得难耐，嗷嗷地叫了一宿，第二天便瞎掉了。

四叔早间去上地，路上遇到一只白狐狸在前面挡他，心性就很有些怯怯，于是就停下来。但他停下来，那狐也停下来，就只有走。他走，狐也走，四叔就有些疑惧，捡一粒石子，投过去。听到狐吱的一声锐叫，终于跑得没影儿了。中午歇晌，他骑在一株老核桃树的横枝上，睡得梦象接踵。梦里竟又有那只狐蹀躞了来，且狰狞地与他作梗，就吓醒了。睁开眼，老核桃树下，那只狐果然犬般坐着。四叔大骇，从树上跌下来，从此就再也不会讲话了。哑了的四叔至今还活在故乡，只是活老了，活得只剩下干干的几块骨头。

幺表姑与米粒儿私奔，生下小幺姑。小幺姑后来夭了，便找人埋。山里未成年的崽，是入不得祖坟的，且又是一个私孩子，就在一处漫坡上草草地埋了。第二年，漫坡上的草木竟全枯了。

…………

秀姑说，这些事，若悉数写来，会写出一叠册页来。我是上过几年高小的，也能写，但因为太邪乎，写出来也不会有人相信，便把写的念头搁下了。

我要说的是，这一切，虽然不沾笔墨，却弄得山里人极不安起来，不少人拍着胸脯自省，省自己的忤逆，省自己作下的孽障，下力气把自己的念头和行为弄规矩了，以防晦暝之中，那尊眼尖的什么东西，施以报应。

但令山里人不解的事，还是随时都发生着，并不理睬这里人的淳厚、诚挚、善良与精纯。

就有请巫来一来的必要。

外请的巫，多是游民懒妇，喜作伪作诈。环村落巡视一番，便说山里多秽事、多不孝，屈死冤死者众，因而邪气便蒸腾得浓，必要好好行一行巫事。

山里人都懵懂不明，任巫信口雌黄，自家只是兀自地颤抖。

行巫时，设一神坛，放一平斗，斗内放陈谷新谷各半，谷上插一把剖羊羯子（山羊）用的又细又长的刀。行巫者在神坛前的专座上坐定，用青布麻衣覆面。定定地坐一个时辰，突然就像有神附体，语言神气都骤变，或唱或闹，或哭或笑，天上地下，无所不谈，最甚者，便是谈村里人长短，揭村里人的男女私情，斥村里人的道德是非。于是，在村人眼里，此时的巫已为真的神体，因为他（她）讲的，多确有其事，且言之凿凿，都有依据。听者就唏嘘不止。有不少人便瑟缩得难耐，砉然哭出声来，匍匐于神坛之前，道出自家的隐情，做掏心掏肺的忏悔。

那一年，一个女巫行完巫事，酒喝到半醉，说，弄我们这行，不叫巫婆，也不叫神汉，更莫说什么跳大神，叫蛊医。

怕别人听不真，就问身边的一个崽，说，我们叫啥？

那崽先是一愣，却很快答出来了，叫蛊医。

女巫就母鸡般乐仰了。之后，她说，外请的蛊医，救得了眼前，救不了长远；要是图年年月月、月月日日都安定，有你们自己的蛊医才好。

村里人都说有道理。

然而，做巫的都很鬼道，都身怀奇技——能呼风唤雨者，能是常人吗？村里蛊医的人选就不好找。

“后来，嘿嘿，最老实忠厚、沉默寡言、无所用心的罗民广，也就是我，秀儿，竟当了蛊医。嘿嘿，这原因很蹊跷，就连我自己都糊里糊涂。

“平日里，我爷们儿很霸道，抽长筒的水烟袋，稍有不如意，便将烟袋的杆子敲到我的身上，我的肉皮子就常青常肿。那日，他又向我发威，身边却没有烟袋，只有一只盛着热粥的碗。那碗就劈头盖脸地飞了过来。我在情急之中当然会用手去挡。粥洒了，碗竟挂在我的食指上。

“我爷们儿就怔住了。

“我也怔住了。

“净受气的我，不知怎的，竟迅速地反应过来，干脆用那食指转那碗子。碗子果然转得出人意料。我不由得怯怯喘息，嘴上却厉害了——

“瞧见没，俺会一些个。平日里，忖摩你是俺男人，不露给你，怕吓你个三长两短；今儿个，你忒不把咱当人了，咱就什么也不在乎了！

“我爷们儿的脸立刻就灰了，崽他娘，可别动真格的啊，我毕竟是你的亲夫啊！

“待我把碗子收了，我爷们儿咧一咧嘴，就朝脚下软软地瘫下去。

“以后，我爷们儿便不敢再在我面前肆虐。我却被传邪乎了，说我身上有道法，是暗藏不露的仙儿，不由分说就把我推成了村里的第一任蛊医。

“既然这可以提高身价，免受爷们儿的打骂，也被村里人敬畏，我索性以歪就歪，真的仙儿起来。为了有真本事，我随山外的巫医行了一年巫事，学了一些手艺，回到村里之后，就正式坐位子了。

“我做蛊医之后，行的第一件巫事，便是在村子的周遭放蛊。”

绳子是读过沈从文的《湘西》的，所以他突然想到，沈从文的老家也是有放蛊的。湘西的蛊是毒蛊，包括蚂蚁、蜈蚣及蛇的活身；放蛊的方法是将蛊类放到果物中；放蛊是为了报仇，让仇家的女人小孩因中蛊而得病。这不免有些阴损，概因那时的湘西，多生活着蛮族苗裔。绳子便插话道：“放蛊一如放毒，面对一帮老乡亲，你也能忍心？”

“我放的蛊却是善蛊，”秀姑笑笑，解释说，“我只取以毒攻毒的意思，专用以驱妖避邪。蛊罐里，当然也有蛇蝎蜈蚣类，但更多的，却是女人的经血，蛊罐在阴处放得时间久了，便有一股腥秽的异臭，喷射而出，叫人的鼻孔都不敢张开，就躲得远远的，毒气就伤不着人。

“我正是提着这样的蛊罐，在村子的周遭一环一环地绕走，一丝不苟地放蛊。

“蛊放完了，我便扒在土炕上不动弹，昏沉一如死。我是被毒气熏晕过去了。

“数天后，我方走出屋来。别人看到的我，面色如土，眼窝深陷，若活扒过一层皮。

“但我心中无怨。因为伤了自己，净了村子，我做的是善事，积下的是功德。

“既然是蛊医，我当然要给人看病。我看病不是明里来明里去的，而是先在神龛前，蒙上盖头，呼一阵风唤一阵雨，再定定地烧几炷香、几吊纸钱。这是大家熟知的蛊医的伎俩，我自然也不能例外。例外了，人们就不信的。临了，从龛后取出药粉，送给需要的病人。这药粉是真是假已不重要，重要的是它能给人一些个希望和安慰。

“说来也奇怪，我这装神弄鬼烧出来的‘灵药’，还真的治好了不少病人。

“时间长了，我也琢磨出了其中的道理——其实，这有什么可惊异的呢？蛊在低智识的人眼中，无异于是一种宗教，是一种神力——蛊力在心，信心在怀，小疾小难便自愈自解。另，做蛊医的人，引别人迷信，自家却千万别自迷；即便欹斜癫狂，为的是引出旁人的真癫狂，容自己在癫狂之间，察言观色，冷眼看人，去审时度势，拆对穿凿。正因为我心里很清楚，便私下里备一些小丹方，把真正的药力糅在香灰之中——做蛊医要想立身，就不能一味作假，也真也假，也阴也晴，与身份相宜。

“我既迫不得已被推为蛊医，就不能不懂这些道理。说真的，是这些道理支撑着我。

“但也不能说我就光会效仿，我的的确确也有自己与众不同的一些东西。比如治‘撞克’。

“‘撞克’，是向下的说法，其实就是癔病之一种。患者在劳累、惊吓、愁抑、伤感或思虑过甚的情况下，随时可发作。

病人发作时，两眼发直，浑身抽搐，不久便挺倒了，僵成一根棍，就须疾速抢救，不然，便会因心力衰竭或窒息而死。抢救时，掐人中，扎针灸，做胸腹按摩。重者，要首先将僵挺了的肢体强力盘曲；不然内气散尽，醒来便迟。轻者，可向额面喷些冷水，意在给沉迷的意志以刺激；但也要杂以其他手段，以期速效。

"'撞克'，在村里被认为是鬼魂附体（'撞克'一称，本身就很形象），因为患者被救转之后，往往神志癫狂，生人代死人说话，就弄得居家皆惊，老少皆恐。于是，'撞克'就非请蛊医治它一治不可。

"村外来的蛊医，对'撞克'行巫时，也先用扎掐捏折诸法，把病人弄还了阳；待病人替死人胡言乱语之时，蛊医便也烧纸拜神，呼风唤雨，陷入冥世，与之口角。

"两个人激烈地说着阴间的事体，周遭之人便感到阴风阵阵，自家也有死去之感。

"口角久了，病人疲累得昏沉，渐渐睡去，蛊医就跳转入世，说，得胜回头。

"病人睡去，挨过数天数夜才醒，有的干脆就永远睡去了。实际上，这种蛊医是对患者做精神上的折磨，生生将他整虚脱了，真是可恶！

"我决不这样。

"病人在那里谵语连篇，我却不吵不闹，不惊不乍，而是从其尾闾开始，一丝不苟地行针，直至扎到病人的虎口。行针时，边捻动针柄边低沉斥道，恶鬼，扎着你了！扎着你了！

“我是在用意象驱鬼。

“当鬼被驱到病人虎口，我便搭上一只手，我的手便颤抖不已，之后，我的腕上竟起了一只会游动的包。我从发髻上拔下一根缝衣的针，狠狠地朝包上刺去，且一针紧过一针；那包便渐渐小了，只绽着一星星紫黑的血。

“莫怕，鬼被我收了。我笑着对他们说。

“病人登时便清明了，知道自己的病状之后，很不好意思，说，让您受牵累了。”

秀姑说，治“撞克”，扎在病人身上的针，是从中医学来的，针针有穴，是为了医道；而扎在自己身上的针，是从气功学来的，针针就虚，为的是蛊道。

嘿嘿，我那时在山里就神得不得了，有大名，虽然进项也多，可以整天吃香的喝辣的，但我还是撙节衣食。为什么？怕人看出仙儿也是肉眼凡胎，有口腹之欲，这样一来，就失尊了。

就整天韭菜花儿拌黄豆，外加一根腌咸菜。时间久了，就吃惯了嘴，自己竟也认为，这是蛊食，是身份的证明。

说到这儿，秀姑久久沉默，面色有忧伤。后来她说——

那年，我爹得了杂病，针、汤、蒸、药都用尽了，病也不见好。老爷子躺在床上，奄奄地说，你不是会给别人求药吗？怎就不给爹求一服呢？！

嗯，求。我嘴上应着，心里却慌了，眼泪止不住地往下掉。

就设神坛，就烧香纸，为爹求了一服药。

爹喝下去了，精神像好了许多，就安然地躺下了。但夜半，爹便喘得如旱地的牛，浑身抽搐了。

我便张皇得没了办法。

然而，我看到了那片神坛。

我感激地看了一眼神坛，就倾注了终生的虔诚跪下去，烧了一炷炷的香，焚了一吊吊的纸钱。我从热的香灰中，抓起那把东西时，自己的灵魂，竟突然温暖起来。我确信，手里攥的，真真切切是一剂灵丹妙药。

爹，药来了。我大叫，然后，很温柔地为爹灌下去。

太阳出来了。爹死了。我心冷了。

埋葬了爹，圆了坟，我对自己的爷们儿说，咱们走吧，到山外去。

为什么？爷们儿问。

我说，你看我还能在村里待吗？

那么好，咱们走。爷们儿居然很驯顺，好像他从来就没有蛮横过。

温顺

既然是能呼风唤雨的仙儿，又是五迷三道的蛊医，却治不了自己父亲的病，即便是村里人不往深里想，秀姑自己也说不服自己。她觉得自己是靠弄机关、施骗术立身，很不厚道，在别人没戳破自己之前，赶紧远走，既可以给村人留下悬念，也可以给自己留下面子。

秀姑的叔叔原来是老家的基干民兵，腰杆笔直，面色清秀，一表人才。那年全县搞联合冬训时，到了地处平原的良乡，认识了良乡镇詹庄村的一个女民兵。那个女民兵一眼就看上了他，千方百计地黏上身来。俗话说，男追女，隔座山，女追男，隔层纱。意思是说，女人一用心，男人就就范，必然被俘获。冬训结束了，女民兵也有了身孕，秀姑的叔叔就入赘到女方。

秀姑携夫前来投奔，也不费周折，便在詹庄落了户。因为叔叔的丈人是村里的党支部书记，只是举手之劳。

秀姑在老家当仙儿的事，叔叔自然是知道的，他嘱咐道，这里的人有文化、觉悟高，要想被接受，你就得收起你那套，切不可兴风作浪，要服服帖帖做人。

秀姑很惭愧，说，叔儿，您且放心，您不说，我也会的。

秀姑和他的男人正当年，又没有孩子拖累。两个人出满勤、干满工，挣的工分就多，年终结算，见了不少现钱。她拿出一部分要交给叔叔，说，在您家里吃住，按情理，多少也得交点费用。没等叔叔说话，他那个当过女民兵的婶子先就接上话头，咳，你们山里人就是实在，不昧心性，但咱们是什么关系？爹妈不在了，叔婶就是爹妈，钱你们就攒着吧，攒上两三年，自己盖上一套房子，自己单门立户。

三年后，在叔婶的帮衬下，他们还真的盖起了自己的房子。也真是奇怪，刚有了自己独立的门户，秀姑就怀孕了，生下来一个女崽。因为一切都这么顺遂，秀姑又有了迷信心理，她在老家当仙儿，虽然呼风唤雨弄道法，有以假乱真的行径，但毕竟也安抚了不少人，也治好了一些人的病，还是积了阴德的。所以，对自己的既往，也不能完全否定，那么，虽然眼下也就是个普通社员，但究竟不同于旁人，即便是隐了仙儿的身份，内里还是仙风道骨。

这种意识，也作用于她的爷们儿，虽然秀姑还俗了，但他也从来不敢把她只当成普通的老娘们儿，把她当作高人、贵人敬重，便收敛了汉子的蛮性和任性，对她百依百顺、服服帖帖。这倒弄得秀姑不好意思，也回敬以温柔和体贴，两个人就过得和美、恩爱，让村里人羡慕，并且也学他们的样子。这样一来，虽然是两个外地来的，但是本村人也不见外，好像他们从来就是这个地界的，相互之间，来往得自自然然、和和气气。

秀姑就有了闲心，开始审视村里的事情。

她发现，这平原的人，虽然比山里人见多识广，貌似开明，但也有很多迷信的地方。

比如，一条花链蛇在玉米地里逶迤而走，一个青涩小子看见了，挥起手中的锄头就要砍过去，就听到身后有一声喝：住手，那是蛇仙儿，不仅不能砍，还要敬，它能保佑收成。

又如，雨后的傍晚，毫无征兆地就有刺猬走进庭院。即便捉它，也不躲。半大小子就淘气地把脚踩在它的身上，一用力，它就吱地叫一声。肯定是被踩疼了，但它还是不躲，它不怕人。孩子就被激起顽劣，想更重地踩下去。家里的大人见了，马上呵斥道，你小子真是不知天高地厚，竟敢踩！你知道它是什么？孩子说，刺猬。大人说，屁，它是灵物，是仙儿，它来咱家里，是帮咱驱邪来了，你要尊重它。孩子不相信，你怎么能证明它是仙儿？大人说，你看咱们家院子的地是水泥抹的吧，你看咱家的洗澡盆是铁的吧，你把刺猬放在地上，再扣上洗澡盆，上边再压几块大石头，然后你回屋里去睡觉，明天早晨起来你再看，看它还在不在。它肯定在啊！孩子不假思索地说。大人一搡那孩子，你他妈的先回去睡觉，明早验证了再说。第二天一早，赶紧去验证。覆盖物完整如昨，掀开铁盆却空空如也。真是奇怪了，死硬的水泥地，负压着石头的沉重的铁盆，一个小小的刺猬，既不能遁地，也无力拱，它到底是怎么跑掉的呢？大人便说，甭瞎琢磨了，因为它是仙儿，所以没什么东西可以拦住它。孩子点点头，我信了。

既然这里的人也迷信，秀姑的仙气就在肚里蠢蠢欲动，她很想复原，再弄道法。她爷们儿觉得不妥，鼓着勇气劝她，咱叔不是叮嘱了嘛，这里的人有文化、觉悟高，不让咱兴风作浪。她说，屁，他们连蛇、刺猬都当仙儿崇拜，何况我是真仙儿，老是这么忍着，手艺都荒废了。她爷们儿还是说，蛇和刺猬它们不会说话，即便它们不是真仙儿，也不会露馅儿，咱可是人，说不定话多语失，一不留神有个破绽，就败露了。秀姑说，原来你把我当仙儿又不真信我是仙儿，逗我玩儿呢？她爷们儿赶紧解释道，也不是的，我是既信也不信。秀姑想了想，说，这既信也不信，可能就是大家共同的心理。不过，这挺好，在信与不信之间，正适合我登场，因为这乡土上，有太多说不清的事，需要有人来解释——如果我说得灵验，他们自然信；如果我说得不灵验，他们可以不信。这也没什么丢人的，我毕竟生活在凡间，首先是人，其次才是仙儿。

秀姑的爷们儿说，那我也不放心，好不容易在村里扎下根儿了，一有闪失，再让人家赶出去，你还能去哪儿？秀姑说，一如这抽大烟的，即便是戒了，也有摁不住的瘾，我这当过仙儿的，也摁不住自己的冲动，随时都想仙儿一下子。

她爷们儿说，我理解你，但你就在屋里仙儿吧，可别仙儿到外边去，我忍不住害怕，不想你招惹是非。

秀姑便偷偷地在自家屋里设几案，放平斗，斗内放陈谷新谷，谷上插一把剖羊羯子的细长的刀。平斗后挂一佛像，平斗前置一瓦罐，她烧黄纸，拜佛像，然后在案前的专座上坐定，用青布麻衣覆面，等着神力附身。她爷们儿觉得这很怪异，因为她施道法，却行佛礼，不伦不类，质疑说，你弄的这是什么玩意儿？她说，你甭管。

秀姑定定地坐上两个时辰，居然真的接引到了什么，因为她突然就像有神附体，语调神气都骤变，或唱或闹，或哭或笑，天上地下，无所不谈。最不可思议之处，她竟然弄出几声狐狸的叫声，然后与虚空里的一个人对话。她先是拟狐狸的语气，说，你打猎便打猎，干吗非盯着我的狐子狐孙，逮着了，还要活扒皮，弄得我们既鲜血淋漓，又赤身裸体，见到阎王，都羞得抬不起头来。接着，又拟一男音，说，谁让你们狐狸偷吃了我的鸡？本来吃鸡是黄鼠狼的事，你狐狸却代行其事，可恶不可恶？所以要活扒皮。她爷们儿听出，这声音特像他死去的父亲，不禁心惊了一下。狐狸又说，鸡是下等动物，谁吃不是吃？你没必要跟我狐辈过意不去，既然你不怕得罪我们，我们就要拿你的儿子进行报复，我们要捆他下地狱了。秀姑的爷们儿听罢，又吃了一惊，因为那对话的人如果真的是他的父亲，他的儿子可就是自己了，因为他是独子。父亲说，我打猎都是见什么打什么，并不是专跟你们狐狸过意不去，不过是无意的冒犯，还请狐仙儿高抬贵手。狐仙儿说，那好办，让你的儿子每天在我面前跪拜，只要他心诚，我可以放他一马。这时候，秀姑凌厉的眼神狠狠地盯着她爷们儿，用他父亲的口音厉声喝道，还不赶紧跪下！爷们儿虽然迟疑了一下，但还是跪下了，因为那是父亲的命令，由不得不信。

跪下了很久，她爷们儿不禁抬头看了一眼，只见秀姑不停地打哈流泪，紧咬牙关不睁眼，眼看身子就要往前倒下，像突发了急病，他赶紧伸手去接。秀姑顺势就跌进他的怀里，软绵绵的，像被抽去了骨头。在他的怀里，秀姑放声大哭。哭累了，就枕着他的胳膊睡着了。他把她轻轻地放在床上，看护着她，不敢离开半步。

醒来之后，秀姑问，我这是在哪儿？

她爷们儿回答，就在咱家炕上。

秀姑说，刚才我好像死过去了，变成了狐仙儿，还见到了咱们家老爷子。

她爷们儿说，你可别吓唬我，我会好好待你，不让你再死过去了。

秀姑说，我饿了，想吃小米焖饭就腌萝卜。

小米焖饭好办，腌萝卜就难了，自打咱们到了平原就不腌了。

还不赶紧去腌。秀姑厉声说道。

好，好，我马上去腌。她爷们儿很温顺地答道。

就买了一个大缸，腌起了萝卜。

心计

“哈哈，哈哈哈哈……”秀姑讲着自己的故事，忍不住放声大笑。

绳子问:“您笑什么？”

“你说我笑什么？”秀姑摇摇头，“这做道法，起初清楚，最后就糊涂了，真的就以为自己已经是仙儿了，顺势就把自己的老爷们儿唬住了。”

秀姑告诉绳子，她扮作狐仙儿，也是灵机一动的事，因为她爷们儿让她不放心，她本能地想到要用这种方式保护自己。

问她为什么不放心，她说，她爷们儿也像她叔叔一样，白脸长身，长得俊，村里的老娘们儿就喜欢往他身边趋乎，他也把持不住，没深没浅地跟她们打情骂俏。这还了得，我一个人跟他走到了平原，他是我最后的依靠了，再跟别的女人跑了，我还怎么活？所以我必须还要把仙儿做起来，把他拿住，嘿嘿。

“你可真有心计。”绳子说。

“是女人就有心计，”秀姑说，“就拿你那位相好的说，她的心眼儿也不少哩。”

“我们俩的事，您又知道多少？您这么说，就没道理了。”绳子说。

“就像你对我感兴趣一样，我对你也感兴趣，你不在的时候，我就上赶着跟你那位聊天，她什么话都跟我说，你在我这儿，没有什么秘密。”

“她可真没心没肺。”绳子笑着说。

“这可不怨她，”秀姑露出得意之色，“我是谁，仙儿嘛，我会迷魂术，能诱使人说出自己不想说的事情。”

接下来秀姑对绳子说，你和大兰子的事，我认真琢磨了，你们俩修的是前世之缘。也就是说，你们上辈子是一对恩爱夫妻，恩爱得一塌糊涂。按理说，这辈子你们不应该相聚，因为前世的缘分已尽，今世再往一起趋乎，就难了，一路上，都是磕绊和劫。这没什么不好理解的，一个人的承恩和福寿，都是定数，好事不能世世都是你的。在上天的襟怀中，人人平等，不偏不倚。所以，今世你们非要往一起趋乎，就必须经受磨难。这么说来，大兰子的爹、大兰子的夫、大兰子的子女，虽然都横在你们面前，给你们挡道，你们却不能怨，更不能恨，因为他们身不由己，是老天把他们当业障，逼着你们经受。经受的过程，就是积业的过程，是在修今生的福。所以，你们不仅不能恨，还要感谢，因为他们是你们的恩人，让你们修炼到应有的业绩，最终还能走在一起。

绳子觉得秀姑的话，虽然邪乎，但细思忖起来，还是有道理的，就说：“这么多年了，还真恨不起来了。”

秀姑说：“光是这样还是不够的，你要真心感恩，想办法敬他们。”

“怎么敬？”

“眼目前儿你应该做件事，就是每逢清明，你要到大兰子的爹和夫的坟茔上去，给他们烧纸、培土，像祭祀家祖一样祭祀他们，把他们也当成亲人。至于大兰子的子女，无论他们怎么对你，你都要笑脸相迎，而且要尽父亲的责任，该帮就帮、该怜惜就怜惜，不能有二话。”

“都三十多年了，我承受的够多的了，至今，我们俩不还是分着？”绳子说。

秀姑摇摇头：“你的话里还是有些怨气，这可不好，这次搬迁，是你们最后的业障了，你要心甘情愿到底，不然就前功尽弃了。”

这天过后，不久就是清明节，照秀姑的点拨，绳子还真的带着大兰子到了她爹和大山子的坟茔之上，烧纸、培土。对爹的祭祀，大兰子自然乐意；给大山子祭祀，她便不情愿了。

“对这个死鬼，我从来就没有给他烧过纸，你今天是怎么了？”

绳子板着面孔说：“叫你烧，你就烧，他又不是外人，他是咱的恩人。”

“他什么时候变成恩人了？”

“就从今天开始。”

“为什么？”

“说了你也不懂。”

绳子一边烧着，一边跟坟茔里的人对话：“大山子兄弟，看在兰子面子上，哥不怨你，你也别怨哥，谁让咱俩都爱上了她，就没道理可讲了。你在那边就放心吧，该吃就吃、该喝就喝，照顾好自己，在这边，兰子她有我呢，我不会让她受一点委屈——”

大兰子本来烧得很不情愿，听了绳子的念叨，心有所动，就把纸钱大把大把地扔到火焰上。火势突然健旺，一不留神就燎着了她的头发，她一屁股坐在了地上，顺势放声大哭。

绳子见状，心被燎了一下。他知道，大兰子多年的积郁终于有机会释放了。虽说不爱，但多年生活在一个屋檐下，亲情多少还是有的。只不过是碍于活人的情面，也是自我欺骗，不敢正视而已。

接下来，绳子主动承担了接送小燕子上学的任务。

在矿务局家属区的时候，是大兰子的闺女承担这项工作，搬到詹庄之后，距离远了，既要上班，又要接送孩子，她女儿有些吃不消，在大兰子面前就多有怨气，好像生活的困难是由她母亲造成的一样。这里多少也是有些道理的，因为有岳母住在家里，又有岳母的老情人经常来往，女婿感到不方便，除了双休日，平常就住在单位。

绳子对大兰子说:“小燕子就由我来接送吧。”

大兰子说:“那多不好意思，好像你是我们家长工似的。”

“难道不是吗?”绳子玩笑了一下子，但马上就看到了大兰子眉头猝然紧皱，便改口说道，“其实我接送小燕子很方便的，可以顺道捡破烂儿，一举两得。”

小燕子本人很乐意绳子接送，一是觉得这个爷爷很有趣，不仅可亲，自己还能有机会吃到肯德基；二是可免遭妈妈的训斥，在接送的路上，妈妈总是发牢骚，经常看她不顺眼，挑三拣四。

一天，房东把绳子叫进屋里，说："你住在绿城，到这里接送孩子，路可不近，每天都要起早贪黑。你年纪也不小了，也要心疼一下自己。所以，我觉得你也应该住在这里，省事。"

绳子说："就我现在的身份，和他们住在一起，不合适。"

秀姑说："我是说，我的西厢房还闲着，你可以租下来。"

绳子恍然大悟："你这个人虽然是仙儿吧，却满脑子的生意经。"

秀姑撇一撇嘴："你这个人就是一根木头，你跟大兰子住得近些，每天都能朝夕相处，对你们的感情有好处。虽说你们都几十年了，但也要往一堆儿黏坠，也要肌肤相亲，不然就会冷。"

听了秀姑的话，绳子忍不住脸红了，他跟大兰子也的确是有好久不亲热了。那次在他的蜗居，大兰子想跟他亲热一下，被他搪下了，虽然她很善解人意，但究竟还是有些幽怨。他的住处是不名誉之地，但这座乡下的西厢房可是名誉之地，朴朴实实、干干净净，大可以成就一番甜蜜的事业。

"嘿嘿，租就租。"

"你放心，我不会跟你多要租钱，象征性地给一点就成了。"

上访

矿务局家属区拆迁得快，但改造重建却慢。因为是由地方出规划、出设计、出规模，并由地方的建筑单位进行施工。这里涉及一些费用，说白了，地方想从中赚钱。

经过近一年的谈判，矿务局让步，问题得以解决，楼房终于盖起来了。

虽然盖起来了，但还是不能回迁，因为地方又有新的想法。新建楼房楼层高，楼房数量、面积比从前多出了数倍，富余部分要进行房地产开发，作为商品房出售。在分成比例上，地方要拿大头。矿务局一方很是郁闷，觉得这近乎掠夺，不能承受，因为毕竟前期投入是我们拿的嘛。诉诸上级部门，上级部门也不做断然的判定，说眼下是市场经济了，合理的不合法、合法的不合理，利益问题还是协商解决的好。便又陷入了漫长的谈判。

地方谈判的牵头人，是白德臣。白德臣对矿务局的谈判代表说，你们也别有怨气，也别抹黑我们。你们看，家属区改造完成之后，小区管理和服务，就要社会化。而社会化又是个什么概念？就是说，配套的服务设施，比如医院、学校、幼儿园、养老院、停车场、超市、邮电所等等，都要地方来建，建成后也要由地方来运营，这背后，还不是要涉及大量的费用？而钱从哪儿来？还不是来自改造项目本身。所以，分来的收益，并没有装进地方财政的兜里，还是服务于你们矿务局的职工和家属。矿务局的代表说，你们的账算得可真是冠冕堂皇，实际上不是那样。到底是怎么样，你们心里最清楚，为了我们家属区的未来着想，我们不想把话说透、把事做绝，还是给你们留些面子为好。

双方各有坚持，互不让步，就签不成协议。

那么就等吧。

地方有耐心，因为手中有撒手锏：你不让步，我就不给你通水电气热，让你的楼房成为死楼，居民不能入住。在这个过程中，有线电视、互联网公司也搭车揩油，也言辞凿凿，你要是不让我参与利益分配，我就让你上不了网、看不上电视。

本来是民心工程，却成了伤心工程。

矿务局领导情急之下，突生计谋：既然斗不过地方，上边也不给善断，那么我们只能依靠自己的职工和家属了。

职工和家属就群访，把区政府大楼围了。

人群在门外喊："区长，您出来，区长，您出来，我们要住楼，我们要生活！"

区长虽不出来接访，但是他很着急、很生气，赶紧派人把白德臣找来，训斥道："这个项目是不是由你具体负责？既然是由你负责，你就要把工作做实、做细，就要有处置预案，不能有上访，更不能有群访。但是，不该发生的却发生了，你是干什么吃的？你还能不能有点作为？你赶紧组织人去做解释、疏导工作，如果不能平息事端，我就撤你的职！”

白德臣的冷汗劈头而下，但他不敢去擦，任滴零的汗水模糊了眼睛。他拍着胸脯，颤抖着说：“区长您放心，这事就交给我了，做不好的话，不用您撤，我主动辞职。”

“你以为辞职就算了，还要给你党纪、政纪记大过处分。”区长追加道。

白德臣昏昏沉沉地跑到区政府门前，想找到一个制高点，以便向人群喊话，完成他解释、疏导的使命。

紧急巡视了一番，发现只有两处还勉强算是制高点，便是用于固定弹簧门的两个门垛子。门垛子上，为了防止人攀爬，顶部插着一层铁钉和碎玻璃。白德臣也没有多想，飞身就攀登上去了，毅然就站在了铁钉和碎玻璃上，破嗓而喊：

“大家听着，我叫白德臣，是区城市建设领导小组办公室的主任，也是矿务局家属区改造工程的总指挥，我代表区长来跟大家对话。”

“我们不跟你对话，你官儿忒小，我们要跟区长直接对话。”人群喊道。

“区长当然很愿意跟大家对话，但是他现在不在，到市里开会去了。”白德臣解释道。

“你不要撒谎！”

“我都自报了家门，为什么要撒谎？”白德臣努力往上挺了挺身子，因为他脚下很疼，“俗话说，县官不如现管，虽然我官儿小，但我是直接负责这个项目的，我说的话，可能更管用。”

“他说得没错！就听他的！”人群里爆出来一个声音。

循着那个声音望过去，那个人居然是绳子，白德臣不禁愣了一下，但是很快就顺势说道：“你们看，天阴上来了，很快就要下雨了，所以我劝大家先回去，免得淋雨感冒。本来是要解决问题的，别问题没解决，再感冒了，就更憋屈了。”

“我们不怕淋雨，我们不怕感冒！”

“但是我不忍心大家感冒，”见人群有些波动，白德臣接着煽情，“我也是矿工出身，在家属区里也有亲朋好友，我的心气儿跟大家是一样的，所以请大家相信我，半个月之后，我一定会给大家一个满意的答复。”

霹雳炸响，大家愣了一下。更让大家发愣的是，白德臣的脚下，居然有一股清晰的血流，沿着门垛子的棱角慢慢地淌下来。

大家才发现，这个喊话的人，原来是蹬在铁钉和玻璃碴儿上的。

这说明什么？说明他是有诚意的。

人们伴随着雷声，纷纷撤去了。

站在门垛子上的白德臣，面色苍白，身子摇晃。他下不来了。

绳子迅速跑上去，给了他一个肩膀：“还是让我把你驮下来吧。”

“你怎么来了？”白德臣拄着绳子的肩头问。

绳子接住他，顺势抱住他的身子：“知道你要唱这么一出戏，要用得上我，就提前给你预备着哩。”

“你真他妈的会开玩笑！”

绳子解释道，我一个捡破烂儿的，自然是到处走，看到这政府门前聚了这么多人，自然是好奇，便过来看热闹。一看热闹不要紧，就看到了你白大官人。

听到绳子称他白大官人，白德臣咧一咧嘴：“你这是在讽刺我？”

绳子吐了吐舌头：“我哪儿敢。”

截访

群访事件的发生，自然是矿务局有关领导的暗示。

没有这种暗示，小区居民绝不会贸然上访。

矿务局家属区所在地，既是过去的县衙，又是清朝的行宫，传承着衙门难进、皇权不可冒犯的意识。此地有个说法，家有隔夜粮，绝不上公堂。意思是说，但凡还有点活路，绝不去县衙上访、告状，因为县衙不鼓励告状，即便是你再有理、再冤屈，只要一击鼓升堂，衙役先就伺候你五十大棒，打得你皮开肉绽。只有你扛住了堂前的这一顿酷刑，依然有誓死上诉、告状的意志，说明你确有冤情，县太爷才出来审案。

所以，居民们虽然知道上访可以解决问题，及早搬进新居，但大多数都是坐等观望，不愿意出头。政府大门是平头百姓能轻易进出的地方吗？更何况还有示威和闹的性质。没办法，矿务局只好私下里鼓动，聚集一些愤青。但愤青毕竟是少数，不能成众，遂让中层干部带头，并计入工作业绩。段长、科组长分别进入一家一户，动之以情、晓之以理，打消顾虑。虽然说有带头的，就有跟随的，但还是不成规模，真让人着急。

大兰子一家，不仅观望，而且根本就没有参加的意识。他们坐等其成。倒是房东秀姑比他们还着急。她说，就像结满了核桃的一棵大核桃树，因为高，人够不着，就在树下坐等，等它自己掉下来，然后再去捡。然而它总也不掉，人总是空等，工夫就白白耽误了。其实，够不着，你可以去摇啊，一个人摇不动，大家一起摇，就动了。如果人们都自私，都不愿费力气，都等着别人摇下来去捡现成的，就成问题了——你不摇，他也不摇，就谁也捡不成。你们回迁这事也是的，你害怕、你充顺民，他也害怕、他也充顺民，都不去上访、不去闹，怎么能引起关注、怎么逼他们解决？既然是大家的利益，就都要尽一份力，抱着团儿去争取，法不责众嘛。所以你大兰子不能等在家里，也要跟大家一起上街，一旦问题解决了，住上了新房，你会心安理得，不然的话，让人说起，你愧不愧、寒碜不寒碜？

说这番话的时候，绳子就在跟前，他觉得秀姑说得有道理，不愧是仙儿，但他搭话道："兰子一家，在家的都是妇女儿童，你让她们怎么上街？"

秀姑说："你是不是男的，你为什么不替她们上街？"

"我又不是她们家里的人，我为什么要上街？"

"你怎么不是她们家里的人？你都快把人家门槛踏平了；再说，等将来分到房子，你是不是也要住进去？"

见绳子迟疑，秀姑又补充了一句："我算是明白了，你对人家大兰子一点真心都没有。"

这话让绳子很受刺激："你话怎么这么多？我去就是了。"

绳子不仅决定去，还觉得大家之所以都按兵不动，就是因为没弄明白秀姑所讲的那番道理，便利用捡破烂儿的方便，顺势到几个安置点去传播秀姑所说的话。大家就都明白了，就都动了起来。

当他站在人群里，看着白德臣站在铁钉和碎玻璃碴儿上拼命解说时，他感到白德臣很可怜，想从被闲置的状况中脱颖而出，有一点作为，但谈何容易。所以在关键时刻，他本能地帮他说话，促使人散去。

他扶着被扎伤了脚的白德臣钻进了轿车，忍不住嘿嘿笑。白德臣摇下车玻璃："你笑什么？"绳子说："你今天把人糊弄过去了，半个月之后，看你还怎么糊弄。"白德臣皱了一下眉头："俗话说，阎王爷肏小鬼——舒坦一会儿是一会儿。我想不了那么多了。"

绳子的话还真的提醒了白德臣，车子开出了一段路程之后，他对司机说："掉头，咱们去派出所。"

矿务局家属区和几个临时安置点的治安防务，同属于行宫派出所。也是命运所赐，它的所长吴克军正是他的小兄弟。他在史家营当副矿长时，分管治安保卫，成立矿区派出所时，是他亲自把吴克军招为民警。后来他到了区矿业办，又是他利用自己的关系一手把吴克军调到平原。他对吴克军有发现、安置、培养之功，当然后者对他也有保驾、护卫、捞取之用。他们既是酒肉之交，又是利益共同体，不是一般的关系。

白德臣把群访的事跟吴克军说了，吴克军一笑："这不新鲜。"

"关键是十五天之后不好办，"白德臣开始跟吴克军发牢骚，

“兄弟，这区领导的脾气你还不知道？他们怕闹事，又不担事，又不给你解决事，遇事只是推给下属，让你自己想办法。你如果想不出办法，就呵斥、拍老腔，给你处分，甚至撤职。你哥我一直就边缘，好不容易被重用一回，还是风口浪尖。当初我岳父就提醒我，还是边缘好，千万别想出头，一出头就担风险，化解不了就毁灭。我后悔没听他的话，到了现在，不好收拾了。”

“哥，你是担心半个月后还要发生群访？”

“这是肯定的，因为矿务局和咱们地方的矛盾是历史形成的，现实问题在短期内不好解决。”

“哥，你不必发愁，这事好办。”

“怎么好办？”

“不是还有你兄弟我嘛，咱们做好准备，截访。”

“怎么截访？”

“触角前伸，发现苗头，对要上访的人群进行瓦解、堵截、恐吓，甚至拘捕。”

“恐怕有难度。”

“你兄弟我在这方面经验丰富，驾轻就熟，交给我就是了。”

“那我需要干些什么？”

“你什么都不用干，每天只需陪着我打打麻将、诈诈金花、斗斗地主、喝喝酒，到歌厅找找小姐、唱唱歌，当当神仙。”

“这能行吗？我还是有些不踏实。”

“你就把心放到肚子里吧，因为你心里不踏实，上访的人心里也不踏实。你得了解访民的心理——毕竟是民告官，他们心里也怕；上访有没有结果，毕竟是个未知数，他们也不托底，所以也没有十足的底气；带头上访的，他们也清楚，这毕竟是为大家的利益，不能炒豆子大家吃，一旦炸锅，风险却只有自己担着，所以他们没有勇往直前、义无反顾的魄力。这样一来，瓦解观望的、堵住跟随的、吓住胆小的、拘捕带头的，队伍就散了，不可能再出现在区政府门前群访的事件。”

“克军，以前大哥只以为你就是个混混儿，没想到你原来是个高人，等到你大哥我真的把官儿做大了，我不会亏待了你。”

“大哥，你这就错了，做人千万不能轻易许愿，这既贬损了自己，又小看了别人。得得，咱不说了，我这儿有两瓶新搞来的法国酒，喝杂种的。”

小兄弟意绪豪迈，不容白德臣忧愁。

过了半月光景，居民果然又开始往一起聚集。

吴克军得到线人的报告，立刻就撒出去一帮人。这帮人，大多是派出所在民间发展的民防骨干，少部分是他平时交往的关系户。他们先去吹风，说去政府门前进行群访，属于聚众闹事，会定性为扰乱公共秩序、妨碍公务，派出所有权力去驱赶甚至抓人。被驱赶是小事，但要是被抓，就会被刑事拘留，在班房里蹲个十天半月的。这可是大事，不仅会失去人身自由，还会把自己的名声弄臭。大家可都是平民百姓、正经人家，犯得上吗？

许多人都觉得真是犯不上，就打了退堂鼓。看到人群轻易就被瓦解了，吴克军得意地对白德臣说：“主任大哥，您看，我说什么来着，嘿嘿。”

但白德臣还是有些不放心，叮嘱：“切不可掉以轻心。”

他的担心是有道理的，因为终究会有为民请命的人出现，他们带着一些坚定分子，从乡间小路出发，走上大路，直奔区政府而来。吴克军紧急召见各有关居委会、村委会的主任，说，你们可是跟派出所签订了治安责任书的，你们要做到守土有责。俗话说，谁的孩子谁抱，属于你们管区的群众，你们要把他们劝回去、领回去，不然的话，就不客气了，我要严肃问责。这类似威胁，那些主任们可有些承担不起。他们赶紧往回跑，到人群中去认领自己的人。说什么认领，其实是连劝带拽，把大家拦回去。

拦不住的，还不管不顾地往前走。但还没有走上主干道，就见不远处横着几辆警车，警灯无声地闪烁，警员头戴钢盔列队两旁，表情冷峻，如临大敌。见到这个阵势，一部分胆小的，就放慢了脚步，甚至悄悄地溜走。剩下的鼓起余勇，逼近警车。一个戴着墨镜的警员走出队列，上前几步，做了一个停止的动作。他说：“各位听好，反映问题，要通过正常途径，你们这种方式，属于非法集会，违反了有关的治安条例，赶紧停止，否则后果自负。”

“我们通过正常途径反映，长久得不到应有的答复，所以我们不得已才去上访。和平上访在宪法里是允许的，所以也不存在什么非法集会的问题，请你们让开。”走在队伍前列的一个人说。

“你是谁？”

“我是访民代表李建设。”

“呃，你就是李建设，据群众反映，你聚众赌博，影响恶劣，我们正想传唤你呢。没想到你自己送上门来，佩服佩服。”

李建设一愣：“我是一个守法公民，什么时候聚众赌博了，你从哪儿听到的反映？”

“要想人不知，除非己莫为，我们从哪儿听到的反映，你就甭管了，你只需对自己负责就行了。”

“我怎么对自己负责？”

“你上前几步，我告诉你。”

在走上前来的李建设耳畔，戴墨镜的警员压着声音严厉地说道：“趁着我还有耐心，你赶紧滚蛋，否则就真的传唤你了。”

那意思是说，当着众人，我给你留点面子，如果再不识相，管你赌博不赌博，也就真的按赌博问罪了。

李建设含糊了。眼下哥儿几个打麻将，哪个不挂点响儿，虽说是自娱自乐，如果把标准定低，未尝不是赌博。关键是标准的掌握全在人家警察手里，进退由不得自己。李建设摇摇头，走了。他不是走回人群，而是走向一旁。人群一片唏嘘。

“熊货！”一个人骂了一句，然后补上了李建设的位置，“大家跟着我，冲过去。”

戴着墨镜的警员，看着那个人冲上来，到了跟前，他冷笑一声，薅住来人的脖领，对身后的人命令道：“把他铐起来！”人被铐上之后，就往警车里拽，那个人还反抗，后腰眼儿就被狠狠地踢了一脚，顺势就栽进了警车。

人群一片哗然。

“你们还是不是人民警察，怎么随便抓人？”

“我们当然是人民警察，不过这个人留有案底，早就该抓了。”

后续的那些带头的就不敢挺身而出了，因为他们知道，警车的尊严是不可冒犯的，它早就给你准备好了无法辩驳的理由，让你栽进去。

“这叫什么事儿呀！”他们只能无奈地感叹，停在原处。

戴墨镜的警员知道火候到了，便大声喊道：“各位听好了，人民警察为人民，我们只针对别有用心的人，而绝不为难人民群众，大家还是请回吧，别让我们为难。”

好像上访真的是无理取闹，人群不好再撑持，不甘心地散去。

望着渐行渐远的人们，那个警员一笑，摘掉了墨镜。

不是别人，正是所长吴克军。

爱上了黑暗

既然回迁无期，绳子就接受秀姑的建议，把她的西厢房租了下来。

因为租房子的理由是为了方便接送小燕子上学，大兰子的儿女很是理解。不仅理解，还有些愧疚——人家自己出资租房，却为了帮我们的忙，好像我们利用他与母亲的感情关系，占人家的便宜似的，所以死活邀绳子入伙，吃在一起。

因为有绳子吃在一起，所以大兰子对一日三餐特别精心，变着花样烹饪。她本人也有了从里到外的喜色，整天忙来忙去，也不觉得疲倦。她眉眼舒展，好像年轻了许多。

倒是绳子拘谨得放不开。一起吃饭，也不敢多说话，即便满桌的好吃食，也不敢敞开胃口。他觉得，一般地，在饭桌上能多说话的，都是家里的长辈，而自己算什么？一个外来的寄食者而已。所以不能喧宾夺主。既然是寄食者，面对好吃食，就不能公然地吃，忌惮一些，才让人尊重。往往是草草地吃几口，就放下碗筷："你们慢慢地吃，我吃好了。"

这让大兰子很郁闷，偷偷地瞪他。他躲避这种特别的关怀，笑着离席而走。

更有甚者，不管大兰子如何精心烹饪，早饭和中饭，绳子一般都不在大兰子家吃。早晨，他送完小燕子，就在街头地摊上，吃点烧饼、油条、包子，来一碗豆腐脑儿，或小米粥，或羊杂，吃得很惬意。然后去捡破烂儿，然后就窝进小区里自己的住处，看看闲书。临近中午，他给自己做中饭，做自己最想吃的，而且吃得很饱。至于晚餐，吃不吃都无所谓了。他很得意，觉得自己很会安排自己的生活，很会做人。

晚饭一旦离席，他钻进自己的西厢房就不再出来了。

也不看电视，也不开灯，从院里看，这房子好像一直就闲着。这样一来，大兰子的女儿一家几乎可以忽略他，好像从来就没有他这么一个人似的。大兰子却更强烈地感到了他的存在，知道在黑暗中，有一个老男人，在那里喘动着属于健壮男人最粗重的气息。这种气息是浓重的汗味、是撩人的男人味，它让人神往。

绳子在黑暗中能看到光明，因为属于自己的未来一天天在走近。为什么？即便是矿务局与区政府扯皮，迟滞了回迁的时日，但白德臣蹬在铺着铁钉和玻璃碴儿的门垛子上，那淌血的疼痛的亮相，还是很打动人的，依白德臣的脾气和现实处境，他不会让自己白疼，他要成就自己。成就他自己就是成就搬迁户，这个辩证关系，绳子还是弄得清的。

绳子觉得自己最该做的，不是跟着别人去上访，而是要做好迎接光明降临的准备。于是他备下了一副大号哑铃，或站，或蹲，或仰，无声却奋力地练习。他居然能一气把哑铃拓展和托举起一千多次，且呼吸也不急促，心跳也不加剧，只感到两臂的肌肉热热地膨胀，骨骼的接榫嗞嗞地匝得结结实实。青春的力度和活力，被他真真切切地呼唤而归。

他练得大汗淋漓。

练过之后，在黑暗中，他冷水擦身，皮肤的光亮，能撕开一片月华一样的清辉。所以他感到，黑暗其实是一种温暖的东西，让耐心萌发豁亮自己的新芽。一豁亮，胃就空旷，饥饿感居然乘势而来。他笑一笑，打开床屉，那里藏着饼干、面包、方便面，这些能让自己继续燃烧的能量，他早早就备下了。

他泡了一钵方便面。吃下第一口，香；吃下第二口，淡。他知道，这是味觉的自然反应，出过透汗的身体，要补充盐分。他微微一笑，撩开窗帘向院子里瞭望了一下，便悄悄地摸出去，摸到秀姑蹲放腌菜缸的地方。他小心地推开缸盖，摸到了一只腌萝卜，然后猫着腰，且兴奋且恐惧地溜回来。为什么还恐惧？因为摸腌菜时，他的身子被缸体“冰”了一下，才发现，他是赤条条溜出来的。嗐，这人一发热，就忘形，就荒唐，就胆大，忽略年龄。

就着腌菜吃方便面，居然能吃出火腿味。原来这腌萝卜，虽然臭，虽然糗，一跟心情搭配，就成了意想不到的美食。这是私密的口味，跟偷合拍。嘿嘿，如果是被大兰子发现了，那是心动；要是被秀姑瞧见，就是羞耻。嘿嘿，我怎么这么不小心。

这样的偷吃一久了，就上瘾，他喜欢上了这西厢房的孤独与黑暗，因而他更安于自己的处境。

然而大兰子的不安却一天比一天厚重起来。每顿晚餐，绳子都吃得那么少，他受了大委屈。嗐，都什么年纪了，脸皮还那么薄，怕年轻人嫌弃，怕让我难堪。你也不想想，你给我们家做了那么多事，像扛长工似的。即便是当长工的，干了体力活儿，也值主家用好吃食款待，更何况你是我的那个啥！

一个“那个啥”，让大兰子心酸，一个夜半，她偷偷地溜进绳子的房间，把自己融进了黑暗。

此时，绳子正坐在床沿上就着腌萝卜啃他的干面包，床头柜上放着一杯茶水。这茶水他沏得很浓，因为他刻苦地练过哑铃之后，很兴奋，即便是冷水擦身，也不能平复，往往是躺在床上来回折饼（翻身），久久不能睡去。失眠的痛苦不在不能痛快地睡，而在于会弄得头昏脑涨。索性不睡，喝喝茶水，想想心事，反而头脑清明。

突然就闪进来一个身影，吓了他一跳，他本能地站起了身子。

那个身影急急地摸了过来，一下子就触翻了床头柜上的茶杯，砰的一声锐响，让黑暗惊悚。“哎呀，我的冤家！”绳子小声地叫了一句。

茶杯碎在地上，两个人同时俯身去捡，都知道，破碎而锋利的东西很不长眼，会扎破朝前探索的两双脚。

女人弯下腰去，就看到了男人精赤的身子，而且还看到了腰间的部位。虽然是有了一把年纪，但那东西却没有年纪，还是那么沉甸甸地抖动，毫无衰相，她不由得一惊：“哎呀，我的冤家！”

她下意识地捂上脸，一屁股坐在了床沿上。

“兰子，你可真胆大，也不怕孩子们看见。”

“你总是把屋子弄得黑咕隆咚的，不就是预备着等我摸进来？还说什么怕，真是装蒜。”

绳子赶紧穿上衣服：“既然来了，就把灯打开吧，省得这院里的人说闲话。”

“开什么灯啊，你是不是疯了？”大兰子在黑暗中瞪了他一下——他觉得肯定是瞪了，她甩出的就是瞪的语气。

大兰子说：“这时候，黑着才好。”

“为什么？”

“屋子黑着，即便是他们知道有人，也不会来敲，更不会来叫——要是来敲来叫，说轻了，是他们不懂事；说重了，就是他们人品有问题。”

“你什么时候变得这么有道理了？”

“我什么时候都有道理，只不过你从不相信我有道理。”

绳子也挨着大兰子在床沿上坐下。

未容他坐稳，大兰子就狠狠地把他抱住了。

“冤家啊，你总是伤我的心，让我恨得牙根直痒。”

“我怎么伤你心了？”

“你不吃我做的早点。”

“送孩子来不及。”

“你不吃我做的晌午饭。”

“我不是还兼着绿城小区的保管员呢嘛，横竖得回去打一照面，顺势再睡上一个午觉。我毕竟老了，一到中午就趴炕。”

“但晚饭你也不好好吃，白浪费了我的用心。”

“这有什么伤心的，心是用来装的，不是用来吃的，我心领就是了。”

“咳，你这个人自尊心强，由着你就是了。”

“你放心，我不会让自己饿着，每顿都不糊弄，你摸摸，我都吃胖了。”

绳子就领着大兰子摸自己的肩背、肚腹、腿脚：“怎么样，是不是还挺硬朗？”

大兰子笑笑：“你什么时候都硬朗。”

“不成了，有的地方就不硬朗了。”

“瞎说。”

这就是乡下人的情话，絮絮叨叨、琐琐碎碎，毫不浪漫，甚至是无足轻重，类似废话。

然而就是这些废话，让他们大感温馨，充盈得心潮暗涌，以至于滚到床上相拥而卧，伸进衣服，在对方的身体上急切地摸索。

“好久不在一起了，都生疏了。”

“生疏？那就把我往熟里揉搓，可别给我省着。”

就都往熟里揉搓，以至于都熟老了，爆开豆荚，无遮无拦地嵌进对方的身体里。他们把黄豆磨成了豆浆，散发出醉人的香味。

他们感到出奇的美好。黑暗里，虽然看不清对方，但可以放任想象，便忘记年轮，找回了青春时的感觉。

“你还是我那时候的兰子啊！”

"你还是我那时候的福云啊！"

然而，在这压抑的呼唤之中，他们居然同时听到了一个莫名其妙的声音，像欲克制又克制不住的粗重的喘息，来自门外。

他们屏息谛听，有用心蹑住了的脚步声，从门外渐渐远去。

绳子跳下床去，掀开窗帘向外窥望。院中无人，只是北边的正屋还亮着灯。正猜疑间，灯光倏地灭了。他心中一顿，似有所悟。

"怎么回事？"大兰子低声问。

"起风了，好像是风吹门帘。"绳子答道。

大兰子有些疑惑，明明是暗夜静谧，哪来的风？而且是光秃秃的一个门，哪里来的门帘？

窥视

黑暗给了一对老情人幸福的空间。绳子和大兰子在一起的次数就多了起来。

正如大兰子所说，屋子黑着，即便是他们知道有人，也不会来敲，更不会来叫，大兰子女儿一家，即便是有所察觉，也只顾睡觉，而不管闲事。这是一对苦情老人，并且，一个做饭、收拾屋子，一个接送孩子，又出着房租，都给他们当着长工，即便是趋乎到一起，只要不公然亮起灯来，在黑暗中的幽会，听之任之就是了。

因为有大兰子的推门而来，绳子的房门便从不上闩。黑暗是感情的通道，门闩是多余的摆设。

一个夜半，女人的身影又闪身而进。绳子就躺在床上，眯着眼，觑着那身影走近。到了床边，女人竟久久迟疑，好像这张厮熟的床铺转眼间变得陌生了。绳子说:“尽管躺上来就是了。”

女人不仅躺上来，而且急切地抱住了他。抱得很紧、很用力，如死死地匝住，让他感到呼吸困难，有些喘不过气来。

女人也急切地喘息，呼出大团大团的热气。竟有一股糗臭的腌萝卜的味道，嘘在绳子的脸上。他心中一惊，在这种时候，大兰子的呼吸虽然也热，也粗切，却是发酵了的甘草味。闻着这变异了的味道，他困惑，难道她病了？

绳子往大里睁开了双眼，借着熹微的暗光，他猛地看到，这是另一个女人，秀姑。

他开始推拒，把女人从自己的身上掀开。掀开了的女人又急切地匝过来，且低低喝道："别动。"

绳子还是拼命推拒，胡乱地舞动着手脚，好像一脚踢到了女人的腹部，女人低低地叫了一声："呃……"

"呃"过之后，女人愤怒，在绳子的肩背、腰臀和脚踝上，接连击了几掌。绳子立刻就绵软地平摊在床上。心里有反抗的意志，但身子却不听使唤。

"告诉你别动，你偏动，"女人狞笑着，牙齿泛白光，"你别忘了，我是仙儿，好歹是练过几招的，点了你的穴位，你就是一团死肉，任我摆布。"

绳子的喉咙有些痒，他挤出一句话来："大兰子就在对过，你就不担心她来？"

"我早就掐算好了，她今晚不会来了，她早就睡死了，连梦都不会做。"

"哼，什么掐算，你肯定也给她使用了手段，"绳子确信，所以他很憎恶，"女巫！"

"呵呵，巫是不假，但首先是女人。"

"你要干什么？"

“那还用问，但行好事，借你身子用一用。”

秀姑便脱光了自己也扒光了绳子，开始动作。

面对眼前这具失去了自主意志的肉体，她先是抚摸，从头到脚，不忽略每一块皮肤，就像搁置了一个漫长冬季的犁铧，一旦到了田亩之上，就要纵情地翻耕，不放过每一寸土地。然后是亲吻，从头到脚，不忽略每一块肌理，就像等得太久的镰刀，一旦遇到了麦棵，就要纵情地收割，不放过每一穗麦子。

抚摸和亲吻，先是让绳子身体的每一块皮肤都感到痒，是一种湿漉漉的痒，像冷汗侵入毛孔。由于不能动弹，无法搔抓，便痒得沦肌浃骨，到了最后，就变成了隐隐的痛，像钝刀子割肉，痛得沉闷而不欢畅。

这真让绳子难以承受，他整张脸都不能自已地抽搐扭曲，像要拧出水来。也的确是的，他浑身大汗淋漓，把自己淹在羞耻之中。“你真是个浪娘儿们！”

这几乎是一个提醒，动作的女人开始不管不顾，她放开了抚摸和亲吻。明明是抚摸和亲吻着别人的身子，她自己却泛滥得不可收拾，喘息、颤抖、覆盖、扭动，是那么剧烈，像有神助，她只是跟随。最后，她把绳子牵进自己的身子，带着他信马由缰。迅疾如梭，岸树颠倒，风声起伏，把她带到了一个久违了的地界。她锐利地叫了一声，猛地向上挺举了一下自己，就落下马来。她倒伏在绳子的胸前，嗔道：“你真差劲。”

明明是你侵犯了别人，却反怪别人差劲，绳子就不客气了：“破鞋！”

女人竟乜乜一笑：“好久不听人这么说了，真过瘾。”

这就让绳子无话可说了，他木在那里。

女人穿好衣服，在绳子的几处骨节上，很温柔地揉捏了几下，然后用脸摩挲摩挲绳子的脸，像驭手感谢自己的马："你自己收拾收拾吧，我走了。"

人闪出门去，门呼扇了两下，又轻轻复合，像从来就没有人来过。

绳子感到不公，愤怒了，他抬起头来，用力往前一耸。本来是一个意图，奇怪地，他居然一跃而起。在惯性的作用下，竟跳下床去，稳稳地站在了地上。

妈的，失身了。一个半大老头子，居然冒出了这么一个属于处子的想法，真是莫名其妙。

身份败露

那天夜半，与大兰子亲热的时候，绳子所听到的想克制而又克制不住的粗重的喘息正是来自秀姑。

秀姑从山里的宝水来到平原的詹庄，起初真的是收敛了做仙儿的习性，变得既勤劳又本分，与普通的妇女无异。后来她发现这里的人也迷信，对蛇和刺猬也敬畏，用莫名其妙的道理解释他们理解不了的自然现象，便蠢动了她再度当仙儿做道法的欲望。

在丈夫的劝阻下，她在家里演练，与故去的先人对话。

这也真也假的招数，又把自己的男人唬住了。因为她一进入“仙境”，就变成了被他父亲侵犯过的狐仙，是前来向他这个后人讨孽债来的，他必须听其摆布，好好地服侍她，否则就会有不好的结局。

仙体有过人的欲望，她每从“仙境”里脱身而出，对男人都异常地缠绵，让男人不能拒绝地满足她。男人敬畏她，不敢拂逆，陪着她做男女之事。

他们在土炕上很欢畅，他们很恩爱。秀姑变得越来越年轻，粉面桃花，走在大街上，村里的男人不停地回头看她。

她的男人白天在地里干体力活儿，晚上又要在炕上干体力活儿，久了，壮硕的体格也落了架，最后变得病恹恹的，功能委顿，再也不能满足她。秀姑觉得自己的男人肚量太小，承受不了大福，心情抑郁，说，你真不中用。男人说，人们都说，这夫妻太恩爱了，男人就伤身，你看，应验了吧。秀姑说，那我就给你做好吃的，给你悉心地将养。但无论如何将养，男人也不能回春，越来越瘦，越来越没有热情，而且身子也越来越凉，即便是伏天，也嚷冷，也要盖被子。

男人说，我是看透了，你这仙儿就是假的，你的巫术就是骗人的。因为你既然能做道法又能求药，怎么就治不好你男人的病？我看你是来到平原，水土不服，内心空虚，拿我填补，把我弄成了药渣子。

秀姑说，你说得有道理，因为我也感到，仙儿来仙儿去，真处假，假处真，我也不知道自己是什么人了。

男人说，你是不把握，不把握的事当成能把握的事去做，做到最后，欺哄了自己也害了别人。所以我再次劝你，你以后真别把自己当仙儿，就老老实实做你的乡村妇女吧，

秀姑说，也想这么做，但又不甘心。

一天，秀姑粉面桃花地走在街上，一个年轻后生不停地盯着她看。秀姑朝他一笑，弄得那个后生哆嗦了一下，低下头去。秀姑看到，后生的脸红了，从脸红到脖子。

这男人朴实，好勾引。她居然冒出这么一个念头。她觉得自己真是差劲，不守妇道，脸便也红了。为了掩饰，她说，你

想说什么？

后生说，我没想说什么。

你既然这么盯着我看，就是想说什么。

后生就说，咱村西丘陵的密林里，一下过雨，凭空就长出来锅盖大的蘑菇，但一惊叹着去采摘，它倏地就收缩，一会儿就变没了。我思摩你是山里人，山林里见的蘑菇多，兴许能知道为什么。

秀姑说，等你们再见到，千万别动手，赶紧来找我，只有我能给你们摘下。

后生半信半疑地走了。

过了几天，又来了一阵骤雨，刚一放晴，那个后生就来了。一进门，就喊，你快跟我走，那个大蘑菇又长出来了。

这时的秀姑，正跪在做道法的几案前，烧香作揖。后生很惊异，你这是在做啥？

秀姑马上站起，你别管，赶紧走。

进了密林，果然见到那个珍奇。秀姑说，你就站在这里别动，也别弄出声响。她蹑手蹑脚地趋近，迅疾地掐断蘑菇的根茎，然后把那大蘑菇托起来，大声喊，采到了。

后生接过来，沉甸甸的，是实实在在的拥有。惊问，你怎么就能摘到手？

我是谁？秀姑下意识地卖弄道。

难道你是仙儿？联想到他在几案前看到的情景，后生脱口而出。

可不许瞎说。秀姑笑嗔道。

后生把蘑菇又还给秀姑，既然是你摘的，就归你。

秀姑说，那就不客气了，我家里正好有病人需要进补，那就谢谢了，小兄弟。

那个后生被粉面桃花的女人感谢，很是受用，脸又红了。

秀姑很喜欢后生这粉红的小脸，忍不住在它上面轻轻地拧了一下。

把大蘑菇举到他男人眼前，你看这是什么？

这不是“马跑”吗，你从哪里弄的？

从村西丘陵的密林里。

这里也有？

秀姑点点头。

在老家的松林里，一到雨后，就长出这种蘑菇。起初他们也采不到手，也是乘兴而来败兴而去。久了，他们发现了这里的门道，这种蘑菇怕声音，声音一惊动，就萎缩。所以他们再采时，先是轻轻地走近，迅速地断了它的根茎，之后无论你是喊是跳，它都不消失。由于这种蘑菇一听到声音，从有到无消失的过程，像马奔跑一样迅疾，山里人就给它起了一个形象的名字——马跑。

至于它的学名是什么，他们懒得追究，横竖是一种菌类，能吃就是了。

秀姑用“马跑”给男人炖汤，喝了足足有一周的时间。一周后，男人脸上有了血丝，身子也像有了一些气力。他很高兴，对秀姑说，看来咱在这里安家是做对了，因为这样的稀罕物，这里也有，地脉是通的。

因为“马跑”，秀姑跟那个后生近乎了，无聊的时候，就跑到一起，自自然然就有了风月之事。

如果私密，还算美好，因为土地上对这种事并不太在意。乡谚有云：大伯子的嘴，小叔子的腿。意思是说，在大伯子面前，女子要端庄，不仅不能失态，而且连忌讳的话都不能说；在小叔子面前可就不同了，不仅可以任性笑闹，还可以坐在他的腿上。问题是那个后生嘴碎，不仅把跟秀姑的事儿当作资本说出来，还透露出她有不凡的身份，是个偷做道法的仙儿。

这就不同了。

那时候，农村普遍贫穷，也多疑难杂症，便有许多人闻风上门求医，逼秀姑给他们解难题。秀姑推辞不下，只好赶鸭子上架。这也不错，问题是秀姑不仅是能人，还粉面桃花，有些男人便顺势动了别的心思。也是秀姑不上门闩，也有这方面的欲望，遂在半推半就中，满足自己。

她的男人管控不住，说，看来我离死不远了。

她说，别瞎说。

男人说，再刚硬的汉子也经不住戴绿帽子，何况我一天比一天枯。

她说，谁让你不争气呢。

男人说，争气也没用，你看这个村叫詹庄，俗称占庄，是占卜之庄，适合你。

她说，你怎么也这么迷信了？

男人说，我原来是不迷信的，但整天跟搞迷信的人睡在一起，铺的盖的都是迷信，也就真不回去了。

即便是戴着绿帽子，男人也坚强地活下来。对他最后的一击，是后来运动了。

运动中批斗封资修、反坏右，秀姑作为搞封建迷信的坏分子被拉出去游街、批斗。每次批斗时，都要把她的头发薅散了，在脖子上挂上两只破鞋。

村里的女人很兴奋，一边批斗一边高喊，破鞋！破鞋！

破鞋对一个女人来说，是最坏的名声了，但秀姑骄傲地挺起头来，还面带微笑。因为她听出来，跟她好的男人也在台下喊破鞋，而且比女人的声音还高，好像时运终于给了他们赎罪、向自己的女人表忠心的机会。她觉得他们下作，比破鞋的她还破。

秀姑的男人知道了，恹恹地躺在炕上，对她说，是我把你害了。

这话扎心，羞辱、屈辱交织，她把自己扔倒在炕上，哭了。她把自己蒙在被子下，哭得既无脸见人又昏天黑地。男人在她的被子上用力拍打，是在表达丈夫的安慰。

这拍打渐渐地弱了，后来干脆就停了。

以为是累了，秀姑心里说，快快再拍打，一拍打就表示你原谅我了。

久久也等不到拍打，她感到异样，便掀开了被子。

翻身一看，男人已过气儿了。他大睁着双眼，仰面看着天花板。他脸面舒展，很安详，好像既不怪罪自己，也不怪罪自己的女人。

秀姑冷笑了两声，轻轻地抚合了男人大睁的双眼，对他说，既然是这样，我就不哭你了。活着的时候，我装神弄鬼吓唬你，这死了，就别惊动你了。我不是什么仙儿，只是你的老婆，我得尊重你啊。

设防

意外的遭遇，让绳子产生了防备之心，他不上闩的门也开始上闩了。

一天夜半，有人在外边推门，见推不开，便轻轻拍门。

绳子自然是听见了声音，但他还是木在那里，不予理睬。便从门缝里钻进来一个压抑的细声："福云，福云，我，兰子。"

绳子猛然醒悟，这门闩得，既拦住了秀姑，也拦住了兰子。便摇摇头，把门开开了。

进门之后，大兰子说："你什么时候添毛病了，还把人挡在外边？"

绳子说："是添毛病了，天一黑，门外一有动静就怕。"

"俗话说，心里没愧，不怕半夜三更鬼叫门，你是不是做了什么亏心事？"

"瞎说，我能做什么亏心事。"

话是这么说，但绳子的心还是哆嗦了一下。由于心虚，他说："咱都老大不小了，别一见天黑就往一起趋乎，孩子们虽不说什么，但咱们也要自觉。"

这话大兰子听着很别扭：“你什么时候变得有囊劲了，这一辈子，不一直是你上赶着趋乎我？嘁，真是的。”

囊劲，是京西说法，是自尊、矜持、克制、推拒的意思。

这类似嗔怪，绳子赶紧说：“我没别的意思，是觉得这黑天黑地的，总是让你摸来摸去的，心里不落忍，所以你千万别生气。”

大兰子单纯，好哄，她说：“你这纯属多余，你没听说，这女人一对男人有心思，浑黑的地界，也一片光明，你不用担心我。”

“也是，”绳子觉得为了打消女人的疑虑，也要跟着俏皮一下，便说，“我还听说，这男人一对女人动了感情，即便是脚下坑坑洼洼的，也像走在大平地上，嘿嘿。”

气氛就回暖起来。

大兰子从宽松的胸衣里取出一团东西。

熹微中，绳子看见，包在外边的，是他送给她的一条京绣手帕。

大兰子冲他微微一笑，慢慢地揭开了包装，就闻到了一股扑鼻而来的热热的、甜甜的香味。

“烤白薯！”绳子低叫了一声。

大兰子点点头：“这两天，我像害口一样，就想吃两只烤白薯，吃过了，我又想，既然我害口烤白薯，你一定也害口烤白薯，就留下了一只，煨在灶膛的灰里。还热着呢，你就赶紧趁热吃吧。”

面对这“巨大”的关心，绳子暂时休眠了的惭愧又猝然醒来，他觉得烤白薯无辜，他不配吃，虽然也接了过来，但却放在床头柜上。

“趁热吃吧。”大兰子催促道。

“我吃不下。”绳子知道，一旦吃下这情意浓浓的烤白薯，大兰子就会跟他做情意浓浓的缠绵，然而今夜，他不想缠绵。

“不占地方，就趁热吃吧。”大兰子继续催促道。

“我不是说了嘛，我吃不下。”绳子的声音大了一点，让大兰子感到他有些不耐烦。

大兰子的自尊心受到了伤害，扭身就往门外走。像突然想到了什么，又踅了回来，直奔床头柜，把包裹烤白薯的京绣帕子狠狠地抽了出来，扭扭地走了。

由于帕子抽得猛，烤白薯滚落到地上，绳子赶紧捡了起来，捧在手上。他很懊丧，知道，这颗热热的心，被他无心地冷落了。

这京西男人有着极端的性格，譬如对自家女人做了亏心事，他们会有两种极端的态度：要么，极其惭愧，从此跪倒在女人脚下，对女人百依百顺；要么，死要面子，明明有错，拒不承认，反倒挺直了腰板，板起了面孔，对女人疏远，冷。

绳子下意识地选择了后者。

其实，冷的背后，是不敢面对的惭愧，所以，绳子一直就那么懊丧地捧着那只烤白薯，呆呆地站在地上，让烤白薯从热变得温再变得冷。

烤白薯冷了，硬了，他觉得自己有资格吃了，便狼吞虎咽了一番。由于急切，大部分堵在喉头，便抄起柜上的那只水杯，灌了一气凉水。水起初也是热的，也是因为长久的放置变凉的。

这叫什么？这叫里外都凉。

他颓然躺到床上，总也不能入眠，却等来了凉的作用：肠胃滚动，呱呱地叫，叫后就不停地放屁，屁牵引了排泄的欲望，他赶紧破门而出。

在西南角的茅厕里，他蹲了很长时间。

好不容易回到屋里，觉得这一次会躺得熨帖一些了，没想到复又翻滚、复又呱呱、复又放屁，不得不又一次破门而出。

他把自己排干净了，疲惫而绵软地躺在床上。他苦笑一下，这就是报应啊！一次的破门而出，是为了他没能经受得住一个女人的勾引，让自己做了下作的事；一次的破门而出，是为了他没有能承领得住一个女人的关爱，让自己做下了欺心的事。

但是，这种惩罚，真是来得不公。因为每一次都是身不由己，他很无辜。他想不出为什么会这样，想来想去，他想出了自卑、自怜，他妈的，这辈子，自己真的不容易。

第二天醒来，他头脑昏沉，浑身无力，走出门去，站在朝阳之下，他睁不开眼皮。两个女人同时出现在门口，各怀心思地注视着他。女房主诡秘地笑，疑似嘲讽，女房客双目迷离，疑似质问。

但是他都没看到眼里，就权当她们都不存在。

“爷爷，别发呆了，再不走，咱们就晚了。”小燕子催促的声音传到他耳朵里，他打了一个激灵，原来我还有责任。

他命令自己稳稳当当地去推车子，稳稳当当地把小燕子扶上了后车架，然后稳稳当当地把车子骑出院去。

车子好像是他生命的支撑，力量竟莫名其妙地又回来了，他脚下又有劲了，蹬得很快。

“爷爷，爷爷，您慢点，咱还来得及。”

绳子心里一顿，这个孩子跟我自己是什么关系，凭什么要我每天接送？

他有些想不通，有些觉得委屈。

“嚷嚷什么，你坐好了就是了。”他忍不住吼了孩子一嗓子。

吼过，他又有些后悔，回过头来，难为情地朝孩子笑笑。他觉得作为长辈，自己有些不厚道。

防不胜防

又一个夜半，又有人推门，推之不开，便轻轻地拍。

躺在床上的绳子心中一热，赶紧翻身坐起。那个夜晚，他把大兰子伤了，人已很久不来了。兴许是时间平复人心，她终于来了。

他兴奋地来到门前，毫不犹豫地就把门开了。当看到是另一张女人的脸，他又迅疾地把门关上了。那个女人的头好像被猛地弹回来的门磕碰了一下，她“呃”了一声。

“对不起，请回吧。”他说。

“既然来了，就没想着回去，开门。”女人用力推门。

“你和我是怎么回事，说不清楚，赶紧回去，别让人看见。”

“你只要把门开开，别人就看不见了。”

“不开。”

“那我就使劲推，弄出响动，让人看见。”

女人不怕弄出响动，因为她不惧羞耻地志在必得，而绳子却是心有所持、百般顾忌，他只好开门。

女人站在地上，嘿嘿地笑。她今天穿了一件肥大的道袍，身子比往日庞大，把黑暗遮蔽得更加黑暗。

绳子有些怕，不知所措：“要是被我的兰子看见，这可怎么办？”

“不要跟我提你的兰子。”女人晃动着道袍，呵斥道。

一个不名誉的入侵者比名誉的守护者还盛气凌人，绳子从来没有经历过，所以他愣了。

女人朝着绳子逼近过来。他一边后退，一边惊恐地问：“你要干什么？”

“这还用问。”女人一抖身子，把身上的道袍抖落了，就赤条条地站在他面前。

女人的身子臃肥、苍白，很丑。好像还浑身散发着一股腌萝卜的糗味，反正绳子就这么认为。

由于厌恶，所以有了勇气：“我见过不要脸的，但从来没见过你这么不要脸的，你到底是什么人？”

“难道你不知道，我不仅是装神弄鬼的仙儿，还是到处勾引男人的破鞋？遇到我，你是跑不掉的，就认倒霉吧。”女人破口说道，显得很是得意。

“你都把我堵在屋里了，我还往哪儿跑？不过，男女的事儿得你情我愿，你这样做，有什么意思？”

“怎么才有意思？”

“那咱就先坐下来，聊聊天，让我知道知道，你这个仙儿是怎样装神弄鬼，你这个破鞋到底是怎么破法，让我心里有个准备，好接受你。”

“这种事儿哪有自己坐下来聊的？好说不好听的，寒碜。”

"横竖是黑着，又看不到你的脸，有什么寒碜的？你尽管聊就是了。"

"聊就聊，事儿都做下了，还怕聊？真是的。"

绳子把她脱落在地上的道袍捡起来："先把这个披上。"

丑陋一旦被遮蔽，两个人便能平静相对，女人也能娓娓地叙述。

奇怪地，女人在叙述时，居然慢慢地兴奋起来，好像那不名誉的既往，眼下却是一种光荣，因为她比一般的女人有阅历、有故事，进而有了优越的感觉。

听了女人的叙述，绳子忍不住感叹道："你真是不简单，做仙儿，让你邪；搞破鞋，让你淫。你淫邪了一路，也算是个人物了。"

"算你懂人，"即便是讽刺，女人也爱听，她沾沾自喜地说，"你看，我做仙儿，让地土上这些悲苦的人有了安慰；我勾引男人，让堂屋里这些麻木的人懂得了爱情。我不仅不是坏人，还是圣人。"

绳子感到，这个女人真的不可救药了，她喜欢上了这种不名誉的生活。他说："你糊里糊涂地就过上了这种日子，你也很不容易，我也就不好说什么了。但你也得体谅我，让我好好过属于我的日子，咱们井水不犯河水，都得活。"

女人说："你说得不错，我清醒的时候，也是这么想，但一过得没滋没味的时候，就管不住自己了，非拽住一个人不可。"

绳子一愣："你这是什么意思？"

女人摇了摇头，说："在咱们乡下，女人多是养儿育女尽妇道，一辈子也未必尝到过男女之间的快乐，所以就不想，就老老实实；可我不成，我尝到过男女的快乐，快乐得我比做仙儿还仙儿，就有瘾了，就再也老实不了了——自家男人不行了，就去找别家的男人；自家男人死了，熬不住，就从身边找。正好来了一个你，我就不由自主地盯上了你。嘿嘿，你想躲，你躲得掉吗？俗话说，不怕贼偷，就怕贼惦记。道理就摆在那儿。”

“我可真倒霉。”

“可不是嘛。”

“你说得在理，你盯上我也合乎情理。但你别忘了，我还有我的大兰子，我们毕竟好了几十年了。”

“说到你和大兰子，我可要不客气地说两句了。你敢不敢让我说？”

“你尽管说。”

“你和大兰子是有感情，那是在当初，后来有没有感情就说不准了。但有一样，我能说得准，你们还是没有爱到不管不顾、死去活来的地步。为什么？以前你们分开，自然是有解不开的疙瘩，比如她父亲的作梗，她自己的未婚先育，为了给要下的蛋找个窝，她不得不嫁。但是，你可是自由身，为什么要结婚，还跟别人下了那么多蛋？后来她死了男人，你离了婚，为什么还不赶紧走到一起？这时候，不管有什么原因，都已不是原因。我只相信一个原因，是你们爱得还不够深。”

“爱得不深还互相惦记，还等了那么多年？”

“那是你们爱上了自以为相爱的念想，而不是各自的人。”

“这怎么能说得通？”

“怎么说不通？你没听说，金绳银绳不如肉绳，要是真舍不得一个人，就是要每天把她抱在怀里，说邪乎点，即便是抱在怀里，也像没抱一样，还得往死里匝。你们可好，互相放着鸽子，看不出有一点黏坠。喊，真是不可理解。”

“即便是身子没有每天匝在一起，但心匝在一起。再说，我们互相等了这么多年，也有了亲情。”

“胡说，身子不匝在一起，心怎么会匝在一起？虽说再冷的石头也能焐热，但你必须要用身子去焐。再说，亲情是从哪儿来的？是从一个屋檐下来的，得一起过日子。就是说，你跟你老婆有亲情，大兰子跟大山子有亲情，虽然一个离了，一个死了，但亲情它跑不了。”

“你一顿歪理，把我给弄糊涂了。”

“你一点也不糊涂，是你不敢承认，得有人点拨你。”

“我不想听你的点拨，忒邪性。”

“听不听没什么，我还想点拨你一句话，就你和大兰子这么不亲不近的样子，你跟她和你跟我有什么两样？你别忘了，我和她都是寡妇，年龄也相当，但她哪有我这么懂男人，还上赶着跟你睡，你还是娶了我吧，我都有点等不及了。”

说到这儿，秀姑捏起她的道袍抖了抖。

这可把绳子吓坏了，以为秀姑就要脱光了身子扑上来，牵引他的身子了，便下意识地推了一把。

秀姑的身子沉重，他没推动。

秀姑嘿嘿一笑：“你放心，我不动你，跟你说了这么一堆话，我现在什么心情都没有了。”

居然会这样，绳子无法理解。

“你歇着吧，我走了。”

秀姑走到门前，又回过头来：“你的门以后就别闩着了，闩不闩都是一样的。”

女人走了，绳子犹豫了一下，果然就没给门上闩，因为她的话有余温。

绳子躺在床上，女人说过的话，总是不请自来地在他的脑海里冲撞，便横竖无法入睡。

他恨恨地翻身下床，恨恨地把门又闩上了，他觉得这门一旦闩上，或许就能睡着了。

主动匝上去

既然出了这样的事故，绳子觉得，在这里赁屋而住，真是个错误。

要想纠正这个错误，最省事的办法，就是搬出去，还回到他在绿城的那个小屋。但省事是省事了，问题却出来了——本来是为了方便接送孩子上学，却自行不便，这从情理上说不过去，大兰子一追问，该怎么回答？无论编排什么样的理由，都会引起大兰子的猜疑，反而说不清楚了。

想来想去，绳子突然灵机一动，有了意外的勇气。

晚上吃饭的时候，他抓住一个适当的空隙，贴着大兰子的耳朵说："今儿晚上你早点上我屋里去，我有话对你说。"

大兰子如约而至。

进来之前，屋里亮着灯，人刚一跨进门槛，灯就灭了。

大兰子吃了一惊："你要干什么，孩子们可都没睡呢。"

"他们没睡，我们睡。"绳子一边说着，一边把大兰子拥到了床上。为了制服她的反抗，他不仅使劲地抱住她身子，还把嘴堵在她嘴上。女人一边踢腾，一边咕哝，壮烈得像反抗一个陌生的强奸犯。因为绳子抱定着一个清醒的意志，便力量强大，女人的挣扎便被镇压了，她慢慢地摊平了自己。

绳子顺势匝上去，用胸部顶住女人的身子，腾出手来，往下扒女人的裤子，一派饥不择食的样子。

“你弄疼我了。”女人说。

“谁不疼？”他反问道。

一阵胡乱的动作，他很快就败下阵来，悻悻地说：“真是老了，不中用了。”

这时的大兰子也不反抗了，看着颓然躺在床上的绳子：“你今天是怎么了，真差劲。”

话音未落，屋里的黑暗又往深里暗了一下，因为对面的灯也倏地熄了。

大兰子摇摇头：“你这是成心让孩子们知道，生怕他们还尊重你。”

“他们尊重不尊重跟我有什么关系？跟我有关系的，只有你。”绳子嘿嘿一笑，说道。

“你今天好像是中邪了，我问你，你受了什么刺激？”

“我听人说，金绳银绳不如肉绳，要是真舍不得一个人，就是要每天把她抱在怀里，即便抱着，也要像没抱一样，还得往死里匝。我们可好，互相放着鸽子，所以我真怀疑，你是不是还爱我。”

“怎么不爱你？实话跟你说，我每天睡觉前，都要想想咱俩的事，自然要连带着想你。”

“喊，身子不匝在一起，心怎么会匝在一起？你要真的有我，就应该跟我住在一个屋檐下，整天睡在一起。”

“你这是怎么说话呢，难道小山子的话你忘了？再说，即便是不睡在一起，我也是爱你的，这你是知道的。”

“不睡在一起，那叫什么爱？你是爱上了自以为相爱的念想，而不是我这个人。”

“我们都什么岁数了，再也不是干柴烈火的光景了，就应该爱在爱的念想中，不然我们成什么了？就是外人说的，老不正经。”

“老不正经怎么了？我就喜欢兰子你年轻的时候，真是一捆好柴火，一点火就着。”

“我现在也是一捆好柴火，也是一点火就着，不过是我的心气儿变了，想着得体面一点，既着着自己，也着得儿女们敬重。”

绳子毕竟是有一颗朴素的心，听了大兰子的话，又有了油然而生的羞愧，他嘟囔了一句：“我这是怎么了？”

两人紧挨着平躺在一起，谁也不想说什么，本来心中的感情是不用说的，偏偏就说了一番，真没意思。是谁让说的呢？好像不是他们自己。

平躺了一会儿，大兰子扑哧乐了，然后抓过绳子的手，把它牵到自己的胸前，塞进衣襟之下：“你摸摸，我还饱乎不？”

“还饱乎，”绳子往门外望望，“你说，孩子们睡了吗？”

“睡不睡也无所谓了，你已经让我这张老脸无处搁了，索性就让它这么厚着吧。”大兰子把手搭在绳子的手上，用力往下摁了摁。她忍不住“呃”了一声。

绳子懂得了这其中的暗示："我可要点火了。"

"点吧，"大兰子自己去解胸前的扣子，"每一次都是匆匆忙忙的，穿着衣服跟你一起瞎滚，今天我不想这样。"

绳子摁住她的手："让我来。"

年轻的时候，总是他猴急猴急地干这种事儿，即便是年老了，他也要让自己的爱人有年轻时的感觉。

大兰子笑着，任由他动作。当自己被剥成一只肥肥大大、白花花的蚕时，她动情地叫了一声："福云。"

"哎……"绳子一边应着，一边急火火地把自己也剥成了相同的成色，然后相邀着匝在了一起。匝的程度好像丝毫不减当年，于是他们激情澎湃地为不老的爱情而歌。

他们的歌唱并非没有观众，因为绳子在迷乱的间隙，分明听到门外有意料中的响动，便把音符提高了一个八度，嘿嘿，得逞了。

第二天，一吃过晚饭，绳子就对大兰子的女儿说："上我的屋里来吧，我要和你商量点事。"

进了绳子的房间，大兰子的女儿劈头就说："说吧，什么事？"

绳子嘿嘿地傻笑，好像很是抹不开面子："嘿嘿，你是知道的。"

大兰子的女儿点点头："要是你和我妈的事，就不用商量了，你们尽管住在一起就是了。"

这真是出乎意料，绳子反倒不知说什么好了。

大兰子的女儿接着替他说道："你们横竖这么多年了，住不住在一起都是一样的。再说，你们住在一起，也给我们一家三口腾出了地界，我们更方便些，省得我们两口子躲躲闪闪、偷偷摸摸。”

既然是这样，绳子就无话可说了。

过了两天，小山子来了，绳子又跟小山子商量。不过商量的内容，又近了一步——

“你看，我和你妈都住在一起了，是不是就顺势扯一张结婚证，省得别人说闲话。”

“住就住在一起吧，反正你已经是家里人了，也不用藏着掖着了，”小山子撇一撇嘴，“不过，结婚证就不用扯了，因为现在的人都想开了：老年人的婚姻就是一个搭伙过日子，没必要弄得那么复杂，能过在一起就过，过不到一起就拍手走人。这来去自由，多好，省得还要办结婚、离婚手续，既麻烦，又让人嘲笑。”

小山子的态度让绳子很不舒服：“但老年人的婚姻也是婚姻啊，也要有法律的保证。”

小山子有些不高兴：“保证什么？保证你能理直气壮地跟我们分割财产？”

小山子的话，点破了一个事实，他史福云是个被扫地出门的人，除了一个捡破烂儿的手艺和一点不足挂齿的积蓄之外，房无一间，地无一垄。而大兰子是有房产的，她还有回迁的指望。这个指望是共属于她的儿女的，岂容他一个外人染指？

这又提醒了绳子，他与大兰子的感情关系，在儿女们的眼里，始终就不是公平和纯粹的，他处境尴尬。

他妈的，你明明是我的儿子，却怀的都是骨血之外的心计，什么东西！看来养和育是不能分开的。养，是一不留神，是孽；育，是千辛万苦，是恩。便也怨不得这不是东西的东西了。

最后的一点自尊，让绳子阴郁地一笑：“这结婚证就是个形式，不扯就不扯吧，只要你们同意我们住在一起就成了。”

“你这还像个爷们儿。”小山子说。

住在一起就足够了

住在一起就足够了，因为它可以阻挡外人对感情的侵犯。

两个人住在一起，灯光可以正常地明灭，门扉可以正常地开合。

秀姑远远地看着他们，满心的怨恨。

一天晚餐时分，她刚推开腌菜缸的缸盖，就大声地喊叫："也真奇怪了，几个腌萝卜也有人偷，要是米面放在这里，不更得偷，真是眼皮子还没有蛋皮子厚。"

这是京西贬损人的俚语，意思是说，这里有人眼皮子薄，贪小，爱占人便宜。

绳子被惊出门来，笑着说："兴许是你吃忘了，几个糗萝卜，没人像你说得那么惦念。"

"糗萝卜怎么了？糗萝卜也是口味，也是稀罕物，亏你也有一把年纪了，会不会说话？"秀姑跳起来训斥，那阔大、肥厚的胸部一阵乱抖。

绳子知道她是在发泄胸中怨愤，针对的就是他，便避其锋芒，闪进屋去。

只听身后一顿摔打，糗萝卜的味道，弥漫开来。

一天晚上，大兰子做炝锅汤面，油热之后，她撒下一把葱花，刺啦一声，葱花的味道立刻就浓郁地飞散。不期就招惹到了秀姑，她蹿出门来，喊道："你们家会不会做饭？哪有用烂葱炝汤锅的，又腥又臭，熏得人喘不上气儿来，还让不让人活？"

她说得没错，葱质的确不好，葱花下锅，立刻就变得一塌糊涂，不见葱花模样。

成捆的大葱买来冬储，绳子说，适宜的做法是把它放在冷屋子里，让其自然晾干，即便是叶子一层一层地冻，但里边的葱芯还是鲜的、嫩的。但大兰子的女儿反感他说话，非得把葱捆埋在院子的地里，被冻实了。用的时候，先要拿进屋里融化。融化后的葱也有冻碴儿，遇热就成了一泡汤，且飞出刺鼻的异味，类似臭。

秀姑的指斥惹怒了大兰子的女儿，她也蹿出门来，回击道："烂葱怎么了？我们家就爱吃烂葱！"

"你个小蹄子，还不让人说话了，"秀姑逼上门来，"你们爱吃烂葱我不管，但你不能呛了别人。"

她一边说着一边抄起了热锅，把锅里的浑水泼向门外。大兰子的女儿也冲上来撒泼，跟她纠缠在一起。以为自己年轻，在手脚上会占上风，一定会把她制服。没想到，在动作中，手臂突然像被抽去了骨头，不能动了。

"你也不去打听打听，我是干什么吃的。哼，敢跟我动手脚！"

绳子知道秀姑是点了她的穴，便说："你这就不厚道了，对一个平常人用手段。”

秀姑嘿嘿一笑，顺势推了大兰子女儿一把，给她复位了。

手臂即便是有了感觉，大兰子的女儿也不敢动了，一屁股坐在地上，哭了。

大兰子看不下去，对秀姑说：“我们真是倒霉，怎么就赁了你的房子。”

“不愿住你可以搬走啊，又没人拦住你。”秀姑咄咄逼人。

绳子猛地一跺脚，大声说道：“想借机赶我们走，你想错了，我们就住在这里了，哪儿都不去。”

秀姑愣了一下，什么也没说，扭扭地走了。因为她的心被刺痛了一下，眼泪忍不住就要流下来，怕被人看见，赶紧逃离现场。

从此之后，房东和房客之间的关系，就被败坏了，顶头碰面，互不理睬，且常有无名火，动不动就摔摔打打。大兰子承受不起，时不时就问绳子：“这房子到底什么时候能回迁？”

绳子也拿不准，就经常到白德臣那里去打听。

“你一个捡破烂儿的，回不回迁跟你有什么关系？”白德臣很纳闷，稍一思忖好像感觉到了什么，“最近很少见你在小区住，你跑哪里去了？”

绳子笑笑：“这好像不归你管吧。”

白德臣就开始留心绳子的去向，最终得知，他已在詹庄赁屋而居了，同住一个小院的，有一个老寡妇，还有她的女儿、女婿和外孙女。他很敏感，判断绳子是奔那个老寡妇去的，依常理，老鳏夫和老寡妇之间必然会产生故事，一定错不了。

趁绳子不在的时候，白德臣以慰问搬迁户的名义去了一趟那个小院，用关心的口吻问这问那。他问出了那个老寡妇的男人原来就是大安山煤矿的职工，曾经当过段长。他立刻就联想到了一个人，那个人以矿为家，屡获先进，但表情阴郁，性情怪异，工人们传了他很多闲话。

“你丈夫是不是叫大山子？”他问大兰子。

大兰子一愣：“您怎么知道的？”

“我当时就在矿上，是管技术的干部，他的先进就是我推荐的。”白德臣说。

一下子拉近了感情距离，大兰子不再拘谨：“原来是自己的领导，那么我问您，我们什么时候能回迁？”

“快了。”白德臣随口说道。

大兰子把他往屋里让，要给他沏茶，他摆摆手，漫不经心地问：“对过是不是住着一个捡破烂儿的？”

大兰子又一愣：“您怎么知道？”

白德臣笑而不语。

见一个相貌堂堂的人跟房客说话，秀姑趋乎上来，谦恭地点头笑。

“你就是房东？”

“是哩。”

白德臣哈哈一笑：“我告诉你，你别看他是个捡破烂儿的，但他很有钱，你千万别不收他的房租。”

“您放心，少收不了。”秀姑气韵爽快地说。

一天，白德臣发现小区车库的小屋里有响动，便推门而进，劈头说道："原来你也是一个有故事的人。"

"什么故事？"

"当然是男人和女人的故事。"

绳子一点也不吃惊，因为他知道白德臣到他们的农家小院去过，问了不少事情，便说："这有什么新鲜的，我也是个正常的人。"

白德臣索性坐了下来，不停地晃着二郎腿："嘿嘿，你知道不知道，自从我知道你跟我手下的一个矿工的女人有一腿之后，在我的心中，你就一点道德优势都没有了。"

"什么道德优势？那是你自己思摩的，跟我没关系。"

"怎么没关系？你看你对我和黄咏梅的态度，总是冷嘲热讽，满脸鄙视，弄得我灰溜溜的。现在不同了，原来你也这么不厚道，一辈子都给人家的男人戴绿帽子。所以，咱俩是一样的人，你已经没有了指责我、评判我的资格。"

"嘿嘿，你错了，我和你到什么时候都是不一样的。"

"为什么？"

"我和大兰子是好在她结婚之前，而你和黄咏梅是好在你结婚之后。"

"这有什么区别？"

"有本质的区别。"

"怎么讲？"

"我和大兰子真心想爱，是她爹棒打鸳鸯，生生拆散，把她硬塞进一个没有爱情的婚姻，我是受害者。如果说她婚后我们还彼此惦记，那说明我们对爱情忠贞；如果说这也是给人戴绿帽子，那是她男人不讲究，心甘情愿地戴。而你，原本是自由恋爱进入婚姻的，却吃着碗里的还望着锅里的，不珍惜感情，而是受情欲驱动，主动去搞婚外恋，所以你是加害者，是感情的背叛者。不客气地说，你这是淫乱，害人害己还害社会，永远是卑下的。”

“真他妈的没劲！捡破烂儿的不可怕，就怕捡破烂儿的有文化，还懂哲学。”

本来想找到心理平衡，找回道德优势，却又被捡破烂儿的灭了，白德臣很懊丧，猛地站起身来，兀自走了。

向市政府进军

始终等不到回迁，矿务局家属小区的居民就失去了耐性，就又聚集上访。

这一次，他们上访的目的地，是市政府。

因为有白德臣和行宫派出所的一干人马截访，到区政府上访的路被堵死了，他们见不到区长。

见不到区长就见市长，因为通向北京的路有千条百条，交通工具也有大巴、小巴和出租车，有特快、轻轨和城铁，人们分别乘坐，秘密出行，然后再到目的地集结。

上访的组织者到搬迁户的临时安置地，挨家挨户地进行动员，动之以情，晓之以理，便应者众。

大兰子一家也被动员了，但男丁在外工作，居家的只是一些女眷，她们视上访为畏途，便谢绝了。组织者体恤，也就算了。但算不了的是房东秀姑，她对大兰子说："你们家不是还有男人吗？"

"谁？"

"不是还有史福云吗？"

“他算我家什么人？”

“你说算什么人？”

秀姑一脸鄙视，让大兰子无以应对，觉得这个人多事儿，躲进屋里不出来了。

待绳子归来，秀姑立刻迎上去：“明天搬迁户都到市里去上访，人家来动员，你们家却不出人，你觉得合适吗？”

“什么你们家？”绳子又觉得没必要就此争辩，自己就换了一个角度，“她们一家老少，又都是女的，怎么出人？”

“你们都住在一起了，自然是一家人了，你算不算男人？”秀姑说。

绳子说：“就我这么一个不明不白的身份，好出面吗？”

秀姑说：“为搬迁户争利益，每个人都有义务，如果都像你们家这样，都退到身后不出头，哪里还有什么阵势？再说了，等人家辛辛苦苦把利益挣下来了，你们坐享其成，大家会怎么看你们？你们还要不要脸？”

“没那么严重。”

“在我看来，就是这么严重，因为这会改变我对你的看法，会让我看不起你。”

“你这是怎么说？”

“你口口声声说你跟大兰子有感情，但为她争利益的事你又不上心，眼睁睁地让大家看不起她，你们是真是假？”

“这是两码事。”

“在我看来，是一码事，它是你们感情的证明。”

“你这是瞎说。”

“好好，你要是认为瞎说，那我就可以纠缠你了，到时候你可别埋怨我，嘻嘻。”

秀姑的嘻嘻，类似羞臊，绳子恨恨地说：“我决不让你得逞。”

第二天，绳子什么也没跟大兰子说，一送完小燕子，就急匆匆地上了去北京的城铁。

市政府的门前人山人海，人们齐声高喊：“市长，您出来！”

“市长，您出来！”

“市长，您出来！

市长市长市长市长市长市长市长市长……

您出来您出来您出来您出来您出来您出来……

喊声此起彼伏、排山倒海，邀来了一片警笛，同时也邀来了疾奔而来的白德臣和区长等一干地方官员以及一队区里的联防队员。

起初绳子还淹没在人群中，随势而喊，见到白德臣的身影，他却突发一念，挤到人群前头，带头振臂而喊。他的喊声异常高亢，超群而出，冲击了白德臣的耳鼓。

他一下子就看到了绳子，心中一震，这个捡破烂儿的，居然对他的老相好这么忠诚！他妈的，他这哪里是在为民请愿，分明是在鄙视和否定我的爱情，是在宣泄他的道德激情，让我无地自容。小子，你究竟是捡破烂儿的，我不会让你得逞！他也突发一念，挺直了腰杆，陪着区长走进了市长办公室。

在奔来的路上，他被区长一路训斥。最核心的话题，是他作为城市建设办公室主任没做到守土有责，激起民怨，引发越级群访事件，一旦市长问责，在给他这个区长处分之前，他会先把白德臣一撸到底，决不姑息。

白德臣被吓坏了，大脑一片空白，双腿顷刻发软，完了！

但是，正在他面对灭顶之灾，手足无措的时候，他看到了那个捡破烂儿的，而且听到了他疑似挑衅的高嗓大音，意外地给了他一种豁出去了的力量。

见人进来，市长劈头就对区长斥责道："你这个区长是怎么当的，你还有没有担当？还讲不讲守土有责？"

区长脸色煞白，苦笑一下，讷讷不成言。

白德臣上前一步："市长，责任不在区长，而在我。"见市长一怔，他清晰地说道："我叫白德臣，是区城市建设办公室主任，也是这个矿务局家属区改造工程的总指挥，这里的问题我最清楚。"

"那你就赶紧汇报，好找出对策，给上访群众一个交代。"市长说。

白德臣说："这个改造项目区里很重视，区长亲自制订了工作方案，每周都要召开现场办公会。"

"都什么时候了还拍马屁，还评功买好，你径直说问题。"市长打断了白德臣的话。

"问题是区里财力薄弱，无力支付小区改造的后期费用。"

"你这是借口，关键是你们没有大局观念，只打自己的小算盘。"

"市长，您也知道，我们区的主要经济支柱是矿业和建材业，主要是煤炭开采和砖瓦灰沙石，而新的功能定位，把我区定为生态涵养区，我们坚决服从市里的新版规划，全部关闭了煤矿和建材业而进行产业转型。在这个转型期，自然就形不成应有的财力，即便是心中有大局，也无能为力。关键是，我们关闭煤矿之后，盈利空间全部让给了矿务局，他们应该反哺地方，主动增加对小区改造的投入，然而他们不投入，就形成了眼下的被动局面。”

“然而矿务局这几年经济也不景气，这是大气候造成的，他们也有难处。”

“那么市政府就应该综合考虑，给予必要的财政支持。”

市长被触动，倏地站了起来：“你这是踢皮球，谁给你的胆子，是你们区长？”

区长狠狠地瞪了白德臣一眼，意思是你别瞎说，要考虑后果。

“既然话说到这儿了，我也就没有退路了，”白德臣笑了笑，“那我就斗胆进言，之后听候发落。”

白德臣说道——

改革开放这些年来，我们区为全力支持首都的城市建设，大力发展采矿业和建材业，源源不断地为北京城供应砖瓦灰沙石，地力和资源被巨大地消耗。用区里百姓的话说，我们这里的坑有多深，北京的楼就有多高，这样的历史性贡献，作为市长，我想您也是心知肚明的。而现在的产业转型，其成本也是由我们自己背负，难道您就没有一点悲悯之心？再说，京西矿务局也是市政府的财力之源，他们的历史贡献也是有目共睹的。所以，我作为一个小小的地方干部，有理由向市长您提出请求，您帮我们一把。在您答复外边的访民之前，您先考虑一下我这背水一战的申诉。

站着的市长坐下了。他面沉似水，不停地转动着身下的座椅。当他看到区长沉重的表情之后，他无声地笑了："你手下真有能人，既胆子大，又能说会道，貌似无理却处处有理，哈哈……"

峰回路转，柳暗花明，市长面带微笑，出去安抚访民，告诉他们，矿务局家属区改造工程后期的费用由市政府解决，大家请放心地回去，静候佳音吧。

潮来如箭激，潮退悄无声。

回去的路上，白德臣坐在区长的车上，虽得胜还朝，但他也不敢说话，紧张地靠在车椅上，偷偷地观察区长的脸色。因为他知道，大官宽恕，小官记仇，这事毕竟辱没了区长大人的面子。

"白德臣，你别那么紧张好不好？"区长说。

区长这样的语风，让白德臣如同得到了一纸赦免令，不禁嘿嘿地笑了。一如累过了劲儿的人一笑就掉了下巴，他管不住自已了，嘿嘿不止。

"白德臣，你别得意好不好，"区长瞪了他一眼，"是你的命好，遇到了一个好市长，他胸中有大义，肩上有担当，心中有人民，而不是你有什么了不起。"

春风得意

对白德臣，区长虽然嘴上说“你没有什么了不起”，但念他救驾有功，还是肯于赏，给了他一个区长助理的待遇，并暗示他，如果再有新的突出表现，或许还有被提拔为副区长的可能。

对这种钓鱼式许愿，白德臣的岳父头脑很清楚，他提醒白德臣，你以为钓竿上悬着的就是一块肉？很可能还是一把剑，一旦掉下来，就会砍断你的脖子。

白德臣的脑袋已经很热了，他不以为然，觉得命运就像用气功治病，功效就在意念，一如你如果整天念叨着“我没病，我没病”，就真的没病一样，如果你整天暗示自己“我一定能升迁，我一定能升迁”，肯定就会真的升迁。所以要放任正意念，驱赶负能量，而不能顾忌太多，畏畏缩缩。

矿务局家属区改造工程，由于市政府拨付了资金，水电气热工程迅速推进，如果一切正常，用不了半年，就会顺利回迁。按理说，应该等回迁工程大功告成之后，再有大动作，但当副区长的诱惑让白德臣按捺不住心性，他要只争朝夕，急于“再有新的突出表现”，便四处联系开发商，上马新的城市建设项目。

人说，上帝要让谁毁灭，就先让谁疯狂。在白德臣的运作下，一个区内的有钱人、原来的煤老板钱进来，居然看上了詹庄村的那块土地，肯于出资开发成现代商城。前提是，当地政府要承担土地腾退工作，因为他不善于跟农民打交道，会加重拆迁成本。

这时的白德臣脑洞大开，他建议区长成立土地储备银行，各有关部门通力合作，把农民手中的土地收购到区政府手里。在这个过程中，区政府的执行力是强大的，政策引导、宣传鼓动、组织保证、行政命令，都会发挥出极大的效力。政府可以低价囤积下土地，然后再高价卖给开发商使用。这就是土地财政，区政府的财力会迅速增加，更有主导地区发展的能力。他的建议打动了区长，因为这也不是什么新鲜做法，南方各省已先行先试，积累了很成熟的经验。区长便让白德臣带队去南方取经，回来之后，以区长助理的身份具体负责这方面的事宜。

白德臣被委以重任，成了红人。这人一“红”，就胆大，就少障碍，他居然名正言顺地把黄咏梅调到身边，成了工作班底的骨干成员。去南方考察，也让她随团管财务，其他人也均无异议，觉得顺理成章。安排住宿，两个人的房间也毗邻在一起；白天旅游，也互相搀扶；同志们善解人意，会心地给他们拍合影。他们自己也毫不扭捏，坐享其成，心中有大甜蜜。

在异地，在大自然之中，他们的感情陡升，爱情得到历史性的升华，既见了阳光，也得以率性挥洒。在大的时代机遇、历史担当面前，爱情不需要名分，一切都合情合意，合理合法。

考察归来，黄咏梅竟珠胎暗结，诉与白德臣，他居然含笑说道："尽管孕育，大不了就生下来。"黄咏梅有些吃惊："谁给你的胆子？"白德臣说："因为以前太窝囊了，所以就有胆，就如羊粪蛋沤烂了，反而可以肥田。"到底是山里人出身，打个比喻都那么俚俗。不过黄咏梅感到受用，因为很真实。从她女性的角度来说，她也乐得顺水推舟，因为流产的次数太多了，再不坐胎，兴许就不能生育了。那么，一旦时过境迁，拿什么锁定一个女人的爱情？

在外的种种行径，自然要传到白雪怡那里。面对白雪怡的质问，白德臣居然坦然而笑："你爱怎么想就怎么想吧，我已经无所谓了。"

这是最坏的境遇，所以白雪怡觉得严重，急急忙忙到父亲那里讨主意："我是不是去举报他？"她的父亲先是脸色沉了一下，然后一笑："他值得举报吗？他在我眼里就是一个小丑，大剧一旦开演，即便他让人笑过，还有谁能记住他？就让他任性两天吧，时候一到，他自己就得退场，甚至会弄得身败名裂。咱们是高贵家庭，犯不上陪着他丢人现眼。"

白雪怡有了底气，白德臣再进家门，她视而不见，自得地吃喝看电视睡觉，甭说离婚的话，即便是居家应酬之语，她也一句不说。

女人的平静，倒叫白德臣感到不适。"你怎么这么没皮没脸？"他挑衅道。

白雪怡笑了笑："你在说谁？"

"你说我在说谁？"白德臣有些气恼。

“你这个人可真没意思，就像圈里的笨猪，没泔水的时候老实，有泔水的时候反倒叫了。”

怎么，那么温香软玉的一个黄咏梅，咋就成了泔水？这巨大的轻蔑，让白德臣有理由恨，仅有的一点愧疚，也从心中驱走。“我怎么还不离婚？”他自己都感到不可理解。

还是黄咏梅在一次颠鸾倒凤之后，很不浪漫地点破了这其中的道理。因为那一刻，她快活了身子，阴郁了心情，她情不自禁地叹息了一声：“唉，我这算什么。”

白德臣也没多想，顺势说道：“这叫爱的抒情。”

“算了吧，你这叫多吃多占，家里有铺的，外边有盖的，典型的渣男心理，坐享妻妾同席。”

“咏梅，不带这么说话的，时候一到，我是会跟她离婚的。”

“你甭自欺欺人，压根儿你就没想过离婚，现在，你就更不可能离，因为你想出人头地，那个副区长的位置对你有太大的吸引，哪会为了我这样的一个小女人而乱了大局？”

挺好的一团朦胧之美，就这样被揭破了，白德臣的心狠狠地皱了一下，你黄咏梅真不该这样，一这样，你跟白雪怡有什么两样？都他妈的不美。

快马加鞭

白德臣对绳子说:“你既然在詹庄租了房子，那么绿城小区这间房子我就征用了。”

“这房子上边就是你的家，你征用它干什么?”

“你这是明知故问。”

白德臣居然偕黄咏梅住了进去。

白雪怡发现之后，闯进去，开始猛砸里边的家具。白德臣静静地看着，也不阻拦，而且还玩味地笑。待被砸得一片狼藉，白德臣说话了:“你气撒完了是不?那就请你出去，你凭空毁人财物，已不再是争风吃醋，而是刑事犯罪，我一旦起诉，你必被拘捕，为了维护你医生的体面，我还是忍了。也算是念在夫妻的情面上，让你一步。但是，你如果再得寸进尺，我可就不客气了。”

白雪怡僵在那里，既气恼又无措。

白德臣在她的屁股上踢了一脚:“滚!”

他觉得他这是在帮她，给她走人的台阶。白雪怡果然借着惯性冲出房门，抽抽搭搭地上楼去了。

绳子目击了这一切，说：“你这一脚可踢得不是时候，就等于你自己把自己扫地出门。”

白德臣摇摇头：“我本来是想带黄咏梅住进家里，但考虑到那对白雪怡来说，类似钝刀子割肉，有点欺人太甚，就只好窝在你这间小破屋里，多少遮掩一下，也算是给足了她面子。她可好，砸上门来了，就等于是逼我出家。”

“你这是强盗逻辑，”绳子很气愤，直截了当地说，“我看你是刚一被宠，就失去了正常思维，已经不知道自己姓什么了，不客气地说，像你这种人，真不适宜被重用，你会给重用你的人惹麻烦。”

绳子的话有些刺激，让白德臣失控：“你不过就是个捡破烂儿的，有什么资格议论官场之道，你也给我滚。”

绳子一愣，然后直奔床榻，把床上的被褥卷了起来：“这我得带走，这是好人的铺盖，虽然旧点，但是干净。”

把铺盖放到三轮车上之后，绳子像又想起了什么，踅回屋去，把屋里的电视、冰箱、煤气罐、煤气灶也搬到车上。

“你是当官儿的，这些东西你不稀罕。”

白德臣很是不解：“横竖我们是朋友，最起码我把你当朋友，你怎么把事做得这么绝？”

“这就是路德维希·费尔巴哈所说的‘双重矫正’，你矫正别人，别人也必然要反过来矫正你。”绳子说。

“狗屁矫正，我还真不听他的那些胡说八道。”白德臣哈哈大笑，开始往外打电话。他让家具公司马上送一套新家具，让华冠超市赶紧送一台电视、一台冰箱，外带一床缎面被褥。

“你和白雪怡干得好，一个捡破烂儿的用过的东西，我岂能再用？你们是在帮我树立身份，我应该感谢。”

绳子觉得他不可理喻，转身要骑车走人，却被白德臣从身后薅下车来。

“我要让你明白明白我现在的身份——所谓区长助理，在级别上跟我们局长平起平坐，从政治上要远远高于我们局长，因为我直接受区长领导，每次还出席区长办公会。”

“不用你说明，我早已明白，”绳子摇摇头，轻蔑地一笑，“不过我要给你纠正一下，你不是出席区长办公会，而是列席。”

“你他妈的一个捡破烂儿的，怎么什么都明白！”白德臣觉得这个绳子真不是东西，就是一根不合时宜的针，专往膨大饱满的气球上扎，有讨厌之上的讨厌。

绳子自得地翻身上车，一边蹬车一边唱俚曲——

鞋儿破，帽儿破，
身上的袈裟破。
你笑我，他笑我，
一把扇儿破。
南无阿弥陀佛……
无烦无恼无忧愁，
世态炎凉皆看破。
走啊走，乐啊乐，
哪里有不平哪有我……
鞋儿破，帽儿破，

身上的袈裟破。

笑我疯，笑我颠，

酒肉穿肠过。

…………

绳子玩性大发，为了能让白德臣听完整，他就在他的身边骑车兜圈子。白德臣起初是气，后来明白过来了，我凭什么要生气？便和绳子一起唱。白德臣的嗓音比绳子好，唱来唱去，音律、音色、音准、音质、音调盖过了绳子，把绳子唱跑了。

就在要骑出车库进入地面的时候，绳子看到穿了一身洁白衣裙的黄咏梅骑着一辆水红的小巧单车迎面而来，绳子一下子抓住了发泄的机会，他喊道："闺女，你真是没心没肺，他都红得发紫了，你为什么不跟他要辆跑车？"

黄咏梅被他喊愣了，支腿停在那里。

白色衣裙，红色单车，衬得那女子脸是脸，腿是腿，美丽妖娆。

绳子狠狠地摇摇头："可惜了！"

分明是听见了，但黄咏梅还是迷惘地问："您说什么？"

绳子也觉得自己不厚道："嘿嘿，我说什么了？我什么也没说。"

黄咏梅知道他用意凶险，脸红了，兀自骑下坡去，进了地下车库。

再抬头时，就见到了一张迎着她殷勤地笑着而近乎谄媚的脸。

"笑什么笑？"她没好气地说。

因为她觉得，白德臣的笑，来得真不是时候，疑似是对绳子轻薄意思的恶意补充。

因为屋里被砸得一片狼藉，已无立锥之地，黄咏梅只好扶着单车站在门外。她突然有些忧伤，觉得跟他白德臣睡在一个屋檐下，真是不容易。

不一会儿，送家具和电器的来了。跟来的工人负责给安装，没多大工夫，整齐而崭新的布置就赫然出现在眼前。黄咏梅的心情，朝好里转化了一下。

白德臣给了工人几张小费。工人推辞，说购买我们的东西，我们免费安装。白德臣说，因为有额外的东西想麻烦你们给拉走，比如这被砸烂了的家具，比如这张散了架子的破床和这都看不出颜色的破床屉，你们愿意拉到哪儿就拉到哪儿，总之，拉得越远越好。

屋里屋外没了杂物，兀地就显得干净，黄咏梅的脸上有了笑容。

屋门关上，眼前的摆设有堂皇成色，气息也独特，似清新又浑浊，似甜蜜又苦涩。这反倒刺激了黄咏梅的神经，她娇嗔地剜了白德臣一眼。

白德臣体会到了她复杂的心情，心中很得意，一个大老爷们儿干起了细致活儿，一丝不苟地铺床。新买来的缎面被褥，是大红的颜色，映得他的脸有一层婴儿红。手抚在被面上，异常光滑，与黄咏梅的皮肤相仿佛，他有了新生活的冲动。

凝视着他的黄咏梅似乎心里也有回应，咬着嘴唇，眼睛发亮，别有期待。

白德臣翻身下床，猛地把黄咏梅抱了起来，狠狠地把她扔在了床上。女人被弹上弹下，发出很夸张的叫声。

他们奋不顾身地投入到必然的发泄之中，缎面的光滑，把他们滑来滑去。这助长了他们的恬不知耻，好像他们有理由如此淫荡。

即便是已经珠胎暗结，他们也不管不顾，都觉得：乐在眼前，不可止步；苦在身后，该受就受。婴儿只是个可有可无之物，造物让他（她）出生，他（她）就尽管活；命运让他（她）流走，他（她）就潇洒地走——跟他们没有关系。

急速推进

复杂的动力，让白德臣在征用土地工程上急速推进。

他让那个开发商雇用了拆迁公司，在台前大张旗鼓地拆，自己却隐身其后。他自然知道，土地是农民最后的生存资源，在土地补偿上一定会遇到这样那样的难题，解决起来会十分棘手，他不想让自己成为农民投诉和纠缠的对象。

他让詹庄村所在的青土乡政府打前阵，成立了几支工作队，挨家挨户做工作。成形的行政手段和政府的公信力，最初是十分有效的——农转居、住楼房和安置工作的承诺构成了第一重诱惑，能得到一大笔补偿款、一下子成为富人则是第二重诱惑。所以补偿标准一公布，那些老实巴交的顺民，很快就跟政府签订了拆迁协议。协议一签订，拆迁公司的推土机就一呼而上，不等他们醒悟、后悔，他们的房屋和田园就被夷为平地。

有一些拆迁户——或家中有爱动脑筋的人，事事爱问个究竟；或家中有在外务工的成员，懂得政策；或有人常年经商做买卖、交往广泛、消息灵通，能够比较；或干脆就是家中有愤青，与政府长期抵触、概不合作，你说东我偏说西，有质疑习惯。他们一致觉得，政府的补偿标准偏低，征购土地近乎掠夺，所以他们不签字，不约而同地当“钉子户”。

对这些钉子户，白德臣采取了各个击破的招数。

这其中，他首先调动了他的小兄弟——行宫派出所所长吴克军。

他让吴克军排查一下，这里的人，都谁有案底，都谁有欺男霸女、欺行霸市和聚众赌博、卖淫嫖娼或其他危害社会的行为，一旦摸准，就从法律层面去威慑、去瓦解。一旦不从，或给戴上黑恶势力的帽子，实行刑拘；或清算旧账、二次执法；或广宣劣迹，毁其名誉——这些手段也是有效的，不少人心有余悸，不愿陷落，为保平安，便不得不签订了协议。

对那些经商做买卖的，由于工商分局也是区土地银行的成员单位，白德臣以区长助理的身份进行问责，要求他们用规范市场管理的理由，强令那些工商户俯首就范。这些个体户，毕竟也是升斗小民，他们知道胳膊拧不过大腿，触不起霉头，所以抗一抗也就算了。

至于那些在党政机关、事业单位和国有、集体企业上班的，白德臣根本就没有把他们放在眼里——因为既然你有“单位”，那就好办，组织手段、行政手段很容易就会发生作用。你想不想入党进步，你想不想被提拔晋级，你想不想被奖励表彰，等等。如果你要是想，那么好，你就要有大局观念、政治观念、组织观念、纪律观念，不仅不能当钉子户，还要起带动作用，助推拆迁。这些人顾虑最多，只要单位领导一出面，马上就顺从。所以白德臣根本就不跟这些人接触，他只是跟这些单位的领导见面，跟他们推杯换盏、称兄道弟、礼尚往来、投桃报李，借单位的杠杆，撬动顽石。

最需要下功夫的，则是那些爱独立思考、懂政策、有主见的，和那些既愤世嫉俗又心思缜密，既拒绝合作又不漏破绽的人。这些人是滚刀肉，你横竖拿他没办法。那么，就一切从实际出发，适当妥协变通。那时有拿钱买稳定、拿钱买发展的说法，白德臣深得要领，跟这些人进行秘密谈判。经过一番讨价还价，摸清底线，满足条件，以提高补偿标准的让步，最终签订拆迁协议，换得个花好月圆的理想结局。

当然，也会有贪得无厌，横竖不妥协的钉子户。这种人家，就是纯粹意义上的钉子户了。白德臣知道，要想拔掉，就必须动狠的，要有一副好牙口，跟丫挺的死磕。已经跟区长立下军令状的他，自然有绝处逢生的勇气。他跟派出所所长吴克军和拆迁公司的老板，在酒桌上商量出了对策。这个对策，很刚性，带着熏天的酒气。

在月黑之夜，一干人马化了装、戴着面具，像一个特殊的团伙，讪笑着进发。

他们悄悄地摸到钉子户的门前，按已商量好的分工，开始分头行动。一部分人溜门撬锁，入室行窃。他们故意弄出动静，把屋里的人惊醒，然后翻箱倒柜，好像是在找值钱的东西。因为来人都蒙面持刀，有逼人的杀气，所以床上的人只能兀自筛糠，不敢吱声。这部分人折腾一番之后，就撤了，另一部分人开始登场。他们用重器砸门，用石块砸窗，或往室内扔砖头瓦块，或干脆投掷燃烧物，弄得乌烟瘴气。住户以为是行窃的没找到想找的东西，恼了，用这种方式进行报复，就赶紧打电话报警。报警电话居然打不通，他们只好一边防范着，一边灭火，家财究竟不如家宅，况且正在与政府对峙，横竖得保住谈判的本钱。

惊惊吓吓地等到天亮，报警电话终于打通了，派出所的人来到现场。

吴克军带着一帮人装模作样地问讯，做笔录，答应会尽快破案。

等了十天半月，也不见下文，户主就到派出所询问。吴克军也不露面，只让值班的小民警答复。

“我们查了，但是一直也找不到线索，没法锁定目标。”小民警客气地说。

“现场状况就在那儿摆着，怎么能说没有线索？”户主气咻咻地问道。

“你说的线索跟我们破案需要的线索不一样，别不懂装懂。”小民警不客气了。

“怎么不一样？现场不就是物证？”

“那物证是死的，说明不了什么问题，得需要人证和作案动机。唉，我问你，你是不是得罪什么人了？”

“我能得罪什么人？”

“你好好想想，这倒是对破案有用。”

横竖也想不起得罪了什么人，户主就泄了气：“依你这么说，这案子就破不了了？”

“不好破。”

“既然你们破不了，我只好到分局去，申请刑侦了。”

“你自然可以申请，但是我要告诉你，调动刑警队破案，得是刑事案件，伤了人，或死了人，小偷小摸不过是民事案件，不会给你立案。”

“你这是什么话？要想破案，非得我们家出了人命？”

“差不多是这样。”

户主又气又怕，心里嘟囔着，普通人家谁担得起人命的代价？便拼命思考，想来想去，个人倒没有宿仇，倒是因为拆迁的事跟公家有对仗，莫非是乡政府在下黑手？

想到这儿，户主不禁倒吸了一口凉气。要真的是那样，就不好办了。他们白天执法，黑价打砸抢，这样的案子，驴年马月也破不了啊！

他虽然怎么也不相信自己的猜度，但心里还是忍不住犯嘀咕。是，不是；不是，是。他方寸大乱，神经发紧。最后，他下了决断：宁信其有，不信其无。赶紧搬走吧，房子一旦拆了，看你还怎么入室行窃，看你还怎么打砸抢？

他便主动找到拆迁办：“我要签拆迁协议。”

当他看了协议文本，大声叫道：“不是这份协议！”

“哪份协议？”办事员问。

“是你们答应提高补偿标准的那份协议。”

“对不起，你当时没同意，已过了政策时限。”

“你们政府怎么出尔反尔、言而无信？”

“政府办事始终是以政策为依据、以法律为准绳，而政策是有时效的，法律也是有强制力的，是你自己不珍惜机会而失信在先，却反过来再找后账，岂有此理！所以我明确告诉你，就是这份协议，签不签在你，政府概不通融。”

户主急了，情急之下破口大骂：“㨃你祖宗！”

办事员也霍地站了起来，一把薅住户主的脖领子：“你骂谁？”

正僵持间，白德臣从里屋闪出来，嘿嘿一笑：“你们这是干什么？都给我坐下，好好说。”

户主像溺水的人突然得到了一根稻草，急切地问：“您是谁？”

白德臣笑着指了指他身边的座位，示意他坐下：“我是区长助理、城市建设领导小组办公室，也就是拆迁办的主任白德臣，清白的白，道德的德，百姓臣仆的臣。”

户主像得救了一般，握紧稻草的身子岂敢坐下，便站着哭诉自己的遭遇，希望得到领导的体恤。

白德臣听完之后，虽然收敛了笑容，但语气里依然保留着笑意：“像您这种情况，真怨不得拆迁办，他们得照章办事不是？如果谁都像您似的，只求自己合适，而没有全局观念，咱们的城市还怎么建设？人民城市人民建，咱们每个人都要主动做一点贡献，您说是不是？看您不停地点头，就知道，您还是有这个觉悟的，还是愿意签这个协议的。”

刚才还不停地点头的户主，这时猛地转换成拼命摇头。

白德臣忍不住乐了：“您先别着急，我这样说并不是不尊重您的意愿，而是说你也要理解政府的难处。平地建起一座商业城，政府得有多么大的投入，拆迁补偿、基础建设、配套设施等等，到处都需要钱，而咱们区的财政收入也不像原来那么健旺，关停并转、产业转型、涵养生态，大大地削减了财源，基本上也就是个吃饭财政了。即便是这样，也要下决心投入，不投入哪来的发展？为了保证发展，党政机关的公共经费都大幅度地压缩，各行各业都在开源节流，勒紧裤带过紧日子，在这种情况下，在个人利益上，您怎么好意思狮子大张口？”

听着白德臣的侃侃而谈，户主脸上汪出了大片的汗水，完了，完了，看来我的补偿款是拿不到期望的数目了，我就要被牺牲了。

其实白德臣是在玩猫捉老鼠的游戏，他是要对方先感到无望，先感到疼，然后再撤嘴，这样一来，他才能记住得救，才知道感恩，回去之后，才不会发负面议论，而是真心地为政府、为他白德臣歌功颂德，甚至还会主动为政府做拆迁户的思想工作。

知道火候已经到了，白德臣从办事员的办公桌上抻了一张面纸，递给那个户主让他擦擦汗，然后笑着说：“自己的庭院和家园被拆了，放在谁身上都会不好受，热土难离嘛。再说，您又经受了被盗、被打砸的惊吓，更是心有所痛。虽说我们是为政府办事的，但我们也是人，心也是肉长的，对您也有真诚的同情。所以，我豁出去犯错误了，就贸然做一回主，您的补偿就高不就低，还签跟您商定的那个协议。”

听到这里，那个户主霍地就要跪下，却被早有准备的白德臣一把揪住：“这可使不得，我是人民的臣仆，而不是谁谁的救星。你只需答应我一件事，出了门要严守秘密，避免出现连锁反应。”

户主动情地说：“这请您放心，如果连这一点都做不到，我还是人吗！”

那个户主是倒着走出房门的，不停地向白德臣作揖示敬。

整个过程，白德臣一直微笑着挥手，颇有大人物的派头。

等那个人一走出了大门，白德臣脸上的笑立刻就凝固了。

“真他妈的不容易。”他感到自己很委屈。

一片狼烟

因为拆迁顺利，詹庄地面，一片狼烟。

在狼烟的遮蔽下，绳子的心里也火烧火燎、一片狼烟。因为大兰子本来就是搬迁户，到这里赁屋而住，但尚未回迁，又要拆迁，凄惶便像狼撵兔子，不停地在她身后追赶。

白德臣扬扬得意，绳子愁眉不展，两个人相遇，绳子下意识地躲。白德臣追上他:“你这可不对，咱俩是朋友，我可一直都在帮助你。”绳子说:“不用你提醒我，我知道你一直在帮助我，但恕我直言，你越是帮我，我越是心窄。”

“你这是什么意思？”

“大兰子就租住在这里，还回迁无日，你又要拆，给我的感觉，好像你是存心跟我们过不去，让我们无路可走，好像这眼前的每一天都是最后的日子。”

“这是大趋势，是地区的发展战略，跟你我有什么关系？”

“即便是什么发展战略，你也是执行者，俗话说，大鬼好见，小鬼难缠，都是你把经念歪了。”

“歪在哪儿？”

“区政府的城建规划我是知道的，是在五年之内稳步推进，你却好大喜功，急头冒进，只考虑自己的个人升迁，而不考虑群众的生计问题，这样一来，商城未建，却已是一片流民，老百姓怨声载道。”

“在我眼里，老百姓即便是有屋可居，也是流民，因为他们自私，无公共意识，心是散的。”

“你们嘴上说以人民为中心，以民为本，实际上还是主观意志、以官为本。”

“你究竟是个捡破烂儿的，虽然也会说几句时髦的话，但其实还是目光短浅、意识狭隘。农业生产、小民经济，讲究一锄一镐、按部就班，但现代化建设、特别是城市建设要的是速度、要的是效率，就是要只争朝夕、跨越式发展。一切都准备就绪了，一切都让老百姓满意了，再进行建设，那得等多少年？再说了，老百姓从来都是只顾着打自己的小算盘，就没有满意的时候，所以就不能等，就必须统一意志、强力推进。”

“你们当官儿的，嘴头子好使，我说不过你，”绳子摆摆手，“既然咱俩是朋友，你就说说，大兰子她怎么办吧。”

“她不还是有地方住吗，你着什么急？”

“整个詹庄一片狼烟，都快拆翻了天了，她的住处还能待得住几天？”

“那你就来求我呀。”

“求你？”

“当然，你一个捡破烂儿的，能有什么办法？只能求我。”

“好，就求你，但是你有什么办法？”

白德臣告诉他——

首先让大兰子的房东赶紧签订拆迁协议，千万别当钉子户，当然，凭着他们俩这层关系，肯定是按照最优惠的标准予以补偿；接下来，要把房东的房子设置成拆迁工程指挥部，就有理由站到最后了。

绳子不明就里，急切地说："总共就三进房，一进东家，二进大兰子，三进是我。从现实来看，只有我的房间可以腾出来，设置成指挥部，但是我住哪儿？我原来在绿城小区的房子可是被你占了啊。"

"瞧瞧，瞧瞧，你的脑子就是不灵，整天就像被驴踢了一样，居然还跟我成了朋友，我怎么这么没眼力，"白德臣撇一撇嘴，"你以为我们真的到那里去办公？这个指挥部就是个冠冕堂皇的摆设，充其量是我时不时地到那里去坐坐，跟你喝喝酒、侃侃大山、发发牢骚、歇歇乏。"

"你还真是有办法。"绳子情不自禁地佩服了一下。

"没有办法，还能做你的朋友？"白德臣得意了一下。

心情大好之下，白德臣就"朋友"这一话题夸夸其谈了一番——

什么是朋友？做朋友，首先是两个人之间要有悬殊的地位，即便不悬殊，也要一个高一个低、一个强一个弱。一般高的、一般强的，不宜做朋友。俗话说，一个槽口上不能拴着俩叫驴，不服之下，只能吼叫、只能撕咬。我们俩之间，天生就能做成朋友，道理很简单，因为我是个有场面的领导干部，而你是个捡破烂儿的。其次是认准位置。高强的一方，就是要不图回报地帮助低弱的一方，这就是道德优势、话语资本。你不能帮人成事，有什么资格做人家的朋友？反过来，低弱的一方，就是要理直气壮地接受高强一方的帮助，而不考虑如何回报，毫无条件地给人提供价值存在的理由。不知你留心了没有，牙疼的感觉不是牙短下去了，而是好像往长里长；同样，感情的存在方式，也是越往外付出你越有所得。也就是说，你越给那人办事，你越疼爱他；你越是向他索取，你越是轻蔑他。咱俩的关系是不是就是这样？你看，我越是帮助你，越是惦记你，几天不见，就打听你的行踪；相反，我越是帮助你，你越是轻蔑我，好像我每给你做一件事，都是别有用心。所以，我心理很不平衡，我是真的对你有感情，而你对我，是真的可有可无。

白德臣说得还真有点道理，绳子听了，不免有些羞愧："这一次，你的牙又往长里长了一下，帮了我和大兰子，是不是又欠了你一个人情？"

"你可以不欠，只要你愿意。"

"怎么才能不欠？"

"你只需调整一下心态，真心地尊重我、顺从我。"

"怎么才能做到这一点？"

"很简单，我认为对的，你也认为对，我想做的，你也支持我去做。别整天在我面前，表达什么哲学，表现什么风骨，弄得我好像还不如你。"

"这好像有点不好办，因为江山易改、本性难移，一个捡破烂儿的，最后的一点支撑，就是这一身的臭毛病。"

"那就说点好办的。"

“什么好办的？”

“我和黄咏梅、白雪怡的事，你少在里边瞎掺和，感情的问题本来没有对错，一有你这架天平在里边瞎起伏，好像我总是错的。”

“嘿嘿，嘿嘿……”

“你甭瞎嘿嘿，一个有水平、有能力的男人，搞搞女人又怎么了？这是干事的动力——失意时，她可以给你暖心暖肺、抚平伤口，避免你一蹶不振；得意时，她可以助情助兴、亢奋胆魄，避免你裹足不前。总之，都是好男人的再生之源，即便是大领导，也是心领神会的，所以往往是睁一只眼闭一只眼。”

“好，好，我承认你有水平、有能力，我真心服你。我保证，你愿意黄咏梅就黄咏梅，你愿意白雪怡就白雪怡，我从此之后，不再有意见。”

“这就对了。”

视察

白德臣在绳子租赁的房间里，摆了一张办公桌，放了一部无线对讲机，并在临街的门柱上挂了一块拆迁指挥部的牌子，就算是给了大兰子一个放心居住的保证。

起初，倒也像白德臣所说，只是摆摆样子。白德臣偶尔来坐坐，跟绳子一起，喝喝茶，聊聊天，就是留他吃饭，他也推辞。“忙啊！”他说。

只是有一样，让绳子有些不舒服。白德臣一到，就打开对讲机，向各个拆迁工作组喊话，要他们报告位置、汇报进度，弄得煞有介事，好像他在指挥千军万马。即便是不喊话，对讲机也开着，吱吱啦啦的声音忽起忽伏，不间断地折磨着人的耳朵，好像随时都有应急的事情发生。绳子感到聒噪，但白德臣感到惬意，他不时地朝绳子点点头，笑一笑，让绳子知道，他白德臣是事件的中心，是这片土地的主宰，你千万别小觑。

绳子觉得他很可笑，但是还要装出崇敬的样子。绳子感到，他们俩的关系变了，变得正经里有滑稽，亲密里有隔膜，真实里有虚假，很是不自在了。

空洞无物的声音听得时间久了，白德臣也觉得无聊，恋恋不舍地关上对讲机，邀绳子跟他一起视察视察工地，领略一下那沸腾的场面，看一看草民是如何被大潮冲刷的。

绳子笑一笑："我就不去了，您是总指挥，我不过是一个捡破烂儿的，实在不般配。"

"你这个人心理阴暗，见不得朋友得意，"白德臣觉得自己说得一针见血，嘿嘿地笑，"其实你从一个捡破烂儿的角度，也应该跟我走一走，因为拆迁工地上有的是破铜烂铁，淘汰的家用电器和旧书旧报、酒瓶子、易拉罐，还有碎纸盒子、不用的衣服鞋子，只要你顺势一捡，到手的就是钱，你会一路发财。"

这倒是。下意识的职业习惯，给了绳子一个助力："那好，就跟您走一走。"

走自然可以走，但绳子马上想到了一个技术问题：白德臣是领导，坐专车，他自己是个捡破烂儿的，只能骑三轮车，这样的错落，两个人怎么能走在一起？

绳子一提出这个问题，白德臣就乐了："你这个人精明得愚蠢，我说走就是走，步行。"

白德臣背着手走在前面，绳子推着三轮车跟在后边。一路走来，果然可以随时捡到能卖钱的东西，有的时候，白德臣还帮他捡。见绳子的三轮车上不断堆高，白德臣竟有了一种意外兴致，议论道："其实这捡破烂儿，也是一个不错的职业，因为城市水平越高，扔弃的值钱的东西就越多，不仅值得捡，还能过上好日子。"

"您这是新鲜，要是真的只靠捡破烂儿生活了，您就没这样的兴致了。”绳子知趣地说。

“你还甭说，万一有一天我不愿意在官场混了，第一的选择，就是跟你一起捡破烂儿。”

“您别开玩笑。”

“我真不是开玩笑，不过我所说的捡破烂儿跟你所说的捡破烂儿不是一个概念，我是要开一家废品收购公司，当董事长，聘你当总经理，我们指使别人去捡，咱们只是管理和经营。”

绳子兴奋了一下：“要真是这样，我就跟着您。”

话头一出口，绳子突然觉得，他骨子里原来也有着一些不怎么样的东西，居然会下意识地巴结人。而且，自从那天他答应了白德臣“尊重、顺从”的要求之后，他竟不知不觉地用“您”称呼白德臣了。

他们往前走着，沿路的居民见了白德臣，不少人对他点头哈腰微笑着打招呼：“白主任，您好！”“白主任，您辛苦！”而见了绳子，马上就惊愕、皱眉，有的还施以白眼。绳子很敏感，察觉到了其中的差别，而且他还知道，他之所以被轻蔑，就是因为前边这位拆迁办主任。他们对拆迁补偿不满意，心里怨恨着，但脸上还要露出巴结的笑容，因为他们还要回迁，小脖子还攥在人家的手里，不好得罪。但他绳子就不同了，在他们眼里，一个臭捡破烂儿的，无非是狗仗人势，跟在后边捡漏、捡骨头、捡便宜，真不是个东西！

这一路走得，捡了金钱，却丢了人格！

眼下的感觉真是跟以前的不一样了。以前是锈保护着铁、沙尘保护着土地、破烂儿保护着体面、三轮车保护着骑车人，可现在不同，是脱了裤子推碾子——抡圆了现眼。

他们走到一座用水泥预制板盖起的二层小楼前，原来很规整的院墙已被拆了几个洞，还算完整的一处墙面上，用红漆圈着一个大大的“拆”字。院门也基本上是个摆设，两片扭曲了的铁皮门扇，风一吹，就自己往里外呼扇。院子里一个胖大的女人一看到有一个当官模样的人走来，就端起一盆脏水，闪出门来，泼在他们脚下。

白德臣一边跳起来躲闪脏水，一边喊：“刘小胖，你成心不是？”

一个胖大的身子，居然有一个娇小的名字，绳子很想乐。

“呃，原来是白主任，对不起，对不起，请屋里坐坐吧。”看来刘小胖跟白德臣打过交道，是熟人。

当院有一只塑钢的圆桌，被一把蔫头耷脑的遮阳伞遮着，散盖上落满了尘土。刘小胖弄来茶盏，给他们沏茶。两个人坐在圆桌旁喝，刘小胖则搬过一把塑钢椅子坐在他们对面。天气虽然还没到大热，但刘小胖已经穿上了连身的裙子，好像胖女人都不怕冷。也没穿丝袜，却不停地撩动裙摆，她好像很热。由于胖得夸张，两条女人的光腿已没了玲珑的曲线，倒像是两条大象的腿。腿的颜色既白花花又黄灿灿，没有性别的诱惑，所以白德臣的目光也不躲闪，迎着她看。但绳子可受不了，把眼光盯到地缝上，他觉得这女人分明是不把白德臣放在眼上，不遮不掩地表达着轻蔑。

“刘小胖，这次拆迁，你们家是很合适的，都是三分地的宅院，除了补偿款之外，你们家还能分到三套回迁房。”

刘小胖抖了抖她的圆柱腿，也不搭话，只是撇了撇嘴。

“怎么还不满意？别人家可只是两套啊。”白德臣说。

“别人家的是平房，我们家的可是水泥预制板的楼房，按地上物面积计算，我们当然要多分套数，再说，水泥预制板是什么，是新型材料，得靠钱堆着，两项相加，我们家一点也不合适，哼！”

“平房怎么了？要从用工成本上计算，盖平房可比你盖楼房贵得多。盖平房得一块砖一块砖地垒、得一把灰一把灰地抹，再加上木料、油毡、房瓦，不仅耗的人工多，还多了许多材料费。而你们的楼房，几块预制板用车吊一吊，小半天儿就齐了，用得了多少成本？哼！”

两个人你哼我也哼，像乡下老婆斗嘴，绳子觉得这个白德臣既有当官装相的一面，也有很村俗的一面，不可爱之中，还有一点点可爱。

“既然是这样，那他们怎么不盖楼房？他们可得盖得起！”刘小胖自问自答，她自豪于身后的实力。她男人是矿上负责煤运调度的，自然富。别的有钱人都到城里买楼房，但他不选择，因为他觉得，住在乡下才能呼吸到好空气、看到好风景，而且现在的条件很容易就能解决自采暖的问题，况且抬腿就能出入，还接地气，比住城里要舒服得多。可有一样，耗钱。水泥预制板成本不高，但因为时尚，卖得贵；自行解决水热气暖的问题，也要烧钱。不怕一时半会儿，就怕经年累月，小门小户没那个底气。

这一点，白德臣自然知道，但他要灭一灭刘小胖的傲气，便说:“不是人家盖不起，是人家不像你们家那么虚荣。”

“什么，虚荣，虚荣多少钱一斤?”刘小胖故意装糊涂。

“我跟你说不清楚，”白德臣不耐烦地摆摆手，“你应该多关心一下国家大事，多长点自家之外的见识，别没心没肺地混日子。你瞧你吃得，一身肥肉，连个女人的体形都没有。”

听了这不符合他身份的话，刘小胖撇了撇嘴，站起来给他们斟茶，一边任茶水流向白德臣的杯子，一边用眼睛的余光瞥着他。

“你是区里的大干部，不用跟我们小老百姓练嘴皮子，我们家是吃亏还是占便宜不在话下，只要是按规定来，我们不认也得认，我只是想提醒你一下——”

“提醒什么?”

“听说你们在签拆迁协议的时候，补偿上搞三六九等，是不是?”

“你是听谁说的?纯粹是瞎说。”

“你确定?”

“当然确定。”

刘小胖看了一眼低着头的绳子:“嘿嘿，你，你听见了没有?”

见绳子没有反应，她便走到他跟前。他看到了两条白花花、黄灿灿的象腿不期然出现在眼前，不禁吓了一跳。那象腿又毫不停顿地向下猛地跺了一下，他干脆就被吓得跳了起来:“我听见了!”

他刚才的确是听见了，但出于对白德臣的尊重、顺从，他装聋作哑。被女人这一震荡，字句自己就蹦出去了。所以，他不由得看了看白德臣，满脸的惭愧。

“既然你也听见了，将来就别昧良心，能出来做个证。”刘小胖说。

“不用他证明，身正不怕影斜，我会自己给自己证明。”白德臣言之凿凿。

绳子替他哆嗦了一下。

“那好，那我就丑话说在前边，一旦有一天让我验证了有人在搞猫腻，我刘小胖踢不死他！”刘小胖抬起了一只大象腿，在白德臣眼前示范了一下。白花花得惊魂，黄灿灿得威严。

绳子又替他哆嗦了一下。

茶喝过了，大话也说过了，两个人识趣地告别。走出了一定距离，白德臣悻悻地说：“一个女人家家的，哪里还有点女人的样子，浑身的豪横，典型的刁民，哼！”

绳子心里说，现在你有性别意识了？刚才你可不这样，盯着人家的大腿看，以为是捡了一个便宜，没劲。

但这时的绳子又多了一种体验。一走在这遍地狼烟之中，平日里那个志得意满、运筹帷幄、呼风唤雨的白德臣，显得有些虚弱，甚至有些可笑、可悲，因为这土地上有沙砾、有岩石、有地火，容不得他欺哄，容不得他任性而为，弄不好会硌了脚、绊了腿、引火烧身。

他忍不住回头望了望，刘小胖家残墙上的那个用红漆圈起来的“拆”字，好像能动，一会儿大，一会儿小，很诡秘。

白德臣在前边走，不再说话。但他一直就那样背着手，好像还是有着满满的自信。

绳子追上他，说:“我就不跟着您走了，我车上的东西已满了，得赶紧送到收购站去。”

白德臣挥挥手:“瞧你那点出息。”

铁一般的意志

不知从哪天起，这个当摆设的指挥部突然热闹了起来。办公桌上那台对讲机发出的，也不再是吱吱啦啦的空音，而是不间断的紧急呼叫，因为前边的拆迁工地上，不断传来骚乱的消息。

这是白德臣所未预料到的，所以他不禁有些慌乱，把手下人调到身边来，做紧急应对。

始作俑者就是那个刘小胖。

她从不少途径获得了准确信息，确认在拆迁补偿上拆迁办的确搞了暗箱操作。最要命的是，那天白德臣在拆迁办接待的那个钉子户，也是个信息来源。而且他不仅提供信息，而且还敢出面作证。因为他在事后做了过程分析，识破了白德臣猫捉老鼠的游戏，便在感恩中，又多了怨恨。本来自己也是既得利益者，自尊心所受到的一点点伤害应该忍下，不过他听到风传，像他的这种情况，不仅仅他一人，但别人却没有经受他那样多的周折，即便也错过了规定的协议签订日期，也顺利地签了。在乡土上，敢对抗的，就都是有脾气的，不平之下，他骂道：

"哼，敢玩儿我！"在感恩和怨恨的纠结中，天平最后倾倒向怨恨，他不再履行保密的承诺，他站出来揭发——"反正我的补偿款也到手了，我就什么也不怕了。"

刘小胖贪恋她的水泥预制板盖的二层小楼，它让她在村子里过得很风光，有富人感觉。但是，什么样的建筑一拆掉，都是一片瓦砾，泯灭了光荣的历史。在这种心理作用下，怎么补偿她都感到不合适。她有多余的预期，到底是怎样的预期，连她自己都不知道。

刘小胖也是一个有脾气的人，虽然她丈夫劝她息事宁人，但终未生效，她决意出头，闹它一下子。

她的丈夫跟她说，横竖咱们是有钱人，而且还有发财的渠道，今后的日子还是能过得红火的，所以就别太在意眼前，因为赔偿再多也是有数的，如果自己没本事也是花一个少一个。你没看见，多了补偿款，而少了亲情？多少个拆迁户，为了一点补偿款而父子成仇、夫妻成仇、兄弟成仇，甚至家破人亡。眼前就出了两起杀人案，一起是儿子杀老子，一起是女婿把岳父岳母一家灭门。你没看见，无志小民，手里一有了钱，就沾染恶习，赌博、吸毒，转眼间就把钱赌光了、抽光了。这有多惨！惨就惨在他们愚昧、不明事理——一拆迁，是立马就来了一笔大钱，但他们就没想到，土地是他们最后的生产资料、生存资源了，说严重点，那是绝户钱。绝户钱再不算计着用、珍惜着用，他们还哪里有未来？而我们是有未来的，我在国矿里大小负点责任，有晋升的空间，而你又年轻，又有魄力，将来可以用赔偿款开家饭馆，既当着体面的小老板，又钱生钱，风光的日子还是属于你的。

刘小胖也觉得丈夫说得在理，但还是说："你说的我都懂，可我就是咽不下这口气，他红口白牙地说瞎话，还教训人，他怎么就那么牛屄！"

她丈夫以为她真是气不过、叫死理，便说："你咋呼咋呼就得了，可别真的去纠缠，在矿上，我好歹也是在组织的，别让他到矿上去找我们领导，说我破坏城市建设。"

"我就说你什么都不知道，是我个人在意气用事。"她说。

有一点，她丈夫是真的不知道，白德臣随口甩的一句闲篇，即说她没心没肺，吃得一身肥肉，连个女人的体形都没有的话，让她久久地耿耿于怀。女人什么都能容忍，就是性别上的歧视不能容忍。白德臣触碰到了女人最忌讳的部位，一不留神结下了梁子。

于是，到了拆迁的最后期限，刘小胖突然宣布，她不拆了。问她为什么，她回答道，原因很简单，赔偿不合理。怎么不合理？也是很简单，补偿标准不统一。

拆迁公司的人说，我们可不管合理不合理、统一不统一，你既然已在拆迁协议上签字了，就意味着你的楼房可以拆除了，我们只需按着指令拆。

两台推土机轰隆隆地开到她的门外，轰隆隆地张开巨大的铁臂。刚一触动，用红漆圈着"拆"字的那堵残墙就轰然倒塌，链轨轧过瓦砾径直冲向楼房主体。

刘小胖急了，大喊一声，冲到推土机前面，直挺挺地躺在地上，摊成个"大"字："你们要想拆我的房子，就先从我身上轧过去！”

拆迁公司的人瞬间蒙了，赶紧用对讲机呼叫拆迁指挥部。指挥部收到呼叫的人也不知道怎么处理，赶紧去找总指挥白德臣。

白德臣正跟绳子兴致勃勃地喝茶，听到报告，他先是眉头一皱，很快就哈哈大笑，对绳子说：“你看见没有，激动人心的战斗就要开始了。”

他接过对讲机呼叫道：“请扼要地说明情况。”

对方说：“刘小胖人躺在推土机前，说要想拆迁，就先从她身上轧过去。”

他说：“那就把她架走。”

对方说：“我们是想架走，但我们的人一接近，她就呼天抢地地喊，说我们耍流氓。”

“还耍流氓？就她那身肥肉，还以为自己是金枝玉叶啊，甭客气，架走。”

“但她究竟是个女的，不小心会被讹上，就像裤兜子抹黄酱，不是屎也是屎。”

“你哪来那么多俏皮话，甭害怕，架走。”

“万一留下话把儿怎么办？”

“留下什么话把儿？我们这叫执行公务，遇到干扰，必须强制执行。”

“但我们只是拆迁公司，没有执法权。”

“你拆迁公司代表谁？代表的是政府，那么政府有没有执法权？”

"但政府究竟不是法院。"

"政府就是法，法就是政府，再说我们已跟她签订了拆迁协议，协议就是执法依据。"

"这？"

"这什么这？如果你连这么小的事都处理不了，你干脆就别干了，我们换拆迁公司，我们身后有的是下家儿。"

"好，那我们就不客气了。"

接下来就没了回音。

事情发生在早晨，不知不觉就到了午饭时分，白德臣对在身边看稀罕的绳子说："在你的家里，还不去弄点吃的，顺便再弄点酒。"他觉得事已经摆平了，有理由庆贺庆贺。

饭菜和酒就摊在绳子房间的办公桌上，白德臣正跟手下的几个人推杯换盏，门哐地就被人踢开了。

随声扑进一个人来，裹着一团胖大的风。

正是那个刘小胖。

刘小胖胖大的身子往地上一立，立刻就把几个人的目光遮蔽了。他们看不到别处，满眼都是她的身子。他们看到，刘小胖的连身裙被撕破了，条缕纷披着，像非洲野人的草裙。为什么是非洲野人？因为她大面积裸露的两条大象腿，既不是白花花，也不是黄灿灿，而是黑乎乎。她是在土地、泥地里经历了足够的翻滚之后，挣脱了绑架，长途跋涉而来。

她站在那里，怒目而视，阔大的胸膛起伏着洪大的呼吸，似是爆发的前奏。

是酒肉的气息诱发了她的爆发，她冲上前去，一把将桌子掀翻了。“你们欺人太甚！”还伴以巨大的吼声。

其余人都躲闪，只有白德臣看了绳子一眼之后，迎了上来：“你要干吗？”

“为了我被推平了的楼房跟你要个说法！”嘴上说着要说法，但送与的却是肢体的动作，她薅住了白德臣的头发，跟他撕扯在了一起。

白德臣瘦，身块儿小，便始终被胖大的刘小胖牵引着，东倒西歪、前仰后合，像被耍弄的猴子。本来有所顾忌的白德臣，这时被激怒了，他开始为尊严而战，奋力还击，大打出手。

拳头虽密集打在女人的头脸、胸腹，却是一片钝音，好像这房间里没有是非，恶毒很快就被空气消泯，不生出悲悯。这更让恶毒张目，白德臣乘势又向女人掴出了一阵耳光，刘小胖被打翻在地。

她想起身迎战，却被身重困扰，几经努力还是不能跃起，羞惭之下，她索性躺倒，用性别优势上演撒泼：“白德臣，你要流氓！白德臣，你要流氓！”她一边叫着，一边又把自己身上的衣裙多撕出了几根条缕，她要加重撒泼的分量。

这让绳子心中一顿，你这叫什么，你这样做，在他白德臣的眼里，究竟有多少分量？只能使自己陷入被动。他表达的是小民才有的类似自责的同情。

叫声引来了秀姑和大兰子。

大兰子看到一个衣不蔽体的女人躺得一地白花花、黄灿灿、黑乎乎，惨不忍睹，便内心锐痛：“闺女，谁欺负咱了，快随大娘起来，咱坐下来好好说。”她首先想到的是羞耻，其次是论理，她不相信一个普通人家的女子会跟官场上的人无理狡赖。秀姑则瞪了白德臣一眼：“甭说你是区里的干部，就说你是个大老爷们儿，无论如何也不能这样对待一个女人，你还是不是人？”她首先想到的是不仁，其次是本能的愤怒，她认定，白德臣就是在仗势欺人。

“我跟你们说不清楚，”白德臣不在乎地一笑，然后仰坐在椅子上，揿动着手机往外边打电话，“喂，克军呀，我这里有个妨碍公务的，你赶紧过来一趟，处理一下现场。”

很快，警车渐近，吴克军赶到了现场：“白哥，不，白助理，怎么回事？”

白德臣指了指躺在地上的刘小胖：“就她，不仅打砸拆迁指挥部，还恶意栽赃污蔑公务人员，赶紧把她铐了，拘她几天。”

吴克军上眼一看，就知道到底发生了什么，趋到白德臣的耳边，耳语了一番。

白德臣咕噜咕噜喉咙，噗地吐到地上：“啊呸，什么裤兜子里抹黄酱不是屎也是屎，即便真是屎，我也给它抹成黄酱，你什么也别怕，执行吧。”

绳子心里又是一顿，这个白德臣，什么时候变得这么狠了？他不寒而栗。

秀姑和大兰子下意识地上前阻拦，白德臣大为不悦，吼道：“绳子，你是干什么吃的，别让她们往里头瞎搅和。”

绳子上前拽住两个女人：“咱们回屋，咱们回屋，这里的事跟咱们没关系。”

发威

刘小胖被铐进派出所之后，当天晚上就放了。

她男人毕竟是场面上的人，能请到矿领导出面交涉。再说她不过是农民式的阻拦和撒泼，没有什么严重的违法情节，房子也拆了，人也震慑了，白德臣也乐得就坡下驴。

刘小胖随丈夫出了派出所之后，执意要到拆迁现场看一看。当她看到朝阳下还葱葱玉立的一座风光小楼，暮色中已被夷为平地，变成一片碎砖烂瓦，她忍不住放声大哭。

在丈夫的百般劝慰下，她终于止住了哭声，却狠狠地撂下了一句话："我跟他们没完！"

这是土地上的宣言，她的丈夫懂得这其中的含义，便什么话也没说。

不久之后，就波澜涌起，此起彼伏。

这一次，刘小胖改变了策略，不再径直地为自己争长道短，而是向村民们传播真相，激起群体的愤怒。

一如池水一旦打开闸门，就会变成奔涌的激流，那些表面顺从的农民也开始反抗。一部分本来已答应了拆迁，而且也把家什都搬进了临时安置房的村民，此时也停止了配合的动作，他们赖在家里不走。既然你们可以花钱买拆迁、花钱买稳定，那么，你们也要向我们买。因为不是我们不顺从，而是太顺从，而你们自己把顺从的基础——公平，在暗下里抽去，我们就没有了顺从的理由。

拆迁公司的人，受到大面积的阻拦，拆迁指挥部办公桌上的对讲机就响声不断。

与此同时，还有一拨一拨的人到区政府大门前请愿，打着横幅，横幅上写：还我拆迁公平。

这惹怒了区长，他把白德臣紧急召来，训斥道："我问你，你还有没有履职能力？如果没有，对不起，让有能力的人上。"

现在的白德臣由于经历了截访、铲访的历练，有了沉着的心理素质，他对区长说："临阵换将是兵家大忌，您是高人，绝不会施此下策，您这是在刺激我，让我有点出息。俗话说，解铃还得系铃人，要把事情办好，除了我还真没有更合适的人。您还得信任我，因为我一直在拆迁现场，情况熟，门儿清，自有办法。您就放心吧，眼前这点小小风浪，很快就会平息，您不必牵挂。"

"怎么平息？一传十，十传百，不久就会传到市里，市长就会对我问责，让我怎么应对？"区长说。

白德臣平静地说："拆迁对于农民来说，就是从他们身上割肉，疼痛之下，他们必然会有些激烈反应，所以您也要有相应的思想准备，也要能扛事。我这话也许您不爱听，但确是实话。眼下您要给我时间，有一点耐心。您夏天在月下乘凉，耳边不也是有几个蚊子嗡嗡叫，在惬意的同时不也得挨几嘴咬？咬得痒了，拍就是了，大可不必动怒，一动怒，就败坏了兴致，就不风雅了。”

反批评的话被白德臣说得这么幽默、风趣，区长也就没了脾气：“得得，你也别耍贫嘴了，你赶紧回去，加大力度，让拆迁工作尽快落地，这里的几个访民我给你摆平。”

在区长面前风趣，回来之后，白德臣就不幽默了，他相信，要想平息风波，没别的办法，只有动真的、下狠的，施以铁血。

他召集指挥部成员、拆迁公司老板和派出所所长吴克军开了个紧急会议。

他说，最传统的手段也是最现代、最先进、最有效的手段，这在我们完成截访任务的时候已得到了最有力的证明，从现在开始，你们要继承传统、弘扬精神，去驱赶、去威慑，让他们从最后的堡垒中乖乖地滚出来、举手投降。

这些人好像就等着他的这一声号令，好让自己按捺得太久的激情得到痛快淋漓的发泄。所以他们齐声称是，群情激奋。

“去吧，”白德臣大手一挥，“我就在这前线指挥部里二十四小时坐守，随时听取你们的汇报。”

从这天起，整个詹庄地界，一到了夜黑时分，又出现了大批的蒙面客，他们入室行窃、隔墙打砸，弄得鸡犬不宁，一片恐怖。

附近村庄的人也感受到了这种恐怖，耿耿长夜，辗转难眠。但是他们心里明白，这些蒙面客的目标是那些赖着不走的钉子户，只要他们老老实实地待在屋里，不出门去管闲事、看热闹，贼就不会登堂入室，砖头瓦块也就不会砸到自己的头上。

在这强烈的恐怖威慑下，钉子户的意志还真的被瓦解了，他们纷纷退却，陆续搬走。因为他们对这恐怖之源心知肚明，虽然气愤，但却没有能力汇集成一股力量，去据守，去冲锋陷阵。也在于这是一个看不见对手、看不见战壕的无物之阵。这个无物之阵，包含着冠冕堂皇的城市建设规划、字句严谨的拆迁补偿协议、勾画曼妙的新生活愿景和依法依规的显性原则，无可挑剔，也无从质疑。即便是挑剔，也是挑剔在布局之中；即便是质疑，也是质疑在预设之处。便本分也是非分，有理也疑似无理，是一场早就被命名了非正义性质因而不可能打赢的战争。

但也有出人意料的尾声。

几个本来已经搬走，房屋也早已被推倒，连宅院的树木也被砍伐殆尽，整体上已全没有了居住痕迹的拆迁户，也趁机回来找后账。他们在原址的废墟上，用简易材料搭建起了棚屋，象征性地燃起了炊烟，向拆迁办想当然地要该欠他们的利益。他们现在才明白了一个道理：会哭的孩子有奶吃，会立擂的有饭吃，不能太听话，不能太老实。太听话、太老实的人被别人看轻，不仅被贱卖，还帮助买主数钱。而且轻易地就出让了公民的权利，也在其他公民那里失去了地位和尊严。刘小胖就埋怨他们："叫你们拆，你们就稀里糊涂地拆，签协议之前也不问问底价！"他们说："底价就在明面上写着，还问什么问？"刘小胖说："你们真傻，摆在明处的底价还叫底价？"

他们好像突然明白了，棚屋就在地平线上扎下，身矮也似屹立，滑稽也似庄严，错过也似逢时。

白德臣听完对讲机中的汇报，尚因自得而红润的脸庞唰地变得铁青，他嘴唇哆嗦着，莫名其妙地喊了一声：“绳子！”

绳子应声赶到：“领导，您有什么吩咐？”

白德臣一愣，好像迷途知返：“对你能有什么吩咐，滚蛋！”

然后他向对讲机里喊道：“你他妈的还有没有脑子，对这种人你他妈的还有什么顾虑！他们既然已拿到了补偿，宅基地就已经归属国家了，在公家的地上盖自己的房子，性质就变了，那是非法占地，搞违章建筑，这一点，没他妈的可置疑的。”

他揿了一下对讲机，听到对方一个迟疑的声音：“那我们怎么办？请您明示。”

白德臣把对讲机往桌子上一摔：“都他妈的怕担责任！”摔过，又捡起。“你给我听好了——”

他对着话筒明示道：“你们把棚子里的人给我拖出来，然后把推土机开上去，给我推平了、碾碎了，一点也不要给我留客气！”

想不明白

白德臣的冷酷和无情，短短的几天，绳子都悉数见证了，所以他不免心惊肉跳。

一直以来，白德臣给他的印象，总体上是好的。他对人亲切、随和，见到什么人都打招呼、主动说话，没有官员摆架子的臭毛病。还有同情心，乐于助人，比如，他帮助自己寻找住处，一有机会还跟他聊聊天，一起喝喝闲酒，是一个很生活化的人。他还是个情种，身边一有好看的女人就动心思，也不顾兔子不吃窝边草的古训，任性而为，很不讲究。在处理跟女人的关系上，他瞻前顾后、优柔寡断，不过，这也正好证明了一点：他心眼软。他没有什么不凡的见解和过人的智慧，只是有一点小聪明、小心计，却自视甚高，喜欢夸夸其谈。这虽然不免可笑，却是普通人的朴实，让别人不戒惧，愿意跟他交往。他不得志，又从不认命，便心情抑郁，爱发牢骚，有些玩世不恭，让人感到，他多少有些不成熟，不像是一个有相当的阅历、一直在官场里混的人。这也没什么不好，反而多了小民性情，让人感到他很真实。但这就是亲和力，让人从他身上看不到高低，感受不到压力，能平等相待，有什么话也敢跟他说。白雪怡动不动就说要举报他，其实真的没必要——因为不得志而搞搞女人，人们并不以为恶，反而理解和同情；就他的优柔寡断，在金钱上，也不过是常在河边走顺便湿湿鞋，捞点小油水，不会大贪。如果真贪，必然有底气送，也不会一直被边缘化。外人看来，他疑似清廉。

就是这么一个人，怎么突然变得强势、果断、冷酷、无情了呢？

绳子百思不得其解，很挠头。

挠挠头，绳子想到，自己才跟他认识了几天，只看到他的表面，而不知其既往。人们常说，要想真正认识一个人，要了解他的历史，就像恩格斯评论路德维希·费尔巴哈时说的那样，他之所以深刻，因为他终结了黑格尔的唯心主义哲学，有了可贵的历史唯物主义眼光。难道他历史上就是这样的人？

但认识每一个人都是从中间介入，即从眼前开始，因为社会历史有人记录，一个人的历史连他自己都不曾记录，你便没办法进入他的历史。而且，他的前天是一个样子，他的昨天又是一个样子，每天都在变化，都在不停地自我否定，你找不到真实的依据。所以，绳子又觉得，了解不了解白德臣的历史，其实是没有必要的，必要的，还是要立足眼前，从他的现实处境和经历中寻找答案。

现实的状况是——

白德臣不幸陷入了感情的困扰，在白雪怡和黄咏梅之间他无力做出决断，僵在了那里。

对自己长期边缘化的处境，他又难以承受，有改变的强烈意念，而他的感情生活，起初是解药，后来是毒药，成了制约他改变的纠结和障碍。他自身无力化解，需要借助一个冥冥之中的外力。

正在此时，有了地区城市建设的启动，给他提供了一个走出边缘化的现实机遇，他当上了区长助理、拆迁办主任。

拆迁办主任给了他一个作为空间，也使他有机会接触上层，这疑似是潮流给他漂过来的一根稻草，他必须牢牢抓住。

在这个过程中，他的潜能被意外地激发，并且得到了上层的赏识，给他递过来一个香喷喷的大馅饼，即上位的许愿。

于是，一直沉睡的野心变成了清醒的欲望。欲望是一种不顾一切的力量，朝着目标挺进的路上，他不能再迟疑、再脆弱、再怀柔，他要披荆斩棘、摧枯拉朽。

这种力量的底色，就是强势，就是冷酷和无情。

说到底，是欲望的驱动，诱发，不，是激发了白德臣人性的另一面。

绳子分明感到，这种陌生化的出现，毫无征兆，以至于白德臣自己也没有意识到，所以他一边表现冷酷，一边又觉得无辜，情不自禁地叫骂，毫不愧疚地狠。

绳子觉得自己分析得有道理，所以心中又是一阵心惊肉跳。

但今日的白德臣毕竟不再是昨日的白德臣了，接下来，如何跟他相处呢？

绳子有几天闷闷不乐。

有一天，秀姑把他叫进自己的屋里，说：“你跟他们搅在一起干什么，他们很忙，没工夫搭理你，还是跟我聊聊天好，我很寂寞。”

秀姑好像已有准备，饭桌上放着一碟炸花生米、一碟盐渍卤水豆腐、一碟火腿拌香芹，当然也少不了一碟切细致了的糗萝卜。她拿出一瓶衡水老白干，说：“工夫都是咱们的，就好好喝几盅。”

绳子喝得很谨慎，总是象征性地抿，因为他不知道秀姑的葫芦里到底卖的是什么药，他得防身。秀姑一笑：“你尽管放心地喝，我不会怎么着你，男女幸乎，也得有气氛，这帮大爷整天赖在这里，乱乱哄哄的，谁还有那心思？就是想跟你喝喝酒，随便聊聊天，因为我有一肚子的话想跟人说。”

绳子说：“巧了，我也有一肚子话，正想找人说呢，那咱们就也别藏着掖着，说吧。”

秀姑说：“你说这帮大爷要干吗？既然是为老百姓办好事，为什么不与人为善、心平气和，商量着办，而是把拆迁户当作对手、当作敌人，使计斗狠，弄得乌烟瘴气。”

绳子说：“我也不知道为什么，只感到他们的做派并不像为老百姓办好事，而是另有所图，让人很不舒服。”

秀姑说：“你也是的，怎么把他们弄到咱们宅院来了，有些事不想看也得看、不想听也得听，真是叫人凄惶。”

绳子说：“也是一点私心，想让咱们宅院待得长久一点，省得大兰子再淘换新的住处，你也知道，现在租间房子可有多贵，即便是不怕贵，能租到像你这样合适的地方也很不容易。”

秀姑说：“是大兰子把你留在这儿了，不，也是我把你留在这儿，我要是把房租定得贵一些，兴许你也早就搬走了。”

秀姑的话有些暖意，让绳子不免感动，就放下了平日的芥蒂，愿意跟她往深里说说。他说：“我就不明白，这个白德臣横竖也算个朋友，好赖也交往了一些日子，他原来可不是这个样子，笑模笑样的，有情有义的，不是个狠角色，你看他现在可有多浑，我都为他感到丢人。”

秀姑说：“这就怨你了，你自己与人为善，就总是往好里想别人，以为他跟你一样，其实他原来就这样，只是没到露相的时候。”

绳子摇摇头，说：“我可不这样想。”

秀姑一扬眉，问：“你怎么想？”

绳子说：“是别人给了他贪念，他们答应他如果把事办漂亮了，就让他当副区长。这就等于在长竹竿上给他钓了一块大馅饼，先是往低里放一放，让他很容易地就叼上了一口，逗起了他的兴致；然后再往中腰里提一提，让他得踮踮脚才能再叼上一口；见他兴致大起，就把竿子往高处举了，他要想再叼上，就得拼命往上蹦。既然费劲了，他能不蹦吗？不能了，他已经再也压不住自己的心性了，即便是蹦死了，也要蹦。如果谁阻拦他蹦，他就吼谁、咬谁，就像疯了一样。”

“你可真逗！”听了绳子的话，秀姑哈哈大笑，但她很快就摇摇头，说道，“你也许说得对，但我认为，还在于他自己，他骨子里就有上蹦下跳，吼谁、咬谁的秉性。”

“你怎么就知道他有这种秉性？”

“你忘了，我是仙儿，我不仅能占卜，还能给人看相。”

你躲他们远点

秀姑告诉绳子，在她们老家，有点年纪的人都爱看一本叫《麻衣神相》的书，她虽然看不懂，但总是听老人们讲，听来听去，也就懂得了其中的道理，要诀也就记在心里了。当仙儿以后，也学着用，用来用去也就变成了自身的一种技艺。

她说，这种技艺的要义，是通过一个人的长相、身体特征识别他这个人。也就是说，一个人骨子里的东西，会反映到他的长相上来。心地善良的人，必然是唇红齿白；心地宽阔的人，必然是方头大脸；心地智慧的人，必然是天庭饱满；心地纯净的人，必然是浓眉大眼；心地刻薄的人，必然是尖嘴猴腮；心地邪恶的人，必然是獐头鼠目；心地淫荡的人，必然是眉来眼去……以此来判断人，几乎是十拿九稳。因为长相就是心象，这一如堰田里的庄棵：谷穗低头，就是实了；辣椒红了，心里就辣了；白薯埂裂了，就是熟透了；玉米仓皮了，肯定不长了……里边的成色，决定外边的相貌。

她又说，一个人的身块儿，是人的另一张脸，也能看性情：身子矮的人，心眼儿多；细高挑的人，不活泛，认死理，俗称一根筋；五大三粗的人，肯定是没心没肺；身材周正的人，为人做事都一板一眼；小脑袋大身子的人，自私；腰胯下坠的人，自卑——因为这里边有被生活验证了的道理，所以甭说我们当仙儿的，就连一般的人，遇到一个人，也能上眼一观，顺口就说出他的品性。由于顺口，就类似歌谣。比如，上身长下身短——不是奸就是懒。这是看男人。又比如，屁股大腿儿短——不是嘴馋就是淫懒。这是看女人。还比如，抬头的老婆低头的汉——不好惹，薄嘴唇儿亮眼神儿——信不过。这是看平生。

秀姑最后说，总的说来，干我们这一行不怕你长相突出，就怕你长得没特点，因为我们不是从优点而是从缺点，更主要的是从你的身体（生理）缺陷上看人。不瞒你说，有两种人我们不好判断，一是从面相到身块儿都好得挑不出毛病的人，二是从面相到身块儿不好不坏囫囵不清的人。所以，每一遇到这两种人来找我们算卦、看相，我们一般都谢绝。谢绝不了，我们就哼哼哈哈，说含糊不清、模棱两可的话。就比如我们手里握着一只活家雀——我问你是活的还是死的，你要是说活的，那么我就在手心里把家雀暗暗捏死，然后摊开手让你看，岂不就是死的；你要是说死的，我便马上张开手，家雀扑棱翅膀就飞了，岂不就是活的。这叫什么？这叫两头堵，是干我们这行的保命绝技。

绳子听得脑袋发涨，赶紧摆摆手："够了，够了，咱们还是转过头来说白德臣吧。"

秀姑说："不让你明白明白我们的道行，怎么说白德臣？"

“别神吹六道了，我已经多少懂了些，所以你现在就赶紧说吧。”绳子催促道。

“你跟白德臣交往了这么长的时间，你留意过他的面相没有？”秀姑问。

绳子摇摇头：“交往就交往，我留意它干什么，累不累啊。”

秀姑说，你看白德臣的面相：眉毛短粗，一皱眉就凝成疙瘩；他的眼窝深，眼珠子像藏着，但一看人的时候，马上就向前凸出来；他的脸颊无肉细长，典型的刀子脸；他的耳朵很小，还往里背，猛地看，像无耳；鼻子尖尖，鼻子头上有钩，但一笑时，钩子就没了，好像鼻子马上就短了一截；他嘴唇薄，却笑不露齿，好像笑声是直接从喉咙里扔出来一样。你别看他有这么一个紧张的长相，脑袋却很大，头发却很多，浓密得像扣着一只锅盔。你再看他的身块儿：全身精瘦，上身长下身短，脚却很大，胳膊也长，长到能够着膝盖，但手却很小，指头也细，摊在桌面上一根是一根的，既能捏针，也能往肉里戳。你再看他肉皮子的颜色，灰不灰白不白的，好像能随着眼前的光亮来回变，一会儿是灰，一会儿是白，横竖让你吃不准。

听了秀姑的描绘，绳子很惊异：“你只不过时不时地见他一面，怎么看得这么仔细？”

秀姑说：“这是当仙儿的基本功，不用刻意看，瞟上两眼就够了。”

“你从他的面相和身块儿上都看出了什么？”

“十个字，‘奸懒贪私阴、淫冷虚滑狠’。”

“听你这么一说，他浑身上下、里里外外，好像没有一处好，我怎么就没有看出来？”绳子说。

“你是什么人？里外透明，毫无心计，也从不琢磨人，”秀姑对他上下打量了一番，“你看你的长相和身块儿，大鼻子大脸、长胳膊长腿，上下一般粗，肉皮子的颜色白里透红，还胖搭搭的，一看就是个直筒子，什么阴损蔫坏都不藏，喜怒哀乐都写在脸上，也就把什么人都当成好人，从不把人往歪里想。”

“那倒是。”绳子心里很舒服，不禁看了一眼秀姑，觉得她这个人长得一点也不丑，眉眼之间，不知什么地方，长得还有点像大兰子，是那种不起眼的端庄。

“也不怨你不会看人，因为白德臣善于隐藏。”秀姑接下来就说了一些让绳子似懂非懂的意思——

他奸得像忠厚，懒得像勤快，贪得像无心，私得像公允，阴得像端庄，淫得像重情，冷得像稳重，虚得像谦卑，滑得像实在，狠得像果断。这老天爷也不长眼，类似对他垂顾，从长相上就给他遮掩，让好心人看着可怜，丑上之丑就美，冷上之冷就热，贪上之贪就廉，狠上之狠就柔，就谁也不往坏处想，认为他普普通通、平平常常。所以他一有反常的表现你就吃惊，本能地就怨外界，还要往前捯饬捯饬他的历史，看他经受了什么样的打击和挫折。捯饬什么？他本性就那样，就像伪装了的狼，再善于伪装，情急之下，也会露出尾巴。

咂摸着秀姑的意思，绳子嘀咕道：“依你的意思，他白德臣现在的表现，在以往里也是这样的，这就是他的本色？”

秀姑点点头。

绳子突然想起了他在读《路德维希·费尔巴哈哲学论文选》

时，作者曾经引用了黑格尔的一句话：没有历史，只有循环。那么，循着黑格尔的逻辑，他白德臣的今天就是他昨天的再现，只不过今天比昨天表现得更突出、更明显。

因为绳子找到了哲学的支撑，对秀姑说的话，他开始信了。

有白德臣做下酒菜，两个人的酒喝得很好，绳子甚至还喝出了一点相知的味道。秀姑毕竟不是一般的女人，她从巫术到生活，比别的女人联想得多、琢磨得多，体悟出的东西也就比别的女人多得多。她是个可以对坐并进行交谈的人。但是几乎是同时，他也不免生出了一点担心，担心自己不知不觉地和秀姑越走越近，生出一些意想不到的枝蔓，影响了他和大兰子的感情。

“我今天跟你坐坐、喝喝酒，除了说说白德臣，还有个意思，是跟你告个别，因为我要离开这儿，回山里去了。”秀姑突然说。

这是绳子没有想到的，他一惊：“你的家就安在这里，也过得好好的，为什么突然要回山里？”

秀姑说：“我也不想回，但现在这里已是是非之地，让我住得不踏实。你看，这里拆得一塌糊涂、狼烟遍地，政府的人还用那么恶劣的手段对付老百姓，坑蒙拐骗偷、打砸推搡搂，这让我看不惯，心里很不舒服，我想离他们远远的，眼不见为净。不然的话，我会管不住自己，会撒疯使巫，惹出事端。而我又这么大岁数了，还是个老寡妇，禁不住磕碰了。”

绳子说：“说句你不爱听的，你当仙儿，占卜、做巫，不也是弄得那种故弄玄虚、坑蒙拐骗的招数吗？你能容忍得了自己，就不能容忍他们？”

秀姑说：“你这就是大不敬了，我们的招数虽然也让你看不惯，但是我们的本心是好的，就是一个大写的字：善。故弄玄虚是医心，让问卜的人得到他们想得到的安慰；坑蒙拐骗是治病，让求药的人拿到他们起死回生的方剂。即便是虚，也能让他们得到心安之实；即便是假，也能让他们从绝望中看到希望之真。这与白德臣他们的做法有做根儿（本质）上的不同，他们是打着为老百姓的幌子填捂（满足）自己的小九九，以行善的名义发泄自己的怨气，这让我难以容忍。咳，我一个农村老寡妇容忍不容忍的算个什么，我是自己不能承受，看着就心窄，所以我得往宽处走。”

从平原的大道通衢走回深山的羊肠小道，窄处却是宽，绳子意外地从草民身上感受到了哲学，他忍不住乐了。他问：“你山里还有什么人？”

“就还有一个久未联系的娘家大哥。”

“山里可穷啊，又没有来钱的道儿，你拿什么养活自己？”

“这几年山里退耕还林，搞什么生态涵养，国家发给米面，有粮食吃。而且每户还给一个护林员的指标，工资虽然不高，油盐酱醋还是买得起的。山场上野菜和药草又多得是，只要是勤快，也能挣点活钱贴补家用。你看看我，身膀还硬朗，腿脚又好，不会是靠人养活的闲人，我哥他不会嫌弃我。”

“那你这里的一缸腌糗萝卜可就搬不走了。”

“你以为我愿意搬？说是我爱这口儿，它不过是我当仙儿的幛子（道具），欺骗别人也欺骗自己。山里头有的是蔓菁、地萝卜，正可以腌新鲜的，嘿嘿，我也该换换口味了。”

“你走了，我们怎么办，一是不习惯，二是……嘿嘿，会想你的。”

“甭他妈的装蒜，你会想我？你巴不得我赶紧从你眼前变没影儿了，你好专心跟大兰子幸乎。说到这儿，我倒劝你一句，等我走了，你就大大方方地跟大兰子住在一起吧，你没听说，老头儿配老婆儿——早晚那点活儿，老年婚姻就是那么回事，甭怕别人说三道四。”

“嘿嘿，这不用你操心，你就照顾好自己吧。”

“这倒还算是一句有仁义的话，我就最后嘱咐你一句，你躲白德臣他们远点，他们这么干，早晚得弄出乱子。别他们杀了人，再溅你一身血，恶心不恶心？”

“行，我记住了。”

“你必须记住，因为我看了，白德臣他这个人主凶、主晦，他不会发达，没什么前程。如果你这还不懂，那么我给你说一句你听得懂的——俗话说，你念叨什么就有什么，你跟什么人就有什么命——他白德臣整天跟你一个捡破烂儿的搅在一起，还同进同出的，那他将来肯定也会沦落成一个捡破烂儿的。嘿嘿，你要是不信，咱们走着瞧。”

咱就在一起吧

秀姑回山里了，大兰子的女儿和小燕子也跟着走了。小燕子正好放暑假了，她母亲赶紧带着她去投奔她的父亲。大兰子女儿说，现在这个宅院，乱哄哄的，没有一天清静，孩子怎么能安心写作业？再说，这些人整天咋咋呼呼、骂骂咧咧的，会吓着孩子，而且对她的影响也不好。她父亲在单位大小还有一间单人宿舍，就挤在他那里吧。

这里就成了没有房主的宅院。

白德臣乐了："这很好，指挥部的同志都很辛苦，房东住的那几间房子，可供我们休息休息。"他也对绳子说："你也就别掩耳盗铃了，大大方方地陪你的老相好的去吧。"

受白德臣的怂恿，绳子怯怯地对大兰子说："咱就在一起吧。"

大兰子低头看着自己的脚尖，似有似无的一个声音："好，就听你的。"

宅院的西北角，有一棵高大的老香椿树。一入夏，香椿就老了，细长的叶片是深绿的颜色。秀姑在的时候，大兰子不敢有想法，秀姑不在了，她有了一个主意：她要让老叶子返嫩，然后做成一道埋藏在记忆中的菜。她让绳子把那些老叶子从树上掰下来，放在沸水里焯，焯过一袋烟的工夫，捞到一个大铝盆里，用清水浸泡。至少要泡上三天三夜，中途要换几次水。绳子爬香椿树的时候，大兰子就在树下看。绳子的动作让她心里起了一层类似感动的小波澜，因为绳子即便已变老，但他还是能很灵活地爬到树上去，人到了高处还能往下扔媚眼，不嘘不喘。只有山里的男人才善于爬树，只有年轻的男人才能爬得灵活，绳子便还是故乡记忆中的那个年轻的绳子，她感到美好。

老香椿叶子浸泡到了时辰，大兰子把它捞出来，双手紧攥，挤去汁水，然后放到案板上切碎。切碎了，还要再放一放，说是要散散里边的涩气。接下来她用热油炸辣椒，待辣椒一开始变黄，就马上熄火，扔进去一把葱花。随着刺啦一声响，赶紧把切碎的叶子扔进去，将辣椒油的香味盖住。放盐，搅拌，出锅，装盘。

她从筷笼里抽出一双筷子，笑着递给绳子："你尝尝。"

绳子一尝，眉眼霎时就扬起来，叫道："好吃得要死哩！"

虽然已在平原生活了那么久，但是也没有荒废手艺，呈给他的，还是过去的味道，醇醇厚厚的，一点也没有走样。他的眼睛灼亮灼亮的，一点也没有减少年轻时的力度，并且眼前幻化出一个图景：一个年轻的女子就站在他眼前，笑眼、细腰、翘臀，两条长辫子被臀子稳稳地托起，惊心动魄。

他的一声叫，让大兰子脸红了："邪乎！"

"怎么邪乎？就是好吃得要死嘛。"

这一声补充，其实就是大兰子想要的，所以她盯着他笑，笑眼儿一剜一剜的，好像幸福的到来让她无法承受。

“这么好的吃食，搁以前，得配有专门的嚼口，比如新蒸的棒子面窝头。”绳子说。

大兰子努努下巴，示意他朝锅灶那里看：“你掀开笼屉，看看是什么？”

掀开笼屉，居然就是一屉窝头，个子停匀，似挨非挨地码在那里，每只窝头上，还留有捏时的手印，即便是蒸熟了，也不脱落。可以想见，大兰子可有多么用心，窝头要蒸得瓷实，不能散。

他感受到了她隐忍的也是明显的情意，眼圈红了。

因为他们有相同的口味，很贪婪地吃在一起。由于感动，绳子的喉头痒痒的，忍不住哽咽，像被窝头卡住了，憋得满脸通红。大兰子说：“你吃慢点，没人跟你抢。”

他们独享二人的世界，好得很不真实，便不由得彼此嘲弄。

“不就几把老香椿叶子嘛，看看咱们俩。”

“外人看了怎么想？一个字，贱。”

“贱就贱吧，都这把年纪了，还能贱几时？”

他们觉得好日子来得晚，还短，不免有些忧伤，彼此眼巴巴地看着对方，似乎又熟悉又陌生。

“别瞎想，吃，吃。”

“好，不瞎想，吃，吃。”

好吃食落了肚子，两个人都觉得把对方装上了，不约而同地走进里屋。里屋的被褥早已打散了，平平展展地铺在那里，好像就等人来，好压在上面。

绳子忍不住在大兰子的腰上拍了一把："你……"

这一声"你"让大兰子有些羞臊，她转身又走回外屋。

她对跟出来的绳子说："放着正经夫妻，你说，这时候应该干什么？"

"这还用说，当然是刷锅洗碗，停当家伙，停当完家伙，当然是停当猪狗，赶它们入栏。"绳子不假思索地说。

"那好，我来刷家伙，你去停当猪狗。"

"咱一个赁房住的，哪儿来的猪狗？"

"那你就随便干点什么吧。"

"那我就出去抽支烟。"

绳子本来不抽烟，后来是偶尔陪白德臣糟蹋两支，这时自己主动抽了，还真有点不习惯，抽了两口就想咳嗽，起初还想忍一下，但突然感到有些委屈，索性放开了咳起来。这一咳，心里就舒坦了，因为男人待在自己的家里，都是咳得不管不顾、无拘无束。

大兰子停当了家伙，循着咳声来找绳子。

"不会抽就别抽，像你这个样子，真是自己找罪受。"

"你说这话我就不爱听，我不会抽，难道你会抽？"

"不成你就给我一支试试。"

大兰子接过烟抽了一口，虽然也皱了一下眉毛，但很快就舒展开了，一口一口地抽下去，竟也不喘，扬扬得意地看着绳子。

"都这么大岁数了，还这么调皮，依我看，你什么时候都长不大。”嘴上虽然这么说着，但是他心里很甜蜜，跟着大兰子年轻了一下。

他们并排坐在廊檐下的台阶上，一点也不难为情。都回味着饥饿年代的食物，都装着长不大的甜蜜，再装模作样地弄出间隙，就矫情了，他们顺其自然。

月亮已挂到了老香椿树的顶梢，大而沉，好像会随时把树枝折断，掉下来。这地方被拆得狼烟遍地，到了晚上，也有散不尽的袅袅缕缕的飞尘。飞尘就在月亮身边飘，可就是沾不到月亮的身上，它一直就那么明亮着。这一点他们看得很清楚，所以很佩服。究竟是在天上，不理会人间的污浊。他俩的心好像也被毛茸茸的月光掸了一下，轻松透亮了许多。

对面的指挥部里，对讲机还不时吱吱啦啦地响，那些人好像是在喝酒猜拳，就汇合起刺耳的杂音。但两个人充耳不闻，只是看月亮一点一点地往上升。老香椿树究竟是人间之树，月亮它不眷恋，只有人眷恋人，他们情不自禁地往一起靠了靠。他们清晰地闻到了对方身体的味道。

“你还是那么臭。”

“你还是那么香。”

“我可没让你闻。”

“你闻你的，我闻我的，别多说话。”

这就是说，香与臭都没关系，互不嫌弃，初心不改。

对过有人出来，去犄角的茅厕方便，忍不住往这边看。绳子顺手抄起脚下的一块石头，扔到前边的一个地方，并顺口喊道：“这院里有蛇！”他让蛇把那人的眼光移走了，觉得他们那种人不配看到老人们的甜蜜。

他们就势起身，回到屋里。

“时候不早了，洗洗睡吧。”

“好，洗洗睡。”

两人并排躺在床上，头碰头、人挨人。

搁以往，他们肯定会澎湃得不可收拾了，奋不顾身地覆盖。舌尖上沾着食物也不管，会连带着去裹挟对方的舌尖，在口腔里完成最后的咀嚼。手里沾着面屑也不管，会拼命地抚摸对方，连带面屑一同匝进对方的身体里去，喂饱了胃口，也喂饱了欲望的饥渴。他们在淫亵中端庄，在下作中高尚。谁也没理由说什么，因为他们爱得艰难，饥不择食地理直气壮。

可眼下，他们却很平静，不急。

也许是晚上在灶间，他们像对老夫妻一样会心地忙碌，然后共同地品味过去的记忆，再从容地停当日常的家炊，好像他们从来就在一起，已不必急。

其实他们真正的感觉是，以前是偷偷摸摸，一遇机会好像不再有机会，当然要赶紧抓住。现在不一样，他们公然在一起了，所有的时间都为他们所属，再慌不择路地做什么，就有些不自重。好像如果有大把大把的票子攥在手里，再喊没钱，就真穷；如果有成桌成桌的好吃食给你摆在面前，再喊饿，就真的喂不饱了。那样的人不正常，有病，而他们是一对健全而朴实的人，懂得珍惜富裕和温饱的生活。他们得节制，慢慢地享用，有正经人家的样子。

绳子在黑暗中去寻找大兰子的手，大兰子居然自己就给他递过去，让他不必找。

他且握且抚摸，感受着粗糙中的细腻、细腻中的粗糙，全是意料中的感觉。大兰子任他握和抚摸，心中热了又平复、平复了又热，都是应该有的感动。后来，大兰子主动了一下子，把绳子的手牵引到她的胸脯之上，鼓动他冲动。但绳子轻轻地按了按，只唤来一声感叹:“嗯，还结实。”便乖乖地把手收起来。绳子也把大兰子的手牵引到他身上的一个部位，以为她会稀罕，却也只招来一声叹息:“嗯，老物件了。”老物件，还结实，就够了，牵引和逗弄就显得多余，他们就依然平静。好像知道都在，放心就是了。

黑暗盈屋，他们都觉得虚空，但虚空有什么不好，盈满。拥有就是这个样子，能平平静静地躺在一起，没有旁人打扰。

“睡吧。”

“睡。”

对面的屋里在打牌，敲桌子、喊。绳子感到他们很无聊，有时间干吗不好好睡会儿，身下的褥子蓄满了棉花，温热会抚去劳顿，让脊梁躺直。能躺直了睡的日子就是好日子，你们怎么什么都不懂？敲桌子、喊的同时，还能听到他们偶尔的牢骚，大兰子感到他们很可笑，有时间干吗不睡会儿，枕头里灌满了荞麦皮，不软不硬地撑起人的脑袋，美梦会不请自来，让不平可以容忍。不感到忧愁的日子就是好日子，你们怎么什么都不懂？他们体恤着对过的人，更能觉得自己静静地躺着的好，而且还有一个稀罕自己的人陪伴着，比谁都富裕。

由于知足，他们睡着了。

一觉就到天明，他们同时醒来。

大兰子一睁开眼，就问道：“早上你想吃点什么，我去给你做。”

绳子说：“还是出去买吧，自己做有多麻烦。”

大兰子说：“昨晚睡前我就醒上面了，我给你做你爱吃的炸油星。”

“那我给你打下手。”

“你尽管躺在床上吧，你没听说，恩爱夫妻都是男人赖在床上、女人忙在锅台上，做好了我再叫你。”

绳子赖在被窝里，用力舒展了舒展身子，筋骨也从睡了的状态醒来，嘎巴嘎巴响。他感受到了健康，感受到了力量。自己对得起她。

大兰子在锅台上忙乎，传来油沸的窸窣和油星的热香，他忍不住吸溜了几下鼻子。一吸溜，竟触动了敏感的神经，泪无声地流下来。

因为他清楚地感到，这个女人，虽然跟他没有夫妻的名分，但从昨天到今天，从今天到明天，一直就是他的。他们之间，本来就有柔软的东西，像一条看不见的金线，命运般地捆绑着他们。从昨天开始，虚火熄了，温厚进入心底。这很好，不是情欲的蛊惑，正是爱的模样。他们会永久地厮守在一起，不再分离。

嘿嘿，能够平静地伺候你吃喝的女人，就是家里的那一个了。

遭训斥，唯唯诺诺

近些日子，白德臣几乎每天都会来到詹庄这座农村宅院。

拆迁工作到了攻坚阶段，设在机关里的那个指挥部不能久待，到了这里，才有一种勇于担当的工作姿态。用官场的说法是，深入一线，靠前指挥。

他的做法，颇得区长的赞赏，不仅在城市建设联席会上对白德臣进行口头称赞，还在全区的工作通报中，予以点名表扬。

没想到他的这个临时指挥部却成了受人关注的战斗堡垒，好像体现了责任境界和工作精神，原始的理由就被覆盖了。这加固了白德臣的一个理念，现象和真相、动机和结果，绝不必然地就是一种对应和契合的关系，所以要想成功，被领导和社会认可，一定要注重表象，要有形式感，要把表面文章做足。因此他坚决不同意有的同僚，因为他被区长看好，就心生嫉妒，讽刺他有形式主义、官僚主义的倾向。这怎么叫形式主义呢？有的时候，形式就是内容，这就一如打仗，挖战壕就是战斗力，不管战壕挖得深与浅，实际效用强与弱，只要它存在着，就是安全的暗示，坚定了作战人员的斗志。怎么是官僚主义呢？中国的老百姓，第一的特征是自私和狭隘。这也别上升到品质，因为传统观念的影响和生产力水平的低下，让他们只能感受到“三十亩地一头牛，孩子老婆热炕头”的好，只能看到种黄豆磨豆腐就能卖上现钱的升斗小利，所以，对大生产、大发展、大拆迁、大建设他们陌生，看不到长远的利益，只看到他们眼前的一些坛坛罐罐被砸碎了，就本能地抵制。所以，一旦不能说服，就得靠权力强力推进，那么，就得有长官意志、铁的手腕。说什么这么做没有百姓情怀、民生情怀，甚至还说什么没有人文情怀、悲悯情怀，这都太虚，不好把握，我只知道可怜之人必有可恨之处，你一和气、一温柔，他们就会蹬鼻子上脸，所以，甭废话，你一不如期拆迁，我就推，你一不听从安排，我就责令，这才有实际效果。

当然要注意政策、注意方式，但是，你首先要准确定位、迅速到位。讲道理、说好话、重仁义，那是属于区长那层大领导的；到了我们这个执行层面，就是要讲实际、破难题、抓落实。都当好人，都说好话，都讲和谐，怎么开拓进取、攻坚克难、实现目标？就得有人动硬的、玩狠的、当恶人。所以我白德臣做得没错，问心无愧；我白德臣受表扬也是应该的，没必要谦虚。

待在指挥部里的白德臣，便志得意满，充满自信。

但是现实却不断地败坏他的感觉、打击他的自信——

真有些钉子户很是抗击打，即便是你入室袭扰、佯装行窃、打破窗户、砸碎什物，惊魂甫定，还是待在家里，炊烟照常升起，进出照样如昨。似乎他们也知道这是白德臣们搞的恶作剧，所以不仅没有摧毁他们的意志，好像他们竟还长出了另一种意志：他们开始收集证据，等有了确实的把握，要把这些执法犯法之徒绳之以法。

在原址废墟上搭建棚屋的人，竟也有不屈不挠的分子出现，你前脚推倒，我后脚再建。什么违章建筑？是你们违章在先，我们之后跟进，是代表民意纠偏。俗话说，光脚的不怕穿鞋的，我们就这样干了，看你们怎么办！兵来将挡，水来土掩，我们只需坚持。

白德臣感到好笑。我推倒你，用的是公家的人力、公家的时间、公家的车辆、公家的金钱。我们靠的是公权力，有源源不断的后援，不怕消耗。而你用的私人的人力、私人的时间、私人的材料、私人的金钱，小本家资，难以为继，你耗不起。所以他不急不忙，沉浸在玩味的享乐之中。

但耗来耗去，民意沸腾，社会各界也多有非议。

区长坐不住了，他看到了这其中的隐患，如果传到市里，或许就是反面典型。他紧急召见白德臣，劈头盖脸送上训斥——

“甭说你有没有亲民情怀，就说行政行为，有你这样玩的吗？甭说你有没有法律意识，就说身为党员干部，你还有没有一点起码的政治敏锐性？说什么我拆迁办不怕消耗，怕消耗的是老百姓的个人资财，但是你想过没有，民力、民物又是谁的？也是我们地区的社会财富。不管是政府消耗，还是群众消耗，都加大了我们的建设成本。再这样下去，不仅要激起众怒，断送你的政治前途，还要连累我一道，成为党和人民的罪人！”

区长说得既严肃认真，又入情入理，白德臣不好反驳，冷汗盈面。

“区长，我是忙晕了，只想到拆迁进度，而没考虑到政治影响，手段有些简单粗暴，我一定会认真反思，改进工作。”他赶紧表态。

关键时刻，他想到了他岳父曾给过他的嘱咐，对上级领导的部署：表态要积极，行动要迟缓。因为长官意志没有对错，不服从就是错；行动过程没有对错，结局不好就是错。

区长进一步训斥：“我看，这绝不是简单的手段问题，而是思想意识问题。如果工作的出发点只是个人的升迁，那么必然会表现为急功近利、好大喜功；如果立足点是事业发展，那么就会谦虚谨慎、脚踏实地、善作善成，你要从根子上挖自己的病灶，切实解决思想问题。”

“您批评得对，我回去以后，一定会深挖根源，端正态度，把好事办好，不辜负您的信任。”白德臣不仅频繁地点头哈腰，还弄出痛心疾首的哭相。

区长看在眼里，脸色疏朗了许多：“白德臣你给我记住，我已经给了你苦口婆心的警示，你真的要入心入脑，体现在工作上。我从《读者》上看到了一句话，孩子要不学好，连上帝都拿他没有办法。什么意思？说不说在我，听不听在你，如果工作上再出什么闪失，你说是谁的责任？”

“当然是我自己的责任，与您一毛钱的关系都没有。”白德臣赶紧答道。

也许是回应得太快，疑似虚假，区长摇摇头：“怎么能说跟我没有关系？只不过是要分清责任，谁的孩子谁抱，谁种下的苦果谁吃。”

“区长你别误会。”

“我没有误会，请你出去。”

出了区长办公室的门，满脸的冷汗被微风吹拂，他清醒了很多。他庆幸自己一路唯唯诺诺，没有激怒区长。他本以为区长会临阵换将，却因为他的唯唯诺诺，消了怒气，换上悲悯。

他觉得他岳父真是高人，常提醒他在领导面前，不要论是非、争对错，点头称是、唯唯诺诺就是了。这是利器，是自保的盾牌。他不禁摇摇头，因为他背叛了白雪怡，有点对不起这个指路人。咳，岳父是岳父，白雪怡是白雪怡，也别让敬佩裹挟了自己，失去伸展的自由。这就是白德臣的本性，他是会翻牌，但总是把牌面留给自己。

因此，他又把烦乱的意识回到了区长身上。他觉得区长这次紧急召见，其实未必就有撤换他的意思。拆迁工作是棘手的事，撤了他，有谁愿意接手？区长他也心知肚明。俗话说，拆迁难，拆迁难，领导重视就不难。但哪个领导肯于不管不顾地重视？拆迁工程是利益的泥潭，一旦陷入，很不好脱身。所以，聪明的领导只是原则上重视，冠冕堂皇，随物赋形，实际操作，交给下边的人自己去探索。白德臣意识到，区长的训斥，既是给他提醒，又是责任的最后推卸。可以看出，区长对他的信任，已经打了折扣，他心有些寒，知道自己处境堪忧。

他回到了他的前线指挥部，一进门就大声喊道：“去，切两斤猪头肉来，我要喝酒！”

一个下属赶紧去置办酒菜。

一个下属替补到他身边，看着他傻笑："领导，您是不是有什么喜事？"

他觉得这个下属有些可恶，明明知道他去了区长那里，有的多是训斥，却哪壶不开提哪壶，但却哈哈大笑："当然有喜事，去，把那个捡破烂儿的找来，他是我的好朋友，有了喜事怎么能少了他。"

在宅院里却没有找见。

"去，到街上去找，找不到，你也就甭回来了。"白德臣吼道。

这动静把屋里的大兰子弄含糊了，我们福云他怎么了？就怯怯地到白德臣这里问究竟："您找他有什么事？"

白德臣闻声一看，多日不见，大兰子白了胖了，头发也梳得精致，向后拢得服服帖帖，光滑得蚊子落在上边都会劈叉。他嘿嘿一笑："嫂子，你倒很滋润啊。"

大兰子觉得这不是好话，脸便红了，也不听下文，扭扭地踅回去了。

白德臣看着她的背影，觉得她的臀子肥是肥了一些，但还是有腰窝，扭扭的，风韵犹存。他的心酸了一下，他想到了他的黄咏梅。

黄咏梅的肚子已经显形了，为了遮掩，不得不穿上肥大的罩衣。每一次相见，他都皱一下眉头，一是看不出美，二是发愁。拆迁任务完成得漂亮，那是风流；一旦闪落，那就是晦气。再联想到区长的训斥，更有不确定的纠结，心酸便上升到心痛。

猪头肉切来，他感到成色不错，哈哈。

绳子也被找回，他又哈哈。

绳子一头雾水："找我有什么事？"

白德臣哈哈："找你喝酒。"

"我以为什么大不了的事呢。"

"你懂个屁，心情好的时候，喝酒就是大事。"

也亢奋，也空虚

白德臣着实喝了一顿大酒。

他为什么这么畅饮？他给人们的理由是：区长亲切地接见了他，对他的工作给予充分肯定。充分是什么意思？就是全面、非常、彻底，就是很满意，而不是一般的满意，更不是有保留的满意。而且区长还表示，要他们大胆地干，区里会给予全力支持。这是不是大喜事？所以要喝酒，而且不是一般的喝，要大喝。

有下属斗胆地问："我们这么做，区长就没有一点不同意见？"

白德臣立刻就恼了："你他妈的有脑子没有？有意见还叫'充分肯定'？罚酒罚酒。"

就皆大欢喜，跟他庆贺在一起。

白德臣不再是从前了，撒谎也会撒得理直气壮，比真实还要真实，让人丝毫都不能质疑。他知道，要让下属对自己有信心，能绝对服从，就不能让他们知道真实情况，"训斥"必须转化成"肯定"，告诉他们，他在区长那里是被宠爱和看重的，就是说我白德臣一贯正确，你们跟着我干，不仅没错，还会得到重用。

但是绳子还是窥伺到了一点真实的端倪，因为他看到，白德臣在开怀大笑的时候，声音有些过于尖厉，而且笑容也收敛得过快，短眉毛也不易察觉地皱上一下，这意味着他心中有结。绳子不禁感到，白德臣心中是苦的，他是借酒浇愁，既麻醉下属，也麻醉自己。

所以在白德臣跟他叫酒的时候，他一味顺从，绝不搪塞，而且笑脸相迎，什么也不说。

“绳子，你一个捡破烂儿的，却也有个老相好一辈子跟着你，你也配？”

“不配。”

“因为你，她连自己的男人都晾在一边，让他窝窝囊囊地在被窝里自己砍椽子，你缺德不缺德？”

“缺德。”

“我他妈的一天到晚地忙得四脚朝天、昏天黑地，你和老相好的却过得那么闲在，滋润得红透挂脸的，你说公平不公平？”

“不公平。”

“是谁他妈的这么不开眼，让你们这么滋润？”

“托您的福。”

绳子横竖不接招，任白德臣发泄。他知道自己的在场，就是白德臣预备的一道菜，他既吃也不吃，来回扒拉，为的是通过对他的调侃、讥笑，甚至羞辱，在下属面前树立威信。他不想触霉头，让白德臣心中的苦迁移到自己的碗碟里。

绳子比以前聪明了——心里悟到的真相，决不用嘴说破；心里感到的屈辱，决不用嘴回击。他在隐忍中大了、厚了、宽了。他与白德臣的关系变了，不仅按已做出的承诺对他尊重、顺从，而且还可以反过来看，懂得可怜白德臣了。

这一点，白德臣并不明白，倒是觉得绳子的一味顺从真是没意思，自己对他的不断调侃也近乎无聊，便放过他，开始拿下属撒气。

这些人平时既跟他卖命，也要吃喝，肥腴膏粱，像油脂熔化在一起，已分不出彼此。对白德臣就既服从，也反抗。尤其是在酒肉的场面，了无顾忌，没大没小。搁在以往，他只是当作一种情趣，乐得跟他们混在一起。但今天不成了，他心中不悦，一定要分出大小。

酒是尺子，他拿大碗酒灌他们。

一个下属认㞞了，拒喝眼前的那碗酒。

“你到底喝不喝？”白德臣催问。

下属笑着摇摇头：“领导，饶命，真的喝不动了。”

“不喝可以，你把脸递过来，”待下属把脸递过来，他抡圆了就给了下属一个耳光，“这里没你的事了，你可以在一边看热闹。”

他就又开始进攻另一个下属：“把你眼前的这碗酒喝下去。”

那个下属也认㞞，也不喝。

“不喝可以，你也把脸递过来。”

那个下属赶紧躲闪，惹得白德臣性起，一跃而起，拽住那个下属的耳朵，把他拽到酒碗跟前，然后啪地就抡上去一个耳光："这里也没你的事，一边玩勺子去吧。"

剩下那几个下属知道了已有的惯例，为了不让脸热，只好让胃热，抓起眼前的酒碗，硬着头皮喝下去。

当然就都醉得东倒西歪。

酒醉就说气壮的话。"领导，你眼前的那碗酒也要喝下去，不然也要掌脸，不掌脸可说不过去，肩膀齐为弟兄，凭什么就你特殊、就你豪横？"

"肏，真给你们他妈的脸了，敢跟我叫板？小心我治死你们。"以为他要耍赖，哥几个逼上身来。白德臣端起那碗酒，一仰脖就喝光了："领导的脸是你们能打的吗？"

下属就真被他威慑住了，看着眼前的酒肉发愁。正此时，桌上的对讲机响了，报告那废墟上的棚屋又架起来了，问指挥部该怎么办。

白德臣唰地脸就白了，酒热攻心，他眼前一片黑。努力定了定神，能模模糊糊地看到眼前的人，他问："你们说，该怎么办？"

下属齐声说："能怎么办？还是一个字，推！"

白德臣摇摇头，心里说，你们可别认为是我怕事了，我这是在代表区长摇头。"你们就知道推，难道就想不出什么高明一点的办法？"

酒醉之下，下属的脑袋含糊又凝滞，他们怎么也想不出还有什么高明的办法。

一个说："领导，高明的办法不是没有，但眼下的阵势是叫板，是对峙，就不能让他们看出我们有一点含糊，所以最好的办法还是推。”

一个说：“既然区长都充分肯定了，还含糊什么，推！”

一个说：“就是，就是，能让他们感到疼的，就只有推。再说，我们已推习惯了，一说推就浑身来劲，才有干大事的感觉。”

这些人的话像一记一记的锤击，都敲在白德臣发热的头上。他妈的，这就是谄上瞒下的结果，关键时刻，上边没有明示，下边又不会用心思考，难题都推给了我自己。

他开始紧急思考对策。

他白德臣是挖煤的出身，即便是当矿办主任，也是产与销的简单交易，他所具备的，也只是减排增效、利益往来的小算计，而城市建设，是复杂的社会工程，他的知识储备、思维能力、境界水平便很难适应。他是小马拉大车、没有金刚钻却也揽瓷器活儿，如此而已，能想出什么好办法。白德臣越想头越大、越想心越飘，而大家都在等着他拿主意，不容他怯阵。一如一遇短路就会滋出火花，一遇绝路就会铤而走险，他猛地拍了一下桌子：“俗话说，没有办法的办法就是办法，对，甭犹豫，推！”

板拍下去之后，白德臣既充满信心，又胆战心惊，他哈哈大笑，有些失控。为了不让自己反复无常，在下属面前丢了面子，他马上又回来安慰自己——没办法，这叫作屎到屁股门子——不得不拉，也只有听天由命了。这个念头一出现，好像打开了出气阀，压力顿减，他反倒轻松了许多。副区长的头衔又怎么着？奇怪地，他突然有了一点豁达，既迫不及待地想得到，又不担心会失去。都说活人不能被尿憋死，这是不得已的机智。非要深思熟虑之后才尿，如果被憋死，会给人留下笑柄。这拆迁也是的，刁民搭起棚子等着你去尿，如果你不敢亮出家伙儿去尿，还不被谁谁谁谁谁谁谁他妈的笑话死！

都是谁呢？包括区长、同僚、下属、刁民、绳子、白雪怡，甚至黄咏梅，谁都有可能。

冥冥之中，这些人在瞬间全涌进他的脑子，七嘴八舌地嘲笑他，他恼了，再一次大喊一声："对，推！"

这脱口而出的声音，把他自己也震醒了，他亢奋起来："刚才是谁说来着，我们都推习惯了，一说推就浑身来劲，才有干大事的感觉。这是没错的，你们看，刚才我眼前还黑着呢，现在我的眼前亮了。推不是手段，而是担当。"

他对手下人说："酒你们也喝了，赶紧担当去吧。"见下属不明白，他朝着身边一个人的屁股踢了一脚："我是让你们都到现场去，站脚助威是次，把握一下分寸是重，别他妈的推出人命来。"

就剩下绳子和白德臣两个人的时候，白德臣朝绳子耸耸肩、撇撇嘴，做出一副幽默的样子。但绳子也不笑，只是目不转睛地凝视着他。

白德臣知道这个捡破烂儿的看破了他，心里有许多想说而又说不出来的话。他说："我知道你想说什么，但还是别说了，这样，我们俩才能待得自在。"

绳子点点头。

白德臣笑笑。但笑过，却满脸抽搐，眼泪如雨地流下来。

“绳子，不瞒你说，我现在，也亢奋，也空虚，心里不托底。”

“我理解，”绳子一边说着一边站了起来，“我去给您沏杯酽茶，醒醒酒。”

白德臣有气无力地摆摆手：“不用了，这样醉着，才舒服。”说完，索性趴在桌面上，小声地嘟囔一句“咏梅”，然后就失声抽泣。

绳子摇摇头，悄悄地撤了。他觉得，作为朋友，真正的体贴，是不打扰他。因为他拿世事没办法，拿自己也没办法。

看到了乔迁之喜

这期间，矿务局家属小区的水电气热都开通了，就要进入最后的回迁阶段。按照原来的核算标准，大兰子顺利地分到了两套两居室的单元房。

但按楼房的结构，每一层楼房的分布，是一套三居室和一套两居室。那么，大兰子的两套房子是分开了的，坐落在东西两个楼门。大兰子感到不理想。她心里的期望，是两套房子最好能分在一个楼层，毗邻而居。因为她毕竟岁数大了，能和儿女们住在一起，方便相互的照应。如果两套房子从阳台连接处打通了，不出楼门，一家老少，就能来来往往。即便是犯个心脏病、血压高什么的，只要这边呻吟一声，那边也能立刻就听见。

她把自己的想法跟绳子说了。绳子只是笑笑，什么也没说。

他径直去找白德臣。

白德臣听了绳子的叙述，说："这有什么难的，楼房布局是死的，但人是活的，别看你是个捡破烂儿的，但你却有一个当拆迁办主任的朋友，这你就不难了。"

白德臣告诉他，大兰子因分到两套两居室而不能分到一个楼层去是事实，但通过变通，可以改变这个事实。怎么变通？两套两居室折抵后，多出了一个一居室，这个一居室她可以按市场价购买，不也就具有了拥有三居室的事实？这样一来，岂不就能分到同一个楼层？理想的实现，其实就这么简单。

“这能成吗？”绳子问。

“从大处说，这并不违反分房原则；从小处说，得有人出面给你运作。”

“这个人自然是你，不，是您了？”

“你他妈的一点都不傻。”

把这个主意带给大兰子，大兰子张口就说了一句：“弄了半天，最后还要自己买房自住。”绳子说：“这可不是纯粹的买房子，是变通，不过是额外再贴几个钱而已，你懂不懂？”大兰子说：“我不懂。”绳子觉得她可笑，又不愿意把她想成可笑，因为她毕竟是自己的老爱人了，疼与宠还来不及呢，她身上咋会有缺点呢？便说：“变通的那间房我出钱，你不就有了纯粹回迁的感觉了吗？”

这可是大事，大兰子就把儿女叫回来，共同商议。她女儿无所谓，谁出钱都没有关系，只要她不出钱就成。但是她的儿子小山子有异议，对绳子说：“你这么做，没有憋着好屁，你是想掺和进房产里去，将来可以理直气壮地继承或分割。再说，我一直在矿上，也攒了不少钱，捎带手就把房子买下了，还用得着你？”

所谓捎带手，就是小意思，不费事，不伤筋骨，不在话下，不是问题。

面对小山子的豪迈，绳子笑笑，也就不再坚持："既然是这样，就你出钱。"

但真要动真格的了，小山子却又打了退堂鼓，对绳子说："既然你已经跟我妈过在一起了，你出钱，其实也没什么不合适的。"

"你也说了，这样做，将来会有麻烦。"绳子逗弄他。

"不这样做也麻烦，"小山子解释道，"这老年人的婚姻，本来就很夹缠，许多事就说不清楚，也分不清楚。情理通的，法理上不通；法理通的，情理上不通。你出不出钱都是一样的，横竖都是麻烦。既然都是麻烦，就麻烦得值，所以这钱还是你出吧。"

绳子心里直笑，你小子表面不承认是我儿子，其实你就是我儿子，即便是你想说得清楚，也分不清楚。你真是不傻，心里什么都明白。不过，有一点我是看透了，你小子也不是什么大材料，遇事首先想到的是自己，除了自私以外，真没什么阔大的眼光。所以，将来也指望不上你什么，有你这儿子跟没你这儿子是一样的。

想到这儿，绳子反倒豁达了："好，这钱我出了。"说完，他第一次当着大兰子儿女的面儿，大大方方地坐到了她的身边，用肩膀碰了碰她的肩膀："有你在，我凭什么不出？"

大兰子也接应他别有用心的碰撞，毫不扭捏地、非常有心地碰撞回去："史福云，我没白跟你。"

在儿女们的眼里，这类似是公然地秀恩爱，但此时，他们却一点也不感到别扭。只是觉得，这对老人，是再也打不散了。既然是这样，就听之任之吧。

小山子心里既温暖又酸涩，他有点不甘心，便刺激了一句："我说妈，咱们就要分新房子了，你是不是到我爸的坟上去，给他烧烧纸，也跟他把这事念叨念叨，省得他清明、十一（寒衣节）和七月十五（中元节，即鬼节）认不得回家的路，一生气，就给你托噩梦，让你过得不消停。"

大兰子很不高兴："你这是什么话？哪有儿子咒妈的，你存心揉搓你妈是不？"

"他说得也不是没有道理，咱们山里人都迷信，还是有这种讲究的，"绳子不想让大兰子喜乐的心里有阴影，没等小山子解释，就笑着说道，"等我一交完房钱，就陪你回家烧纸，大山子兄弟也是个厚道人，说来说去，咱们这些活人的这点福气，还有他的份儿呢，祭奠祭奠他，也是应该的。"

一个死了的人，总是阴魂不散，真是有点瘆人，以至于大兰子的女儿情不自禁地瞪了小山子一眼："就你事儿多。"

小山子哈哈大笑："好不容易咱一家人都凑齐了，就出去吃顿饭吧，我请客。"

绳子站起身来："那你们去吃吧，我去捡破烂儿了。"

"你这是什么意思？"小山子很生气，对绳子说，"你是揣着明白使糊涂，这顿饭，怎么会少了你。"

大兰子也眼巴巴地看着他，是一种企盼的眼光。他不忍拂逆，笑着走上前去，搀起大兰子："那好，咱们走。"

大兰子也一任他搀扶，相拥着往出走，一点难为情都没有。

他们心底里第一次有了一种明媚的感觉，能让他跟这家人上坐到一个饭桌上去，这就意味着，儿女们这是彻底认可他们了。

白德臣还真是说到做到，很快就把大兰子的住房办妥。拿到钥匙的那天，大兰子用心炒了几个菜，让绳子把白德臣从对过请到这边来，用最原始、最朴实的方式对他表示感谢。其中有一道菜，让白德臣很是稀罕，就是辣椒油拌被清水渍过的老香椿叶子。他吃得很贪婪，样子很像一个没见过什么世面、没吃过什么好吃食的乡下汉子。这矮化了的身姿，让两个老人感到了他很随和的一面，觉得他这个人在咋咋呼呼、不可一世之外，其实内心还有服帖的一面。

所谓服帖，就是平常、朴素、随性、真实。

因为是一桌家常菜，便不需要寒暄和客气，静静地享用就是了。绳子真心地敬酒，白德臣尽情地喝，他们俩喝得很滋润，就像白德臣被白雪怡赶出来，没地方吃晚饭，只好钻进绳子地下室的蜗居里，胡乱地弄几个小菜，虽然简单，但安神，把龃龉和伤痛都扔到脑后。其实人就是那么回事，有菜可吃，有酒可喝，有人可对酌，就是情意了。至于吃什么菜，喝什么酒，说什么话，尽管随便。

情意之下，白德臣说道：“你们房子装修的事就交给我了，我正好管着这方面的事，捎带手就给你们办了，而且，既装得到位，也能省下不少钱。”

绳子不好意思地笑笑：“那哪儿合适，为我一个捡破烂儿的，别让你犯错误。”

“你假客气什么，我是一个怎样的人，你还不知道？看我顺眼的人觉得我天天都在办对的事，看我不顺眼的人，觉得我天天都在犯错误。嘿嘿，我也不藏着掖着，看我顺眼的人还真不多，既然总是错，就不多你这件。”

体恤

由于白德臣的真实和热心，绳子再看他时，竟跟以往有了不同的感觉，觉得他顺眼多了。他甚至还不由自主地对白德臣生出一种类似体恤的东西。

他对大兰子说，你别看白德臣在场面上吆五喝六，其实他在生活中却是个孤家寡人，过的是冷天冷地没人照顾的日子。你看他的衣着，别看是个不小的干部，其实很不讲究，基本上是摸着什么穿什么，没有用心的搭配。衣服表面上光鲜，但只要稍往仔细里看一下，就能看到一块一块的斑点，特别是他衬衫的领子和袖子，油渍麻花的。你跟他挨近了，能闻到忽浓忽淡的馊味，比秀姑的糗萝卜还难闻。

“他怎么混成这样，难道他就没媳妇？”大兰子本能地问道。

“他当然有媳妇，不过，嘿嘿，嘿嘿。”后边的话，绳子觉得不宜说出口。

“你也甭嘿嘿了，这里边的原因你不说我也猜得出——他为人不老实，拈花惹草，在外边有了小。这样一来，脏衣服就没人给他洗了。他跟媳妇闹生分，媳妇不愿意给他洗；他自己又宠着小的，也就舍不得让小的洗。所以，他是自讨苦吃，不值得心疼。”

绳子被大兰子惊着了：“你一个普通老妇女，什么时候变得这么有眼力了，多复杂的事，你一眼就看透，不得了，不得了。”

“这有什么不得了的，人只要活到一定岁数，眼力它自己就长出来，不用你费心，”大兰子得意地摇摇头，“不过，我倒觉得你这个人倒是有点复杂，整天跟我糗在一起，他的事，你一点口风都不露，还把我当成外人。”

“嘿嘿，怎么说呢？”绳子想说又不好意思说，干嘿嘿，让大兰子忍不住瞪了他一眼。这一瞪，给了他一个必须说下去的指令，他说：“他养小是不好，但我觉得、我觉得（你觉得什么？大兰子插话催问），我觉得自己也有些不地道，家里有老婆，还跟你好，而且一好就好了一辈子。一说他的事，好像就是在说自己的事，很是别扭，不好张口。”

“要不说你这个人复杂呢，你咋能拿他作比？”大兰子的脸红了，红的不是羞愧，而是义愤，“他那是养小，是在搞破鞋，而你是尊大，我本来就是你的，实际论起来，我是你的大老婆。是你斗不过别人，把我给丢了，你跟我好，那是把丢了的鞋子再找回来，你是往对里做事，有什么不好意思的？”

虽然是义愤，类似指责，但绳子听得入耳，心里舒服。记得在一次跟白德臣就这个话题进行交锋的时候，他自己也说了这样的话。就是说，他和大兰子在感情上，内心是相通的，都觉得对方就是自己的，别人说什么都是扯淡，自己能说服自己就够了。

“兰子，你还是过去的兰子，你真让我稀罕得没办法。”绳子动情地说。

绳子的表白让大兰子那张红脸又继续红了下去，由于红得沉重，她低了头，朝着地面嘟囔了一句：“该死的，你都多少日子不这么说了，以为你不在乎我了，今天你猛地说出来，还真有点不习惯，弄得我心里痒痒的，也猛地就稀罕你，不稀罕你都不成。”

两个人本来是冷冷地说着白德臣，却把自己弄得热热的。爱情这东西，如果深切了，就不挂在嘴边了，因为一不留神，它自己就站出来说话。就像红薯一旦长肥硕了，自己就把田埂拱破裂，让你惊叹之余，心里忍不住跟它一起盈满。

由于盈满，他们继续体恤白德臣。

绳子说——

你看他手里拿着的那个水杯子没有，那是大号的精钢保温杯，听他说，那是日本进口的，特保温，开水倒进去，只要盖子拧得紧，过了一天一宿再打开，喝到嘴里也是烫的。他为什么要拿那么大的水杯？因为他搞拆迁工作，忙里忙外不识闲儿，还要经常到现场去，喝风吃土，那他还不渴？肯定渴啊。从住处出来（他说“住处”而不是“家”，因为在他的意识里，白德臣和黄咏梅住在一起，只能算野合，而不是居家）时灌满了水，一路走一路喝，如果杯子不大一点，哪儿够喝？他的指挥部里倒是有两个暖壶，热水一灌进去，转眼就空了。他那帮弟兄，只抢着自己喝，哪儿会想着他们领导。暖壶空了，谁也不想着去烧水，他们比猪都懒，没一个勤快的。我就亲眼见到过几次，白德臣杯子里的水没了，他顺手抓起暖壶倒，一提竟是空的，便破口大骂，你们这帮孙子，就知道喝，也不知道烧！即便是这样，在场的弟兄，也没有一个起身去烧的。我算是看出来了，他们表面怕他，其实心里并不在乎他。他只好摇摇头，往杯子里灌满了凉水，凑合着喝。你看他有多惨。都说可怜之人必有可恨之处，从他身上，我倒是觉得，可恨之人也有可怜之处。

大兰子说："你说得也是。"

绳子想了想："既然他帮咱们，咱也帮帮他，这叫一好换两好，你好我也好。"

"怎么个帮法？"

"这还不简单，帮他洗洗衣服、烧烧水，本来就都待在一个院里，捎带手的事。"

"你说得倒轻巧，真做起来，也要耗去不少精力。你又不做，还不都是我的事，"大兰子嘴上是这么说，但还是忍不住搓搓手，"你放心，这事我乐意做，这女人就怕闲，一有事干，反倒来精神，因为知道自己有用，心里妥帖。"

把想法跟白德臣说了，他竟也不反对。他自认为绳子和大兰子也不是外人，就没必要推推让让，虚情假意。而且，他上中学的时候，喜欢听马玉涛的一首歌子，好像叫《老房东半夜三更来查铺》，心醉于子弟兵和房东之间那种鱼水之情。指挥部既然设在这座宅院里，绳子和大兰子差不多就是房东。虽然他们也是赁屋而住，不是原始的主人，但是为什么指挥部会设在这里？还不是让他们俩住得踏实、住得长久，既然是以他们为主的考虑，他们就是房东。房东为子弟兵——嘿嘿，子弟兵——做点事，还不正经是在继承革命传统？

起初大兰子给白德臣洗衣服，他还有点难为情，还不免客气一番。到了后来，就不客气了：“嫂子，把这件衬衣给洗一洗，这领子要多用点心，用点领洁净，可别舍不得。”

一声嫂子，让大兰子心里热。这是家常的语气，让人听着亲切。还是因为大兰子就他和绳子的关系有本能的心结，一个很家常的称呼就不得了，说明被持重。里边有对她、对绳子双重的持重。

洗衣服的时候，大兰子会在主人的衣兜里发现一些别的什么东西，有时是一张纸，有时竟是两只男用避孕工具。纸上是一个女人对他的倾诉、抱怨、哀求和叮嘱，好像那个女人对自己的处境很不自信、很不乐观、很不甘心。大兰子不禁心中一动，谁让你偏偏给人做小，还不是自作自受，活该！至于这两只避孕工具，她心里不免迷茫——听福云说，他养的那个小，肚子里都有孩子了，那么干吗还用这个？她便本能地觉得，这个人真的不怎么样，小的之外可能还有小的，丢人！

大兰子内心朴素，看了这些不该看的东西，她自己先就脸红、羞愧、难受，也就不声张，衣服洗过，又悄悄地把东西放回去。给白德臣把衣服送过去的时候，她小声地叮嘱一句：“别忘了，你衣服兜里有东西。”说完，转身就走，不让白德臣看到她的表情。

白德臣望着大兰子的背影，嘿嘿地傻笑。这个女人，由于臀子肥重，走得很沉稳。嘿嘿，别看是一个捡破烂儿的女人，却也不缺少斤两。斤两是俗称，往雅里说，便是修养和内涵。

一有秘密被共同保守，内心就近了。白德臣叮嘱自己，她的房子一定要认真装修，千万别糊弄，哪怕是再悄悄地给她贴点钱。这人哪，就是这样，什么都说出来，而且还要说清楚，就没意思了。

倾诉

大兰子给白德臣洗衣服，是在不声不响之间；给他烧开水，则是公开的动作。

指挥部里这么多人，共用着两个暖壶，大兰子给注入的开水，自然是共同享用。不过，白德臣的下属也有了一点自觉，自己倒开水的时候，也懂得先给他满上。他们都知道，大兰子烧开水，也是冲着他们领导。以前不烧，现在突然烧了，还不是因为他们领导额外布置了一件事，就是给她装修房子。这世间没有无缘无故的爱，一切都有来龙去脉。

但是，大兰子烧开水却不挑时候，白德臣在的时候她烧，白德臣不在的时候，她也烧。她好像留意着暖壶的动静，只要是暖壶空了，她便提着那个烧水的大铁壶适时出现。她家里添置了一个烧煤球的炉子，就放在屋檐下。铁壶稳在炉子上，呼噜呼噜，铁壶嘴总是袅袅地冒着湿湿的、热热的水汽。

这水汽有暖暖的味道，隔空望过来，他们都觉得能闻到。这很好，像生活本身的模样，日子温馨了不少。他们干脆相信，大兰子本来就贤惠，这开水就是为他们烧的，是出自女性的体贴。所以每到大兰子进来添开水，他们也热情地叫她嫂子。

她低头添开水的时候，他们就一起琢磨她。

大兰子的头发总是梳得那么服帖，都那么一大把年纪了，头发油黑、厚实，见不到一根花发。他们也猜度，是不是上手染了。但是染过的头发，头发梢儿发黄、头发根儿发白，不会像她那样一笼统地黑。她的臀子是肥了一些，但有腰窝，肩背也有自下而上的直，绝对是自然的样子，而不是硬挺起来的。她脸白而舒展，不似别人的黑与皱巴。也不纵笑，也不大笑，只是无声地笑。笑起来的时候，眼角也簇起几根纹路，但却好看，像突然开放的花朵。别看有个实重的身子，走路却稳而轻，不踩起尘土，利利落落。说话的声音也好听。不是轻声细语，却也胜似轻声细语，因为声音清脆却不尖厉，让你听得清楚，又不刺耳。这就比嗲里嗲气好，嗲里嗲气柔软，但含糊；又比厉声厉气好，厉声厉气听得真，却乱神。

他们觉得她年轻的时候，一定是个美人儿。

"哼，人家现在也不丑。"一个说。

大家就都点点头，也一直觉得这不用争论。

他们一边琢磨她，一边关注她倒水。那么重的一个大铁壶，她提得很轻很稳，水柱好像认准了它要去的地方，一径倾注，也无一点旁洒。她干活儿利索，是个勤快人。

由于欣赏，他们隐隐地觉得不公。起初不好意思说，时间长了，从客客气气的问候，发展到不轻不重地开开玩笑，到后来也能不管不顾地调侃，便把心里憋着的话照直说了。

"嫂子，你年轻的时候，一定很招人。"

“贫嘴。”

“你说实话，是不是？”

“那还用说。”

“你这么招人的一个人儿，纠缠的人一定很多，怎么就独独看上了一个捡破烂儿的？”

“废话，谁天生就是捡破烂儿的？”

“绳子大哥到底有什么好，让你独独跟他对眼儿？”

“什么绳子绳子的，别没大没小，他有大号，叫史福云。”

“嘿嘿，我们福云大哥到底有什么好，让你独独就看上他了？”

“他的好儿多了，你们要是不怕耳朵里起茧子，就讲给你们听。”

“那你还等什么，我们都憋坏了，打早就想听呢。”

“你们这是闲的，有多余的心情。”大兰子笑笑，给他们讲——

你们福云大哥年轻时可俊了。白面长身，一脸英气，腰杆挺直，脚下生风，见人就笑，说话干脆，大姑娘小媳妇一见他就心里发酥，就想着往他跟前趋乎，生怕被别人落下。我又不是个石女，自然也心动，但我有忖量（心计），故意往远处躲。这一躲，反倒让他放不下，透过人堆儿，他独独盯上了我。这男女之间，有说不清楚的地方，你越是趋乎，越是黏坠，越是被他看得轻；你越是跑远，越是疏忽，他越是把你看重。

你们福云大哥年轻的时候很能干，村里一下子就让他当了生产队长。他带着大家伙儿修战备路，每天开出的土石方比谁都多，我们挣的工钱也就比谁都多。能干不只是肯动蛮力气，他好琢磨，实干之上再加巧干。那个时候，上边发给每个施工队的雷管、炸药都是一样的、都是有限的，他就琢磨着怎样用一样的炸药搞出不一样的爆破、把有限的炸药弄出超限度的爆破量。他不仅是干将，还是土专家，不仅被上边看重，还让大家伙儿敬重。我就是他队里的队员，整天价见到，怎么会不感动？感动之下，就是心动，就从家里带来好吃食，在歇晌吃干粮的时候，偷偷塞给他。这狗跑得太猛了，肚里的东西会吐出来，吐出来之后它还会再吃进去，因为它知道主人不会再给它东西吃。这人能干了可就是资本，带的干粮如果太粗糙，他可以不吃，因为有人在暗下里想着他，会把好吃食主动地给他送过去。我也知道，如果我不送，肯定会有别人送。那可不成，没心没肺的女子才会给别人留下空子，而我是谁？我是支书的闺女，多的是主意，我便天天给他带好吃的，让别人无机可乘。

你们福云大哥年轻的时候特别有闯劲。他不喜欢走轻车熟路，喜欢干没干过的事。修战备路正修得人人叫好，他却改了主意，说土石方工程虽然能挣到钱，但卖的只是苦力，没什么技术含量，不能就死死地拴在这上面。所以，分到的承包任务一完成，他就决定不再承包了。他看上了农村改水工程，安装自来水管道。这种活儿大家没干过，觉得有点难，心里不托底。他笑着说，这不是还有我呢吗？你们不用犯难，你们只管走线、铺管，至于那些技术活儿，由我亲自负责。话虽然说得轻松，但他干的每一样，都是精细活儿，他一上手，就达标，一次验收就能过。

你们福云大哥高中成绩可好了，重点大学都考上了，只是因为说不出口的原因，他最后没走成。什么原因，为什么说不出口？你们甭紧的问，问我也不说。我只跟你们说一点，他从来不摆队长架子，只低头干好自己的活儿，威信自然就树起来了，大家都服他管。你们问我对他是什么态度？那还用说，仰着头看他呗。这一仰头看，越看他越俊，越看他越好，对自己说，我必须把他看好了，到时候就嫁给他。

你们福云大哥年轻的时候敢爱敢恨。他一旦看上了我，就当着众人宣布，兰子她是我的人，我已经占下她了，你们谁也别想打她的主意、碰她一个指头。我们俩的关系，我爹他居然反对。为什么会反对？这里的原因很复杂，一时半会儿掰不清。因为当时的社会就复杂，说了你们也弄不懂，也就不说它了。只告诉你们，你们福云大哥他不怕反对，当着我爹的面儿就拉着我钻谷堆、棒子地和小树林。到了晚上，他一想我了，不管我爹在不在家都跟没在家一样，推门就进，进门就径直找我。后来我爹以死要挟，就是不让他娶我。我爹把我从小拉扯大，不容易，所以我还真怕我爹死，就犹豫了。这一犹豫，让你们福云大哥生出怜惜，他说，正因为我爱你，所以就不能强迫你，只好忍下，不过，你记住，什么时候你不怕你爹死了，就来找我，不管你嫁过没嫁过人，我都当你没嫁过人，都当大姑娘似的娶你。后来我爹死了，我爹硬塞给我的男人也死了，你们福云大哥听说后，毫不犹豫地就把他爹娘硬给他撮合的家拆散了，即便已是儿孙满堂，即便是家境殷实，即便是住着山里人好不容易才住上的楼房，他也一点不心疼。他净身出户，不带走一分银钱、一块砖瓦。他一身清风地在原地等我，耐心地等我来。一身清风是有气魄，但一个大男人怎么也不能喝西北风啊，他就去捡破烂儿。即便是沦落到这种地步，他也不后悔、也不愁苦，每天都乐呵呵的，而且还捡得有滋有味，就像他搞土石方也琢磨怎么增加爆破量一样，他也琢磨捡破烂儿的道道儿，发明了什么“智能捡拾”，靠与居民的感情联系，让破烂儿自己就认他。还有，即便是吃捡来的食物，他也用心生活，还看书、还鼓捣哲学，说出来的话，都让你们领导白德臣听得不住点头、很是佩服，不然的话，他一个捡破烂儿的能跟那么一个有身份的大干部成为朋友？

“这可不仅仅是他年轻时敢爱敢恨了，这可是他一辈子都敢爱敢恨啊，这就真的不简单了，甭说我们领导佩服，我们也觉得他是一个很牛屄的人。”一个人忍不住插话。

“这是你们男人的说法，”大兰子揉揉眼睛，说，“我只知道，你们福云大哥感情专一，年轻时跟一个女人好上了，就一辈子不打折扣地好。就说他眼下，在我们家，他连个名分都没有，却给我们租房子、买房子，他一个捡破烂儿的能有什么钱？他就是舍得。对总是对你舍得的男人，你对他有什么办法？只有死心塌地地跟着他。你们还问我为什么独独就看上了一个捡破烂儿的，现在你们明白了吧。我还要告诉你们，跟他的为人来比，我还真的有点配不上他。我亏欠他的太多，这辈子是还不上了，也只好等来世了。”

这番动情的话让在座的人面面相觑、唏嘘不已。

他们内心有了波澜，先是伏下去，觉得自己真的不如一个捡破烂儿的；然后是起上去，觉得连一个捡破烂儿的都能做得这么好，何况他们还都是机关干部，只要他们愿意，也能做得同样好，甚至更好。

变化

听了大兰子的叙述之后，指挥部里竟发生了意外的变化。

原来乱腾腾、闹哄哄的一个聚集场所，突然变得干净了、清静了。他们把桌面上杂乱无章的物件用心收拾了，摆放得很整齐；也主动打扫卫生，擦、掸、扫，不仅窗明几净，地上也没有浮尘。就是喝水这样的不起眼的小事，他们也留心了。再倒开水的时候，一改以前的自顾自，也能先把别人的杯子倒满，之后才倒自己的。暖壶空了，他们会争着去炉灶上填满，不坐等兰嫂伺候。

他们对院里的这一对老人的称呼变了，绳子，大兰子，他们不再好意思叫出口，而是叫福云大哥，兰嫂。跟他们每一相见，也笑脸相迎，恭恭敬敬，客客气气。他们是觉得，这是一对从时间深处走来，有故事、有根脉的人。特别是他们的感情经历，一直认为只有书上有的，却在他们身上真实地发生了，便让他们生出一种肃然的东西。他们的爱情是那么的纯真、那么的纯粹，对当下、对身边的所谓男欢女爱，是一个巨大的反照，即便他们再粗俗、愚钝、鲁莽，也能知道哪个好。不用费心思忖，事情就在那儿明摆着，就像小镜也有明光，也能把脸上的样子照得真切，污自是污，干净自是干净，也就不用多废话。那么，对这样一对有纯真、纯粹感情的人，对他们的感情、对他们的人，要崇敬、要尊重，不能随意调侃，更不能胡说八道。至于他们自己，也要纯朴些，检点些，别再不知分寸，任性而为。

说来，这些人虽然粗俗、愚钝、鲁莽，本性毕竟是农民，有根性的纯朴，因而他们既容易被环境所左右，也容易被真情所打动。他们被绳子、大兰子打动之后，身上的善性突然就冒头，内心一下子就柔软了，好像一夜之间就懂得了怜惜，知道要善待他人。这样一来，再回头看他们对待拆迁户的态度，便觉得真是有点过了，只是从自己的身份上考虑问题，自己想干什么就干什么，而不是烙饼翻过，换个角度——体贴着拆迁户的感情，从他们的立场上好好想一想，我们应该怎么做。

当前方再有紧急呼叫传来，谁首先拿起对讲机，也就不像原来那样咋咋呼呼，断然喊出一个“推”字，而是对那边的人说，你要冷静，不要贸然行事，我先向白主任汇报，研究研究再回复你。那边说，你们是怎么了，怎么变得这么肉？我劝你别着急，耐着点性子，兴许肉一点倒是对的。那边说一句，真他妈的没劲，立马就把对讲机挂了。这边还拿着对讲机，笑着耸耸肩、摇摇头，对自己调侃道，大爷我今天就是肉了，看你怎么着。

待白德臣出现，得到呼叫信息的这个人，也过滤了火气，用很平静的语气跟他汇报。白德臣也觉得他的回复有些反常，真是他妈的肉。这人被领导指责却不泄气，而是笑着说道："领导，我是这样想的，这拆迁户的棚屋他建了咱推，咱推了他还建，这样一来，可就不是一个简单的'推'字能说得过去的了。既然推之无用，我们是不是坐下来冷静地思考思考，找一个妥善之策？"

白德臣很是吃惊："你什么时候变得会用脑子说话了，你们不是说，你们都推习惯了，一听到'推'字就兴奋、就来劲吗？"

"这个兴奋、这个来劲也是眼前一会儿的事，时间一长，就含糊了。如同在战壕里射击冲锋的敌人，你扫倒了一茬儿，又补上来一茬儿，给你来个不怕死的前仆后继，弄得你扣扳机的手都抖、都软。"

"你这是什么比喻？我看你不是手软，而是心软，有点自乱阵脚，有了妇人之仁。"

"说我心软也未尝不可，说我有了妇人之仁也算准确，因为我们面对的到底不是敌人，而是我们的农民群众，"这个下属说到这儿，并没有停止，而是向周围扫了一圈，"我问一下，在座的诸位，谁不是农民出身？"

让白德臣没想到的是，这群平时唯唯诺诺的人，听了这一声问，竟没有一个含糊其词的，而是齐刷刷地应道："那还用问，我们哪个不是农民出身。"

白德臣又是大吃一惊。这可不妙，这意味着他的下属开始对他质疑、开始有了自己的判断。

"农民出身怎么了？正因为是农民出身，才要跳出农民的局限，学会用市民的眼光看问题。这也如同石灰岩，你把它单放在哪儿，也不过是石头，但你上火一烧，它就是水泥。所以要想让农民变成市民，就得靠推，你们不能有什么含糊，你们说是不是？”

他紧绷面孔，言之凿凿，激烈反问，他必须要维护自己的领导地位。

下属感受到了这句反问的硬度，但他们心中已柔软了，又不想反驳引火烧身，就都不接茬儿，整体沉默。

这还了得，白德臣觉得今后自己说话要是还想管用，就不能放过眼下，必须让自己的意志在下属那里得到回应，便大声催问道：“你们都聋了，怎么不说话？”

你说聋就聋吧，反正我们就不说话。我们没有说话的自由，我们还没有沉默的自由？他们跟他杠上了。

他们怎么会变成这样？白德臣很困惑。大兰子讲故事的时候，他不在场，他不知道，在一堆生石灰上，一个女人很温柔地浇了一瓢水，于是就在平静中发生了分裂，甚至是炸裂。其实这瓢水也没那么了不起，只因为这些人原本就是生石灰，骨子里有热、有钙，有分化、裂变的元素。平日里他自以为是，甚至一意孤行，忽略了他们的主体存在。所以，即便是没有这意外的一瓢水，只要有相应的湿度和时间，也要发生分化，只不过会来得迟一些、缓慢一些。

大家的沉默，让白德臣有些难以承受，很想发作，但是不明就里，怕把巴掌拍在玻璃碴儿上，局面没能改变，还伤了自己，便心生一计，引蛇出洞。便干干一笑：“不怕爆的，不怕狠的，就怕蔫了吧唧三脚踹不出一个屁的，既然你们都有了主意，就听你们的，坐下来商量商量，我倒要看看，你们都憋着什么好屁。”

像锅里的水已经沸着，只要一掀开锅盖，就能看到水花的滚动，他的话音一落，立刻就听到一阵嘁嘁喳喳。

“这被逼出来的民主也是民主，别他妈的乱，一个一个地说，”白德臣把无奈变成了悲壮，“我今天也豁出去了，我让你们说个够。”

那个刚才汇报的下属很是知趣，赶紧拿过白德臣的那只特有的大保温杯，倒掉里边的陈水：“我这儿有好茶叶，给您沏杯新的，而且给您沏浓点，浓茶醒神、静心，好让您有耐心听我们瞎咧咧。”

“瞎咧咧”，既是谦卑的说法，也是谦恭的态度，能让大人物放下架子。

白德臣瞪了他一眼：“别他妈的拍马屁，趁我还没改主意，你们赶紧说。”

发言

白德臣的下属开始发言。

给他沏水的那个下属说："我是觉得，这些盖棚屋的拆迁户，现在好像不是在为自己的利益而战，而是为心中的义愤而战。"

他分析说，他们一开始搭建棚屋，是因为补偿不公平，想以这种方式争得公平的补偿。我们却不予满足，以非法建筑的名义给他推掉了。他们受到挫折之后，伤心的同时还不绝望，以为只要他们坚持，表达一种不屈的意志，他们的诉求就一定会得到满足。但是，建了推，推了建，一而再、再而三之后，他们看出来了，他们的诉求不仅不会得到满足，而且拆迁部门把他们当成了敲山震虎的打击对象。成了靶子之后，就骑虎难下了。既然没了退路，就要硬着头皮死撑，不再为了利益，而是为了尊严，有了悲壮的性质。所以，他们不怕你推，因为他们有了超然物外的心情，好像自己不是当事人，而是旁观者。你们推了怕什么，我们再建嘛，穷人不怕损失，就那么点坛坛罐罐，没什么舍不得。摔吧，摔了我们跟你们一块儿听响，倒也是一桩乐子。这是什么？这是玩味心理，这比破罐子破摔还来得深刻，因为它摔的不是他们的家财，而是我们政府的形象和声誉。所以，别以为我们推着很来劲，其实两相对抗中，我们早就败了，把自己的人格都推没了。我们不能再没心没肺地推下去了。

大家觉得他说得在理，纷纷议论。

一个说，坛坛罐罐是不怕摔，但坛坛罐罐也是财产啊！我们都是农民出身，都知道家里的一针一线都来之不易，稍一损失，就心疼。所谓不怕摔，是没办法之后的自我解嘲，脸上是笑，肚里是泪。我是看不下去了，看不下去了。

一个说，咱在拆迁协议签订上搞三六九等，本身就有问题，那个什么花钱买稳定的做法更是操蛋。你稳定了一部分人，就扰乱了大多数人。道理很简单，怎么安守本分听话的人就还不如心术不正净出幺蛾子的人？这么做，是在社会伦理的导向上出了根本问题，危害很大。我们的政府部门不从自身找原因，总是把责任推给拆迁群众，还把他们当作刁民对待，哪儿说理去？我是看不下去了，看不下去了。

一个说，说政府部门的公务人员要有大局观念、要有责任担当、要有执行力，这是对的，不然的话，就会造成庸政、懒政、怠政。但执行力也要建立在依法守纪的基础上。就咱们的有些做法，就有执法犯法的嫌疑。比如对待那些顽固的钉子户。他们顽固固然可恨，他们不签拆迁协议咱们也无法申请法院强制执行；但是咱们的威慑手段——蒙面入室、趁黑抢砸，也绝对不可取。什么事都不能想当然、自以为是，更不能铤而走险、心存侥幸——这要是被群众识破，给你堵在现场；或者个别同志落单之后，被扒去面具——一看是拆迁办、拆迁公司的，还有派出所的，义愤之下还不把你打个半死？我们干工作的已有了生命之虞，胆战啊。即便不打你，给你曝光、给你告上法庭，你怎么解释？又有谁敢出面替你解释？我是看不下去了，看不下去了。

一个接一个地说看不下去了，把本来还有点耐心的白德臣弄得没有耐心了，他咣地把高大水杯往桌子上一蹾：“你们现在都看不下去了，那么，你们早些时候怎么就不说？装孙子啊，装孙子也轮不到你们呀，那也得是我白德臣白主任啊！”

大家都哆嗦了一下，闭口了。

那个给他沏茶、拍马屁的下属，哆嗦完了之后，反而勇敢地站了起来，直奔白德臣走去。他抓起那个高大的、弄出巨响的水杯，转身就来到垃圾桶前，把里边正好喝的酽茶倾倒一净。然后又迎着白德臣惊愕的目光走向他，把那个空杯子扔给他。

杯子在白德臣眼前的桌面上翻滚，如果不拦一下，会滚下桌面，他赶紧伸过手去：“你这是干什么？”

“说实话，虽然你是领导，我们是下属，但都是同事，谁也不是谁的爷爷，谁也不是谁的孙子，不尊重下属的领导，下属没必要尊重。想喝茶，自己沏。”那个下属满脸的庄肃，看不到曾经有过的奴颜。

白德臣心中一震：“难道你就不怕我给你小鞋穿？”

“哼，怕也没用，”那个下属轻蔑地一笑，“其实最应该怕的，是你白大主任，你心里也很清楚，你的小鞋，区长早已经给你准备好了，正等你伸脚去穿呢。但这还不是最可怕的，最可怕的是那些拆迁户，他们一天都没有闲着，一直都在给你做小鞋，而且还不止一双，够你一辈子穿的。”

“你，你……”白德臣惊得瞠目结舌。

与白德臣一起吃惊的，还有在座的所有人。因为他们也被点醒了，知道老百姓做的小鞋中，他们每个人都有一双。不是他们脆弱，也不是他们多心，是拆迁户对他们的态度早就告诉了他们。他们一走进村子，一下到现场，只要一说到他们是拆迁办的，群众就冷眼相待，或者干脆躲避，躲避不得就含讥带讽，甚至干脆就是怒目而视。好像他们是瘟疫，必须躲；好像他们是过街老鼠，必须打。

“白主任，他小子说了我们心里想说的话，弄不好，我们都得陪着您穿小鞋，您得明白啊，”怕领导不明白，他们乞求道，“您也就别摆领导的架子了，咱就实话实说一回吧。”

白德臣不知说什么好，只是不耐烦地挥挥手，意思是说，你们爱说什么就说什么吧。

大家你一嘴我一嘴地开始议论。他们虽然不敢看白德臣的眼睛，只是兀自低头说，但都是说给白德臣听的。

议论到最后，一致得出一个结论：咱们的拆迁工作遇到了现实瓶颈，再也不能这样搞了。

结论得出了，下属们就不再议论了，他们木在那里，就等白德臣表态。白德臣嘿嘿一笑：“怎么，这就完了？你们只是告诉我遇到了瓶颈，怎么打开瓶颈就不管了？”

那个先发议论的下属说：“办法倒是有，不过我们站位低，怕您听不进去。”

白德臣说："你们都把我拉下马了，我还有什么脾气不听？你们就尽管说吧。"

既然领导放下了架子，就不能再推诿，大家就把心中所想，悉数道出。

综合起来有这么几点意见——

第一，既然建了推，推了还建，已上升到对抗性质，就不能再用简单粗暴的方法了，还是要疏导，做思想工作。拆迁办作为对抗的一方，不好再直接出面，一出面会让那些群众认为服软，就失去了震慑力。所以我们在保持强硬的态度的同时，私下里去找一些替你解铃的人。比如去暗访这些群众的亲属和朋友，看看他们之中有没有在行政机关、事业单位和国有、集体企业中上班的，然后让他们单位的领导出面，带着政府的委托去做这些亲属的工作，再由这些亲属去做拆迁户的工作。当然，这种招数咱们之前也使过，没起到什么作用。但是，还要拿来用。因为以前用和现在用，条件不同，情况不同，那时不起作用，现在未必就不起作用。在对抗的节点上，群众也心虚，也想尽快收兵，但是，必须有人给提供台阶，让他们体面地下台。这些人一出面做工作，群众也会明白，他们是代表政府来的，既然给了面子，就应该就坡下驴。群众不愚昧，不会把关系打上死结。

第二，既然我们的群众已经知道了在拆迁协议的签订之中有暗箱操作、有不公平的地方，那么就不能掩耳盗铃、一味遮掩。直接改正，会引起负面的塌方效果，弄不好还会引发人心波动，不可取。我们可以在不损害政府权威和信誉的前提下，采取变通的方法，弥合补偿差距。也就是说，可以出台一个拆迁奖励办法，对那些听话的、按期拆迁的，甚至有觉悟、提前拆迁的，进行奖励。化暗补为明补，实现实际上的公平补偿。这个办法，别的区县也有先例，实践证明，群众的拆迁积极性因此而被充分调动，效果很好。我们应该借鉴，亡羊补牢，犹未为晚。

第三，公平地说，我们搞城市建设，在土地使用上，着眼点还在于土地财政，但政府贱卖了土地，更多的是便宜了开发商，真正所得比预期的要少得多，所以就出现了拆迁补偿偏低的问题。如果我们的政府真正情系于民，权为民所用，利为民所谋，那索性就拿出一个高姿态，整体地提高一下土地的补偿标准，在发放过程中，根据前期拆迁补偿的实际情况，多拿的少补，少拿的多补，既自然而然地实现了公平补偿，又提高了农民所得，仁政之下，万民喜庆，社会和谐，一派清明。这样一来，我们这些搞拆迁工作的干部，也就有了立身的资本，群众再见到我们，一定会客客气气、亲亲热热，绝不会像见了过街老鼠一样，人人喊打。

第四，不可否认，在什么样的社会背景下、在什么样的环境条件下，社会再文明、环境再清明，都有刁民、顽民、蛮民，甚至暴民，在政府让利于民的条件下，对那些欲壑难填，毫无公益、公德之心而无理取闹的少数人，对那些无正当理由，又拒不拆迁、甘当钉子户的少数农民，也决不能心慈手软，要敢于重拳出击——先是要用社会舆论进行孤立，让他们失去立身的道德基础，然后再用行政的、经济的、法律的、民治的手段予以制裁。双管齐下，甚至多管齐下，就是众人的意志，那么，他们就变成了螳臂当车的无良宵小，其刁、顽、蛮与暴，就会无用武之地、自行瓦解。

…………

白德臣的下属，所说的措施，法理、事理、情理均在，而且还有很强的操作性。他无理、无力再反驳，非要反驳，只能说明他是个毫无担当、不想作为、尸位素餐的庸官、懒官、昏官。索性彻底放下架子，予以认可为好。实际上，他起初的志得意满，早已被现实的挫折消磨得所剩无几，他心里很焦虑、很焦灼，也想找到破解的途径，脑子里也隐隐约约地产生过下属所说的那些想法，不过，他畏上、畏难，便患得患失，迟疑不定。因为再好的理念也要首先说服领导，领导要反感怎么办？再好的招数也得靠自己带着下属去干，达不到预期怎么办？如果领导不认可，实施中再出现闪失，那么所有的账都要算到他的头上，甭说副区长的帽子会被大风刮掉，就说唾沫星子乱喷下的罪愆，就自己这个小肩膀，也扛不起啊。他有私心，所以难以决断，便得过且过，糊弄一天是一天。

但下属的主动思考，给了他一个刺激，如果再装糊涂，下属会怎么看自己？那个土做的指挥棒，还怎么在他们头上挥舞？现在的阵势变了，不是我自己放得下放不下架子，而是下属已经把自己架起来了——你要是善纳群言，善作善成，他们会把你往上托举；你要是刚愎自用，敷衍塞责，他们会把你重重地摔下去。

白德臣先是凝眉摇头，让下属紧张，怎么能那么轻易地认可你们？然后放声大笑，说道：“你们还他妈的说自己站位低，你们想的问题，都站在了我的位置，干脆是区长位置上了，你们什么时候变得这么有脑子了？”

“有脑子没脑子还不是取决于您，”那个摔他水杯的下属嘿嘿一笑，“您允许我们发表意见，我们就用脑子说话；您不允许我们有自己的看法，我们就用屁股说话。”

“一帮老油条，我真应该把你们的脑袋拧下来，当球踢，哈哈……”

有架子的人，一旦把他逼得放下了架子，不出意外，他会立刻就变成老顽童。

领导都这样了，作为下属也就没必要紧张了，大家就都放松了心情，正常走动，正常说话了。

意外

前方又传来紧急呼叫。

白德臣首先拿起了对讲机:“我，白德臣，你有话就说，有屁就放。”

“白主任，刁民又把棚屋搭起来了，我已经跟指挥部请示过，但值班的没有给明确答复，只是说让我们再等一等，等您回来再决定。”

“我已经决定了，就一个字：等。”

“等?”那边追问道，“我没有听错吧，是‘等’而不是‘推’。”

“你没有听错，就是‘等’。”

“这可不像您的作风，您可一贯是果断、硬派啊。”

“甭，你废什么话，你能不能学会用脑子说话?现在情况变了。”

“您这是什么意思，把我弄糊涂了。”

“你说的硬派，就是一个字:‘推’。但是，我要告诉你，推已经没用了，因为拆迁户他们已不怕你了。”

“这？”

“你不用这那的，我现在明确告诉你，你只需原地待命，不要贸然行事，更不要有什么过激的举动，如果不听，后果自负。”

他居然下了这么一道柔软的命令。放下对讲机，他自己都觉得可笑，朝在座的人摇摇头：“我怎么变得这么肉了？”

“领导，您也别过意不去，您能这样，说明您从善如流，我们说的话您真的听进去了，您的作风更稳健了。”那个摔过他水杯的下属说。

白德臣笑笑：“你可真会拍马屁，不过，你的话，我爱听。”

“不是拍马屁，是从心里高兴，”那个下属受了鼓励，收不住话头了，“我问您，舌头和牙齿哪个硬？您肯定说，这是废话，谁还不知道牙齿硬。但是您想过没有，硬的牙齿都掉光了，软的舌头还在那里鲜活地蠕动。依此类比，我们赞成您这样做，遇事做冷处理，耐着点性子，也就是肉一点，很可能倒是对的，因为主动权在您手里，您能进退有据，什么情况下都能立得住，免得犯错误。这样一来，我们这些跟着您干的下属心里也踏实了。”

他的这番话，还没等白德臣做出反应，其他几位下属就已经抢白了：“你这话已经跟我们说过了，又拿过来跟白主任说，你还有没有一点新鲜的？”

他说：“不新鲜又怎么了？我们日常说的道理，哪个是新鲜的？但它究竟是道理。听得进去，一干就对；听不进去，一做就错。哼！”

白德臣冲他点点头："别管他们，你说得有道理，我听进去了。"

在自己最纠结的时候，倒是他平常最看不起的下属给了他一个疏解的主见，他轻松了许多。但毕竟自己是领导，如果要是给区长提出建议，必须让他知道，这是我白德臣的思考。为了使下属的主意化作他白德臣的语言，他对下属说："指挥部今天就不对外办公了，咱们搞一个闭门磋商，把你们的建议进一步完善，然后形成一个书面的方案，报给区长。"

当夜色把这个小小的指挥部包裹得如一块襁褓，建议方案也像初生的婴儿，有了鲜活动人的模样。大家很兴奋。白德臣更是兴奋得彻底放下了架子："去，切驴肉，打酒，在座的所有人都不许回家，就在这里开怀畅饮，庆贺一下。"

绳子和大兰子已做得了自己的晚饭，正要端上饭桌，白德臣推门而进："我们今天有大收获，想痛痛快快庆贺一下，缺了你们哪儿成，快，把你们的饭菜都端过去，一起庆贺。"

指挥部的每个人都有成就感，心头也都是从来没有过的敞亮，彼此之间，也都有从来没有过的亲热，他们放开了痛饮。他们的喜乐，自然也感染了一对老情人，连平日很少喝酒的大兰子，也端起了酒杯，她喝啤酒。

话语繁密，酒热暖怀，他们觉得远处的万家灯火都跟自己有关。就拿身边的这对老情人逗趣。他们逼绳子讲他们的恋爱经过，因为大兰子已经讲过了，就缺他这一方的叙述。绳子的叙述，大体上跟大兰子的叙述还是能对应上的，有榫卯的样相。但绳子只是勾勒，有轮廓，没细节，干巴巴的，一点也不生动。

他们感到不过瘾，就起哄。

“福云大哥，有那么多大姑娘晃在你的身边，你怎么独独就看上了兰嫂？”他们虽然已经知道了他是怎么看上的，但觉得那是白花花的骨头，必须由他本人添上红彤彤的血肉。

“俗话说，母狗不摇尾，公狗怎傍前。是你们兰嫂总盯着我看，所以我就看上她了。”

“哈哈，好像是兰嫂赖上了你一样，这不好、不好，你应该讲得好一些，要体现男人的主动。”

“那我问你们，我们那地界山清水秀，大姑娘都好看是不？但在好看的姑娘群里你们兰嫂还显得更好看，你们说我该怎么办？就占上。”

好像兰嫂也说过“占上”这个词，所以他们兴奋了：“什么叫占上？”

绳子知道他们在冒坏，如果不匹配上他们需要的意思，是躲不过去的：“嘿嘿，占上就是覆上身子，让生米煮成熟饭。”

酒肉伴以情色，正是他们需要的，他们笑得前仰后合，拼命喝酒。

大兰子佯装生气：“你都多大岁数了，还好意思这样说话，真是老不正经。”一边说着，一边酌下满满的一杯啤酒。她是用这样的方式遮掩远遥的羞耻和近处的得意。

“也就是未婚同居啊，”他们觉得这可真是乐子，“哈哈，有意思，有意思，你们那个时候，就这样开放、就这样时尚，说来你们是一对先锋人物哩。”

“别瞎扣帽子，”绳子觉得真不该顺着他们说话，生生进了圈套，“没结婚就睡在一起，你们以为只是今天的事？甭说昨天，就是古时候也早有了。真正的爱情，从来就是不管不顾的。一对男女，恰似干柴烈火，爱到死去活来没办法的时候，怎么办？只有一个字：睡。”

哈哈哈哈哈哈哈哈……

这帮人真是被拆迁折磨得神经脆弱了，他们的笑声再也收束不住了。

绳子一边跟着他们笑，一边瞥了一眼大兰子。大兰子虽然不笑，但也不恼，只是把嘴撇得别致。这让绳子的胆子壮了一下，既然你们喜欢这粗俗的快乐，那么，我就再给你们添点佐料。

“我说各位，你们真是没有见过世面，把不好笑的当好笑，黑格尔你们知道不？路德维希·费尔巴哈你们知道不？都是大哲学家哩。费尔巴哈就从黑格尔那儿发现了一句话——同居，是爱情的最高阶段，也是一种庄重的宗教仪式。”

粗俗的快乐到了最后，就是虚空，就乐不起来了，再加上绳子突如其来的一个玄奥，这班人愣了。

绳子嘿嘿一笑：“本来是让你们笑的，怎么倒都不笑了？”他猛地想起了白德臣，他是知道自己一边捡破烂儿，还一边看路德维希·费尔巴哈的，便说：“你们如果不相信，就问问白主任。”

白德臣没有接话，他本能地觉得，此时他如果接续绳子的话头，颇有些不合时宜。

但是，一个没心没肺的下属说了一句：“唉，怎么忘了叫黄咏梅了，黄小姐也是咱们拆迁办的，如果有她在场，咱们福云大哥就不会这么得意了。”

他无意间的一句话，让其他人忍俊不禁，从牙缝里龇出哧哧的笑。

绳子从他们隐含的意思里马上想到，白德臣与黄咏梅的关系，原来在拆迁办也不是什么秘密。难怪他们不给他倒水，难怪他们也敢给他提意见，难怪他总是跟下属喝大酒、貌似一团和气。

白德臣就要发作了。绳子想。

果然就听到酒杯砸在桌面上的声音：“喝酒就喝酒，干吗拿人家一对老情人开心，他们容易吗？缺德！”

白德臣的呵斥，以体贴他人的道德优势，扭转了下属的粗俗。他的下属纷纷举杯：“福云大哥，对不起，敬你一杯。”“兰嫂，对不起，敬你一杯。”

这个阵势，让绳子不好意思了，因为他的哲学不好往通俗里阐释，因为他理解的也是似是而非，不过是表面的那层意思。倒是大兰子大大方方地发了言，因为她有世俗立场，反而有在世的把握。她说：“每个人都有故事，是故事就是让人说的，你们说我们的故事觉得快乐，我们也觉得快乐。俗话说，说破了无毒，就都不忌讳什么了。”

她的意思是说，一旦把自己的事也当成了故事，就没有什么难为情的了，就可以快乐在别人的快乐中。

因为她不忌讳，所以大家依然可以任性玩笑，酒就喝得尽兴，一片其乐融融。

突然，室内的灯全灭了，接着就传来玻璃破碎的声音。伴随着破碎，有乱风呼啸，还裹挟着重物，劈头盖脸地砸了进来。重物砸来的密度，像弥天乱飞的冰雹，每个人都无法躲过。他们都遭到了重击。但由于是猝然而至，他们还不知道疼在哪里，只是本能地大呼小叫，自乱了阵脚，纷纷扑倒。

黑暗惊悚，所以他们爬起来之后，就纷纷往外奔跑。冲到天井，看到朗月高照，树梢也不招摇，便顿生讶异，这大好月夜，哪来的乱风，又从哪里席卷来冰雹？他们马上想到，这是恶意的偷袭。一有这样的判断，意识立刻就清晰了，这肯定是那些一直跟他们对抗的拆迁户预谋的行动。他们来得快，去得也快，不留下踪影。

白德臣站在廊檐下，不停地嘟囔："这，这……"本来他就要体恤拆迁户，向区长进言，采取怀柔政策了，可他们却送来暴力。他心里很乱，不知说什么好。

这时候，绳子从屋里跑出来，拽起白德臣的胳膊："你们快进去看看，兰子她好像出事了！"

白德臣心里一顿，朝身边的下属喊道："快去拿应急灯。"

应急灯柔和的灯光，放大了室内的乱象，一地砖头瓦块，还有破铁烂铜，一应杂物，每个投掷物都比以往要黑、要大，都是无言的凶险和冰冷。白德臣脖子后起了一股凉风，忍不住咧了咧嘴。

那个酒桌已被砸得散了架，像散落了一地骨头。骨头旁就摊着一团无骨之肉——大兰子仰面躺在地上，一动不动。

灯光移近，众人大骇。大兰子的额头，整个塌陷进去了，血污遮住了她的脸和眼。最可怕的是，她的后脑竟然枕在一只啤酒瓶子上——事实上，是破碎的瓶体刺进了她的脑袋，如同枕在刀尖之上。

绳子傻了，绝望地看着白德臣。白德臣大喊一声："快，快叫急救车！"

急救车来得也快，白德臣陪着绳子随大兰子风驰电掣而去。

一路上，绳子居然看着白德臣傻笑，弄得白德臣很困惑，心里很疼。

人进了抢救室不久，门就又开了。告诉他们，不用抢救了，人已经走了。

白德臣猛地拽住医生的手："大夫，求求您，不管花多少钱您也要救活她，您放心，我们有钱。"

大夫说："不是钱的事，你们送来的时候就已经脑死亡了，没有抢救的必要了。"

那就只好送太平间或殡仪馆了。

绳子说，这两个地方哪儿都不能送，只能拉回她的住处，因为乡下有讲究，要在家里设置灵堂，摆上三天才能出殡。再说，她的儿女又没在身边，我们不能替他们做主。

白德臣点点头："那好，你就在这里等我，我去办一下死亡证明，省得在她儿女面前说不清楚。"

绳子一把抓住白德臣的手："我跟你一块儿去办。"

办完死亡证明，白德臣又叫来救护车，只有救护车才能让人躺得平展，不委屈逝者。

整个过程，绳子一直就那样拽着白德臣的手，须臾都不肯松开。

白德臣曾让他松开："我跑前跑后，办这办那，还拖着个你，多不方便。"

绳子说："我脊梁骨都像被人抽取了，不拽着你，还不倒了？"

白德臣说："你都这么一大把年纪了，对生死应该想开了，别把自己弄得那么心窄，挺住了。"

"挺住了？明明知道你是罪魁祸首，我还得死死地拽住你，还让我怎么挺住？你亏心不亏心？"

绳子说完，像鸡婆误食了石头，喉咙被卡住了一样不停地哽咽。虽泪流满面，但也不放号啕之声，他挺住了。

守夜

大兰子就静静地躺在他们平时相伴而眠的土炕上。

一块从医院随救护车带回来的白布衬出她身体的轮廓。她看上去比平时要小，就显得很不真实。大兰子是个丰满的人儿，他们站在一起，有一样的壮硕。为此，绳子也挨着她躺下，想比一比大小。一比，觉得自己也小，那么，是不是自己也死了？用秀姑的说法，人一死就缩身，因为人大在灵魂；灵魂一走，岂能不小?

他闻到了大兰子身上的味道。这味道里，有啤酒味，有血腥味，有消毒水味，还有一种味道他分辨不出来，或许就是死亡的味道吧。这都不是她平时的味道，都很陌生，很冷，所以他很伤心，忍不住呜呜哭起来。平时的大兰子，有甘草味，香椿味，芹菜味，白薯味，烟熏味，汗腥味，香胰子味……她吃什么，抚摸什么，侍弄什么，就有什么味。因为那些气味都跟她的身体和呼吸有关，很熟悉，很温热，所以就香。

这些味道很家常、很平凡、很贫贱，也就很符合他的身份，所以他就爱闻。而且他还觉得，闻到了这样的味道，就是闻到了生活。既然闻不到这样的味道了，就是再也闻不到生活了，日子走上了绝路，他还怎么过？他心里堵了很多东西，喘气都困难，就连呜咽也不得不止住了。他望着天花板，眼前是漫天的黑。他真希望天花板赶紧塌下来，把他砸得灵魂出窍，好跟他的兰子一同上路，去看看老家的山林、溪水和那条已经老旧了的战备路。嘿嘿，修路就修路，还别有用心地带好吃食；趋乎就趋乎，还不知羞耻地摆屁股。昨日的光景，今天的回忆，死了的，反而活了；活在近处的，反而死了，真是让人揪心。绳子突然发现，自己的身子也僵住了，因为他想往兰子身边挪一挪，手脚却都不听使唤。他悲哀地叫了一声："兰子，你可别怨我啊！"

兰子有理由怨他。因为在那阵猝然砸来的乱雨中，绳子的肩头也被重重地击了一下，他下意识地朝侧坐在他身边的大兰子扭了一下头，发现她的额头少了一块，血从那个凹处不停地向天空喷射，身子失去了重心，连带着座位就要向后仰倒。他猛地站起身来，想去支扶，但脚下却被什么东西绊了一下，竟扑倒在大兰子的身上。一个意外的助力，大兰子反而摔倒得更快、更重，砸碎了身后的啤酒瓶子，头就戳在瓶子的碎碴儿之上。这或许就是她致命的原因。

我平时脚下是很利落的，怎么就会绊倒？你平时也是不喝酒的，怎么就喝了几杯啤酒？怎么那啤酒瓶子的碎碴儿就刺进你的后脑？真是寸得没法说清楚，莫非是老天设计好了的，命该如此？

怨不怨的，兰子她也不会告诉你了，就留给你自己琢磨吧。

这一琢磨，绳子就觉得自己也是罪魁祸首。怨天怨地又怨自己，他便又喘不过气来了。他干脆就不喘，兴许会很快就迎来解脱。于是，莫名地有了点兴奋，便朝空蒙里狞笑，觉得天地之间的一切都可笑，他本身就是理由。

好像狞笑可以驱邪，让死神惧怕，不知什么时候，他的手脚竟然能动了，堵着的心肺也有了间隙，他能够自由呼吸了。他开始想自己的不幸——

以前的就不想了，那些给他造成不幸的人差不多都死了，包括大兰子的爹，大兰子的丈夫大山子。但在死人身边数落死人、埋怨死人究竟有些不够厚道，都说死者为大，他们都比我地位高，我得恭敬。

就说眼前吧——

你说我终于能跟兰子朝夕相处了，过得像居家一样滋润了，却转眼就断了，你说悲催不悲催？

什么叫滋润？有人早晨叫早，晚上催睡；一日三餐给端上桌面，而且都是你喜欢的口味；衣服破了给补，衣服脏了给洗，温暖和体面都是不请自来；你睡不着的时候，有人陪你唠嗑，你想不开的时候，有人给你抚平心里的皱褶——一切，都有人主动地给，你只需坐享其成，而且还不用说一声谢谢。兰子啊，眼前的这些日子，你给了我一辈子的滋润，直让我觉得从来就没有苦过。这可好，滋润的日子说断就断了，远处的苦难都一齐跑过来，跟我讨要旧账，以至于放个屁都是苦味。兰子啊，这我可怎么受得了，你这不是害我呢吗？

听说咱家属区的房子就要装修完了，依小山子的说法，就要办个正式手续，搞个正经的完婚仪式，就要修成正果了，你却抽身而走，独独把我撂在荒郊野地里——万家灯火，人间静好，但我又能进得去哪家的门槛呢？我是孤魂野鬼啊！兰子，你早不走晚不走，偏偏在这时候走，那没影的已盼得有了影，就要显出幸福的真身了，你却等不及了，让我一辈子的念想一下子成了泡影。你说，我还有什么理由活？你索性就带我去吧，我服服帖帖地跟着你，寸步不离。

还有，兰子，小山子明明是我的儿子，他也明明知道是我的儿子，但就是不跟我相认。咱们商量好了，等咱俩真正成了一家人那天，由你亲口告诉他，让他不认也得认。可是你这一走，没了母亲，又怎么能指子认父？即便是我拉下老脸，苦苦哀求他认我这个老子，从舆论、从情理上讲，他也不会认啊。这样一来，我不仅失去了你，也失去了儿子，而且都是永久的失去。兰子啊，你真是把我害苦了！

不幸叠加着不幸，加重了悲哀的分量，他痛苦得再也不能承受，放声大哭。那哭声竟像叫驴嚎野，獠戾得怪异，连他自己都觉得瘆人，不禁打了一个寒战。

“绳子，绳子！”门外有人敲门，是白德臣。他说：“用不用我陪陪你，你那是个什么哭法，还想活不想活？”

绳子只好止住了哭声：“不用，我只想自己跟兰子说说话，你们谁也别打扰。”

白德臣那干人马正陪吴克军在对过勘查现场，他们要连夜破案。“那好，人死不能复生，你要注意节哀。”既然不用关怀，白德臣就回去关心案件了。他内心很愧疚，要尽快给绳子一个交代。

既然哭得吓人，就咬紧牙根忍痛，这一忍，就觉得面部膨胀，里边像有万根针聚拢着向外刺来。他疼得低叫了一声，从土炕上翻身而下，进了后挎斗的卫生间，揿亮了壁灯，往墙上的镜子一看，吓了自己一跳。镜子里的那张脸，竟黑丛丛地长满了密密的胡子茬儿。哪有这样长胡子的，不仅腮颊、唇际、下颌，而且是满脸漫生，像针一样根根直立，犹如豪猪游牧。

他是个白性子的人儿，虽然有男人的脾气秉性，却不体现在唇髭之间，他平常是有胡子却不见胡子的，只是在下颌有一点稀疏的点染。可现在，顷刻之间就已经荒草遍地，这要是让兰子见到了，还不把她吓出好歹来？他赶紧涂上肥皂水用力刮。虽然脸被刮得火烧火燎，但究竟是露出了皙白的面皮。这就对得起兰子了，福云还是那个福云，并没有往陌生里变，她还认得出，可以接着陪她说话了。

他重新依傍她躺下，把手伸进去找她的手。她的手又硬又凉，他就对自己说，这没关系，石头握在手里，时间长了也是热的，更何况是人的手。他紧紧地握着，果然慢慢地有了温度，他说："兰子，有我在，你还会冷？你还记得不记得，咱们修战备路的时候，你给了我好吃食，我说谢谢，你说别虚情假意，动点真的。我说怎么才叫动真的？你说我手冷，借你的手给我焐焐。我拽过你的手就塞进了我的老棉袄，我说，给你焐手光借手哪儿成，得给你整个胸脯。嘿嘿，咱一直对你痴，要不怎么等了你一辈子，你说是不是？"听不到兰子回答，他接着说："我明白了，你是说我以前用胸脯子给你焐手，如果我真的没变心的话，还应该用胸脯子给你焐手，好，好，我现在就把胸脯子给你。”他把大兰子的手拽进胸脯，冰冷让他感到了她的存在，他很兴奋。但是，只要他的手一松开，大兰子的手就支支棱棱地缩回去。他就又把她的手捉回来。“这胸脯是不如从前厚实了，横竖是我的心意，你就别嫌弃了。”但依旧往回缩，便只好还用手焐着她的手。这只手焐得有些累了，就换另一只手，可是，明明她的手已经被焐热了，换了手再握上去，感觉还是凉，而且比以前还凉，湿乎乎的，简直就是冷，还不是一般的冷，阴冷。他方醒悟，这个温暖过自己的人，也被自己温暖过的人，真是不在了。“兰子……”他忍不住叫了一声，又哽咽了。一哽咽，他的脸又剧烈地膨胀，而且疼痛比上次还要凌厉。上手一摸，很扎手，不用说，肯定又长出了针的模样。由于难以忍受，他就又跑到卫生间去。镜子里映出来的，果然还是一张长满了胡子茬儿的脸。他赶紧又涂上肥皂水用力刮，刮得脸上起了一股冷风。这人一老，会迎风流泪，泪水顺势就从眼眶里溢出来，模糊了视线。狠狠地眨眨眼，竟看到镜子里出现了一张大兰子的脸，笑眯眯地看着他，好像是在说，你这胡子也真是邪性，才刮过不久就又像很久没刮一样，你现在是什么人，我可从来没见过你这样。

再回到大兰子身边，他不想再躺着跟她说话了，一说话就免不了悲痛，一悲痛，脸就胀，就莫名其妙地长胡子，就还得去刮，因为不刮我就疼得受不了。但是，天一亮，人就来，就不再能贴身地跟亲爱的人躺在一起了（即便是三天之后才能出殡，但有她的儿女在她身边守灵，他这样一个没有名分的老男人也是不能弄出那样的举动来的，那是天大的笑话），所以，这可是最后的贴身守护啊。于是，他不仅又躺在了土炕上，而且还把大兰子整个地拥进了怀里。因为“最后”的意识让他绝望，他必须抓住这最后的拥有。冰冷弥漫了他的全身，深深地渗入了骨髓，提示他，这是永远的冷，再也不会有冰雪消融、春花烂漫的时候了。这种悲哀是一种不可人为控制的力量，使他的大脑像灌满了水，满得无法阻拦，自己就往外倾溢——他恣肆地流泪。连锁地，他的脸就恣肆地膨胀，胡子就恣肆地向上生长。他好像还听到了比肩接踵争相生长的摩擦声。这是疼痛的声音，聒噪得他心绪难宁，他想再冲进卫生间去，获取一种消解的力量。但是他坚定地制止了自己：为了最后的爱情守灵，怎能容得这么仓皇不定?

他紧紧地抱着大兰子，一动不动，贴着耳朵说：“天就要亮了，咱们睡会儿吧。”

灵堂

太阳喷薄而出。

这个满地狼烟的地方，今天的天空，居然晴空辽阔，无一丝云絮。

屋外有了人声。

循着人声，绳子走出屋外。就看到了小山子领着兰子的后人，男男女女、老老少少、长长短短地站在门外。

昨天夜里，当医生宣布大兰子死亡之后，绳子第一时间就用电话通知了她的后人。小山子好像并不吃惊，冷冷地对他说，因为时辰已经很晚，无车可乘，只好赶明早的第一班公共汽车，先就这样吧。

这样是什么样？绳子很是不理解。看来，大兰子作为母亲，在他们心中，好像早已断了恩德，或许就从大山子去世的那天起。

不过，他们到底是来了。望着他们，他无话可说。

小山子见了绳子，却大吃一惊。眼前的这个人，平日里是面白无须的，现在却是满脸的钢针，而且颜色黢黑，根根直立，像一只大脑袋刺猬。看来，母亲的离去，他是有巨大的痛的，不过只听说过人在痛中会一夜白头，没想到会见到野人的样子，他被震撼了。

小山子本来有一肚子的邪火，想在见了这个失职的人之后劈头盖脸地发泄一番，但在这等光景面前，他什么怨怼的话也说不出了，只是摇摇头："你……"

绳子说："她就在土炕上，你们去见见她吧。"

他们在屋里大呼小叫，他就站在院里默默流泪。

他知道自己没资格与他们在一起悲痛，只能在这里默默地流泪。既是为了兰子，也是为了自己。

一切都平息之后，小燕子跑了出来，猛地抱住了他的腰："爷爷，您没伴儿了。"

还是这个小孙女跟他有感情，他起早贪黑地接送她，到底是没白辛苦。他被孩子戳到了最柔软的部位，忍不住号啕大哭。哭着哭着，他感到了羞耻，推开小燕子，泪眼婆娑中，径直朝前走去。他的腿被什么东西绊了一下，透过泪光一看，是秀姑那口腌咸菜的缸。他心里动了一下，掀开缸盖捞出一根糗萝卜，他毫不犹豫地就送进嘴里。他嘴里很苦，渴望有味儿的东西。奇怪地，那咸味的糗萝卜，嚼着嚼着，竟嚼出了甜味，他的悲痛轻了一些。

他和大兰子的屋里传来了吵闹声，他转回来对小燕子说："你去看看，他们吵什么。"小燕子很快就探回来了，对他说："他们想布置灵堂，却找不到我奶奶的照片。"

绳子竟怪怪地笑了一下，拉着小燕子进了屋。

小山子见了他，问:“你，你总是跟我妈在一起，知不知道她把照片放哪儿了？”

一个“你”字让绳子感到特别不舒服，冷冷地说:“这得问你们自己。”

这就等于告诉他，我一个外人，哪里能见到你们母亲的照片。大兰子女儿说:“我说什么来着，咱妈的照片拆老房子的时候，我留心收了，拿到你妹夫那儿保管起来了，因为这儿是租的人家的房子，放照片干什么。”

“你来的时候怎么也不想着带，真是没心没肺。”小山子埋怨道。

“我急着来奔丧，哪儿还想得起来带照片？”大兰子女儿觉得委屈，反斥道，“你有心有肺，妈活着的时候你什么都不管，这时候显得你是儿子了，恶心。”

“你再胡说，小心我抽你！”小山子被揭了短，恼了。

绳子冲他们摆摆手，他是为大兰子感到悲凉，觉得她的儿女都是干不成什么事的人，只会鸡刨狗逗，在小处抖搂机灵。他板着脸说:“这儿有你妈的身份证，上边就有她的照片”。

他们找到了她的身份证。“照片这么小，怎么用?”小山子说。

绳子拿过身份证，转身出了房门。他来到对过的拆迁指挥部，他知道那里有电脑、扫描仪和打印机，能把照片放大到纸上。

身份证上的照片不仅小，而且还有些模糊，那是因长期使用被衣服和手摩挲出来的结果。放大以后就更显得模糊，不过，稍往远处站站，还是能够清楚地看出大兰子的样子。为了应急，也只能这样了。“兰子，对不起了。”他心里说。

照片镶在一块木板上，放在了灵堂前。再上眼一看，模糊倒不成问题，只是脸显得臃肿，有些丑。“怎么这么不好看？”他忍不住嘟囔了一句。被身边刚摆完照片的小山子听到了，他顺势接了一句：“这就不错了，再说，她什么时候好看过？”

“你他妈的会不会说话？”绳子狠狠地在他的屁股上踹了一脚，“在我眼里，你妈她一直是好看的，比哪个女人都好看。不知轻重的东西！”

小山子只是咧咧嘴，傻傻地一笑，并没有别的动作。他知道自己说错话了，认了这一脚。绳子的心里舒服了一些，在悲哀中找到了一点平衡。

大兰子的遗体被安放在灵堂，整个人都被那块白布遮盖着。按京西的风俗，逝去的人摆放在灵堂，是不能见光的，头脸要被严实地盖住，人们在想象中凭吊、缅怀。这时绳子很感谢这种风俗，它能让躺着的人保持体面，永远是生前的模样。

灵堂就布置在外间的客厅里，地界有些小，有人出主意，是不是在院子里搭个凉棚？绳子不同意：“她这个人，从来都怕风。”灵堂刚布置好，绳子就对小山子说：“依老理，你们做儿女的，要首先祭拜，快披挂上，给你妈磕头。”

所谓披挂，是从头到脚都要披麻戴孝，一应的重装。披挂的过程，绳子挑三拣四，一切都得按他说的规矩做，差一点也不通融。白鞋、白帽、白腰扎、白肩披，黑衣、黑裤、黑袜、黑臂箍，臂箍上要有红璎珞。白布、黑布都是小山子他们在绳子提醒下，自己带来的，独独没有带来红璎珞。小山子说：“别太讲究了，就凑合着吧。”绳子说：“这可不能凑合，红璎珞可不是别的，代表你们的心。”说完，他闪进里屋，拿出一把红绳。明眼人一看就知道那是捆酒瓶子嘴用的。孔府、老白干、二锅头，虽然低档，但装酒的器皿都是很精美的小坛子，瓶口蜡封，短颈上还缚以红绳。小山子嘟囔了一句：“你看你就是个捡破烂儿的。”绳子说：“捡破烂儿的怎么了，到时候能救急。”按规矩披挂完毕之后，绳子让他们跪到指定的位置。

“行大礼！”他喊——

“一叩首，谢养育之恩！”

小山子的头叩得有些浅，绳子薅起他的头发，提起来又马上推下去，叩响了。

“二叩首，恕不孝之人！”

小山子怕再被薅，自己主动把头叩得响一些。

“三叩首，乞先人保佑！”

这可跟自己有关，必须叩得响，儿女们都不傻，所以一起往响里叩。

以为已经礼成，小山子欠身要站起来，绳子一脚踹在他的腿弯上，小声地说：“神三鬼四，你怎么什么都不懂？”

“四叩首，祝母慈早塑真身！”

好像跟自己没关系，便叩得稀松、敷衍。没办法，就是这个素质，只好得过且过吧。

礼毕之后，绳子让小山子们在遗体两旁列站，嘱咐道：“一会儿，亲朋好友老乡亲们要陆续祭奠，每个祭奠的人你们都要还礼，是长辈的，要磕头，是平辈的，要作揖，别光傻站着，给你们的妈丢脸。”

叮嘱完，他赶紧转身出门，因为在这个过程中，他突然生出一种做父亲的感觉，忍不住想落泪，但他又不想让这群不整齐（有出息、成气候）的儿女看见，所以就躲出去。

他坐在院子里，默默地流泪，他有大悲。因为这里边还有幻灭，永远不能与人言说也永远不能修补的残缺。

在夜间，他拥抱着兰子的遗体迎来了黎明。第一声鸡啼，让他心惊；第二声鸡啼，让他心痛；第三声鸡啼，让他心碎。他突然闪出一个念头，在她被移入灵堂之前，他要最后一次看看兰子的真容，一个人专心地向她做最后的告别。

当他掀开蒙在大兰子头上的白布，他震惊了——

大兰子的头异常肿大，包扎的纱布整个陷进肉里，像戴着一副镇压反抗的紧箍魔咒。她的眼大大地睁着，死死地盯着前方，好像那里有她一生的宿怨。脸膨胀得有些夸张，致使鼻子完全缩了进去，一团囫囵，毫无人形。嘴唇翻着，牙豁被放大了，稀疏又狰狞。这是一个极其丑陋的面相，曾有的美丽荡然无存。绳子倒吸了一口冷气，巨大的悔意陡然而生——他后悔见她最后的一面，使丑陋在心中定格，好像她从来就没有美过。

可是，他的兰子，年轻时俊俏，年老了端庄，经得起久看、细看，是怎么也看不够的美。这是怎么了！这是为什么！！他想哭，无声；他欲哭，无泪，毫无知觉地愣在那里。

因为屋外有了人声，他猛地惊醒。惊醒以后的第一个动作，是迅速地跨出去，奔向客厅，向迎面的墙上直直地看。那上边，正有一帧大兰子的相片，镶在木纹相框里，端端正正地挂着。

那是大兰子年轻时的照片，是她与绳子闹热恋时，他们忍不住去天安门广场游览，看国旗、看领袖画像、看激情的人流，以抒发他们放眼神州大地、放眼五洲四海的革命豪情。因为心中有火热的感情，必然要伴生出神圣的东西。为了留下纪念，他们去大栅栏大北照相馆拍照，既拍了大兰子的个人照，也拍了两个人的合影。随着他们关系的变化和时间的推移，合影找不到了，只有大兰子的个人照保留了下来。那是一帧二寸黑白小照，绳子拿到县城，翻洗成一尺二寸的彩色放大照。照片上，大兰子的青春容颜如花似玉，两条粗粗的大辫子也驯顺地垂在肩后，分外俏皮。他爱不释手，一直自己珍藏着，到了两个人像夫妻一样住在一个屋檐下了，才庄重地把大兰子的照片挂在了客厅的墙上。

你这是供神呢？大兰子问。

对，就是供神，你是我心中永不褪色的神。绳子认真地说。

墙上是一尊神，而里边躺着的，却是一个小鬼。一个金光闪闪，一个面目狰狞，巨大的反差，让他心中生出巨大的刺痛。他欠起身子，把照片翻了过来。

翻过来也不放心，怕引起他人注意，再重新正过来，便索性摘下。拿在手中不知如何是好，在屋里紧急巡视，看到一张包驴肉的牛皮纸，把照片草草地包裹了一下，塞进了土炕的炕洞里。

罪祭

亲朋好友正祭奠着，呼啦地来了几个戴手铐的人。

打头的正是刘小胖，他们是被民警推搡着跌进灵堂的。几日不见，刘小胖好像又胖了不少，因为她一进来，灵堂的地界立刻就窄了不少，更显得局促了。

白德臣和吴克军的破案效率很高，在夜色中布阵，天一亮就宣布告破。

这也没有什么奇怪的，顽固对抗拆迁的人他们都记录在册，有方向性的排查线索。办案人员一上门，听说死人了，不用逼供，一晓以利害，有的人不仅赶紧认罪，还主动举报。砸死人了，是很严重的事态，参与的人都不想一人顶过，好像只要把同伙供出来，人人有过，自己就没过了似的。领头闹事的，最后聚焦在刘小胖身上，刘小胖也不辩驳，认了。

一共排查出了六个人。白德臣觉得，依据那天晚上抛掷物的速度、密度，肯定人数众多，绝不止这几个人。但有的嫌疑人内心坚定，经得起警察问讯的那套程序，无论怎么因势利导、软硬兼施，都一直矢口否认。就只好先把这几个人拉回派出所进行预审。

刘小胖之外的那几个人，由于不是组织者，对到底都有什么人参与，在那乱乱哄哄、一拥而上的阵势之下，的确也认不清面目，所以他们拿不准，前脚检举，后脚就否定，他们不想有错误的指认。因为他们判断，依事件的性质，终究也就是个群殴，绝对够不上死罪，即便是负刑事责任，短期内也会被放出来，可一旦冤枉了人，会跟人家结下梁子，是一辈子的宿怨，会跟你纠缠不休，那今后的日子就不安生了。

最后，把审讯集中在了组织者刘小胖身上。

白德臣和吴克军亲自审问。

白德臣说："刘小胖，既然你是组织者，都什么人参与了，你肯定一清二楚，如果你把他们都交代出来，也算是立功表现，会对你从轻处理。"

刘小胖说："人都在这儿了，我没什么可交代的了。"

白德臣说："你要识时务，不要学什么刘胡兰。"

刘小胖说："刘胡兰我学不来，我只是刘小胖。"

白德臣说："刘小胖，我跟你也算是熟人了，我可是真心为你好。"

刘小胖说："你别在那儿假模假式地充好人，我不想跟你说话。"

"为什么？"

"你让我看着就恶心。"

这是什么意思？白德臣一脸的迷茫。

吴克军接着审问。

问她作案动机，她说，我们不是作案，我们是维权行动。吴克军说，维权有那么多的正当渠道，你为什么偏偏选择了这种违法方式？她说，哦，原来这么做违法啊，那我就不明白了，既然违法，那你们怎么用这一套对付我们？我们都是跟你们学的。

吴克军一愣，忍不住看了白德臣一眼。白德臣竟扭过头去，这么敏感的话题他可不便触碰。“你接着审。”他从脑后送过来这么一句话。

吴克军用力敲了一下桌子：“你跟我们学什么了？”

刘小胖一笑，无一丝畏惧：“入室行窃，哄砸房屋，你们即便是蒙面出动，老百姓也是心知肚明。”

吴克军皱了皱眉：“你这么说，有什么证据？”

刘小胖说：“什么证据？就凭发生了那么多起案件，你们至今一起也没有侦破，就已经说明了问题。你问为什么？那么我告诉你，贼喊捉贼，作案的破案，驴年马月也捉不到贼、也破不了案，你们不要觉得老百姓都是傻子，好欺哄。”

吴克军大吃一惊，忍不住站了起来：“你这可是凭空诬陷，从法律上讲，要罪加一等，你知道不知道？”

“我当然知道，你不用吓唬我。嘁，还说什么法律，你们不觉得可笑吗？”刘小胖挪了挪身子，压得身下发出吱嘎的裂声。“俗话说虱子多了不咬，债多了不愁；又俗话说，光脚的不怕穿鞋的。既然落在你们手里了，怕也没用，我早就做好了准备，拿我这二百来斤的身块儿，跟你们扛上一辈子。你要问我为什么有这样的底气？那我告诉你，你们拆的是我们的房子，补偿不合理，我们自然要说，这是天理。现在是共产党的天下，以人民为中心可不是说说就算了，后边肯定有真东西。所以，我们这样闹，也算是据理力争，表面上闹的是你们，实际上是闹给大领导看的。眼下都闹出人命来了，大领导肯定要出面了，大领导一出面，难过的不是我们。嘿嘿，所以，你们别在这儿跟我吹胡子瞪眼，还是想想你们该怎么办吧。”

一如兔子急了还咬人呢，别以为一个胖女人就庸俗、就愚蠢，刘小胖高低也是高中毕业，再加上电视、互联网、多媒体、手机，她知道不少，也懂得不少，甚至比白德臣、吴克军这样的无所用心、习惯于仗势而为的公务人员还有头脑。所以她闹事而不怕事，有责而不怕担责，而且还能享受一下快意恩仇，短尾巴的小老百姓咬一下长尾巴的官僚子，又怎么了？因为被逼急了，她豁出去了。

刘小胖的话刺痛了吴克军，他更激烈地拍响了桌子，想进一步震慑：“看来，我必须给你上手段了。”

白德臣可没有他那么愚蠢，他知道，这样的审问，闹不好会把审问者弄上被审问的位置，他赶紧摆摆手：“我看，就审到这里吧。”

离开了审讯现场，吴克军说：“大哥，这个胖娘们儿太嚣张，依我的脾气，得削削她，可你怎么给拦了？”

白德臣说：“你看她那做派，是故意激怒你，逼你犯错，好抓住你的短儿。再说，不过是个小老百姓，犯不上，犯不上。这案子横竖也算是破了，就适可而止吧，眼下咱们最应该做的，是安抚受害人家属。”

“怎么安抚？”

“你不是想削削他们吗，就把他们拉到灵堂去，给受害人谢罪。”

把六个人推到大兰子的灵堂，吴克军呵斥他们给死者跪下。五个人很驯顺地跪了，独剩下刘小胖，塔一样立在那里。

吴克军从她身后狠狠地在她的腿弯上踢了一脚：“跪不跪？”

到底是两条茁健的大象腿，刘小胖有定力，纹丝不动：“我凭什么跪，她又不是我娘。”

吴克军可不会轻易就放过这个削她的机会，更用力地在她的腿弯上踢了两脚：“这是在让你给受害人谢罪，你懂不懂？”

刘小胖身子摇晃了两下，倔强地举起了两条胖硕的臂膀，捧着手铐就要砸向吴克军：“我犯罪了，有法律管着，可容不得你这侮辱性的体罚。”

“小胖，使不得。”这时，从灵前传来一个熟悉的声音。

刘小胖的双臂下意识地停在了空中，循着声音看去，她竟看到了一头刺猬，不禁吃了一惊。再细细一看，透过一根根钢针一样的胡子，她依稀辨出，这张脸，好像有些熟悉。

绳子不仅跟白德臣去过她的家，看过她残破的院墙，喝过她的茶，而且差不多每次捡破烂儿的时候，都能遇到她，短不了也做一番寒暄，所以他们就熟悉了。可是这个绳子，虽然是捡破烂儿的，但衣着干净、面白无须，可以算是一个漂亮老头儿，怎么一下子变成刺猬的模样了？她有些不敢确认。但是，能够站在大兰子灵前守护的老人还能是谁？她马上就想到，是因为自己的冒失，夺去了他的伴侣、毁灭了他的爱情，让巨大的悲伤猝然降临到他的头上，喷射的刺痛，自然要把他变成刺猬，这是不用说的。面对这么一个无辜的老人，自己真的是有罪过啊！奇怪地，伴随着罪的意识，对老人又生出强烈的同情和悲悯，她的心被本性的善良淹没了，变软了，毫无征兆地就跪下了。由于身重，跪下时，发出巨大的声响。

这是土地上的震撼——她跪了人情、跪了良心，她一点都不浑。

在人们的唏嘘中，只见绳子忽地就抢上前来，用尽全力想把她搀扶起来。见刘小胖不从，他贴着她的耳朵说道："小胖，快起来，你也是受害者，这一跪，我和兰子可承受不起啊，因为我俩不是判官，对与错、罪与罚，由不得我们。"

然而，刘小胖坚定地跪着，绳子知道，她跪的是做人的道理和人格的尊严，所以就松开了搀扶的手臂。让人想不到的是，刘小胖不仅跪，还放声大哭，声震屋宇，让在场的人不禁动容。绳子知道，她哭的是愧疚，哭的是委屈，二者叠加，就哭得动情、放纵。

双重否定

依事件的性质，大兰子将会得到肇事者的民事赔偿。小山子很关心赔偿金额，白德臣告诉他，这要由法院判决，不过你放心，一分不会少。

即便是沉浸在悲痛中，绳子也不忘追问。他追上白德臣，说:“你们公家赔偿多少?”

白德臣一愣:“这是刑事案件，干吗公家赔偿?”

绳子说，刘小胖他们能有这个举动，起因还不是你们拆迁办?你也甭跟我打马虎眼，这里的内幕我一清二楚，你们应该主动担责，按有关规定，给予必要的国家赔偿，看在你的面子上，我不想把事情闹大了，让你难堪。再说，友情是禁忌，得有所顾忌，即便你不顾及情面，它本身也能捆绑你，让你不得任性。

白德臣暗暗叫苦，这个捡破烂儿的，因为爱看书、琢磨哲学，还善于动脑筋，懂得真他妈的多，没法糊弄，便说:“你就安心捡你的破烂儿，把这事交给我，我一定会给你一个满意的交代。我白德臣横竖也是在场面上混的，得对得起朋友。”

以为绳子会感激，没想到他却阴起了脸："白德臣你还要脸不要脸？你都把事情闹到了这种程度，还说什么对得起对不起朋友，你不过赎罪而已。"

不仅语锋尖利，好像很久以来，他还是第一次脸对脸地听到绳子这么不客气地跟自己说话，他很不舒服，说道："你这可就不够意思了，大兰子要不是跟你有关，我会调动所有力量第一时间就破案？我会让所有肇事者都到她灵前下跪？我是不是给足了你面子？"

"白德臣，我不需要你给我什么面子，我只需要你还账，把大兰子还给我！"绳子上前就薅住了白德臣的衣领，把他整个人提了起来，眼里冒着骇人的凶光。

一个上了岁数的人，居然还能爆发出这么大的力量，白德臣真的被吓住了："你，你？"他可怜的小体格虽然剧烈地挣扎，但就是挣脱不了那愤怒的手掌。

"史福云，你要冷静。"这是他第一次称呼绳子的大名，他不敢再给行动者以多余的刺激，他得小心翼翼、恭恭敬敬。他感到了从来没有过的虚弱。

这一声庄重的称呼，舒缓了一下绳子心中的愤怒，他把白德臣放回地面："其实你比谁都清楚，你才是真正的凶手。"

白德臣虽然脚落了地，但心还是悬着，他说："史福云，你的心情我理解，我可能无意间伤害了你。"

"你这还算是说了一句人话，"绳子语气平缓了一些，但还是很沉痛地说道，"你对我不是一般的伤害，而是巨大的伤害，因为你对我和兰子的感情给了一个双重否定。"

“怎么个双重否定？”

绳子说，我和大兰子几十年的漫长等待，眼看着就要得到最终的团聚，可是你一夜之间就把它（爱情）给弄破灭了，这是不是一重否定？我的大兰子，几十年来在我的眼里都是那么端庄美丽，可是你一夜之间就让她血流满面地暴死，给我留下永远的残像和丑，这是不是又一重否定？离否定合，丑否定美，这岂不就是双重否定？

第一重否定白德臣是理解的，对第二重否定，他就有些困惑。绳子就把他一夜守灵所感受的一切、所最终看到的遗容，都告诉了白德臣。他终于理解了，一个人的遗容，是其终极形象，会定格在生者的心中。那么，大兰子几十年的美就变成了虚无，而最后的丑却成了绳子永远的记忆。这一夜之间，永诀和永丑，都留给了一个风烛残年的人，绳子——史福云，他真的很惨。

白德臣不敢说安慰的话，因为那样很无耻，他只好沉默。

久久的沉默之后，他想缓解一下沉重的气氛，怯怯地调侃了一下：“唉，咱俩真是难兄难弟，你有双重否定，我有双重矫正，都他妈的不容易！”

“你跟我可不能类比，”绳子马上反驳道，“你的双重矫正，是吃着碗里的还看着锅里的，是放纵欲望而不自律，所以是咎由自取；而我的双重否定，前提是我从一而终做感情的坚守，在最终的圆满到来之前，被你野蛮地剥夺，所说的否定是你生生塞给我的，是外人的加害——你害人害己，真不是个东西！”

“我也觉得自己真不是东西，”白德臣缩了一下脖子，苦笑着说，“虽然不是东西，我拿自己都没有办法，你又拿我有什么办法？发生了这件事之后，我觉得我就是个悲剧人物——空有一腔抱负，却是成事不足败事有余，命相不济。所以，我也要劝你，你的这个结果，也是命中注定，也就是说，双重矫正也好，双重否定也好，都不由你我。咱俩也就别拗着了，你就把心放下吧，这今后，你喜欢我也好，讨厌我也好，横竖得有我陪着你，不然的话，你有多么孤单寂寞？说句操蛋的话，人家是羡慕嫉妒恨，咱们是孤单寂寞愁，人家恨得响当当，咱们愁得灰溜溜。为什么？人家有市面有人脉有运气，咱们有什么？两个小人物，举目无亲、求人无门，只能土里刨食，在黑暗里跌跌撞撞。”

白德臣的话触动了绳子，他不由得联想到了《圣经》上的说法——因为亚当受女人的蛊惑，偷吃了禁果，上帝就问罪于土地，让土地上长出荆棘和蒺藜，人必须终身劳苦地在土地上耕种，必须汗流满面才能糊口，而且还不能升天，因为人是从土里创造出来的，本是尘土，仍要归于尘土。“唉，我们都是土命，得罪造化了。”他感慨道。

白德臣一愣，一句土里刨食居然打动了这个怨恨的人，肯跟他应和了。他哪里知道，正因为绳子是个捡破烂儿的，而且喜欢看捡来的读物，这读物里还正好有一本《圣经》，就有了原罪意识。如果他一直就生活在京西的大山里，也只能亲近关帝庙、山神庙，信神信鬼信轮回了。就一如蚂蚁和蚊子，虽然都是草芥小虫，但眼界不一样：蚂蚁没有翅膀，只能往地底下钻研，越是用力，越是黑暗；而蚊子长着翅膀，它可以在空中飞，就看到了上下左右，不仅看到了草木，还看到了日月、光亮。

“造化跟咱们有什么关系？”白德臣问。

“有关系，因为上帝是用土造人的，”一有卖弄学问的机会，绳子的痛苦竟减轻了不少，他解释说，“从我们俩的名字上看，里边都有土。你看你，白德臣，谐白的尘，白色的土。你再看我，史福云，谐湿浮云——浮云里有什么？水汽、尘埃，那么，我就是湿的尘。所以，我们俩的名字没起好，都是上帝造人的材料，都只能被他任意揉捏，而不能自己决定自己的命运。”

“那我们该怎么办？”

“我们应该改一下名字。”

“怎么改？”

“你们都叫我绳子，索性我就改成绳子，绳子谐升了，是向上的运势，即便是取字面的意思，也是吉运，绳子是利器，福禄寿喜，只要用绳子一拉一拽一捆一绑，就来到眼前，属于自己的了。”

“那我改成什么？”

“你叫白德臣，去掉一个臣字，干脆就叫白德，白德谐白得，想要什么，都不需要汗流满面，更不需要终身劳苦，只需坐享其成，它们都会乖乖地自己来到，要不怎么会是白得？”

白德臣忍不住哈哈大笑：“你是不是被痛苦弄得神经了？”

绳子也笑了，但笑中有泪。“这人一神经了，就忘了痛苦，就相信宿命，不再怨天尤人，反倒活得正常了。”他说。

最后的加固

大兰子去世不久，她在矿务局家属区的新居就装修好了。

大兰子女儿一家搬进去住，欢天喜地，喜笑颜开，好像新居是喜乐忘物，失去母亲的悲痛，也就随即烟消云散了。

绳子心里很不舒服。他觉得，作为儿女，即便是喜事来临，也要克制，心中不伤，表情上也要伤。因为依京西民俗，丧过百日，活人才可以抬头，百日之内，亲属要低着头走路，何况还仰脸阔笑。轻者，说你们四六不懂；重者，说你们对逝者没有感情，不懂得孝。

“真得说他们不孝。”这是绳子心里的念头。

在大兰子的灵堂上，就没有看见小山子认认真真地哭过，接待前来祭奠的人，本来跟他说好了，见长者要跪，见平辈要作揖，可是在他的带动下，儿女们就像几根木头棍一样愣愣地戳着，好像他们是被事主找来的外人，做做道场、装装样子。更可气的是，遇到来人步履颠跌，表情怪异，语言滑稽，在场的人笑，他们也跟着傻笑。绳子便明白了，就大兰子和大山子的关系，儿女们是站在大山子一头的，他们对母亲心中有怨怼，认为是她败坏了正常的家庭感情。所以，不知从何时，也许就从大山子去世，他们对她的感情就淡了。他绳子再一走进他们的家庭，大兰子就更失去了为母之尊。就是说，在他们心中，母爱早就不在了，她只不过是一个披着母亲的名号、行为不检点的女人而已。大兰子的母爱就是一厢情愿的输出，他们享受着关心、关怀、关爱，心里却不买账，更甭说感恩。

绳子便感到，他的大兰子心里承受了太多说不出的东西，她到了最后，实际上已是孤家寡人，他成了她在这个世界上唯一的亲人。她爱得很悲苦。

而这一切都是因他而起，他爱着，也伤害着，他对不起她。所以没人的时候，他独自喝酒，独自哭。哭不是因为亲人逝去之后的软弱，而是因为亲人给他留下的沉重，让他捧在手里无处搁。

大兰子后来埋进了山里的祖坟。

本来大兰子说过，她家的祖坟和大山子家的祖坟紧挨着，她百年后决不埋回山里，因为是他爹和大山子毁了她一辈子的感情，一个她怨，一个她恨，她不能跟他们躺在一起，所以要是真到了那一天，就把她烧了，弄个骨灰盒随便埋在哪里，或者干脆就把骨灰撒在附近的麦田里，一抔都不留。并嘱咐绳子，这事由你来办，跟你好了一辈子，这点事你还不办？绳子说，咱俩说不定谁先走呢，甭这么早就瞎思虑，不过你这么一说倒提醒了我，我跟原来的家已经断了，我要是走在你前边，装骨灰盒或撒骨灰的事也要你来办。大兰子先是点点头，后来又不住地摇头，说，我不给你办。为什么？我要是给你办了，骨灰盒搁在哪儿了，骨灰撒在哪儿了，我一清二楚，一想你了就会奔那儿去，祭奠，烧纸，说话，哭。你既然爱我，你就心疼心疼我，别让我没完没了地痛苦。

可是分下新居的那一天，大兰子兴冲冲地看着新房，突然就对身边的儿女说，这楼房好是好，就是不接地气，从大街上往上看，一样的屋子，跟一个一个的骨灰盒摞在一起差不多，都不知道哪间是自己的，容易迷路。等我百年之后，你们一定要把我弄回祖坟，那地方我熟悉。小山子说，你这是哪儿跟哪儿啊，看房就看房，别说什么丧气话。大兰子生气了，口气硬朗起来，她说，这人一老了，就想起什么说什么，我是你妈，难道你还要堵上我的嘴？小山子说，埋也要跟我爸埋在一起，你是嫁了人的人，怎么能回祖坟？你是不是糊涂了？大兰子说，我一点都不糊涂，就我和你爸一辈子都没有和气过，他不喜欢我回去陪他，再说，他们家的人都认为你爸是我给气死的，他们会让我进他们的祖坟？就听我的吧，就当我一辈子都没嫁过人。小山子说，回头再说，回头再说。大兰子更生气了，阴着脸说，你还是不是我儿子？你要还是我儿子，就趁着你福云大伯在场，你就应承了我，好让他替我监督你。小山子只好答应，之后狠狠地瞪了绳子一眼，低声说了一句，怎么哪儿都有他？大兰子听见了，说，你还别不高兴，为什么哪儿都有他，我回头再跟你说。

真是一语成谶，装修好的房子她还没来得及住，人就去了，好像她在冥冥之中就知道这个结局似的。在这个事上，小山子还真听她的话，到底是给她埋进了祖坟。可是，既然与她相伴的两个人，一个怨，一个恨，她怎么能睡得安生？现在再回过头来琢磨她当时跟自己说过的话，绳子恍然大悟，原来大兰子是为他着想，就像她所说：“我要是给你办了，骨灰盒搁在哪儿了，骨灰撒在哪儿了，我一清二楚，一想你了就会奔那儿去，祭奠，说话，哭。你既然爱我，你就心疼心疼我，别让我没完没了地痛苦。”这是她对他爱的最后的证明，她不想让他继续为自己痛苦，即便是自己苍凉地去忍受那两个她不喜待的人，也要把怜惜和体贴留给他。

“这是多么好的女人啊！”这是绳子心里发出的声音。他觉得自己爱对了，为她抛家舍业，沦为捡破烂儿的，值了。

白德臣对大兰子埋回祖坟也是很不理解的，当绳子琢磨出她的良苦用心之后，忍不住跟他倾诉了一番。白德臣唏嘘不已，说：“你的大兰子真是了不起，人都走了，还用这种方式给你捻了一扣，让你永远都忘不了她。”

白德臣的意思是说，大兰子是个了不起的女性，她爱得真切、深沉，即便是生死永隔，她也要用死亡加固她的爱情。白德臣或许没有这层意思，但当他把这一切叙述给黄咏梅听的时候，黄咏梅就是这样感叹的。听了黄咏梅的解析，他坚定地说：“我就是这意思。”

品味着别人的爱情，黄咏梅有灼灼的眼神，白德臣知道那是她动情了，便别有用心地问她：“你会那样对我吗？”

“这怎么能类比，因为情境不同。”黄咏梅说。

“要是情境相同呢？”白德臣紧追不舍。

“你讨厌！”黄咏梅拍拍肚子，娇嗔地说，“人家还没生呢，遑论死，你会不会聊天？”

她已明显隆起的肚子，此时就是一个巨大的问号，她拍拍肚子就是在发问。白德臣赶紧反应：“那么就把他生下来？”

“当然要把他生下来，因为有他才能加固我们的爱情。”黄咏梅说。

“好，那就生！”

白德臣的语气很坚定，惹得黄咏梅心花怒放：“德臣，人家好爱你。”由于声音低柔，又拍着肚子，让他觉得，这话好像不是黄咏梅说的，而是她肚子里的孩子说的。

二人春潮泛滥，很是温柔了一番。自从发生了大兰子的事件，白德臣一直是块垒塞胸、愁眉不展，经历了这一次意外的温柔，他突然有了一股坚强的心力，无论等待他的是什么，都可以坦然接受了。

不多不少的给予

但是绳子却陷入了深深的哀痛不能自拔。

在詹庄租赁的房子也就要拆了（本来早就在拆迁之列，不过是白德臣利用特权延长了它的存在，一出现死人的事，白德臣要被追责，自身都难保，还保得住房子？只能加快了拆迁的速度），大兰子这一走，她的新居他也就没理由住进去了。他只能窝在这最后的老房子里兀自悲痛，喝闷酒，暗自垂泪。

他想到塞在炕洞里的大兰子的照片，想拿出来看一看。虽然她的遗容丑，而照片美，会引起刺痛，但悲痛在悲痛中，也就可以承受了。

但大兰子的照片却成了一抔灰，他什么也抓不住了。她彻底没了。

京西的炕洞是柴灶的一部分，夏天用来烧水、做饭，秋冬用来烧热炕。祭奠那几天，来人多，煤火烧水慢，供不上喝，就起用柴灶，用大锅烧水。无知的火焰可不知道炕洞里还藏着东西，就纵情地烧下去。

绳子无奈地摇摇头，也罢，美已化成灰，丑也终究要化成灰，否定之否定就是肯定了，大兰子就美了。因为她什么都不在了，只留下了名字，而她的名字是美的。兰，优雅俊洁之草。嘿嘿，不仅字形静美，咂摸咂摸，还有淡香留在唇齿之间。

悲痛就变成忧郁，厚厚的，不知什么时候能化开。

绳子正在忧郁着，小山子不声不响地走了进来。

“你……”这就算是称呼了。

绳子翻眼看了他一下，又把头低下了，没好气地说：“你妈让你叫我什么来着？”

“让我叫你福云大伯。”

“那就叫，别你你的，没大没小的。”

“你也知道，这样叫不合适。”

“那叫什么合适？”

“合适的不一定能叫，你也知道，有些东西不说出来还自在，一说出来就都不自在了。”

绳子心中一动，这小子并不傻。

大兰子只给小山子留下一句“我回头再跟你说”，就再也没回头，就留下了悬案，但这是一桩早有案底的悬案，父子俩都清楚。为了尊严，他们都憋在肚里，好像谁一说破，就失去了道德优势，就被动了。

“即便你不叫我什么，也别你你的，让外人听见了，显得你没里没面不懂事，你就不能叫声您？”

“好，就叫您，”小山子拉过一把椅子挨着绳子坐下，“俗话说，人生一世，草木一秋。草早晚得死，人早晚得走，您也就别一股脑儿地伤心，要想开了。你看，我们做儿女的都想开了，甭说是您，您要是再想不开，就有些假了。再说，对我们做儿女的也不好，您是镜子，把我们照得好像不孝，让我们怎么做人？”

这小子说得还真有道理，他不能再一味悲痛，不然小山子们就没法坦然说笑。绳子便有了跟他说话的心情：“你来干什么？”

小山子说：“我来是请您回家，就是请您到我妈分的房子里去住。”

这是绳子没想到的，所以他一愣，下意识地说道：“你妈都不在了，我怎么还能去住？我就住在这里，哪儿都不去。”

小山子一笑：“您这不是穷较劲吗，这里的房子都要拆了，您还能住几天？难道您还要睡马路不成？”

他说的是实话，所以绳子不说话。

小山子拍拍他的肩膀：“让您搬过去住，我相信也是我妈的意思，死者为大，我不能屈了她的心。”

他竟搬出大兰子，不免触动了绳子的心，他忍不住流下泪来：“那么，你和你妹妹是什么意思？”

“这当然也是我们的意思，不然我干吗亲自来请您？就搬过去吧。”小山子回答道。

“你们到底还是有点孝心。”绳子顺嘴就说出的话，也无意间揭破了一个秘密：就是说，小山子的妹妹，其实也是他的女儿。因为大兰子怀上女儿之后，绳子曾悻悻地对大兰子说，你既然跟大山子都有了身孕，干脆就好好跟他过吧。大兰子立刻就急了，说，我从来就不让他上我的身，他哪儿来的这份荣幸？也只有你，一见面就猴急地日捂，下着厨房日捂，吃着韭菜合子也日捂，全没糟蹋。到了后来，她的外孙女小燕子见了他就亲，他也本能地就喜欢小燕子，接送她上学也心甘情愿、不辞辛苦。这样也验证了大兰子说的话，因为血缘它自身就长着眼睛、鼻子、耳朵和嘴，莫名其妙地就去认亲。

小山子真是一点也不傻，对绳子的话他很敏感，所以他说："什么孝不孝的，真是说不上，我们只不过是尊重情理，还讲良心。"

绳子不解，愣愣地看着他。

小山子解释道，您看，为了能使两套房子分到一个楼层您是出了钱的，房子装修也是您出的钱、找的人，这些情况，白德臣他们许多人都是知道的。如果不让您去住，甭说社会舆论，就是人们的唾沫星子也会把我们淹死。即便是没有这些，我和我妹妹也曾答应过您，其中的一套房子就是让我妈和您住的。所以，虽然我妈不在了，念你们几十年的老感情，您也有资格去住；如果我们不把您请过去，我妈的在天之灵也不会答应。

听了小山子的话，绳子有些感动，情不自禁地点了点头，但很快就又摇了摇头，说道："小山子，你这个人不错，还是咱们老家人的本色，不过，你们也别把事情想得那么严重，别人说什么不算数，你妈她也不会不尊重我的感情，我就不去了，因为我横竖是个外人，住在一起不方便。"

小山子急了："您想没想小燕子？小燕子这几天哭着喊着找爷爷，她有点离不开您。再说，接送小燕子上学的一直是您，如果您不住过去，谁接送她上学？我妹妹两口子是双职工，我妹夫又在城里上班，抽不出手来，您不帮她谁帮？”

这倒是个现实问题，也符合情理，绳子便不好再坚持，从了。

小山子说：“您既然同意了，咱们现在就搬，这里的物件和行李我来搬，您毕竟岁数大了，让小的给您卖卖力气。”

绳子很受用，心里说，到底是我的种。但嘴上却不示弱：“我身体棒着呢，搬这点东西，不在话下。”

也的确没多少东西，放在三轮车上，一次就拉过去了。小山子抢着蹬车，车子走得很快。绳子坐在车上，望着小山子的后背。那个后背很宽阔，脑袋也大，是个硬朗汉子。绳子心里一热，升起一股叫“欣慰”的东西。因为他觉得，这今后，或许能指望上这个蹬车的人，也许还能靠他养老送终。他眼下虽然不认他这个爹，毕竟身体里隐隐地流着他的血脉，时间会给予应有的一切。

待一切都安顿好了，两个人面对面地站着，谁也不说话。绳子突然觉得眼前的这个人有些陌生，不知道跟他说些什么好。但沉默让人难受，他忍不住朝小山子点点头：“你不想对我说些什么？”

“我真的有话要跟您说，”小山子很不自然地笑笑，说道，“俗话说，打开天窗说亮话。我就不藏着也不掖着，径直跟您说了。”

小山子接下来说的话，让他大吃一惊。

小山子说，说真的，让您搬过来住，是考虑到您一辈子把所有的心思都给了我妈，包括感情、心血、岁月和钱财，您已经把自己弄成了孤家寡人，我们如果不收留您，您真的没地方去了。人心都是肉长的，我们不忍心把您一个人扔在那里。但丑话说在前头，您尽管住，但房子跟您一点关系都没有，产权属于我和我妹妹，您在这方面一点想法都不能有，也不要想着跟我们打官司，您要是那样做，作为长辈，就不让人尊重了。还有一点，您也许不爱听，但是我必须说清楚——我们养老，但是不负责送终，您在那头（原有的家庭），毕竟是留下了儿女，您要是真的到了百年之后，就通知他们给您料理后事。您也别怪罪我们，我们给您送终，凭什么？没有正经的名分，不明不白的，别人会耻笑我们。不给您养老，我们良心上过意不去，显得我们很不厚道；要是给您送终，也不是不可以，但是把我爹大山子放在哪儿？外人会怎么看？再说，就您和我妈的关系，在我们的心中，究竟是有道坎儿的，我们都是小人物，活得就是小气，不想委屈自己。我们既厚道，又小气，对不起，不多不少，只能给到这儿了。

这话说得真是锥心，意味着他们之间永远是家人和外人的关系。绳子这时有点后悔搬进来，但是，这时候要是再搬出去，就显得自己小气，不厚道了。也罢，认不认他这个爹，真那么重要吗？既然他们能给自己一个屋檐、能给你养老，也就是承认实际的义务了。那么，他给他们一些照料，接送一下小燕子，也就是一个长辈应尽的本分了。有实际在着，就好，也是无言的亲情，不要再贪心了。再说，活着有人养老，也就足够了，因为这人一挺腿儿，就是别人的事了。死尸就摆在那里，你愿意给送终就送，不愿意就臭在那里，而且，臭的是你们活人，跟我有什么关系？

一如无路之处自然有路，无望之处自然有望，绳子这样无奈地一想，反倒心窍大开，不感到沉重了。“小燕子她什么时候开学？”他突然问。

“听她妈说，好像就在后天。”小山子答道。

“那好，你就忙你的去吧，别管我了，”绳子看到小山子有些惊愕，一笑，解释道，“我也要做些准备，我那车子轴有点哐，我得去找人修修。”

小山子说：“刚才我说了那么多，您就不想说点什么？”

“说什么？就那样吧。”绳子直视着小山子的眼，别有意味地笑着。

小山子禁不住他这种无遮无拦的直视，难为情地低下了头。因为他感到，这老同志的眼光里藏着东西，不多不少，有点玩弄，有点不屑。

负荆请罪

俗话说，丑媳妇早晚要见公婆，所以白德臣觉得，既然工作上出了纰漏，与其坐等问责，不如主动负荆请罪，或许还能被从轻发落。

他向区政府走去。

马谡虽然失了街亭，被挥泪问斩，但他毕竟是军中大将，虽死犹荣；他白德臣虽然搞得出了人命，一定会被严肃处理，但他终究是拆迁办主任，虽败犹立。这是白德臣心里想的，他的意思是说，我虽然弄出了事故，但作为区拆迁办主任，要勇于担责，去见区长也不要哆哆嗦嗦、畏畏缩缩，靠这种可怜的方式去赢得区长的同情和怜悯，进而手下留情。他要站立，挺直了腰杆直面一切。所以，他去见区长之前，理了发，焗了油，穿了一身笔挺的西服，脚上蹬的也是一双上档次的新皮鞋。他不想让区长看到他的白发，也不想让区长看到他的倦容，更不想让区长看到他的疲沓。工作没做好，还弄出风餐露宿、千辛万苦的样子，很可耻。

当一身清爽的白德臣出现在自己面前的时候，区长一愣，面无表情地说:“请坐吧。”

白德臣大大方方地落了座，双手扶膝，上身挺直。

区长说:“你尽可以坐得放松一点。”

白德臣说:“紧张点好，毕竟是没做好工作，出事了。”

区长微微一笑，竟然说道:“这是预料到的。”

区长这个态度也是出乎意料，白德臣以为，区长一见他，准会暴跳如雷，埋怨训斥，甚至指责谩骂，然而却不，他居然还能微笑。但越是这样，越是要小心，以防猝然一击。

区长却不出击，而是温和地询问:“事情既然出了，你有什么想法?”

白德臣说:“能有什么想法?只有乖乖地听候您的发落。”

区长摇摇头，点上一支烟，然后把烟盒和打火机扔给白德臣:“你也点上一支，咱们慢慢说。”

扔的动作也是出乎意料，所以白德臣没有接住，他很懊恼，觉得自己直立的姿态打了折扣，捡起之后，他恭恭敬敬地放到区长的办公桌上:“您就别折磨我了，有话您就直说，我承受得住。”

“也好，”区长很舒缓地嘘了一个烟圈，看着它冉冉的升起，他说，“对你，是得严肃处理，但怎么处理，我还没有想好。因为处理重了，你日日夜夜、辛辛苦苦，没有功劳还有苦劳，于心不忍；处理轻了，面对工作的大局、社会的舆论、群众的眼睛又不好交代。唉，真是左右为难啊。”

这就是区长的基本态度，白德臣心里轻松了许多。

“区长，您也别为难，依纪依规，您该怎么处理就怎么处理，我都理解。”

“问题是，在这个过程中，我也是有责任的。”接下来区长说——

城市建设是重大工程，其中的拆迁工作，更是重中之重，但是，我主持研究得少，亲自过问得少，更多的是推给了你和拆迁办。对你，也只是发号施令，生硬催促，还空许诺，不能深入一线，把握方向，具体指导，解决问题，存在着严重的官僚主义倾向。所以，你的失误就是我的失误，难辞其咎啊。如果仅仅处理你，而不处理我自己，显然是不公平的，很难服众，那么今后，谁还敢跟着我干？我还有什么领导权威？说实话，怎么处理你，还要看区委怎么处理我。这叫层层传导压力，层层承担责任，也就是说，从重从轻处理你，我是尺子，我重你就重，我轻你就轻。

这更是出乎意料了，弄得白德臣有点不敢相信，因为这跟区长以往的做派相差得太大了，他迷惘地看着区长。

区长似乎知道他的心理活动，说道：“以前我是不是太长官意志了？对你们是不是也太严厉了，甚至还有点不讲道理？我现在想跟你说的是，小处不讲道理，那或许是硬派，大处不讲道理，就是糊涂了。所以在大事面前，我不能一味推卸责任，把过错全赖在下属身上，不然的话，我这个区长也当得太没有水平了。”

区长的话，透着绝对的真诚，白德臣便不再紧张，也报之以真诚：“是在下无能，让您跟着我背黑锅了，惭愧，惭愧。”

区长说：“你现在这么说有什么意思，你最应该做的，是要沉下心来很好地反思反思，问一问自己，到底失误在哪儿？应该切实地吸取什么教训？因为你还年轻，今后的路还长，跌倒了还要爬起来。”

白德臣苦笑了一下：“区长，您就甭宽慰我了，我岁数也不小了，孩子都快大学毕业了，恐怕跌倒了就爬不起来了。”

“也是，”区长把烟蒂漫不经心地摁在烟灰缸里，用面巾纸擦擦手，缓缓地说，“这么一来，你的拆迁办主任的职务是保不住了，副区长的希望更是无从谈起，你要做好心理准备，别到时候一蹶不振。”

白德臣的心狠狠地往下沉了一下，身子也好像猛地往下矮了半截，有些坐不稳。就在下沉的那一刻，他看到了自己那双崭新的高档皮鞋。皮鞋的亮光给了他一个意外的刺激，我这是怎么了，来的时候还嘱咐自己要站立，不能有颓败之相，可……他觉得自己有些丢人，不像正经的京西汉子。京西汉子倔强，摔倒了不喊疼，丢了东西也不懊丧，总是嘻嘻地笑着面对。

他重新坐直了身子，觉得在这个时候，更应该做一件事情，让自己在区长心里真正站立起来。

他站起身来，笑着对区长说：“对不起，区长，您等我一下，我到车上拿一样东西。”

区长一愣：“你可要快点，一会儿我还要去开个会。”

白德臣撒腿就跑出门去，飞奔的双脚踏在楼梯上，蹈起一串铿锵的锐音，他觉得这声音很好听，很对心思。“我白德臣输得起。”这是从心底里同时发出来的声音，他硬气了。

他车里正放着一份他和下属一道、用心起草的《关于在城市建设中顺利推进拆迁工作的几点思考和建议》。当时起草完毕，他很兴奋，觉得这份建议，因为结合了一线拆迁工作者的切身感受，一切从问题出发、从实际出发，具有很强的针对性和可操作性，只要一呈现在区长面前，肯定会得到区长的认可和赏识，那么，他的副区长的前程就会被照上一道强光，那是多好的聚焦效果啊！

然而他白德臣好像天生就是一个倒霉蛋：一如到手的鸭子也会飞，他到手的爱情也会纠结，到手的官帽也会吹落，生生就出了意外，死了人。强光立刻暗淡，兴奋立刻冰消，建议的意义也近乎虚无。所以他把那份文件放在车上，而不是拿在手里，他要看区长的态度再决定是否往上呈交。如果区长高高在上、盛气凌人、劈头呵斥、一味推诿怪罪，那么对不起，我决不能任你挥刀子宰我，我还帮你揩血。如果区长能反省自己、理性看待、分清责任、体贴下属，那么谢谢你，我会把我的头骨磨成酒器，作为礼物送给你。

没想到，区长他也真是有境界、有胸怀、有担当、有水平，他恰恰选择了后者，使白德臣心中有了大慰藉，不禁就爆发了大情怀，他便觉得，这份礼物，他要送上去，而且是必须送上去。

他又蹈着一串铿锵的锐音回到了区长的办公室，恭恭敬敬地把那份文件呈上。

区长刚瞟了一下那题目，眉宇就立刻向上飞动了，他指了指面前的椅子："德臣，你先坐。"

区长埋下头去，做紧急的阅读。他一边阅读，一边随手从笔筒里抽出红蓝铅笔，用红色的那一头，不停地勾勾画画。

白德臣见状，冰冻的心田像融入了春意，解冻化开就等着春犁耕种，而区长的那支笔正是一张破土的犁，不停地划出一道道犁痕。白德臣随着那犁痕，隐隐地快乐起来。

正如一个哲人所说，痛苦的犁刀割出了一道道伤痕，却也掘出了一股股新鲜的血液。白德臣和他的下属在经历了种种艰难困苦之后，从固有和僵化的血管里，也掘出了一股股鲜活的血液，即从实践中得来的真知灼见。看着区长沉浸其中的样子，白德臣想到了他的下属，想到了下属的笑脸，想到了他与下属就破解拆迁瓶颈而共同议论的情景……

看到区长还在埋头阅读，白德臣想，他这帮弟兄真好，平常时候唯唯诺诺，好像是一群奴才，关键时刻振振有词，又像是一帮主人。最让他感动的是，当发生了事故，他陷入了无望和痛苦时，他们竟安慰他说，拆迁办主任算个屁呀，副区长也是个屁，不当就不当，大不了您就辞职，自己干个体。就您的资历、人脉、魄力和水平，自己做买卖也能发大财。如果您看得起，我们都跟着您干。您以为我们愿意在拆迁办干啊？在眼下，第一等难干的差事，就是干拆迁。

真要是辞职了，我该干点什么呢？白德臣居然有了这样的心思。

啪，区长猛地拍了一下桌子，惊得白德臣倏地站了起来。

区长也站了起来，兴奋地说："这份方案太好了，我区长该思考的问题，都被你们考虑到了，不仅难能可贵，还恰逢其时！”

终于得到了肯定，白德臣悬着的一颗心放下了。就像人累过了劲儿会情不自禁地傻笑，他也看着区长兀自傻笑着，嘿嘿……

区长没有跟着他笑，而是忧郁地摇摇头：“白德臣啊白德臣，我真为你可惜，这么好的建议你怎么不早点拿出来？你都要被处分，甚至都要被革职了，你倒拿出来了，让我说你什么好。”

白德臣不以己悲，只是依旧傻笑，竟至笑出泪来。

“区长，您不要为我可惜，只要对您有用就好，您不是常对我们说，功成不必在我，只需问心无愧吗？”

“白德臣，你不必在我面前唱高调，”区长离开座位，走到白德臣面前，拍拍他的肩膀，“不过，白德臣，我要跟你说句心里话，以前你在我看来，不过是我手下的一个小喽啰，可现在不同了，在我眼里，你是条汉子，不，是个人物！”

白德臣情动其中，忍不住伸开双臂去拥抱区长，区长也迎面而上，跟他紧紧地拥抱到了一起。

在拥抱中，区长小声地说：“我这里，你想来就来，随时都欢迎你。”

“区长，要申明的是，这份建议方案里，不光是我的想法，也凝聚着拆迁办所有同志的心血。”白德臣还想跟区长说几句心里话，区长点点头，说：“对不起，德臣，咱们改天再聊，我该去开会了。”

区长出席的，是区委的常委会。会议的内容，还恰恰有拆迁事故处理问责这一项议题。

当区长做了专题阐述，并把白德臣呈交建议方案的事以及方案的主要内容也做了说明之后，会场先是一片肃然，后是一阵嘁嘁喳喳的议论。总的气氛对白德臣有利，他赢得了与会人员的理解和同情。

区委书记最后表态，他说——

我们这个地区，虽然建制叫区，但实际上还是个农业县，搞农业和农村工作拿手，不仅各个时期都出劳模，还出典型经验；但是，搞城市建设，对我们来说，就是一个全新的课题了。不仅没有成熟、健全的体制、机制，也没有现成的经验和做法可以借鉴，而且干部的思想观念也不能与城市建设的内在要求相适应，一切都是在探索中推进，颇有摸着石头过河的意思。那么，在推进中出现一些矛盾、出现一些问题，甚至出现一些失误并付出一些代价，都是可以理解的，对具体负责的同志不能要求过苛，一棍子打死，要建立容错机制，只要他们确实有事业心，一切都是为了工作着想，我们还是要多理解、多宽容、多引导、多支持，能够给他们一些在实践中自我纠正、自我改进的机会。因为我们搞建设、干事业急需的就是人才，没有人怎么成？但是，这也不意味着就没有原则，我们确实应该从中吸取教训，努力做到少犯错，最好是不犯错。这里，我认为应该着眼干几件事：其一，要加强领导。我们也建立了城市建设领导小组，我和区长还都是领导小组的组长，但是我只是挂了一个虚名，把工作都推给了区长，所以出了问题我也是有责任的，我也应该做出检讨。从今天起，领导小组要切实发挥作用，定期研究、定期会商，要定方向，拿主意，不能当甩手掌柜。

其二，要定规矩。城市建设既然是新课题，就更应该依法依规、建章立制，做事一有规矩，干工作的同志就能有所遵循，就不会靠拍脑门子贸然行事，就好跟群众交代，群众也就会理解，不明白的，也就好说服，就会赢得拥护和支持。这一点，区人大、区政协要做好监督工作。其三，要注重学习。城市建设对我们来说，虽然还很陌生、还很纠结，但全国有那么多搞得好的地区和县市，我们为什么不出去开开眼界、取取经？毛主席领导中国，还讲究把马克思列宁主义的普遍真理同中国革命的具体实践相结合呢，何况我们一个小小的农业县的基层干部、一群京西土包子？不能闭关自守，靠想当然办事，要掌握规律，借鉴经验，少走弯路。其四……

这个会议开得好，对本地区的城市建设，具有很强的指导意义。对白德臣来说，还好在得到了妥善处理，相对于他的预期，几乎是从轻发落了。由于区委书记、区长争相担责，区委书记在常委会上做了深刻检讨，区长被给予党内警告处分，就有了明确的参照，给了他党内严重警告、免去区长助理、区城市建设领导小组办公室（即拆迁办）主任职务的处分。最后还有一点补充：在没有找到合适的继任者之前，他还要主持拆迁办的日常工作。但要事事请示，决定权在区长。

由于被免职，他的职级待遇，又回到了原来的起点。他在区房屋土地管理局的时候，是党委委员、工会主席，享受副局级待遇，调到区里任拆迁办主任之后，有了正经的局长职位，但是这一免，又没有明确是否保留副局的职级，实际上就是一个科级干部。那么，其实他已降到了原点之下，在原来的同事面前，他不仅得低头走路，而且还要低到尘埃之下。

“这就不错了。”白德臣心里说。

因为就他当官儿心切，急于出政绩，用蒙面打砸、入室扰民（佯装行窃）等非法手段搞暴力拆迁，以至于出现死伤的做法，如果区里抓住不放，深入追查，不仅要“双开”，还要负刑事责任。

一想到这一点，他就不寒而栗。

这真是不幸中的万幸啊！

既然失去，就读书吧

能每天接送小燕子，倒也使绳子的生活有了一点乐趣。

小燕子跟他亲，也很懂事，一路上总是跟他讲她们学校里有趣的事。她不想让这个爷爷沉闷，一沉闷，爷爷的脸上就只见皱纹，让她揪心。她也不跟他提姥姥的事，别看她小，也知道这人活着，都有心中的禁忌，不是什么话都可以说的。

绳子也知道孩子的心思，就更爱她，经常带着她去吃肯德基，还给她买她这个年龄喜欢的衣服、玩具和课外读物。他舍得给她花钱，虽然他是从废品里捡来的一点点收入，但自从大兰子走后，他的味蕾关闭了，食之无味，就随便吃点什么糊弄一下肚子；他的爱美的意趣也消失了，毫无心气，就随便穿点什么遮蔽一下身子，所以也就花不着什么钱。我留着钱干什么？不如给孩子花了。

绳子本来可以跟小燕子一家吃在一起，但他还是自己单起火。他觉得跟晚辈一起锅碗瓢盆，很不方便，老人的口味和习惯会惹人家讨厌，要有自觉。他就又回到了在绿城小区地下车库时的生活状态，经常吃捡来的食物。他觉得，苦寒使他心安，不生多余的想法；自虐使他体健，不给晚辈添麻烦。血糖高、血压高、血脂高等等，那些老年人易得的病，都是好吃好喝惯出来的，所以自己应该特别地注意，因为自己没资格得病。

但是他也经常买肉、买菜，那是给小燕子一家买的。小燕子的爸隔三岔五才回一次家，小燕子的妈工作也是起早贪黑的，常常是没工夫采买，他就捎带手给他们办了。当然都是他自己花钱。这挺好，这才叫真正的帮衬。所以，虽然小燕子的爸妈很少跟他讲话，但对他也是客客气气的，疑似尊重。

他还像以往那样有节制、有规律地捡拾，就有了大把大把空余的时间。有大兰子的时候，可以唠嗑，可以默默地陪伴，用爱情或者亲情充填。现在就一个人了，孤独就放大，大得有些难以忍受。其实没跟大兰子住在一起时的日子，也是孤独的模样，但是因为有团聚的念想，便孤独着，也充实着，心里满满的。而现在只剩下了孤独——孤独一深了，就是寂寞；寂寞一深了，就是无聊。这可怎么好？

他捡破烂儿的时候，要从地区的图书馆边经过，以前经过了就经过了，好像跟自己没有关系，现在他突然觉得，这图书馆原来就是给自己预备着的。为了医治无聊，他成了图书馆的常客。

他捡来的几本读物，他几乎都翻烂了，书中的内容也差不多烂熟于胸，就很难再构成吸引。他要看新书。所谓新书，对他来说，就是没有看过的书。

图书馆的报架上，报纸的种类很多，他每天都翻一遍。翻来翻去，他翻出了兴趣，因为报纸上每天都有国内外的时事，各种社会报道，跟老百姓有关的民生话题，还有说理解惑、抨击时弊的言论。这无疑是给他打开了一扇窗户，让他从自闭的、死气沉沉的小天地里进入极其广阔的现实生活，让他感到，自己之所以活得孤独寂寞，是因为每天都沉浸在个人的悲欢里，看到的只是脚底下那么屁大点的一个地界，没有眼界，所以总觉得自己承受着世间所有的痛苦。这外边的世界，这么大、这么热闹、这么新奇，足以让他眼花缭乱，足以让他脑洞大开，他一天天变得豁达了，便走出窄小，心中有了生气，有了欢悦，再走到阳光下，他脸上有了笑容。

他最喜欢看的一张报，是《新华每日电讯》。因为它的《草地》周刊办得好，好在它贴近百姓生活，直击现实热点，提倡有生命的阅读，而且让小人物发声，批评社会上的种种不公，遂成了他的每周必读。《草地》周刊是每周五出刊，所以一到那天，报纸上架之前，他早已等在那里，要做它的第一个读者。因为有了新的牵挂，沉闷的日子也好像过得快乐许多。

一天，《草地》周刊，发表了一个叫陶江濛的写的文章:《拾荒阅读》。文章虽短，但读后却给了绳子很大的触动。作者描绘了这么一幅奇特的图景——

杭州图书馆里有一群特殊的读者，他们的身份和他一样，都是捡破烂儿的。他们虽衣衫褴褛，但温文尔雅，坐定了，静静地阅读，毫不分神，而且每次读书之前都要仔仔细细地洗手。由于害怕在拾荒的过程中损伤书籍，所以他们从来都不借书，只是每日来这里阅读。一群捡破烂儿的，居然读得这么忘情，好像遵守着什么神圣的约定，不仅让图书馆的管理人员惊叹，也让在场的读者叹奇——便得到了所有人的尊重和礼遇。然而他们也并不因此而自得，拿起书，他们就是读者，而放下书，他们就是捡破烂儿的，好像这是一件很自然的事，没什么特别可言。

最让绳子唏嘘不已的是，这群捡破烂儿的阅读者之中，有一个人得了绝症，就要卧床不起，临躺倒之前，他拄着双拐，来到图书馆，对图书管理员说，我恐怕这是最后一次来了，这么多我喜欢的书，就再也没机会读了，真是可惜了，您能不能让我在书架前走走，跟它们告个别？管理员一下子就被打动了，不停地点头。他缓缓地在书架间走着，对他喜欢的书，先是仔仔细细地看，然后——一本一本地触摸，像触摸爱人的肌肤一样，从书脊触摸到扉页；又一本一本地闻嗅，像闻嗅亲情的味道一样，从页眉闻嗅到页脚。好像这位物质的贫乏者来到知识的宝库中寻找精神飞升的最后路径，让双手沾满书香，让生命带上智慧，在他将要去的那个世界，他好有不卑不亢的身姿，好有自我实现的富有。

然而图书馆中还有更多的脑满肠肥、衣冠楚楚的读者。他们虽然很健康，但脚步不停，在书架间肆意抽选、随意翻看又粗暴地放回，好像永远也找不到想要阅读的书，又或者他们根本不想阅读，只是为了附庸风雅而摆出阅读的姿态。因而浮躁的思绪无法浸润一行铅字，难以对焦的瞳孔无法凝注一页诗篇。他们什么都在读，又仿佛什么也没有读。来到图书馆的他们却更像精神上的拾荒者，在浩瀚的书海中找寻自己最缺少的部分，好像找到了，又好像永远也找不到。因为没有专注于书香本身，他们虽然寻找，但是徒劳。

这个特别的阅读者，不久就故去了。虽然是个捡破烂儿的，却留下一笔不小的积蓄。他把积蓄的一半，捐给了故乡，让他们建一所希望小学；另一半，就捐给了他常来的这座图书馆，让他们添置一些新书。他在遗书上写道：知识是人类进步的阶梯，阅读是人类文明的永续——人们啊，请你们替我求知、替我阅读吧。

读到这儿，绳子不能自持，哭了。

他既是伤身世，又是伤惭愧。因为同样是捡破烂儿的，同样是有些积蓄，但他的积蓄，一半已给了大兰子，说是为了加固爱情；一半预备着给大兰子的儿女，说是为了维系亲情。与他那个同道相比，自己真是小，社会边缘自己，自己也边缘自己，没救了。

擦干了眼泪，他继续阅读，就读到了作者的感慨——

博尔赫斯说，天堂应该是图书馆的模样。是的，如果所有人都生活在无尽的知识中，那么就会拥有无数个安静美好的午后，脸上也就会绽出永不退去幸福的微笑。擦身而过时我们点头致意，比肩读书时我们默然相伴——正如同书籍承载着人类的文明，阅读承载着人类的智慧和尊严。漫长的时间中，是书籍教会人类将生活的经验和情感体验一代代传承下去，所以新生并不意味着从头开始，而可以站在前人的肩膀上触碰穹顶。书籍也教会人类克服语言的障碍，所以巴别塔是由书籍堆叠建起，将人类送入天堂。

一位位拾荒者徘徊在讯息的海洋中，有的人体验着物质的匮乏却成了精神上的贵族，有的人尽管衣食无忧却永远不得完全。“空心人”是没有心的偷儿，他渴求着智慧、尊重，沦陷在“生之孤独”与“死之惧怖”的夹缝间受尽求而不得之苦。这样看来，婆娑世界三千烦恼，每个人都该去做一名拾荒者，怀抱对昨日的感恩睡去，又在明天的期盼中醒来。

就像字面上最最直白的意思，做一名在大荒中捡拾珍宝的流浪者、在无尽旷野中找寻归途的异乡人，抛却自诒伊戚的烦恼，拾起智慧、人性与生命。不必报以讶异的目光，因为你和我都在“拾荒”。只是有的人捡起面包，我们要捡起人类对知识、对思考所抱有的爱情。

又如三毛在撒哈拉大漠中的白色屋子，那里有棺材板做成的沙发、旧轮胎制成的坐垫，她赶走了一切“外来的侵入者”，在独一无二的宫殿中收起吊桥，缓缓地坐下去，一如一位君王。

这些感慨让绳子觉得费解，颇有些似是而非，但是他又被吸引，便反复读了几过，还真读懂了。这样一来，他的感觉就变了，虽然他不喜欢字儿话（咬文嚼字），但人家讲得很有道理，似非而是。

“嘿嘿，要不说得看书呢。”他对自己说道。

老辈子的人不识字，不读书，但他们也有一句口头禅，叫“要敬惜字纸”。遇到写着字的纸头纸片都要小心地捡起来，他们迷信，觉得字里有大道理，甚至有上天的旨意。

文章对绳子的触动，不在于它肯綮、精彩的议论，而在它切中了时弊——对物质的极端追求，使人们物华人贵，但却沦为精神的“拾荒者”；反而是那些在生存底线上苦苦挣扎的人，不自卑，不沉沦，咬定精神救赎的理念，在无望中希望，在卑微中自尊，迈向有灵魂的生活。总之一句话：大富者，卖萌、耍蛮；贫寒者，求知、找魂。这就是当今的社会实况，物质与精神的倒挂，让人唏嘘不已，并惊醒于表面的繁华和欲望的麻醉。

事实上，物质与精神的分离，造成的潜在危害已经很明显了。这一点，绳子是有切身的感受的，他不禁联想到故乡所发生的事情——

故乡地处京西的西南山区，那里富含煤炭，二十世纪八九十年代小煤矿星罗棋布。其掠夺性开采，使那里的农民暴富。暴富就激发了大的享乐欲望，不仅别墅豪车、灯红酒绿，还赌博成风，甚至赌到国外，一掷千金嫌土，而是百万金、千万金。他们一味炫富，目空一切，美其名曰大款风度。但他们蔑视知识，均认为教育无用，其后代子女便整体地辍学，文盲遍地。他们不以为耻，反以为荣——文盲又如何？文盲加有钱，也可以行走天下，吃遍人间。这其中，他的一位姨弟从老子那里分来上亿元存款，开始过帝王生活。正室之外，还暗续两房小，且不怕罚钱，任意生养，儿女成群。因与他素有来往，绳子出于对他的关心，也是想给一种不让他难堪的暗示，就买来有关素质提升的书送他一本。他随便翻一翻，就扔在茶几之上，问，这么厚的一本书得给写的人多少钱？绳子说，具体的，我也弄不清，不过我想，少说也得十万八万吧。他听后哈哈大笑，说，十万八万还叫钱？跟你捡破烂儿的差不多，哥，你就别提书的事了，咱哥儿俩还是好好地喝几杯吧，趁着酒兴咱找人试试手（搓麻将赌博），别怕，我给你出底垫，一晚上下来，肯定让你拿走三五十万。这是个完全不同的语境，让绳子不知说什么好，就只好速速逃离，不再来往。

二十一世纪以来，北京城市功能调整，京西被定位为生态涵养区，强令小煤矿关闭，让西南部山区发展新型绿色产业。但是，发展的主体是一群文盲、准文盲，他们不具备应有的知识和技能，所以他们迟迟不动，过坐吃山空的生活。日前那位姨弟找他抱怨，说他的大儿、二儿、三儿都已成年，由于没有文化，总也找不到工作。绳子说，现在大学毕业生都求职无门，何况几个白丁。你不是有钱吗，算计着花，也足够他们终生挑费。姨弟说，他们几个当然没问题，但他们的儿女呢？绳子说，儿孙自有儿孙福，别为儿孙做马牛。姨弟“咳”了一声，气哼哼地说道，都是煤矿闹的，它耽误了我至少三代人！

暴富，使人目盲，以至于丧志，进而轻视文化，这样的人群会有未来吗？

所以，杭州图书馆里那些拾荒者的阅读，真应该讲给姨弟们听，让他们知道：读书，是面向未来的精神准备和能量积蓄，它是一笔利滚利永远也花不完的大钱，灵魂一旦充盈壮大，“我”就有了君王情怀，就有了昂然向前的自信和能力，就没有走不通的道路，那么，这辈子富，下辈子也富，下下辈子还富。

想到这儿，绳子觉得自己很可笑，一个捡破烂儿的，也这么自以为是、替别人发愁，自己配吗？

“咳，就别管他们了，你又没能力救他们，还是想想怎么救自己吧。”绳子的意思是说，与杭州图书馆里的那位老哥相比，自己活得太自私，太小我，应该想办法，也为别人，甚至为社会做点什么。

他在沉思，突然肩膀被人重重地拍了一下。

“嘿，你果然就在这里！”

抬头一看，竟是白德臣。

难以代理

白德臣被免职，却还代理，以一个虚化的职位开展工作，虽然他的积极性不减，但真的一做起来，他发现，难度很大。

以前被重用，而且还直属区长领导，他口气大、作风硬、为人傲，虽然震慑了拆迁户，严管了下属，但也得罪了不少同僚和社会各界人士，所以一旦以现在的职位再开展工作，人家不怎么买账，即便是他客客气气，甚至低三下四，人家也是不冷不热，不怎么帮他的忙。

这让他得出结论，人一得势，千万不要张狂，一定要对人谦虚、谦恭、谦卑，夹着尾巴做人，这样不遭嫉妒，不生怨隙，能建立基于尊重和感情之上的人脉。这样一来，你一旦失势，人家也会真诚地体贴你，并伸出援手拉你一把，帮你走出低谷。

虽然悟出来了，但为时已晚，只能独吞苦果。

给区长的建议，被充分肯定，指示他就依此而先行先试，蹚出一条路子来。起初他也有决心，但实际一操作，就让他大跌眼镜。

比如，对靠搭建棚屋表达抗议而争取利益的群众，如何做说服疏导工作，他和下属分析得很透，措施也拿得很准。这一对策中的关键人物是两个：一个是拆迁户在行政机关、事业单位和国有、集体企业上班的亲属和朋友，一个是这些单位的领导。前者是条件，后者是保证，只有这些单位的领导出面，把助推拆迁工作作为一项政治任务委派给那些人，那些亲友才会去或不得不去帮助做工作。所以，那些单位的领导，是关键中的关键。

但当白德臣找到他们的时候，态度跟以前大不同，他们不愿意配合，认为难度大，会影响下属的本职工作。即便白德臣苦口婆心，甚至带有乞求的意味，他们也拒绝合作。

白德臣知道，埋下蒺藜必然要收获荆棘，是自己以前心高气傲、目中无人，对他们不友善的结果。所以他对他们说，我以前太幼稚，不知道天高地厚，请大家原谅；现在我成熟了，知道人情才是最珍贵的。故人说，知耻而后勇。我以后一定会尊重各位、多听取各位的意见，让自己朝着更好的方向发展，发展以后，也绝不忘交情，也一定真诚地回报大家。

以为会打动这些领导，没想到他们还是否定的腔调——

有的说，白德臣，你说的都是空话，我们不想听。

有的说，白德臣，你以为我们是在计较你啊，我们有那么狭隘吗？

有的说，白德臣，说句实话，你现在依然幼稚，而且比以前更幼稚，你想啊，你都被免职了，只是个代理，那么，你还这么卖力气干吗？代理代理，待着不理，这才是正经的官场规则，难道你真的不懂？现在我们费力巴哈地帮你搞拆迁，不是时候，算你的还是算你后任的？算你的，你马上就要滚蛋了，帮了也白帮；算后任的，人家也不会承认，也是帮了白帮。所以，你就一边歇着去吧，应付应付得了，也别再给我们找麻烦。

他便无奈地对下属说，就我现在的处境，人家不买账，你们也就别怪罪我不履职，你们就按咱们合计的路数，自己去做群众工作吧，能做下来几户是几户，只要尽力就成。

为了不耽误工作，白德臣把这种情况及时地向区长做了汇报，并请求道："您就别让我做这个代理了，我既不好推动工作，也耽误拆迁工作大局。"

区长说："这我知道，不过，大家都知道，千难万难就数拆迁最难，所以我们的干部谁也不想接这摊子工作，物色起人选来，也就很难，你就先委屈委屈，容我点工夫。"

见白德臣不停地摇头，区长说："我也不让你为难，要求做多少开创性工作，你只要把拆迁办的正常工作秩序给我维持好了，别再给我惹事就成。"

白德臣琢磨着，怎么才能不惹事呢？一个最简单的办法就是不干事，因为官场里的人都知道，只有不干事，才能做到不惹事。事实上，周围的人也是这么劝他的。

但是，白德臣做不来，他难受。

因为他常年在一线工作，养成了务实的作风和习性，总想解决点问题，那样才显得自己有存在的价值。他在煤矿当主管技术的副矿长的时候，就不满足于常态性的技术指导，总是到掌子面、巷道里转悠，试图发现点安全问题，给主管安全的副矿长提提醒。以至于主管安全的副矿长对他很有意见，你这个人是不是有点心术不正，为什么总希望我主管的地方出现问题，好显得你有水平、你对工作负责？他尴尬地一笑，你想多了，我不是闲不住吗？正因为有“闲不住”的特点，才让他能进入别人的视野，以至于后来当了矿办主任，再后来到房屋土地管理局任职。也就是说，他能够进入那样的领导岗位，不仅仅是因为他能请客送礼，也不仅仅是因为有他岳父的关系，也不仅仅是机遇和时势的造就，首先是因为他自身还有点什么。

因为闲不住，他就带着下属去了詹庄，亲自把他的那个前方指挥部拆了。

有下属说：“具体拆迁，是由拆迁公司负责，您是拆迁办主任（白德臣赶紧纠正道，不，是拆迁办代理负责人），好，即便是代理，也是大干部呢，干吗做这种尘土飞扬的事？”

他说：“因为指挥部是个敏感的地方，我亲自拆迁，是想给拆迁户一个警示，拆迁是大趋势，谁也阻挡不了，让他们别有什么幻想。”

下属又说：“您别忘了，咱可不是户主，户主不在场，咱就下手拆，可别惹下什么麻烦。她可是大仙儿，真要折腾起来，咱可不好办。”

他说：“这就请你们放心，她是签了拆迁协议的。再说，正因为人家是大仙儿，就绝对跟别的拆迁户不同，她不留恋尘世，搞得拖泥带水，不然人家也不会扔下宅院就走，到深山老林里去修行。”

在这一点上，白德臣的确有绝对的把握，因为留下这座宅院暂时不拆，是因为一个说不出口的原因，为的是绳子和大兰子方便。眼下两个人都走了，还留它干什么？而且这里是他走麦城的地方，留着它揪心。

你还甭说，这个特殊的宅院一拆，还真的起了点作用，有几个搭建棚屋的钉子户，还没容得再做工作，自己就把棚屋拆除了。他们是觉得，这个被处分了的拆迁办主任，连自己的指挥部都拆了，说明他已经狗急跳墙，要开始报复，要使气斗狠，咱们可别触霉头。因为都说光脚的不怕穿鞋的，他被撸了职务，也是光脚的了，光脚的碰见光脚的，那是什么？那是石头碰石头，硬碰硬。

这个意外的效果，让白德臣忍不住笑，他对下属说："有戏，你们可以下去做工作了。"

他回到大楼里的拆迁办本部，还是闲不住。他每天都是第一个上班，最后一个下班。早晨一上班，就打扫卫生，把每一间办公室都打扫得干干净净。之后就打水，把每间办公室里的暖壶都打满。区里的财政紧张，大楼里的各部门都没有配备热水器，都是统一从锅炉房打水。白德臣真是有力气，打水的时候，他每只手里都提着四个暖壶，走起路来也不摇晃、也不疲沓，蹈在台阶上，铿铿锵锵。遇到的人都很吃惊，但他始终面带微笑，不觉得这有什么难为情的。

这可让他的下属难以承受，说，您这样做是不是有点不厚道，说好听的，是您不颓唐，不消沉，乐观向上，说难听点，就是别有用心——您是手里拿着一把钝刀子，惹不起横的，就往我们的软肋上割。你要是还把我们当弟兄，就别打水了，让我们来打。

白德臣哈哈大笑，说，你们还甭说，我还真的是别有用心，我是在提醒你们，虽然我很难有什么作为了，但你们还是要不灰心、不懈怠，要努力有所作为。

他这样一来，下属还真的更为敬业了，拆迁办的日常工作还真的照常运转，他觉得对得起区长给他的这个“代”字。

虽然白德臣不想“闲”在办公室里，很想跟下属们到拆迁一线去解决点问题，但因为他以前的做派过于凌厉，拆迁户对他有些怨恨，一听说他被免职了，都拍手称快。他现在一到现场，拆迁户很鄙视，不尿他，说，你都被撸了，还来找我们，你要脸不要脸？即便是他态度谦卑，人家也不理他，而且，本来下属跟他们还谈得来，对抗的情绪已经有所缓解，但他一出现，反而又紧张了。他们对下属说，只要有这个姓白的在这儿掺和，咱们也没有什么好谈的了。

下属就对他说，您就安心在办公室里给我们坐镇吧，底下的事就放心交给我们办，我们绝不会对您有意见，因为您这也是在为拆迁工作做贡献。

怎么会这样？

白德臣很苦恼。

你不可以这样看不起我

白德臣除了扫地打水，就是整天待在办公室里。他闲得难受，突然想起了绳子，这老小子在干吗？

他出来寻他，就寻到了图书馆。见到绳子很专心地看书看报，他心里很嫉妒，就蹑手蹑脚地溜过去，猛地在绳子的肩上拍了一把："嘿，你果然就在这里！"

绳子被吓了一跳，没好气地说："你是不是闲的？"

这正戳中了白德臣的要害，他很不舒服，便也没好气地说道："图书馆又不是你们家的，都许你一个捡破烂儿的来，还不许我一个堂堂的区拆迁办主任来？"

"你被免了。"绳子冷冷地说。

"那还不是因为你。"白德臣虎着脸说。

"你这是拉不出屎来赖茅房，不知道检讨自己。"绳子还是不饶他。

"免战，免战，"白德臣摆摆手，"你就说，我该看点什么书吧。"

绳子朝里边扬了扬手："一架架书就摆在那里，你愿看什么就看什么。”

白德臣沿着书架走了一遭，抱回了一摞书。有《厚黑学》《变通学》《看人术》《现代攻关方略》等，都是有关权谋的书。

绳子忍不住摇摇头：“看一个人读什么书，就知道他是什么人，你能不能读点有品位的书？”

白德臣说：“难道我读这种书就是没品位？没品位，出版社为什么会出？你不要有什么偏见。”

绳子说：“你爱看就看，跟我有什么关系？不过，你都被罢免了，这时候看这种书，是不是有点晚？”

“罢免”一词让白德臣很反感，因为这个词在他看来很严正，好像他是一个很不得人心、很坏的官儿，免他职是政府为民除害一样。“从现在开始，你看你的，我看我的，别互相打扰。”他很生气。

他兴冲冲地翻来翻去，翻到最后，竟一点兴趣都没有了。因为这些书，书名堂皇，很唬人，以为是正经学问，但里边的内容却很通俗、很庸俗、很低俗，都是在常识层面讲话，所举的事例也很牵强。就白德臣来说，虽然他不学无术，但到底是已有了近二十年的工龄，也走了几个单位，也经历了许多事，有着相当的阅历，亲身的体验，比书上说的，还丰富、还生动，甚至还深刻。所以他觉得这些书，对人没什么提升、没什么帮助，很没意思。

他草草地翻过，就又放回去了，回来就坐在那里抖腿，很不耐烦的样子。绳子说：“一看你就不是读书的人，因为你坐不住。”白德臣说：“不是我坐不住，是那些书不让人坐住。”

绳子站起身来，到书架上取回来一部书，是《曾文正公文集》:“你看看这个，这部书能让你坐得住。”

白德臣翻了翻前言，说道:“这不是曾国藩的书吗？他的书有什么好看的，一个镇压太平天国的大刽子手。”

“这是后人给他贴的标签，实际上，他是一个了不起的政治家、战略家、理学家、文学家和书法家，毛泽东、蒋介石都对他很崇敬，一辈子都喜欢读他的书。”绳子给他介绍说——

曾国藩出生在一个普通耕读家庭，自幼勤奋好学，六岁入塾读书。八岁能读四书、诵五经，十四岁能读《周礼》《史记》。在太平天国运动时，曾国藩组建湘军，替朝廷攻灭了太平天国，从此被重用，在官场上获得了巨大的成功。在他的倡议下，建造了中国第一艘轮船，建立了第一所兵工学堂，印刷翻译了第一批西方书籍，安排了第一批赴美留学生。可以说曾国藩是中国近代化建设的开拓者，与李鸿章、左宗棠、张之洞并称“晚清中兴四大名臣”。官至两江总督、直隶总督，谥号“文正”，后世称“曾文正公”。

白德臣说:“他官儿当得再大，官场再成功，但他镇压太平天国，是个坏人，他的书我干吗要读？”

“你还暴力打压拆迁户呢，难道说你就是坏人？”绳子愤愤地说，“看一个人，得先看他的身份和背景，不能简单地说好说坏，你那样对待拆迁户，你说是在履职，他那样对待太平军，也是在履职，是一样的。”

“你怎么拿我和他作比，损我呢吧。”白德臣说。

“白德臣，你真是无知。”绳子虽然很不耐烦，但还是很耐心地给白德臣解释——

你要是看书，就按书的逻辑探究书中对你有用的，而不是先扣帽子、戴有色眼镜。我问你，曾国藩最可贵的是什么？你肯定不知道，那么我告诉你：他一生奉行为政以“耐烦”为第一要义，主张凡事要勤俭廉劳，不可为官自傲。他修身律己，以德为官，礼治为先，以忠谋政。他的“耐烦”、廉劳、不自傲，你有吗？他的德礼为先，忠恕为怀，修身律己，你有吗？据我所知，你什么都没有，有的只是任性放纵、钻营讨巧、狐假虎威、弄权使气、浮躁狂傲，所以你不出事谁出事？你不被免职谁被免职？你活该！

绳子的话说得有些狠，弄得白德臣眼圈都红了：“史福云，我知道，因为大兰子的事，你一直在恨我，但恨归恨，你不可以这样瞧不起我。”

“我不是瞧不起你，因为把你当朋友，才这么说，”绳子笑了笑，把口气放平缓了说，“我是想说，你真应该静下心来读读曾国藩，不是为了将来能当什么大官，而是为了将来做人做得大气一些。他有一句话我记得清楚：‘人生有可为之事，也有不可为之事。可为之事，当尽力为之，此谓尽性；不可为之事，当尽心从之，此谓知命。’他还有一句话，我虽然记不太清楚，但大意我还是知道的，好像是，人有所成，半由人力半由天。我拿他的话，是想告诉你，到了现在，你也别懊丧，就你的来路和修养，虽然没成事，但你已经尽力了，对得起别人也对得起自己了；因为‘天’的那一半，不是你能左右的。问题是，你今后，也别再有太不现实的野心，学得‘耐烦’一点，学得厚道一点，学得本分一点，学得公义一点，学得坦然一点。别总是想着自己，做点对别人有用的事，做个问心无愧的好人。”

这几个“一点”弄得白德臣无话可说，他只好硬着头皮看这部《曾文正公文集》，不这样，他还真的怕绳子瞧不起他。如果被一个捡破烂儿的瞧不起，就等于被彻底否定了，很是没面子。

见他真的看，绳子很高兴，主动给他送上一份体贴：“你要是看，我建议你从后边往前看，先看他的家书、奏折，再看他的政论，你会越来越有兴趣。”

起初是被动的动作，但看着看着，果然像绳子所说，他真的被激起了兴趣，有些放不下了。

曾国藩给他家人的信件，特别是给他弟弟、儿子的一则则手书，虽然讲的都是家长里短，却是关于做人、做事的道理。由于是从问候起居、冷暖和待人接物起笔，都是从具体的生活小节论理，就显得格外亲切。他又感到，虽然是家书，是家常话，但着眼点都是家国情怀，都是立足于干大事，表面上是小，但实际上都是可受用的大道理。真是不一般！真是不简单！

再翻他的奏折，对皇帝的受命，大事小事都请示，而且做每件事都有来有往，每一处细节都照顾周详，不厌其烦，一丝不苟。表面上是琐碎，实际上是认真，让人感到，他干事勤勤恳恳、兢兢业业、任劳任怨、不辞辛苦。他之所以官场很成功，是人家把功夫做到家了，一点都不心疼自己，舍得筋骨皮肉。用皇帝的话说，他很勖劳。

白德臣抬起头来，看了一眼绳子，觉得这个捡破烂儿的也是不简单，他居然能给自己推荐这么一部书，让孤陋寡闻的自己开了天眼，他这个人真好。

《曾文正公文集》一函八本，由于被吸引，他想一口吞下去，便把几本书换来换去、翻来翻去。绳子见状，说：“白德臣，看书也跟做事一样，要耐烦，不仅要一本一本地看，而且还要一页一页、一行一行、一字一字地看，就你的这个看法，只能得到一点皮毛，真东西进不到你的心里去，看了也等于白看。”

白德臣不好意思地笑笑：“照你的说法，我什么时候能把它看完？”

绳子说：“你现在有的是时间，你就把看这部书当作一件大事，沉下心来办，你天天跟着我到图书馆来，不知不觉就看完了。”

从这天起，白德臣每天都在约定的时间里，跟着绳子在图书馆里读书。但他感觉复杂，既感到庄重，又感到可笑。“我白德臣居然能坐下来读书，这是从来也没想到的。”

《曾文正公文集》看得白德臣没有工夫想他在官场上的失落，只是觉得自己太无知，文化水平太浅。书里的生僻字太多，他不得不准备了一本字典。查字典逼着他“耐烦”，整个人，慢慢就踏实了下来。

有一天他对绳子说：“其实读读书挺好，不仅能长知识、长见识，还能让人忘忧、忘我，觉得自己从来没有失去什么，没必要每天张张皇皇、匆匆忙忙。”

绳子点点头：“是这么回事。”

“既然有这么多好处，为什么人们大多都不爱读书？”白德臣问。

“这个问题，我还真考虑过，”绳子稍稍想了想，“我是这么看，有钱人不读书，是因为要忙着逐利；当官儿的不读书，是因为忙着上位；老百姓不读书，是因为忙着谋生。所以，读书的，多是不得志而有闲的人。这种人，被生活抛弃，在现实中没有位置，而心里又有说不出的伤痛。有闲而又有伤痛，就去寻找化解的办法，寻来寻去都不经济，不得已之下，就去读书，因为他们发现，读书可以医痛，可以得到精神上的抚慰。比如你和我。”

白德臣说：“你说得有道理是有道理，但是我听了很不舒服，因为经你这么一说，不免给我提了一个特别的提醒，好像我真的是一个不得志的人，被迫地有闲而痛苦。”

“难道不是吗？”

“我不是。”

绳子不停地摇头：“白德臣，不是我瞧不起你，而是你自己就让人瞧不起，因为真正心有定力的人，对失落和不如意，都是勇于面对、坦然承认，而你却回避、遮掩，有点自欺欺人。”

狼烟又起

每天送完上学的小燕子，绳子就在路边小店吃早点。

本来他想让小燕子跟他一起吃，一是顺脚，二是免得她妈妈再起早。但她妈妈说，路边的小店太脏，炸油条用的是地沟油，影响健康不说，还降低智商。便不怕起早，自己给孩子做，她说，现在每个家庭就一个孩子，不能偷懒。她也让绳子跟小燕子一起用早餐，但绳子说，不了，我就喜欢吃地摊上的油条。他是想，她为孩子辛苦是应该的，为自己就不合适了，再说，他早点吃得多，受不了她那一点猫食。

一碗豆腐脑，三根老油条，外加一小碟咸菜丝，不仅很对胃口，还很便宜，他吃得很香。他这个人还有个毛病，食物只要是便宜，就吃得香。

地沟油怎么了？如果不是地沟油，油条也不会炸得那么金黄焦脆、热香扑鼻。咱一个捡破烂儿的，吃的是口味，而不是什么卫生标准。为什么把新炸出来的油条叫作老油条，是因为像绳子这样的京西人经常吃，吃惯了嘴。

一个人破门而入，把小店的两扇门弄得呼扇不停。他明显地带着一团火气。店主问他吃什么，他不耐烦地说：“还用问，老三样。”

所谓“老三样”跟绳子的一样，一碗豆腐脑，三根老油条，外加一小碟咸菜丝。

油条一上来，他咔咔大嚼。这咔咔声不是出自油条，而是出自他的咬筋和颌骨，他有愤恨。这声音惊动了绳子，他忍不住抬头看了一眼。

“哎，李宗盛。”他叫了一声。

对方一愣，循着声音望去：“哎，绳子。”

他们两个认识。

绳子说：“看你这架势，是气儿不顺。”

李宗盛说：“能顺吗？昨天晚上窗玻璃被砸了，屋里还进了贼。”

“丢东西没有？”

“东西倒没丢，几个蒙面人进屋一顿乱翻腾，好像在找什么，吓得一家人一宿都没敢睡。”

绳子一愣，联想到他是拆迁钉子户，便说：“既然没丢东西，我觉得这可不是一般的贼，别有来头。”

“你是说是拆迁办那帮孙子？”

绳子一笑，不置可否。

见绳子没有表态，李宗盛自己回答：“我看准是那帮孙子，因为我当时就报警了，但到现在也不见派出所的人来，因为他们之间勾着。”

绳子摇摇头：“我看未必。”

他之所以摇头，是因为他觉得，拆迁办的主任就是因为暴力拆迁出了人命，被免职了，而且区长也嘱咐他不要再惹事，他不会不吸取教训，记吃不记打。并且他这些日子，一直就跟自己一起整天泡在图书馆里，很专心地啃《曾文正公文集》，他不仅变得很耐烦、很平静，而且也懂得了忠恕、德礼、修身、自敛，他不可能再像以前那样毛躁、放任。

见绳子摇头，李宗盛说：“呃，我想起来了，我看你跟那个白德臣很熟，经常一起出出进进，你是不是在给他打马虎眼？”

绳子说：“你这个人真操蛋，以小人之心度君子之腹，他是当官儿的，我是捡破烂儿的，不是一条道上跑的车，怎么会是一个辙？再说，我的老伴儿就是因为他们拆迁办招惹了刘小胖，才挨了砖头，所以你别看我表面上还跟他们来往，其实心里比谁都恨这帮孙子。”

“这倒也是。”李宗盛说。

绳子说：“我说未必，意思是说，看他们的来头，即便不是拆迁办干的，背后的人也肯定不简单，派出所也会有顾忌，轻易不敢动他，所以你也就别指望他们能给你破案。”

李宗盛咔咔地咬了两口油条，咕哝道：“那我该怎么办？”

绳子说：“你周围的房子都拆了，就你的二层小楼孤零零地立在那儿，不好防范，要么你就坡下驴赶紧拆迁，要么就多加小心，多准备一些棍棍棒棒，注意防身。”

李宗盛说：“拆迁的事我想都不用想，为什么我当钉子户？不就是想多要点赔偿吗，眼看就要有眉目了，我决不能半途而废。也只能多加小心，注意防范，不成我就拉只藏獒来，放狗咬。”

“现在一只藏獒少说也得四五万，别多要的补偿到不了手，再额外地破费，划不来。因为你以后会去住楼，小区里禁养。”

李宗盛拨拉了一下脑袋：“我他妈的不怕破费，就怕被人算计，就拉一只来。”

这符合他小财主的身份，绳子笑着说：“我劝你还是等等，万一真是贼呢。因为贼有道行，他们走过的地界一般就不再走了。”

李宗盛想了想，说：“那就听你的，再等等。”

这个李宗盛是京西最大的连锁商店华冠超市的机关服务部经理，因为每到年关、节庆的时候，各单位送礼都喜欢送他们超市的购物卡，不仅业绩好，收益多，还认识了不少单位的头头脑脑，颇有人脉。他便有实力像刘小胖一样盖水泥预制板的二层小楼，也有底气当拆迁钉子户。其实像他这样的人，怎么也算是个社会人物，应该带头拆迁，支持地区的城市建设。但正是因为认识的人多，消息灵通，那些人的议论起了反面作用。他们对他说，老李，现在台上说的和台下真正做的，可是两码事，往往是谁听话谁倒霉。你比如说，台上说要讲廉洁，逢年过节不要请客送礼，但是你不送试试？你没听说，谁送多少领导不知道，谁没送领导肯定知道。所以，你要是没送，领导肯定把你划入另册不说，即便是你自己，一碰到领导，你就心里发虚，抹不开面子。这拆迁的事也是，谁听话谁吃亏。你没听说，早拆迁早倒霉，晚拆迁不倒霉，谁最后拆迁便宜谁。所以，你宁可背上钉子户的名声，也不要当那个冤大头。这正中李宗盛的下怀，他是搞商业的，名誉和利益相比，他当然看重的是利益。本来他刚想当钉子户的时候，心里还有点踌躇，经这些人一说，他立刻就理直气壮了。

这一点，绳子是知道的。他能和李宗盛有关系，就是因为李宗盛在华冠任职的这个身份，进货、甩货过程中会倒腾出一些包装盒、纸箱子，他都给绳子留着，是绳子“智能捡拾”中的一环。所以他们不仅熟悉，而且还无话不说。

两个人吃完早点，在门口分手，绳子说：“你也甭着急，有什么需要帮忙的，你尽管吩咐。”

李宗盛开着车，放着屁、冒着烟走了。

他的车是本田花冠，是低配的经济型车，可能是因为心中愤恨，油门踩得过猛，就弄出了这样的响动。绳子笑着摇头，心里说，他是得当钉子户，看这架势，他手里还真的没什么大钱。

再遇到白德臣，绳子问他：“最近在晚上，你们拆迁办是不是又有什么大动作？”

白德臣不假思索地说：“我现在哪有那心气儿，白天去单位撞钟，坐坐办公室，然后出来陪你在图书馆看看书，到了晚上就去找黄咏梅，最近她老跟我起腻（撒娇、缠绵），一刻都不让我离开。”

说到这儿，他突然有所醒悟：“你问这干什么？”

绳子就把李宗盛的遭遇跟他讲述了一番。

白德臣说：“我跟你保证，这事跟我无关，而且我也敢跟你保证，这事也不会是我拆迁办的那帮弟兄们干的，他们听我的话，不会贸然行动，再说，他们比我还怜惜百姓，到了后来对暴力拆迁很抵触，还不停地说服我，这你是知道的。”

绳子点点头。

那么是谁干的呢？

他们一起猜测、推论。

后来白德臣一拍脑门：“哎，我想起来了，八成是钱进来这小子干的。”

钱进来就是詹庄地段城建项目的开发商，区里对他很尊重，把他当成财神爷一样供着，有什么问题都是区政府出面给他解决，他怎么会自己赤膊上阵？

所以绳子一愣，不敢相信，便问白德臣推断的依据，白德臣说——

钱进来这个人我了解，你别看他高高大大的，像个堂皇体面的人物，其实他心里的格局很小，只认钱，跟别人打交道，只能占便宜而不能吃亏，就跟他的名字一样，钱只能进来，而绝不能出去。在我眼里，他就是个鼠辈，自私自利的投机分子。为什么这么说？我跟他认识的时候，我正在矿务局的大安山煤矿当技术员，他承包了两孔小煤窑，总是找我进行技术指导。一黏上我之后，我发现他寻求技术指导是幌子，而是通过搭上我，再顺理成章地接近我当副矿长的父亲，便可以趁机要设备、要指标，目的是揩油。半新不旧的设备，他死缠着你当作淘汰品送给他，矿上的销售指标他也切割过去一部分，他说，计划外的销售虽然能卖上价，但买家远，运费贵；计划内的虽然价格低，但买家近，省运费。所以我必须远近通吃。他会投机，很贪婪，让我鄙视。你问我既然知道他是这种人，为什么还帮他？嘿嘿，他小子会来事儿，能让我不得不帮他。我又不是什么圣贤，干吗放着河水不洗船？后来他发了，有实力了，投机的目标就更大了。京西被定为生态涵养区之后，小煤窑要全部关闭，许多窑主魂不守舍、叫苦不迭，钱进来却笑眯眯地低价收购。那些窑主也乐得给他，因为都要关闭了的煤窑还能变现，总比砸在自己手里要强。殊不知关闭煤窑后，国家要给一定的政策性补偿，钱进来就挣得盆满钵满。那些窑主很后悔，觉得自己就是一个大傻屄，把自己卖了，还帮人家数钱。他们去找后账，钱进来嘿嘿一笑，那是不可能的。为什么不可能？你们看我的名字，钱进来，只进不出——我买你们的煤窑都是签了转包协议的，法律会替我说话。

白德臣讲别人的故事口齿特别伶俐，且越讲越有兴致，水也不喝一口，就又说道——

虽然钱进来在京西南部山区的名声混臭了，但钱可不臭——区里搞城市建设，招商引资鼓励大开发，他感到这是个大好机会，就乘势而上。区外的开发商，觉得京西偏僻落后，消费水平低，市场前景很暗淡，心里不看好，不肯打开腰包。但钱进来是坐地而起的暴发户，恋土是一回事，更主要的是，他知道区里领导的心理：他们太想要政绩，所以破题心切，为了吸引开发商，不仅给的地价特别低，更辅以一系列政策性扶持，还动用行政手段帮助开发商拆迁。有政府给我打工，还一路绿灯，就大大地减少了开发成本，我何乐而不为？钱进来便以情系百姓、报效乡梓的堂皇理由承揽了詹庄的城市开发项目。

“他真是得意，得意得让他起家时的恩主（白德臣自己）都给他打工，肏，这是他妈的什么事儿啊！”白德臣愤愤地感慨了一声，在绳子的催促下，接着往下说——

起初我也不想伺候他，但副区长这只香喷喷的烧饼就在头上吊着，就有了怪怪的感觉，感觉虽然不喜欢这个人，但帮他就等于帮自己，还是帮吧。而且，这也是作为拆迁办主任应该履行的职责。但帮到最后，连我头上这小小纱帽翅儿都帮飞了，对他，我便不仅有鄙视，还有怨恨，见到他我就来气，你是什么东西！几天前，他找到我，劈头就说，白主任，你们拆迁办还办不办公？我一愣，你这是什么意思？他说，我怎么看见，拆迁工地一点动静都没有，临时棚屋也不见少，那些钉子户的小楼还好模好样地冒着炊烟，那些人一见到我就朝我吐唾沫，你们还给不给撑腰、还给不给服务？我说，还怎么给你撑腰、给你服务？我的拆迁办主任都给免了。他说，免是免了，但你还代着，就这么占着茅坑不拉屎，小心我到区长那里去给你上眼药。一听这话我急了，我说，你还讲不讲道理？为了你都激化了政府和群众之间的矛盾，为了化解，我们正在千方百计地想办法，你得理解，给我们点时间。他说，给你们时间，谁给我时间？要知道，这个工程占着我大量的资金，每耽误一天，就浪费掉我一笔不小的钱，这个，你们政府给不给赔偿？他这样说，让我很不能接受，我说，你还讲不讲良心？为了保证你的进度，我们都用了过激的手段，甚至都死了人，再这样下去，连区长的位子都可能坐不稳，所以，你不能只想到自己，逼得太急，得理性分析，找出妥善解决的办法。他说，拆迁靠的是你们政府，我能想什么办法？我说，我倒有一个或许可行的主意，因为群众的心结，一部分是觉得赔偿得太少，比如那些住二层小楼的钉子户；一部分是觉得赔偿得不公，比如那些已拆走了又回来的棚屋户。所以，要拿出一笔钱搞一个拆迁奖励金，用奖励的方式清退棚屋户，孤立钉子户。他撇了撇嘴，说，这或许是个办法，但这笔钱谁拿？我一笑，说，应该你拿。他急了，是你们政府在搞城市建设，凭什么我拿？我说，你还甭急，我有我的道理，你看，为了鼓励你开发，给了你极低的地价，政府还有多少收益？为了助推你开发，政府帮助你拆迁，这得投入多少行政成本？所以，于情于理你应该出。他猛地拍了一下桌子，你说出驴大的天，这笔钱我也不会出的，我要对得起我的名字！我嘿嘿一笑，摊开了双手，说，那我就没办法了，另外还要提醒你一句，你也别再说我不作为，小心我彻底放手。他气哼哼地说，你没办法我有办法，不信咱们就走着瞧！

听了白德臣的叙述，绳子说："这么说，李宗盛的遭遇，或许就是钱进来走着瞧的结果。"

白德臣点点头。"不过，这也太小儿科了，这都是我玩剩下的，不灵，"说完，他又觉得自己说走嘴了，"我是说我以为他有多高明呢，原来也不过如此。"

"这一走着瞧可就有故事了，我喜欢。"绳子突然兴奋起来，眉眼耸动，一脸的坏笑。

白德臣很纳闷："你这是什么意思？"

"嘿嘿，咱们也走着瞧。"

我得有点社会作为

从白德臣那里探出一点头绪之后，绳子特别兴奋。

他的第一个动作，就是从他捡来而一直随身收藏的书里，把那本本雅明的《发达资本主义时代的抒情诗人》特意找出来。

因为本雅明在书里指出，垃圾捡拾者是最具有革命性的，在适当的时候，捡垃圾的人，会同情那些动摇着社会根基的人们，在他们自己的梦里，捡垃圾者是起义者的最坚定的同志。因为他们或多或少地过着一种朝不保夕的生活，处在一种极为低贱的地位上，天然的具有反抗的倾向。

本雅明的观点，绳子刚读到的时候，虽然觉得很有趣，但是不明白是什么意思。他没往深里追究，只不过因为本雅明提到了“垃圾捡拾者”这个词，让他这个捡破烂儿的留下了深刻的印象。

他展开有关的部分重新阅读，并追究意义。他现在明白了，他原来与那些拆迁户是天然的同志，“适当的时候”他会同情他们，并且因为反抗的本性，会加入他们“起义”的行列中，与他们一起战斗，以体现他的革命属性。

绳子乐了，什么反抗与革命，不过是因为无家无业、一穷二白，没有牵挂和顾忌，一被招惹，或一见不平，就敢于闹事，即便自己不主动闹事，只要有闹事的就敢于跟他们一起闹事。

那个杭州的捡拾者曾经给他很大的触动，当时他就倍感惭愧，惭愧于同样是捡破烂儿的，人家却把攒下来的钱最终全部用于公益，而自己只是用于大兰子和大兰子的儿孙，以侍弄一己的感情，就觉得自己活得太自私，太小我，应该想办法，也为别人，甚至为社会做点什么。

现在机会来了，该行动了！哈哈，绳子很激动，他要反抗，要为拆迁户出出头，助其争取他们希望得到的利益，让自己虽生犹死的生活有点最后的意义。

绳子顺势就下定了决心。他不反抗政府，因为政府最直接的代表是白德臣，对白德臣，他虽然有怨恨，但他们朝夕相处，是恩怨交织、剪不断理还乱的朋友，他下不去手。而他钱进来就不同了，他投机掠夺，既要挟政府，又盘剥欺压拆迁户，不过是一个不良开发商而已，我有什么不能反抗？

我反抗的是暴力拆迁，甭说是人间道义，即便是为了大兰子的受害，为了刘小胖那揪心的一跪，也必须反抗。他欠她们一份人情。况且，反抗之后，我虽然还是捡破烂儿的，但也是个有资格被人尊重的义士了。

美在最适当的位置上才是美的，行动在适当的时候才是正义的，低贱在适当的关头才是高贵的。

绳子蹬着他的三轮车哼着小曲上了路——

脚要穿得暖和，
饭莫吃得过多。
少趋乎点婆娘，
包你身体健康。

话要说得妥和，
酒莫喝得过多。
少揽乎点闲事，
保你万寿无疆。

他一边哼一边乐，因为他自己就是去揽乎闲事的，与词曲唱着反调，可笑。

熟人见他高兴，向他打招呼：“绳子，你是不是去会婆娘？”绳子收敛了笑容，佯嗔道：“你真是哪壶不开提哪壶，难道你不知道，她死了。”熟人“呃”了一声，赶紧说道：“大人不记小人过，我也是无心。”绳子也赶紧笑笑：“没事的，就当你是说我们俩感情好，死了也跟没死一样。”

绳子真的没生气，车子蹬得也轻快，很快就到了华冠超市。李宗盛把给他预留的包装盒、纸箱子帮着装上车，在轮胎上踢了一脚：“走呗您哪。”绳子却说：“不走，领我到你的办公室，我有话要跟你说。”

到了李宗盛的办公室，他说：“我给你打听了，砸你家窗玻璃的，还真不是白德臣他们拆迁办的，而是那个开发商钱进来。”

李宗盛有点不信，说："拆迁的事归政府拆迁办，开发商是赡等现成的，他干什么砸？"绳子告诉他，钱进来找过白德臣，埋怨他不作为，拆迁进度太慢，白德臣也不买账，说我作为得连职务都丢了，还怎么作为？你只有等。他就急了，说，我多等一天就多耗一天的钱，等不及了。白德臣说，那怎么办？他说，咱们走着瞧。

"这个'走着瞧'你还不明白？他等不及了，就自己上手，跟你们这些钉子户开战。"

既然是从白德臣那儿得来的消息，就可靠了，李宗盛气愤地说："他可真幼稚，他以为这么做就把我吓跑了，我可不是吓大的。"

绳子说："知道你李经理是个有气魄的人，但也不能坐等，为了一家老小的安危，也为捍卫自己的利益，你要主动出击。"

问怎么出击，绳子说，你要联系你们几个钉子户，布下一张网，等他们再入室滋扰、隔墙打砸的时候，捉他们个现行，然后扭送派出所，追究他们的刑事责任。他们肯定不愿负刑事责任，就会做民事赔偿，嘿嘿，那么你们想多要的拆迁费不就到手了吗？

"这还真是个办法，"李宗盛不免有些吃惊，"你一个捡破烂儿的，哪儿来的这种点子？"

"这你甭管，你就说你愿不愿意干吧？"

李宗盛沉吟了一会儿，说："他搞非法拆迁，应该由政府来管，我干吗出头？万一没得手，还惹一身骚。"

绳子说："一个口渴的人，耳边的劝告还是不如嘴里的好酒，钱进来急的是自己的利益，政府一出面，他还不趁机加码？再说，政府要是管，也是拆迁办出头，而他又不尿白德臣，他会听白德臣的话？反过来，白德臣又不尿他，在白德臣的眼里，他不可理喻，就是一个无法无天的人，你能替一个没有头发的人梳头吗？”

绳子没法把话说得太明了，因为钱进来玩的手段，是他的朋友白德臣玩剩下的，都懂得棋路，又都知根知底，而且闹不好还是一起玩的，他白德臣怎么出面管？只有靠钉子户自己。

李宗盛认为绳子说得有道理，未尝不可一试。但是他毕竟也是搞商业的，心里自然也有自己的算计，便又说：“就一如你所说，贼是有道行的，一般走了一过就不再走了，我被砸过了，就不会再来砸了，他钱进来也是场面人，难道还不如贼？”

绳子说：“那可不一定，谁都知道，好汉子架不住三泡稀，他会一而再、再而三，到时候，你架得住，你的孩子老婆可架不住。因为钱进来不是省油的灯，他既不会讲那么多规矩，也懂得你的心理，既做恶人，就做到底，不会给你喘息的机会，所以你不要心存侥幸。”

李宗盛说：“也许是那样，但是，我出头发动，别人跟从，出了事，首犯必办，凭什么我担风险，那几户坐享其成？得让他们也经受经受，等他们也吃了苦头，不用你动员，他们就会主动找上门来，共同商量对策。”

“你这是典型的农民心理，别看你还当着超市的经理，骨子里还停留在农民的水平，”绳子觉得应该把话说得更重一些，让他心动，“我知道你是怎么想的，你是觉得，你受惊吓了、受损失了，那么他们也要受一下惊吓、受一些损失，那么你就心理平衡了，就好像你自己从来就没受过惊吓、没受过损失一样。嘁，你别不承认，自私自利的人都这么想。你怎么就不站得高一点，做跟你的地位相称的事，让大家从心里佩服你？况且我是这样想的，保护自己房屋的最好的办法，就是也保护别人的房屋。"

绳子的话果然让李宗盛很受触动，嘿嘿一笑："我承认，我是有点自私，但我就不明白了，你一个捡破烂儿的，跟拆迁有什么关系，这么苦口婆心地鼓动我带头结网？"

绳子说："正因为我是个捡破烂儿的，无牵无挂、一穷二白、两袖清风，才见不得不公，才爱打抱不平。这就一如风吹夏日，凉快的是人和万物而不是它自己，但它依然不管不顾地吹。这叫什么？这叫清风品格，自己不求所得，只为他人受用。这或许就是人们常说的贱，低贱，不被看重，还愿意做，是不是就高贵了？"

李宗盛说："你一个捡破烂儿的，还真他妈的会捅词儿，不过，你还真把我说动了，接下来我问你，我去挑事，你干吗，就在一边瞧热闹？"

绳子说："你还真的把我看低了，只要你担事，我就陪着你，给你当说客，给你观敌瞭阵，跟你冲锋陷阵。"

李宗盛说："好，有你这个态度，我就豁出去了。"

绳子觉得李宗盛真是滑稽，给自己做事，还搞得这么悲壮，好像是给别人赴汤蹈火、杀身成仁似的。他摇摇头，说："李宗盛（此时他不愿意称他李经理），我给你纠正一下，你可不能说自己‘挑事’，你应该说自己‘担事’，因为你不是无事生非，而是讨还公道，为自己的正当利益而战。”

“呵呵，横竖是一码事。”

“错，出师有名，那是大事，含糊不得。”

运筹

晚上，绳子披灯复读另一本书，是罗曼·罗兰的《哥拉·布勒尼翁》。

这本书是讲法国高卢人的一个村落，在一年爆发了瘟疫，在恐慌中，强盗四起，进村庄烧杀抢掠。当地执事、士绅和有钱的大户，不敢招惹，躲进深宅大院，放任骚乱，普通人家和贫穷百姓，惨遭袭扰，失财丧命，苦不堪言。正此时，一个叫哥拉·布勒尼翁的老汉挺身而出，号召广大贫民揭竿而起，反抗强盗，保卫家园。拼死的混战之后，强盗被驱走，和平生活失而复得，国王获悉，大为欣赏，誉为义民，给予嘉奖。

哥拉·布勒尼翁，乃一进入风烛残年、行将就木的高卢贱民，老妻在瘟疫中死，使他心灰意冷。幸膝下有一女，寡居并也偕一小女，偶来探望，慰其余生。骚乱中，母女惊悚，魂不守舍，令老翁心痛。心灰又心痛，促他崛起，带领民众，反抗强盗，主宰命运。

他对民众说，执事、士绅和大户，他们有深宅大院，墙高门紧可以自保，他们不会为我们操心，况且，他们早就嫌我们有了自我意识，不愿任其宰割，视我们为刁民，正可以放任瘟疫，纵容强盗，然后好杀我傲气并从中取利。所以，我们必须自救。要自救，就要舍得身家性命，勇敢地冲上街头，用我们的暴动反抗强盗的暴动，而且平息了强盗就平息了瘟疫，我们就得救了。你们必须克服私心，认为强盗抢劫了别人而没抢劫我，杀死了别人而没杀死我，就想等待观望，这就大错特错了。因为强盗抢劫了他、抢劫了我之后就要抢劫你，杀死他、杀死我之后就要杀死你，所以，保护他、保护我就是保护你们自己，所以你们没有退路了，跟我冲啊！

就冲出了一条生路。

不仅赶走了强盗，而且也震慑了执事、士绅和大户，让他们收敛了蛮性，有了亲民之相。国王闻讯，也送来嘉奖和抚恤。

哥拉·布勒尼翁总结道："这件事给我们的教训是：自己帮自己，就连国王也会来帮你。"

民众欢腾，推举他做头人，他连连摆手，说，我已经足够老，最应该干的，是好好地享受一下天伦之乐，吃吃我女儿做的饭菜，带着外孙女采采花，挖挖蚯蚓，钓钓鱼，晒晒太阳。

对《哥拉·布勒尼翁》的重温，让绳子热血沸腾。躺在床上，他辗转反侧，怎么也不能入睡。

他觉得他虽然不像秀姑那样，信巫术，做仙儿，却也能看到命运的模样。凭什么我就能捡来那样两本书，一本叫我反抗，一本教我反抗的艺术。以前它们沉睡着，不过是两本书，现在它们适时地苏醒了，就变成了一个人的觉醒和力量。

也真是的，怎么就偏偏把两种身份都集中到我一个人身上？既是捡破烂儿的，又是读书的。捡破烂儿的不可怕，再能捡，也只能是为活着而活着；一爱读书就不一样了，不仅自己活着，也关心别人活着。

也真是奇怪了，那个布勒尼翁临起事的时候，就是死了老婆，身后留下两个弱女幼女，而我也类同，难道我是他的灵魂转世？不能想了，不能想了，再想就有些迷信了。

虽然不想迷信，但他的身体发生了令他吃惊的变化——大兰子过世之后，他的性欲沉睡了，器官不仅萎靡不振，还萎缩，微小得像颗蚕蛹似的，但眼下，因为精神亢奋，器官不由分说地膨大、偾张，居然能把身上的棉被顶了起来。他胀得有些难受，很想自己解决一下。但是他制止了自己，因为这是稀有的元气，要留给将要成就的大事。俗话说，气可鼓，而不可泄，至理也。

第二天一早，在路边小店吃老油条时，他碰见了李宗盛，上前耳语道："晚上你把那几户叫到你家里去，咱们好好合计合计。"李宗盛点点头："好，但是，咱们说好了，你一定得来啊！"绳子说："瞧你心眼儿小的，对谁都不信任。"

吃完早点，该捡破烂儿了，可绳子突然没了心情，想到晚上他要费力气做一番说服工作，他又有些兴奋。但当他漫无目的在路上骑车逡巡，又觉得这漫长的白天实在是一种难耐的煎熬，不如靠捡破烂儿稀释一下，谁料竟捡得比往日还多。怎么会这样，他不禁摇摇头。

这是在废品收购站里，他摇头的动作被身边的两个"捡友"看见了，以为他不满意自己的收获，便讽刺他。一个说："你这个人怎么这么贪心？”一个说：“你一个人吃饱了全家人不饿，捡那么多干什么？”前边那个人接茬儿发挥道：“这就是贱，这人是越贱越勤快，俗话说得好，富人慵懒，穷人苦干。”

这两个捡破烂儿的，是熟人，所以他们敢放开了议论。绳子被他们逗乐了，说：“你们懂个屁，不过是嫉妒，但捡破烂儿的嫉妒捡破烂儿的，一如趴着拉屎——没劲，咱们能不能来点有劲的？”

“来点什么有劲的？”一个问。

绳子把他们叫到一边，小声地跟他们说：“我知道，你们俩都是梨村的，你们村的梨树多，除了产梨，还产杠木。”

他们说：“是这样。”

所谓杠木，就是笔直、顺溜，粗可盈握的细木，其原木即便有些弯曲，也要上火文烤、用力压制使其直，然后上蜡，令其光滑。这种杠木，用于做手工农具的手柄，俗称“把”，比如锄把、镐把、锨把、斧把、锤把。如果不用于农具，可以做练武、防身的器具，称作白蜡杆。

绳子对他们说：“请你们帮我个忙，给我买二三十根白蜡杆来，我有用。”

他们问：“干什么用？你又不下地干农活，也不健身练武。”

绳子说：“你们只管帮忙，不该问的就别问。”

他们说，这东西在我们那个地界有的是，但甭提买，一提买就贵了，那做白蜡杆的人觉得奇货可居，会乘机加价。不如你买我们一个人情，让我们给你去顺（顺手拿，抄），再说，我们平常也收（收藏，积攒）了一些，我们给你凑个二三十根，也不在话下。

“也真是没白认识你们俩，”绳子觉得这两个人实在，不能亏待了他们，便说，“我晚上请你们吃东来顺的涮锅子，你们来的时候，顺便把那些白蜡杆给我拉来，不过上边要盖上苫布，别让人看见。”

一个说：“你干吗弄得这么神神秘秘？”

绳子说：“这东西在你们庄稼地里是锄把子，到了这街面上，可就是凶器了，咱别让人误会，好像咱们要打砸抢似的。”

“也对，还是你心眼儿多，精明。”一个说。

东来顺涮锅子是品牌，牛羊肉贵，所以两个人也觉得绳子够意思，毫不犹豫地帮了忙。他们三个也喝了不少酒，喝得最多的，是绳子，因为晚上他还有使命，酒不仅可以壮胆，还可以招惹激情、活络舌头。

涮完锅子，已是天黑路暗，他对两个人说：“车上的东西咱也就别倒腾了，就麻烦哥儿俩直接给我拉到一个地方吧。”

他带着他们骑到李宗盛家的大门前，他上前一推，门就开了。李宗盛从门后闪出身来：“就等你了。”

绳子捂了捂嘴，给了一个示意：“你别说话，先卸点东西。”

他那两个朋友很知趣，悄没声儿地把东西给卸进庭院，然后悄没声儿地扭身就走，整个过程，一句话也不说。

发动

李宗盛随手把大门闩上了。他喊了一声："都出来吧。"

那几个人就依次从楼下的屋子闪身出来，簇拥着绳子坐在庭院的凉亭之下。李宗盛说："绳子，他们都想听你说话，你就开门见山。"

绳子笑笑，复又站了起来，走到刚才卸东西的那个地方，揭开了上边的苫布。他们看到了几十根白蜡杆，夜色中，因为闪着白色的幽光，便看得更加分明。

他们不由得惊叹，看来真的要行动了，就都紧张得心狂跳，有临战之前的惴惴不安。

正是初秋季节，月色朦胧，闷热无风，他们都把衫子的纽扣解开，都是白花花的，一身肥肉。绳子咧了咧嘴，究竟是日子好了，养尊处优，没有筋骨，只有肥肉。

绳子说："李宗盛肯定已经把意图都跟大家说了，我就不再多说什么，我只想给大家讲一个故事，让大家受受启发。"

绳子就把高卢人在瘟疫中用自己的暴力反抗强盗的暴力、最后保卫住了家园的故事给他们讲了。

由于酒热在怀，舌头特别活络，故事讲得就特别生动，他们便听得热血沸腾，一片交头接耳，嘁嘁喳喳。

以为他们听懂了其中的寓意，坚定了行动的决心，没想到，他们纷纷提出质疑。

一个说：“高卢人反抗的毕竟是强盗，而我们反抗的却是政府，是不是有点犯上作乱？”

绳子说：“我给你们摸清楚了，政府拆迁办也反对暴力拆迁，夜里袭扰的事是开发商背着他们干的，意在制造恐惧，乘势拔除你们这一颗颗钉子，好让他尽快破土动工，及早盈利。”

一个说：“可是，我们都被他们袭扰过，我们并没有被吓跑，仍然焊（坚持、据守）在这里，他也知道我们不好惹，不可能再袭扰了，是不是没必要再行动？”

绳子说：“就因为你焊在这里，耽误了开发商的工期，也耗费了他的银子，他怎么能心甘？他必然要发起新一轮的袭扰，不达目的，他岂能善罢甘休？”

绳子真想跟他们说明了，前一轮袭扰是拆迁办白德臣他们干的，因为捅出乱子被训诫了，便不能干了，可开发商被拖得不耐烦了，就自己干了，所以新一轮袭扰肯定会到来。但他必须保护白德臣的名声，不能出卖朋友。他补充说道：“你们看，李宗盛以前也被袭扰过，这次不又被袭扰了吗？这是最好的例子，你们不能有什么幻想，要相信我。”

一个说：“老李是大超市的经理，他的影响比我们大，袭扰他是为了杀鸡给猴看，我们这些小萝卜头他看不上，或者说是暂时顾不上，我们还是等等吧。”

绳子说："暂时是什么？暂时就是一会儿，一会儿他歇过脚就会来袭扰你了。为什么？老李有影响他都敢袭扰，你一个没有影响的人，他就更敢袭扰了，不然不就成笑话了。"

他们说一句，绳子反驳一句，几个人都说不过他，索性就什么也不说了。

久久的沉默加上天气的燠热，绳子很生气，猛地站起身来，开始了不客气的训斥。他套用了布勒尼翁的那一段话——

白德臣他们拆迁办可以为你们说话，可以为你们谈条件，但他的官帽被撸了，开发商不尿他了，就难以为力了。而开发商也知道，政府对他有迫切的指望，想通过他搞出让上边认可的政绩，所以在一些环节上也不愿跟他过意不去。说白了，政府得为他提供便利，怎么会为你们几个钉子户的利益而去得罪他呢？况且在政府和开发商眼里，你们获得了规定的赔偿还不拆迁，是立不住脚的，纯粹是无理取闹。不瞒你们说，我也觉得你们是人心不足蛇吞象，是贪得无厌、无理取闹。所以，没办法，你们必须自救。要自救，就不能畏首畏尾、瞻前顾后，就是要舍得身家性命，勇敢地冲上去张罗结网，用你们的暴力反抗开发商的暴力，而且抓到开发商的把柄，就有了索要的资本，你们就得利了。往深里说，你们必须克服坐收渔利的私心，认为开发商袭扰了别人而没袭扰我，恐吓了别人而没恐吓我，就想等待观望，以求得水到渠成。这就大错特错了，因为开发商袭扰了他、袭扰了我之后就要袭扰你，恐吓了他、恐吓了我之后就要恐吓你，他不想主动妥协，让你们舒舒服服地得到。所以，保护他、保护我就是保护你们自己，因为你们有一致的诉求，是利益共同体。这样一来，你们还有什么理由推三阻四、分出你我？你们没有退路了，必须团结一致，共同行动，向开发商宣战！

绳子既言之凿凿，又慷慨激昂，在座的被他震住了，呆呆地看着他。

绳子觉得，火候到了，就又送上了最后的一击：

“都说京西人有血性、有脾气，我看——屁！就你们窝窝囊囊、退退缩缩的样子，难成大事，连人家高卢人的一根小手指头都不如！”

下边的人炸了：“你说干就干，干吗侮辱人，难道我们这些正经人家，还不如你一个捡破烂儿的？”

“你们还甭说，你们还真不如他这个捡破烂儿的。”李宗盛说。他终于可以出一口气了，因为刚才几个人的态度让他很憋气，好像他被袭扰了、损失了，他们就平安了、就得到了，不仅跟他们无关，还多少有些幸灾乐祸，什么东西！他冷笑了一声，说：“他一个捡破烂儿的，拆迁补偿跟他一毛钱的关系都没有，可他偏偏就为我们着想，不怕担风险给我们当布什么翁，你看，他连白蜡杆都给我们准备下了，你们还木着（犹豫、发愣）什么，还要不要脸？”

那几个人很受刺激：“你充什么人灯（智者、高人、勇士），我们又没说不干，你急什么急？”

说服不如激将，大家终于统一了意志。

他们这时也都觉得，无论什么事，有了主意，就得做；有了武器，就得用。不然就是孱头，就是废物，况且还是为了自己的利益，不动点真格的，可真的有些说不过去了。

月亮不请，它也会自己升上去；云雾不吹，它也会自己慢慢散去。但罗网不织，却总是漏的——他们开始商量，怎么才能把袭扰者抓个正着，留下违法拆迁的证据。到底是京西人，本性的狡黠，还真派上了用场，在细节处，他们有的是可用的点子。

比如，一个说，得弄几杆火枪，枪声它有威慑，先把那些人的胆子吓破了，就好捉了。一个表示反对，即便是火枪，也属管制器具，派出所明令禁止，会被视为杀人凶器。一个说，一旦发现了目标，要想合围，怎么也得鸣枪为号。一个说，嘁，能弄出响动来的，不唯独枪，鞭炮声音也不小。一个说，就依你，以拉挂鞭为号，但咱手里的白蜡杆在夜色里也是明晃晃的，会暴露自己。一个说，这好办，怎么也是入秋了，黑价天儿凉，咱就都穿薄大衣，把白蜡杆掖起来。一个说，这个主意好，可还有一样，咱是捉人而不是杀人，白蜡杆打在人身上不要用力过重，至少是别往要害处打，省得闹出人命。一个说，你说得对，拆迁公司的人虽然是开发商雇的，但他们本身不是开发商，而且还都是穷苦人，不能太狠了。一个说，正因为他们都是穷苦人，身体精壮，跑得快，捉起来不容易，所以必须预备几根绳子，一旦捉住赶快捆紧，免得再让他们跑鸡巴的了，落一个猫叼尿泡——白喜欢。

他们商量得热烈、欢快，好像他们已经成功了一样。

绳子一边听一边笑，觉得这很好，一进入境界，疑似有了志在必得的信心。

最后，绳子提醒他们，网要织得周密，仅仅靠他们几个是不成的，要多发动点人力，包括家里的老婆孩子、兄弟姐妹和信得过的远亲近邻、同学朋友。

“不过，你们要谨记一点，千万要保密，不仅对钱进来，也要对白德臣他们拆迁办的保密。”

起事

本来是有稀薄的月亮的，这几天却不见了身影。大地一片厚暗。有人说是月亮被天狗吞了，所以黑；又有人说，是老天体恤小民，为让他们成事，便拉来祥云遮，所以昏。

总之，这是吉兆，绳子就叫那几户人家赶紧抓住机会，设伏。

不知那些袭扰的人从哪里来，又到何处去，所以绳子让每户人家先在自己的宅院周围盯守，一旦确定了目标，再拉响挂鞭为号，集中人力合围。

他们每个人都趴在自己宅院之外的废墟之上。那是已拆迁走了的人家留下的痕迹，因为面积广大，所以他们自己的宅院、小楼兀自立在那里，就显得格外显眼，高高耸耸，也孤孤零零。

因为趴在废墟上，时间久了，自己的肉身也是一粒尘埃，与黑暗融成一体。人真是渺小，却还为一点利益而争，不禁觉得自己有些可怜。

可是时辰已到了后半夜，却不见人来，有的人就失去了耐性，像尺蠖因为吸足了地气，腹中膨胀，本能地就要往上弓身，他一跃而起，用力抖去身上的尘土与夜露，向虚空里张望。在他的带动之下，那几户也弓身而起，第一天的设伏就算是结束了。

第二天也如是，第三天还是这样。这些人就含糊了。

“农村老话说，是事不过三，都三天了，也不见来，他们是不是变了招数，不会再来了。”有人说。

绳子摇摇头，说：“他们肯定来，因为他们没有别的招数。”

有人不以为然：“这整宿整宿地在老野地里趴着，蚊子叮、虼蚤咬，还滚满了灰尘，为没准儿的事吃苦，不知值不值。”

绳子说：“为自己的事还道辛苦，你们还要不要脸？成就大事贵在坚持，关键的时候就在一闪念之间，兴许他们明天就来了，你们要有耐心。”

到了第四天，人们悻悻地趴在废墟里，心中有老大的不情愿，好像是在为了绳子这个外人来设伏，怕他耻笑。

快到后半夜了，人们也就要弓身而起了，恰在这时，西边真的来了十几号人。虽然没有月光，但西天到底还是有满天的微白，便也能剪出他们的身影，让人看得真切。

绳子是跟李宗盛趴在一起的，他兴奋地对李宗盛说：“不出我所料，他们果然来了。”李宗盛在他的腰上抓了一把：“你真神。”

那十几个人到了一个钉子户的小楼前，没有停下，又到了一个钉子户的门前，也没停下，到了第三户的庭院前还是没有停下，而是径直朝李宗盛这个方向猫来。

“他们这是什么意思，对身边的钉子户不下手，却舍近求远。”李宗盛低声说道。

绳子笑笑，也低声说道：“看来他们是懂兵法的，伤其十指不如断其一指，他们就瞄准了你这个目标，进行重复打击，一旦把你吓走，那几户就会不请自走。这么说，你在他们心中还是有分量的，嘿嘿。”

李宗盛摇摇头：“都什么时候了，你还拿我开心，不厚道。”

那十几个人果然就停在了李宗盛的门前，他们前后左右一阵瞭望。人头摇摆的同时，也让绳子和李宗盛在依稀中辨出了他们的装束：都蒙着面，扎着板带，绑着裹腿，一派速战速决，来去如风的架势。

瞭望之后，只见一个人挥了挥手，就有半数人蹿上院墙进了庭院，半数人留在院墙外，手里拿着准备投掷的重物。

“看来，我那新换了的窗玻璃又要被砸了。”李宗盛低声哀叹。

绳子说：“没关系，你的碎玻璃值钱。”

情急之下，李宗盛就要拉响挂鞭，被绳子拦住了，因为他看到，从西边又有二十几个人猫腰撵上来。绳子小声说道：“那几户的人已经包抄上来了，你也就别弄出响动了，因为你一拉挂鞭，反而是给袭扰的人报了警，看来，我还真是低估了你们这些人。”

过了一会儿，翻墙进庭院的那几个蒙面人从大门出来了，看来他们已完成了入室袭扰。墙外的人就一起往里边扔重物，便响起了一片响亮的碎音。

李宗盛按捺不住一跃而起，挥着白蜡杆就冲上去了。绳子对身边的人挥了挥手："快跟上。"

说是别闹出人命，手里的白蜡杆出手不要太重，情急之下不容选择，不管不顾地大打出手。绳子下手也很重，打在人身上，传出很厚的钝音。被打的人忍不住惨叫，在绳子听来，疑似从床头传出的快感的呻吟。他莫名其妙地亢奋起来，裆里那根闲物此时也成了一杆抖擞的红缨枪，叮叮当当地挑动。挑动中，他眼前突然晃出大兰子的身影，他忍不住大喊："兰子，福云给你报仇了！"随着喊声就是更奋力的出击。听着对方更尖厉的叫声，他两腿之间，竟喷涌出一股热热的东西。"痛快！"他欢声大叫，好像在冥冥之中，已冲破阴阳阻隔，与大兰子浑然交合在一起。

那些人被猝然的出击搞晕了，也被劈头盖脸的重击打蒙了，转身就西逃。却被迎上来的二十几个人拦住了，怕再受打击，只好束手就擒。

其中有一个人在晕头转向中居然逃进了李宗盛的庭院。绳子和李宗盛相视一笑，一同跟了进去。那个人被逼上了二楼，李宗盛也尾随而上，绳子便守住楼梯，心里说："看你怎么下来。"

此时的李宗盛已经急红了眼，张开一双大手："你信不信，我掐死你。"

"你别过来，否则我就跳下去。"那个人哀求道。

李宗盛狞笑着，放缓了步子，一步一步地逼近，他玩的是猫捉老鼠的把戏："我就不信了，有种你就跳下去。"

那个人就真的跳下去了。

跳下去就没站起来，好像他的腿被摔断了。

这时，那些被擒住了的蒙面人也被赶进了庭院。随着跟进的，居然有白德臣和吴克军。绳子愣住了。

白德臣走到那个瘫坐在地上的蒙面人跟前，对吴克军说："赶快拍照。"拍过照，他嘿嘿一笑，揭去那个人头上的面具："哈哈，这不是孙大主任吗，怎么也干起了偷鸡摸狗的勾当？克军，赶紧拍照。"

那个人摇摇头，无奈地笑笑，叹道："你可真阴险。"

原来这个人是钱进来的经理办公室主任，为了老板的利益居然亲自披挂上阵。

那些被赶进来的蒙面人也被集体拍照，揭去面具之后，又是一次集体拍照。问他们真实身份，他们说，我们都是钱老板属下的拆迁公司的雇员，我们都是被迫的，你们要手下留情。

白德臣说："知道知道，你们也别担心负什么刑事责任，你们只要在派出所的问讯笔录签上字，就没事了。"

他们争先恐后地表态："您放心，我们签，我们签。"

吴克军和他的手下人把这些人都带走了，手铐不够，自然借用了一下绳子他们准备的绳子。

院子空下来的时候，白德臣玩味地看着绳子。绳子脸一红："原来从西边压上来的，是你带来的人。"

"正是，"白德臣点点头，嘿嘿一笑，"你一个捡破烂儿的，居然当起军师来了，可你就没想到，农民在关键的时候，往往会掉链子，你看，他们还待在自己的地界上不动，愣愣地看热闹，如果不是我赶来协助你，你抓的人早就跑了，下次再想干，也就不会有机会了。”

绳子嗫嚅道：“这么说，我还得谢谢你？”

“谢就大声说谢，别老大的不情愿，”白德臣移近了一步，小声地说，“你多少有些自作聪明，以为自己设计得百无一疏，其实你的疏漏大了——你即便是抓了这些人的现行，如果没有派出所的出面，吴克军不给你现场拍照、留下笔录，拿什么做证据？你们毕竟不是执法人员，考虑不到这一点。嘿嘿，让我说你什么好？是双重矫正，还是双重否定？”

绳子难为情地笑笑，问：“你怎么知道我们会有这次行动？”

白德臣解释道，难道你忘了，那天你问我，最近拆迁办晚上是不是有什么大动作。当我明确地告诉你，我们拆迁办什么行动都没有之后，你给我讲了李宗盛的遭遇，然后我推测是开发商钱进来干的，因为他对我不满，说过一句“咱们走着瞧”。你一听就特别兴奋，说“这一走着瞧可就有故事了”，然后就眉眼耸动，一脸的坏笑。我很纳闷，问你什么意思，你莫名其妙地撂下了一句“咱们也走着瞧”。你走后，回味你的话和你的表情，我觉得这里一定有文章，便开始留心你的举动。

“你既然知道了我们的举动，为什么不跟我点破？”绳子问。

白德臣说：“你们的行动意图，套用你的话来说，我喜欢。其实这也是我想做的，但是碍于分管拆迁办的职责和公职人员的身份，我不宜那样做。正好你要做，嘿嘿，就正中我的下怀，我岂有不喜欢之理？怕引起你们的恐慌，也怕事后被问责，我自然不能点破。嘿嘿，借你们的手，实现我的意图，我何乐而不为？但你们的做法有关键的疏漏，怕你们失手，我就找到吴克军，商定要在暗中配合你们，就上演了现在这出戏。哈哈，我白德臣是不是很够朋友？”

绳子说：“你能这样做，我是根本没想到的，你简直像换了一个人似的，我都有点不认识了。”

白德臣说：“这还不都是因为你，谁让你给我推荐了《曾文正公文集》了呢，我书可是没有白读，他的悲悯崇善、重德亲民，对我是起作用的，我不能净想着为当官儿的、有钱的做事，也要为草民出头。”

其中有一层意思，他无论如何也不能明说，那就是他因为以前的做法，对拆迁户有深深的歉疚，便总想着能自我救赎一下子。

以为绳子会很感动，绳子脸上却抹上了一层忧戚，竟说道：“我是不是又害了你？因为你一出场，钱进来肯定会很愤恨，他一准地要到上边给你告刁状，你怎么解释？”

绳子的话，倒叫白德臣有些感动，因为这里折射出绳子对他的感情，让他心暖。能够走进这个捡破烂儿的内心，值了。

“这我倒不怕，相反，我觉得这还不够，”白德臣笑着对绳子说，“你的事做完了，该我上场了，我要主动到钱进来那儿去，再给他烧把火。”

烧火

钱进来公司的办公楼，就坐落在本地。

十一层的环形大楼，楼的外立面，贴着巨大的浅色钢化玻璃，上眼一看，白晃晃的，刺得人不敢睁眼。钱进来说，这是银子的颜色，与我的名字相符。有人说，白光往外折射，好像不是进，是出，怎么能说是与您的名字相符？他说，这你就外道了，光往外折射，正好晃黑了外人的眼，让他看不到我里边的钱，不动往外拿的心思，我的钱不就保住了吗？所以还是进。之所以盖成环形，也是着眼于钱，环拢聚财，是聚宝盆的造型。

按照他爱争锋的脾气，本来他想把楼盖得更高大一些，但是附近有个良乡军用机场，按规划要求，建筑物不得超过十二层。有人建议，那就盖十二层吧？他说，区政府大楼是十二层，我能跟它比竞？商人不能跟官争，在运势上盖不过，非要争，是自不量力，找死。再说，十二层是这个地区的极限高度，等于封顶，而经商的就怕“封顶”二字，因为追求的是无限财富，得有进伸空间。问他哪来的这么多讲究，他往阔大的老板台上一指，那儿有一本《易经》，你自己去翻。其实他根本就读不懂《易经》，却事事拿《易经》说事儿，他迷信，把它当作一本卦书。正是因此，他办公室侧开门，前迎一块巨大的整玻璃，后靠一堵一连南北的整墙，这叫作“望有前（钱）途，背有靠山”。虽然是个经商的，办公室里，却坐立着一面国旗，竖搁着一架轮舵，横托着一把长剑，鼎置着一爿巨砚。总之，吉、利、津、顺、势，各种主发的元素都有了，他觉得自己是被好运托着的，万事俱备，东风浩荡，有大命相。

就这样一个被好运托着的人，放出去的人马却都被捉到派出所去了，他很懊丧，很震惊，很愤怒。当接人来报，他本能地跳了起来，大吼一声：“备车！”

临出门的时候，他回望了一下，看到了旗、舵、剑、砚都在，他心里一顿，这水忌泼，势忌破，这么火爆、这么莽撞，岂不就是泼和破？要冷静，少安勿躁，把心沉下来。

他坐回老板台之后，突然想到，这个白德臣一定会来找自己，因为他们合作了这么久，一起干了这么多事，本来是沆瀣一气的，却突然就唱了这么一出，他怎么也要给个交代。所以坐等，才符合自己老板的身份。

坐等，对他来说，是一种煎熬，他吼道：“来人！”

闻声来了一个人：“经理，有何吩咐？”

他说：“吩咐个屁，你去再叫几个人来。”

几个人来到，笔直地站在他面前，怯怯地看着他。

他一笑：“都坐下，陪我诈金花。”

一个人问：“经理，是发牌还是摸牌？”

“当然是摸牌，”他拍拍桌面上的牌，说，“发牌，是人家给什么牌你就玩什么牌，运气是别人给的，太被动；但摸牌就不一样了，牌是你自己摸上来的，运气是你自己抓到手的，主动权在自己，好坏怨不得别人。”

他手气很好，诈得面前堆满了票子。票子是一百元的面值，一堆票子，可以想见，那肯定是一个不小的数字。他感觉大好，心里的怒气不知不觉间消失了。“我钱进来什么时候输过钱，哈哈哈哈……”

这诈金花是暗出牌，一旦觉得自己手里的牌小，或者没有胜算的把握，就不跟了，把牌扣着扔到底牌里去。这就可以作弊，为了讨好某个人，明明自己的牌很好，也可以跑，把赢的结局留给他。钱进来心里正有老大的不快，下属就很知趣，肯定要输给他，哄他高兴。

高兴了的钱进来，恢复了理性，也恢复了自信。虽然都到晚上了，还一直没等到白德臣，但也作罢，平静地离去，心里说：“不急，他明天肯定来。”

第二天一上班，他又招呼几个人来打牌。因为他觉得，自己不能在办公室里干等。让白德臣看见，真以为我尿他，把他当回事，恭候大驾似的。自己不能有劣势，而一边打牌一边等他，正是优势——你看，我们谁在乎你？我们在乎的是手中的牌，我们玩儿呢。

这次他们换了一个玩法，是用纸牌斗地主。

斗地主是把所有的牌都摸到手里，按牌的实力和格局出牌，就需要一点点智慧。虽然下属也想哄他高兴，有意让着他，但分寸实在不好把握。其中，一旦确定了谁是地主，其余的人就是同盟，要打配合，一起围猎他。问题是钱进来狂妄，不顾手中牌的实际，总想当地主，一旦成了对立面，下属还怎么让他？他还自视高明、任性，所以即便他不当地主，也是自顾自地出牌，不屑于跟同伴打配合。两项相加，即便是下属小心翼翼、真真切切地想让他赢，他输的概率也大。累积起来，他输了不少。

他的心情渐渐地坏了起来：“你们他妈的会不会出牌，一个一个都是猪脑子！”他开始训斥下属。越训斥，下属越不会出牌；越不会出牌，他输得越多。他开始愤怒了。

在愤怒中，白德臣登场了。

虽然白德臣敲门的声音很轻，疑似温柔，但在钱进来听来，也是很大的噪声，他吼道：“你装什么孙子，门开着呢！”

白德臣闻声而进，看到屋里乌烟瘴气的样子，咧一咧嘴：“你们得抽多少烟？”

钱进来瞪了他一眼，对他的下属挥一挥手：“你们他妈的还不快滚！”

本来是用打牌消气的，但输多了的钱进来却惯性地延续了火气，也顺势撒在白德臣身上，他猛地站了起来：“你小子还敢来？”

白德臣笑笑：“我有什么不敢来的，我又没偷鸡摸狗、杀人放火。”

这顺势的话语疑似是特别的提示，让钱进来吃心：“你凭什么捉我的人，你哪儿来的资格？”

白德臣说：“我是拆迁办主任，不，即便有个‘代’字，也是实际的负责人，因为接到举报，我不得不赶到现场，这是职责所在啊，请你老兄多理解。”

“你让我理解什么，又怎么理解，我这么做，可是替区里去拔除钉子户，是正当，不，是正义行为。”

“你老兄说的，我理解，但拆迁户不理解，他们认为你这是暴力拆迁，是违法行为，你的人又被他们抓了个现行，又逼着派出所取了证、做了笔录，没办法，只好逮起来。”

“你甭跟我这么冠冕堂皇地说话，还是你跟我起了二心，屁股坐歪了。”

“要真是那样，我就公事公办了，还会上门来拜访你？我是想跟你商量商量，帮你把事儿平了。”

“怎么个平法？”

白德臣说：“你看，我一进来你就向我发难，还没给我让座呢，咱们是不是坐下来谈。”

钱进来先是一屁股坐进老板椅，然后不耐烦地指了指老板台前供下属汇报用的那把硬座椅：“那么请坐。”

白德臣皱了皱眉头，心里说，他可真拿我不当回事，但还是笑着坐下了。因为他心中有乾坤，知道用不了多久，钱进来就得站起来。

“我是这样想的，”白德臣往前探了探身子，缓缓地说，“无论如何，你老兄的拆迁做法已成为人们眼中的刑事案件，吴克军不能不把去的人铐起来，轻了要刑事拘留，重了就得判刑。这还不算，如果你手下的弟兄不扛事，再把你给招出来，恐怕你也很难再坐在这儿了。好在有我和克军，是不会让事情发展到那一步的，不过你老兄就得忍忍痛，出点血了。”

一听到这儿，钱进来霍地站了起来：“出血，让我出什么血？”

白德臣劝他坐下：“这也不是一句话、两句话就能说清楚的，所以你老兄得耐心听。”

“不，我还是站着好，省得你让我一吃惊，还得站起来。”

这也好，立着的木头通风好，容易燃烧，正好便于我烧火。白德臣心里说。

出血

白德臣耐心地对钱进来说道——

你老兄的人，现在就在派出所里，趁还没有定案之前，你赶紧把他们捞出来。我刚才也跟你说了，万一给他们一上手段，他们再把你供出来，就不好收场了。其实摆平这件事也容易，那些钉子户的意图很明确，就是想借着拆迁的机会多要几个补偿，因此他们在政治上没有什么过多的考虑，这就给咱们留下了在私下里解决的空间。所谓出血，说白了，就是给他们俩钱儿，拿钱堵嘴。你先别急，听我把话说完。我知道你是想说，我凭什么拿钱？我明确告诉你，这个钱你还必须拿，你不这样拿就得那样拿，横竖得拿。不是我绕你，你看，你的人被抓了现行，肯定是刑事案件了，如果走法律程序，不仅要判刑，还要承担民事赔偿责任，因为你们毕竟是私闯民宅，还故意损坏了人家的财物。这样一来，你赔了媳妇又折兵，既蹲了班房，又赔了钱，还弄坏了名声。如果私下里调停，也就是常说的私了，也就是给俩钱儿的事。而且有我和克军在，也不会让他们狮子大张口，随口要价。我们会用妨碍拆迁的名义胁迫他们，让他们觉得罪错在先，因而放低心理期待，给几个钱儿就知足。同时我们还要替你封口，不让他们说这是民事赔偿，而是你心中有大局，为了助推拆迁，主动给的一点补助。只要你这样一做，我就迅速跟进，让他们即刻拆迁，因为他们已经没有再当钉子户的理由了。

这是多么好的设计，而且还是设身处地地为他钱进来考虑，按理说，钱进来应该领情、应该买账。但是，白德臣刚一说完，钱进来就愤怒了，他居然上前一步，抓住白德臣的衣领："白德臣，你他妈的这不是在替我考虑，而是在算计我！"

白德臣也顺势站了起来："怎么，你还想动手？那我就让吴克军办你个殴打公职人员，妨碍公务。"

钱进来悻悻地松了手，忍不住地在地上踅起来，他是在稳定情绪。

踅着踅着，他突然狞笑起来："哈哈，白德臣，我突然想起来了。"

白德臣一愣："嗯？"

"你既然跟我玩猫捉老鼠，那我就跟你玩蛇打七寸，"钱进来露出得意之色，说，"你说我搞的是违法拆迁，刑事犯罪，那么，你早就是罪人了。我为什么这样搞？还不是学你的榜样。前些日子，我跟你和吴克军一起已经搞了多次了，用的可都是堂而皇之的名义，怎么一到了我这儿，就变了性质？你是不是有点执法犯法、贼喊捉贼？哈哈，如果你现在想跟我玩冠冕堂皇，那么，我就先到区长那里给你去点炮，搞他个大义灭亲，办我之前先办了你。"

这是白德臣没想到的，所以他愣在了那里。

钱进来这时不再满地踅摸了，而是稳稳地坐回老板椅。他点上了一支烟，长长地吐了一口烟圈，嘿嘿。他觉得他也可以搞猫捉老鼠了，竟然把烟圈朝白德臣的脸上吐。噗噗，嘿嘿，得意地玩弄起来。

面对这公然的侮辱，白德臣的脸一会儿青一会儿白，目光迷离。迷离中，他想到了在一个风雨交加之夜，一个叫绳子的捡破烂儿的，在他家客厅里上演的一幕。然后，他莫名其妙地笑了，因为他眼前正有一只银质雕龙的烟灰缸，无耻地放在钱进来的手边。他猛地站了起来，随着嘿嘿一笑，他迅疾地把烟灰缸抓在手里，再顺势一转身，扔了出去。

砰，哗，那扇临街的巨大的整玻璃就欢天喜地地碎了。

风顺势而进、扑面而来，也是一片欢天喜地。

钱进来心疼地扑上前来，掐住白德臣的脖子："信不信，我给你扔出去？"白德臣就势把双臂紧紧地匝在钱进来的腰上："信不信，我跟你一同跳下去？"

声响巨大，惊动了门外的人，冲进来几个钱进来的下属。

"快，快，快把这孙子拉开！"

光脚的不怕穿鞋的，而有钱的就怕玩命的，钱进来吓得浑身发抖。

下属把他们拉开了，不知所措，站等着老板的下一个指令。但发出指令的，不是他们老板，而是外来的白德臣，他吼道："这里没你们的事，都他妈的滚！"

钱进来见下属无措地看着自己，有气无力地挥挥手："听他的，出去吧，出去吧。”

人在高处，从破窗处吹进来的风很大，吹得钱进来睁不开眼：“咱俩是不是换间屋子，有话好好说。”

“不，就在这里，”白德臣盯着钱进来的眼睛说，“有风吹着才好，能让你的头脑冷静，听得进话。”

“咱俩这是在唱哪出，何苦呢。”钱进来的口气缓和了下来。没想到这么一个堂堂的公职人员会玩命，来江湖那一套，他心里还真是有点发怵。

白德臣刚才坐的地方，正对着风口，不能再坐了。而此时钱进来又坐回了老板椅，他感到不公平，看到办公室的西墙下，正放着一张双人沙发，便命令道：“去，坐到那个沙发上去，别坐在这儿给我充大爷，你也配？”

钱进来被赶到了那张沙发上之后，白德臣走过来，竟也在此落座。钱进来本能地往一边挪了挪。刚刚还闹得不可开交的两个人，现在竟要坐在一起，你白德臣心可真大。他心里说。

白德臣灵机一动，说：“我现在告诉你，我已经辞职了。”

钱进来一惊：“你为什么辞职？”

白德臣说：“辞职的原因很多，一句话两句话也说不清楚，但其中就有一条，就是怕你不知什么时候蹿出来咬我一口。所以，你也不用到区长那里给我点炮了，我已把你的炮捻子提前给拔了。”

钱进来难为情地摇摇头：“你真是的，我也就是随便说说，在社会上混，我还是知道孰轻孰重的。”

白德臣说：“自打我当矿务局大安山煤矿的技术员开始，我们俩就认识了，直到今天，一直就跟你打交道。这么多年来，我们一起干了不少不清不楚、上不了台面的事，我白德臣的底细你是知道的——我跟你一样，都不是什么好鸟。说白了，我们是一对浑蛋，只不过，你是生浑蛋，眼里只有你自己，而我的浑蛋，眼里多少还有点别人，字典里也比你多了一个字，那就是‘仁’。所以，从现在起，就不是区拆迁办主任和开发公司经理对话了，是两个浑蛋在说话。既然是浑蛋之间说话，就没必要讲究了，想说什么就说什么，直来直去。”

钱进来苦笑了一下：“既然这样，你想说什么就说，我洗耳恭听就是了。”

白德臣说道——

为了能够往上爬，我便急于出彩，一遇到拆迁难题就冒火，冲动之下，就跟你和吴克军对钉子户进行了非常规的震慑，做了袭扰、打砸的事。但是，我们干的这些事情，并没有被钉子户识破，即便是识破了，他们也没抓到现行，所以他们没有证据，拿我没办法。那么你该说了，你有办法，因为你都参与了，你可以蹿出来证明。但是你别忘了，我是浑蛋，我咬死了不承认，而吴克军也是我的人，他也是浑蛋，也会咬死了不承认，你怎么办？就你一个孤证，法律上不好把握，我们再反过来咬你一口，说你别有用心，栽赃陷害，那么，你在人们的眼里就成了一根搅屎棍，自己臭了不算，还要臭了别人，真不是东西。那时候，你的名声就坏了，当官的、有钱的、有场面的，谁还敢跟你合作？都得敬而远之。所以，你还别拿打砸钉子户的事要挟我，你只有自认倒霉，痛痛快快拿几个钱儿把钉子户打发了，这才是上策。我们政府把这叫花钱买稳定，对你，就是花钱买平安。其实对你来说，这几个钱就是九牛一毛，伤不了什么筋骨，你也别想不开。

钱进来想了想，说："这倒也是，但是王八好当气儿难受，我说不服我自己。"

"这事咱先搁在这儿，我还要往下跟你说，你看是不是有道理。"白德臣接着说道——

不仅摆平钉子户的钱你要出，还有一笔钱你也要出，就是针对那几个搭建棚屋的拆迁户所要发放的拆迁奖励金。你看，你又要急，你先沉住气，听我给你解释清楚。这些人本来都是听话的人，区里一布置，人家二话不说就签了拆迁协议，紧接着又毫不犹豫地按规定进行了拆迁。问题是，后来我们遇到了一些难缠的人，为了赶紧走出困境，我们搞了暗箱操作，给他们偷偷地长了一点补偿金额。这个做法很欠考虑也欠公平，诱使那些听话的人回潮，给你在拆迁原址上搭建了棚屋。后来我们不停地推，他们不停地建，胶着在那里。后来我想明白了，本来人家就吃了亏，我们还要打击，实在不讲道义。从维护政府的权威计，又不能给他们明补，只好搞一个拆迁奖励的名目，给他们补齐。一旦给了他们奖励，从名誉和利益上他们都有所得，那些棚屋就会自动消失。这个办法我也跟区长汇报过，他是赞成的，可是他手里没钱，一时半会儿拿不出来。这怎么办？夜长了梦多，我们不能等了，还是你钱老板拿吧。

钱进来跳了起来："这是拿我开刀啊，你白德臣也忒黑了吧，我可是你们八抬大轿请来的开发商啊！"

白德臣说："八抬大轿不假，但进了门可就是一家人了，要有难共担。"

"我担得着吗！我可是商家，来了不是替你们政府做公益的，你们还讲不讲道理？"钱进来满脸通红，他不能接受。

"那好，我现在就给你讲道理。"白德臣继续说——

区长为什么拿不出钱？其中的道理想必你跟我一样清楚。咱们地区搞城市建设才刚刚起步，为了吸引开发商进驻，区里给了特别的优惠。地价低得就像白给，说是土地财政，落在区里才有几个钱？本来你拿下了项目，土地拆迁就是你自己的事，但是为了保证你顺利入驻，区里还专门成立了拆迁办，不仅白给你跑各种手续，还单拉出一干人马替你搞拆迁。你开发赚钱，政府的人却成建制地给你当长工，而且一分工资都不要你的，这是哪儿的道理？那么，把这部分成本，列入给拆迁户的拆迁奖励，不为过吧？什么？你说要是早知道这么算账就不来搞开发了？钱进来，你这是在放屁！你他妈的比猴儿都精，比谁都知道作为本地人，就近开发比远程开发要节省很多成本，你不会坐失良机。接下来咱们就浑蛋对浑蛋地给你算算账——你看，一旦拆迁完成，大片的土地供你使用，你搞房地产开发，要出卖一座又一座楼盘，现在是房地产热，你是不是能挣一笔大钱？听说你要引进奥特莱斯搞现代商城，卖出的每一份货物里是不是都有你很大一部分分成？你还要搞酒店、餐饮、娱乐，是不是每盘菜里、每瓶酒里、每首 KTV 的歌曲里都能给你扔出票子来？所以，明面上你是在为当地的城市建设做贡献，其实是政府搭台，让你赚钱。就你这么一个没多少文化、没多大眼界的土包子、生浑蛋，却守家在地、长年累月地挣大钱，肏，谁给你的造化？你再回头看我，一个头顶上写着个“仁”字的浑蛋，没黑没白、千辛万苦，还冒着风险，替你搞拆迁，最后落下了什么？被训斥、被降级，最后还丢了公职，你说我惨不惨？你说，我又图的是什么？这公平吗？所以，让你出点血，把钉子户、棚屋户摆平了，你还有老大的怨气，说你吝啬、老抠，还是好听的，其实你就是一个目光短浅、自挡财路的大傻屄！用京西的话说，你就是生浑蛋他妈。

也真是奇怪，白德臣这么发泄，甚至谩骂，钱进来却嘿嘿笑，而且还面带羞涩，好像被前者抓住了短处，或者是搔到了命门。

有门儿，白德臣心里暗喜，继续烧火——

钱进来，我问你，一个人在社会上混，最重要的是什么？就你那个水平，你肯定说是钱。我真是可怜你，所以我还是明明白白地告诉你吧。有钱固然重要，但重要的是要有社会地位，因为有钱并不会让你光宗耀祖。你看那些大企业家，哪个不是儒商，哪个不是社会人物？你从现在开始，头上也要顶个“仁”，培养一种公益心。你既然是京西人，就要用自己的钱给父老乡亲们干点事，说好听点是回报乡梓，说白点，就是别让本地人觉得你自私，落个羡慕嫉妒恨，拿你当仇人。现在仇富心健旺，我可不希望你引火烧身。就说眼前吧，你能拿出点钱来，让拆迁户的利益不受损、内心不受伤，本身就是一份功德，不仅让区里高看你，也让乡亲们感谢你，你的根就扎稳了、扎深了，你发财的路子就铺宽了。这还不算，有了钱，你再出资盖所学校、建所医院，发展点养老产业，你就会把自己成就为社会人物，就会赢得区内外各界的尊重。说白了，你心里绝不能仅仅就一个“钱”字，你要有点政治眼光，通过做社会公益，捞点政治资本，弄个区工商联副主席、区慈善协会会长，甚至区政协常委、副主席当当，你去看看报纸、翻翻杂志，再去打听打听，那些叫得响的企业家、实业家可走的都是这个路数。

白德臣的话讲完了，一直想插话、反驳的钱进来，却一句话也不说了，只是看着白德臣傻乐，嘿嘿。

白德臣说：“你到底是什么意思，给个痛快话！”

钱进来说：“你都把话说到这种程度了，我还有什么可说的，你的意思就是我的意思。”

白德臣说：“咱可说好了，我可没逼你。”

“嘿嘿，我斗胆问一句，你辞职了想去哪儿？”

“还没来得及考虑。”

“要不然你就屈屈尊，到我这个小庙来，我迫切需要你这么一个高人。”

“以后再说吧，不过，也还是要谢谢你了。”

“你就不要客气了，真是不打不成交，我以前一直把你当作外人，现在我真心把你当朋友，有过不去的地方，你就来找我。”

白德臣说：“你先甭套近乎，赶紧叫人把玻璃补上，这里的风还真他妈的大。”

“你老兄知道不知道这一块玻璃多少钱？两万多呢。”

“这对你来说还不是小菜一碟，斗俩小时地主就全有了。”

“哈哈，这叫作不破不立，你今天真让我开眼了，长了大见识。”

闪身

钉子拔除，狼烟平息。

拆迁工地变成了火热的建设工地，钱进来的所有开发项目同时上马，他身上的劲儿早就憋足了，终于可以毫无挂碍地大干一场了，可谓是厚积薄发。

主管市长亲自出席了钱进来所引进的奥特莱斯现代商城建设项目的启动仪式，并在留言簿上写了这么一句：厚积薄发在京西。

所以，“厚积薄发”，在现在的京西，是个辨识度很高的热词。

区长对白德臣很满意，觉得他的确是一个难得的干才，其标志就在于，他虽然被免职，却没有免志，以一个代理的身份，居然把一个老大难的拆迁工作干得这么顺风顺水。比他正式任职的时候，干得还要出色。

领袖不是说过这么一句话吗，沧海横流方显英雄本色。他白德臣就是这么一个弄潮儿，称得上是一个时代英雄。

满意之下，就是赏识，区长对白德臣说，你先官复原职，看看各界反应，如果没有太大的异议，就让你做我的助手，当主管城市建设的副区长。

但是，白德臣的表现却让区长大为吃惊，他居然正式递上来一份辞职报告，诚恳地对区长说："您要真的赏识我，就放虎归山，让我在社会上自己闯荡闯荡。"

区长说："好钢要用在刀刃上，我们的城市建设正需要攻坚克难的人才，我决不能放你走。"

白德臣说："我不是什么人才，不过是一个上不了台面的鬼才、歪才，眼界、胸怀、政策水平、依法行政的能力和与开发商打交道的工作艺术，都十分欠缺，很难担当重任。"

区长说："过度的谦虚就等于骄傲了，你这次的詹庄拆迁工作就干得十分漂亮，而且在陷入困境的时候，竟然弄得峰回路转、柳暗花明，这可不是一般人能做得到的，所以，你的驾驭能力我心中有数。"

白德臣说："这也不是我有什么驾驭能力，而是我们遇到了一个好的开发商，钱进来他念旧，有家乡观念，肯给我面子，但这以后会遇到什么人，我心中就没底了，不免恐惧。"

区长说："又不是你孤军奋战，你身后不是还有区委、区政府嘛，最起码还有我的支持，你要坚定信心。"

白德臣说："正因为身后有您的支持，我就更不能干了，因为我身上的毛病很多，常常不按规矩出牌，肯定会频出纰漏，到时候还得您给我擦屁股。而您又是一个好领导，我不忍心您为我背黑锅，毁了自己的政治前程。一个地区能有个干事的好区长不容易，我不应该只想着自己，而对不起家乡父老。"

区长说："你的话说得过于严重了，难道我一个堂堂的区长还没有最起码的把握？你在我手下干，错不了。"

白德臣说："可是，这里是有前提的，一个干部，他要是想干，当然就需要您的把握，但是，如果他志不在此，又缺乏必要的信心和魄力，还有很强烈的畏难情绪，您还留他干什么？更甭说还操心把握了。俗话说得好，癞狗扶不上墙，强扭的瓜不甜。说实话，这说的就是我。"

区长见说不服他，表情复杂，悻悻而准。最后给他留下了一句话："也是，就你白德臣的自身素质来说，我相信，你自己闯荡，也不会混得太差，很可能又是一个钱进来，不过，你要记住，今后遇到了什么难处，一定想着来找我，我毕竟欠你一个人情。"

这些日子，绳子一直还沉浸在兴奋之中。他觉得自己终于完成了向他那个杭州同行致敬的动作，也给大兰子的死一个最宽慰的交代，他把人做完满了。

他现在对白德臣不仅有了真诚的敬意，还有了一种离不开了的感觉，一闲下来就去找他，天南地北、五行八作，聊得很开心。

那天他们聊到砸玻璃的事。

绳子说："咱们俩就是有缘分，身上有许多相通的东西——我为了黄咏梅，砸了你们家的玻璃，你为了拆迁户，砸了钱进来的玻璃，骨子里都有血性，对得起咱京西的地土。"

白德臣笑着摇摇头，说："你一个捡破烂儿的，哪儿能跟我一个领导干部比，你砸玻璃是为了一个小女人、为了私人感情，而我砸玻璃是为了群众利益、为了地区的城市建设，我的意义比你大，不能相提并论。”

绳子也摇着头笑，说：“你白大官人读的书就是少，看问题不能看到本质。我认为，我为感情砸玻璃与你为群众砸玻璃本质上是一样的，都是为了人间正义，哪有大小、高低之分？再说，你砸玻璃还不是受了我的启发，就你的那个情商，哪儿会想到那么漂亮的动作？哈哈，哈哈哈哈……”

白德臣不服气：“然而你还是不成，你用的是普通的烟灰缸，砸的是普通人的小玻璃，而我是用银质雕龙的烟灰缸，砸的是有钱人的大玻璃，气派不同。哈哈，哈哈哈哈……”

绳子撇一撇嘴：“这就是你，矫情。哈哈，哈哈哈哈……”

两个人很亲，觉得对方天然就是给自己预备着的，可倾诉，可调侃，可讥讽，可笑骂，怎么也不会生分。

因为亲，所以白德臣辞职之后，第一时间就告诉了绳子。

绳子很吃惊：“你现在都是区长的红人了，正是倚功可待的时候，却辞职了，为什么？”

“你没在官场干过，所以你不懂官场，”白德臣解释说，“正因为是红人，正因为就要高升，所以必须辞职。道理很简单，就我的情况，当着领导干部，还搞第三者，行使着公家的权力，还干着入室扰民、偷鸡摸狗的事，很是问题。官儿小的时候，没人潮汐（关注、注意、盯住）你，即便是潮汐，也觉得是个乐子；但只要你红得上位，就有人嫉妒，就会翻你的老底，追究你的过去，所以，你即便是升了大官，也坐不稳，还得被他们拉下来，甚至还要弄得身败名裂。可我一辞职，就不一样了，我的历史被尘封了，人生将重新开始。我还明白了一点：这人不能撒谎，一撒谎，就得有十个谎跟上；这人不能走歪，一走歪，就得有十个矫歪的步子跟上。所以，这人要活得踏实，从一开始就得真、就得正，别心存侥幸。俗话说得好，人在做，天在看，人出来混，早晚是要还的。”

听了白德臣的话，绳子很是为自己的朋友惋惜，但嘴上还是说：“既然是这样，还是辞了好，省心。”

白德臣说：“我如果不辞职，对区长来说，就是他身边的一颗定时炸弹；对党政机关来说，就是一匹害群之马。我自己替他们把自己清除了，从某种意义上说，也是对地区的一种贡献，而且是比完成拆迁工作还要大的贡献。哈哈，哈哈哈哈……”

这是怎样的一种豁达啊！通过拆迁，白德臣得到了一种别样的成长，值得祝贺。绳子沉吟了片刻，居然也忍不住笑了，因为他觉得，他和白德臣一样，也有了身不由己、莫名其妙的变化，或者说，也算是一种成长吧。

白德臣辞职后，原来困扰他的个人问题，居然也迎刃而解了。

白雪怡同意跟他离婚了。因为他的岳父对白雪怡说：“这个白德臣一辞职，就算是彻底败了，就他的那个年龄来说，也不会有东山再起的可能了，你干吗还抓着他不撒手？就别再给你老爸丢人现眼了，赶紧离，越快越好。”

黄咏梅就势接班。因为她也老大不小了，肚子里的胎儿也不时地踢腿，执着地表达新生的意志。甭说心中还有真爱，即便是为给自己找到一个最后的归宿，她也要把白德臣牢牢地抓在手里，毕竟他们在一起的时间太久了。

她也辞职了。

左右都知道，她就是白德臣的一个影子，既然大树已经位移，影子自然要随树赋形。再说，她眼下的第一等要务，是专心地孕育婴儿。能够名正言顺、理直气壮地托腹出怀，母性的本能，使她感到自己是幸运的，所以辞职以后，她不仅没有忧伤，还整日里欢天喜地。

树木生长在适宜的土地上才笔直，花朵开放在适宜的时刻才美丽。这就是大地道德。绳子说。

意味深长

两年后，情势大变。

京西地区的城市建设，在白德臣提供的那份建议的基础上，认真总结和吸取了已有的经验和教训，走上了有序发展的道路：有了科学的规划，有了符合实际的运行机制，有了规范合理的操作路径。最重要的是，立足于首都功能的重新定位，实施了“疏解整治促提升工程”——疏解低端产业、低端产能，整治违法占地、违法建设，提升产业层级、城市管理水平。在这个工程带动下，土地腾退工作下放到各乡镇，结合新农村建设，把建设用地自然而然地剥离出来，土地储备成为常态化动作，土地银行名副其实地建立起来。这样一来，就不是建设项目等待土地，而是土地等待建设项目，这就从根本上化解了拆迁难的问题。

白德臣感到十分欣慰，觉得他所付出的一切是值的。

因为有绳子这么一位捡破烂儿的朋友，受其启发，他开办了一家与之有关的商贸公司，公司的名字叫“德仁商贸有限责任公司”。这与钱进来有点关系，因为他曾经跟钱进来说过，我们俩是一对浑蛋，只不过我的浑蛋上面还顶着个“仁”字。钱进来也知道他的用意，说:“你总是想给我高人一等的提示，正因为这个，你的启动资金我给你出。”白德臣说:“也正因为这个，你的钱我可不敢沾，不然的话，我怎么保持我的道德优势？”他们俩现在变得爱相互沟通、爱打嘴架，疑似挚交。

白德臣的公司，主营废品收购、尾货甩卖、旧家具交易，还开办了典当行，经办抵押、信托业务。因为绳子爱看捡来的旧书，他也从事旧书流通，建了一个“京西南旧书市场”，每年五一节也要举办一次书市（美其名曰：京西南惠民图书节），与北京劳动人民文化宫和潘家园旧货（旧书）市场往来频繁，类似他们的连锁店。

绳子知道白德臣的用意，心里很温暖，觉得有什么样的朋友就有什么样的生活的说法是对的。也觉得秀姑那个人真是有预见，她曾经说过，我劝你离白德臣远一点，因为他整天跟你这么一个捡破烂儿的混在一起，他将来也会是一个捡破烂儿的。嘿嘿，人家的捡破烂儿跟咱的捡破烂儿可不一样，人家是公司，是正经产业。

白德臣聘绳子当废品收购经营部的经理，说:“这个差事给你，是最合适的，因为你自己捡的时候，就懂得‘智能捡拾’，就有经营头脑。”绳子也不推辞，因为他们是命运共同体，再客气，就生分、就虚伪了。

白德臣的公司，虽没有大钱可挣，但也有源源不断的收入，养人，正常经营，混个小康，甚至中产还是可以的。关键在于，他的公司与城市功能相匹配，是个不可或缺的城市部类，群众需要，政府支持，也受人尊重。同时，他们志同道合、不急不躁，有家园的感觉。

自然，他们在绿城百合小区的那间地下室小屋也退给了人家。白德臣任职的时候，人家不敢得罪，以租赁的名义供他们使用，现在他辞职单干了，就不宜再赖着不走。这符合人在人情在的自然法则，会使关系和谐，不生嫌隙。

那天，风和日丽，人心静好，白德臣在办公室正与绳子谈业务，黄咏梅推着婴儿车笑吟吟地走了进来。她给白德臣产下一子，现在都可以叫爸爸了。“爸爸……”果然有一奶声从婴儿车上传出来，让白德臣兴奋地跳起，冲上去把他抱起。他把自己的脸使劲地贴在孩子的脸上，又拱、又亲、又摩挲，喜欢得不知道怎么办才好。

婴儿起初是咯咯笑，后来就哇地哭了。就见从黄咏梅身后抢上来一个白衣少女，一把揽过婴儿：“爸，您轻点，一点正行都没有。”婴儿一进到她的怀里，居然立刻就止了哭声，眼睛扑闪扑闪地看着她，还不停地咧嘴笑。他觉得她亲，本能地就服帖、喜欢她的怀抱。

这个少女正是白德臣刚大学毕业的女儿。风华正茂，美艳如花，特别让白德臣感到骄傲。

虽然父亲跟母亲离了，但她每次回家，还都来找自己的父亲，承享父爱的娇宠。孩子一诞下，又是个可爱的小弟弟，她便比自己的父亲还高兴，总想抱、逗弄、一起玩儿。这可让白雪怡受不了，骂她没心没肺、吃里扒外，说，黄咏梅可是第三者插足，是破坏咱们家庭的妖精，妖精的孩子，也是个孽种，有什么可喜欢的？你应该跟你妈站在一起，去冷、去恨、去厌恶、去羞辱。女儿却说，不就是离个婚嘛，有什么大不了的，还妖精孽种的，多不厚道。男女之间不好说对错，只有合适不合适，不合适就离，这才是尊重爱情。而且，你们离了，跟我有什么关系？爹还是那个爹来娘还是那个娘，我不会偏袒你们任何一位。妈，我劝你，别整天把自己弄得跟个怨妇似的，如果寂寞难耐，趁着自己还年轻，也给自己找一个，不过找定之前，让我给你把把关，免得你遇人不淑，再添烦恼。

见女儿与儿子甜蜜地摩挲，白德臣很感动，心里痒痒的，情不自禁地走上去把女儿拥进怀里。一边的黄咏梅也情动其中，跨前一步，把双臂紧紧地匝在白德臣的腰上。一家人重重叠叠的拥抱，是盈满的意象，让作为旁观者的绳子也忍不住把感动融入进去，这很好，是难得的好。

第二天，绳子就进山了。

他来到大兰子的坟茔之上。

在坟头烧纸，供水果点心，往坟茔的荆棘上挂纸钱。

他带来一瓶竹叶青酒，两个小酒盅，一边祭奠，一边絮叨，一边与地下的大兰子对酌。

"兰子，你还好吧，吃得也香、睡得也甜？人生百年，终有一别，这是早晚的事，你虽然走得早了一点，但活着的时候，咱俩该有的也都有了，就知足吧，就别再有什么怨气了。我要告诉你，我现在还好，嘿嘿，竟然还当了经理。不过这个经理也没什么了不起的，还是捡破烂儿的。就有一样区别，原来咱是到街上去捡，现在是坐在办公室里捡。这很好，毕竟年岁大了，蹬不动车了。这差事是白德臣给的，所以我乞求你原谅他犯下的罪过。他这个人不坏，犯下什么，也没有歹意，不过是好心办了坏事罢了。我现在心里什么也不想，只求吃得香、睡得甜，然后再想想你，打发打发日子。其实活得也没什么意思，因为形单影只，也是孤魂野鬼。为什么还活着，这你也知道，是为了接送小燕子，尽尽咱们的责任。但小燕子就要上初中了，一上初中就能住校了，也就用不着我了。所以你再耐心等我一两年，到时候我肯定会撒着欢儿去会你。这是真话，你的福云是什么人你还不知道，他是贪恋你的，现在我敬你一杯，干。呜呜，呜呜……”

绳子把自己絮叨哭了，瓶子里的酒也不知不觉喝光了，人也就醉得昏沉了。

他躺在大兰子的坟茔上睡着了。

醒来之后，他摇摇头，嘟囔道：“兰子，你真不像话，怎么一直没让我梦见你？”

他踉踉跄跄站了起来：“兰子，我得走了。临走前我跟你说，这一走我可能就不会再来了——一是你跟我从来就没过过门儿，外人见了会笑话；二是我到底是老了，这么高的山我有点爬不动了。不过，每到清明节、中元节和寒衣节，我都会给你燎道（京西风俗，即在路边烧纸祭奠。祭奠时，画个信封，写上亡者的名字和地址，信封一角不封口，朝向坟茔的方向，然后在画好的信封里烧纸，在想象中，好像那缕缕青烟就从那缺口向故人飞去，遂送达了生者对逝者的缅怀与纪念），不仅给你送上大钱，还要送上好吃喝好穿戴，让你在那边风风光光的，也是个经理级的人物哩。”

话音未落，一直平静无风的地界突然就打起了一个旋风，掀起一层纷纷扬扬的尘土。

绳子一笑，抹抹眼角：“兰子，你这是答应了，那好，我可以放心地走了。”

詹庄这个地界，商品房耸起来了，大酒店建起来了，奥特莱斯商城也开业了，四面八方的人也纷纷来这里从业、落户，城市变得阔大了。住进来的人里边就有秀姑。她的宅院给了三套回迁房，所以她对绳子说：“山里的空气虽然好，但过的毕竟是旧日子，既然有现成的房子，就不能空着。空是什么？‘空’通‘恐’，是恐慌，是凄惶，是不踏实。为什么？大山里交通不便，缺医少药，而老年人又爱得个病，还是住在城里好。城里又繁华、又热闹、又方便，是新生活。”

秀姑说话，还是透着仙儿的本色，云山雾罩的。

她不仅自己回来了，还带来了哥嫂子侄。她说：“白德臣公司那么大，还不能给他们安排点事做？”

“他凭什么给你们安排？”绳子逗弄她。

她毫不犹豫地说：“他住过我们家宅院，一分钱都没给过，他要还是个人，这点情面还是应该给的。”

白德臣果然给情面，给她安排了老的，又安排小的，而她自己竟被安排进了绳子所在的经营部。

这样一来，她与绳子朝夕相处，关系自然就热络了起来。绳子发现，从后面看，秀姑的肩、背、腰身和屁股的确都跟大兰子很相像（原来就有过这种感觉），有时在恍惚之间，还真以为大兰子就在眼前。

而且她说话的神态、干活儿时的动作，也有几分像，绳子就不免多看她几眼。这一看不要紧，秀姑就有了额外的心动，就送上关心，不时地问寒问暖，而且还主动帮助他沏水、打饭、洗衣服。既然是同事，绳子也乐得接受，并不往别处想。

有一天，秀姑突然对绳子说："史福云，你的大兰子也没了两三年了，也该找个伴儿了，你看我是不是正好？而且我比她还年轻，又比她懂感情，不会亏待了你。"

绳子一愣，说道："屁，感情不是用来懂的，是用来经受的，你跟我哪有她跟我那么多经受。再说我俩就是两棵枯树，在一起，只能是干树枝子碰干树枝子。"

秀姑大叫："你还是个男人吗？你又不是没见识过，我一个浑身都是汁液的鲜活女人，你竟然说是干树枝子，嘁！"

白德臣正好走到门边，话听得很真切，不禁"嗯"了一声。知道好话已经灌进他的耳朵里了，透露了旧时的隐秘，绳子便羞得满脸通红，但秀姑却非常得意，索性径直地问他："白大经理，你说我说的是不是？"

白德臣也不说话，只是笑，笑得很坏，意味深长。

那两个人面面相觑，在一瞬间就结成了联盟，同时瞪了他一眼，异口同声地说道："还经理呢，一点正经的都没有！"

2019 年 9 月 30 日至 2020 年 3 月 30 日

一稿于京西昊天塔下石板宅

为文明的进化而歌

一

《中华读书报》的大牌记者舒晋瑜在对我进行访谈时问我，你今后的创作追求是什么？我回答说：我的创作追求，无非有二：一是终生做大地道德的呈现者、阐释者，为乡土立传，为生民塑魂。近期的目标，是想进行向福克纳、诺里斯、怀特致敬的动作，立足京西之南——我的“约克纳帕塔法”，完成“京西三部曲”的长篇小说写作。目前已完成了《京西之南》《京西文脉》，正在写《京西逸民》，并以此为开端，持续架构我的“世系”，以达到让世界读懂了京西，就是读懂了乡土中国的书写意图。二是继续我的“西典新读”工程，写我的书话散文，并做到智性、感性和理性浑然交合，尺牍之间，有大气象，做大读者、大文章家。

这是一种写作规划，显得十分豪迈，类似野心。外人看来，多少有些自吹自擂，离谦逊偏远，不禁嗤之以鼻。然而在我看来，创作上有雄心大志，是好的，它至少说明，创作者以文学为重，心无旁骛，试图有所作为。二十世纪，鲁迅先生曾很悲郁地问过一句，中国人失去了自信力了吗？我作为被他的狼奶哺养大了的后人，望其项背，承其衣钵，找回一点自信力，乃是应有之义。

其实，豪迈也是一种自我施压，因为要兑现宣言，接下来就是要埋头苦干，是对轻逸生活的剥夺。《京西逸民》的写作，几年前就有谋划，动笔时间却是2019年9月初。这个时候，《京西之南》已经出版，《京西文脉》也下了印厂，心中有大慰安、有大喜悦，内动力充足，想趁热谋篇。我们京西人信运势，对《增广贤文》中“势来铁如金，势去金如铁”的说法便也谨记于心，觉得气韵在时，就赶紧做，一旦不在，就难以为继了。

最初的几章果然顺手，但写着写着就迟滞了，因为长篇小说写作，是远遥的长途，爆发力是无用的，需要才力、体力和耐力的长久支撑。此时的我，真是不以个人意志为转移，有些“三力”不逮了，强撑了几天之后，终于停了下来，无论如何不愿意继续写。

苦恼之下，我想到了果戈理。

1848年1月10日，因《死魂灵》而功成名就的果戈理在给友人瓦·安·茹科夫斯基的信中说：“对不起，亲爱的！每天我都准备写——但都被不可思议的不愿意写制止住了。”

记得当时读到的时候，我觉得颇不可思议，一个被视为文字天才的大作家，居然“不愿意写”！为此，我还在“不愿意”三个字上加了粗重的下划线，以此存疑。

好像是后来有一天，我遇到了止庵，我说：只要打开读书类的报刊，包括著名的《博览群书》《中华读书报》《文汇读书周刊》和《中国图书商报·图书评论周刊》几乎准有你止庵先生的文章，你的创造力何等的强劲啊！

止庵摇摇头，面色阴郁地说：你这样说，我一点也不会得意，因为文章背后所经受的煎熬，时时让我想到放弃——跟你说实话，我居室里的床，离电脑仅有一米多的距离，但是，要想从床上爬起来坐到电脑跟前去，开始一天的写作，要跟自己的惰性较很长时间的劲——我真的不情愿写，甚至时时问自己：我为什么要写？而情愿瘫散在床上，慵懒地阅读，或者在影碟机里放一张盘，轻松地观赏——所以，咫尺之间，要花费万里长征的心力——写作的勾当，真不是人干的活儿。

今天我也遇到了此种困境，便不禁明白了，作家笔下的文字，并不是像一般人所理解的那样——是像泉水一般喷涌的，而是心血缓慢聚结的产物——这个过程，包括对灵感的耐心等待，对生活的痛苦思考，对思想的痛苦提炼，也包括对准确字词的艰难捕捉。所以，一个严肃的写作者，从床头走到案头——从生物状态步入灵魂境界——不仅仅是个才智的调动和运用的问题，更关键的是有没有足够的毅力支撑的问题。正如从黑暗和苦难中走出的人，反而有恬淡的心态和灿烂的笑容一样，作家的那些浪漫和雅驯的文字，其实是经受了精神的苦役之后才有的一种书面状态。

既然明白了，写不下去的痛苦也就自然而然地得以化解。因为写作者究竟不是机器，能够不停歇地连续运转，“京西三部曲”的雄心固然豪迈，但也不能不接受必然的“等待”，而且，运势这种东西，说来就来，说去就去，也不由人把握。也罢，便决定把已写就的几章修订成一个中篇，也算是一个意外所得，应该知足。

但正在此时，就来了新冠肺炎疫情。防疫隔离，就把人封闭在室内，而被迫的封闭是无奈，是无聊，是煎熬，度日如年。而写作者的底色，有自救功能，遂生一念：与其煎熬于大自然的瘟疫，不如受用于自主的精神苦役，那反而是悲壮的征程。便把未竟的文稿重新找出，决定在上次的断处，强迫自己续写。

奇怪地，一如冰冷的石头只要握进手掌，也会被慢慢地焐热，枯涩的笔触只要在纸上戳戳点点，文思也会慢慢地如约而至，竟渐渐地写下去了。写着写着，脑洞就开了，一如神助，疾行三月余，居然完满收官，成卷帙了。明末清初云南诗僧苍雪有云："人老笔椽下，云生砚瓦边。"真是禅语如人语，只要固执地在"砚瓦"边坚守，终会有笔墨示人。也就是说，作品的完成，天分、缘分固然重要，基本的，还是熬出来的。

也真是有宿命的存在，我那部被王干先生戏称为"京西的包法利夫人"的长篇小说《玉碎》，成于2003年春夏之际，那时候正闹着"非典"，也是因足不能出户，为了抗疫而埋头写。阅莎士比亚的传记，他的几个最激越的剧目，也都是在疫情中写，因为他经历了数次瘟疫，恐惧和惊慌几乎伴随了他一生，所以他有拂之不去的悲愤，就成就了他伟大的悲剧。

看来，"作家与疫"，颇可以写一部专门的文艺论，或许，困厄、困顿、困境对精神和灵魂的作用，是其最核心的部分。

二

《京西逸民》凡九十章，三十五万字，是我的“京西三部曲”的第三部。因为是站在前两部创作得失的基础上，便有清醒的借鉴和把握，写起来特别精心，试图写得更独特、更准确，有超越的样貌。

小说以农村城市化建设为脉络，描绘了在土地腾退和拆迁过程中的矛盾纠葛、现实困境和最终化解，试图形象地揭示出，在农村城市化进程中，党和政府的正确领导，也就是体制力量，固然是关键的主导，但同时，人民群众和社会各界的民间力量，也是非常重要的支撑，二者的完美结合，才使城市得以快速而健康地发展。这其中，哪怕是一个极为边缘的拾荒者，因为有情怀，因为有家园意识，也可以成为大厦将成的“最后一颗铆钉”；反之，一旦被忽略、被轻蔑、被侮损，奋起的反抗，则也将是让民心倾颓的“最后一根稻草”。

因此，我在写作时，不回避矛盾，不虚饰亮色，而是正视问题，直面失误，做理性观照，以极大的善意，告诉人们，城市与人是相互作用，共同进步、共同成长的过程，那么，农村城市化、城市现代化的根本前提，不在于有多么高端、时尚的现代建筑和设施，而是人的现代化。我从这个意义上向城市的内部用力挖掘，试图把《京西逸民》写成一阕呈现“人与城”关系的现代寓言。

当然，为了使小说感性丰沛，有动人质地，我特别注意对京西人物形象的鲜活塑造，对京西人物性格的深刻镂镌，试图让人们从中看到，这片土地乡风淳朴、人文深厚，土地上的人，具有自我审视、自我否定、自我矫正、自我净化、自我完善的品格特征，是一块厚积薄发、充满希望的土地。

我还想要说的是，这部小说，在文本的丰富性（复杂性）上，我有深刻的用意。向罗曼·罗兰致敬，写出复调，有双重甚至多重主题。农村城市化进程，必然是乡土文明和城市文明交相作用的过程，人的生活方式和感情状态，便有自然而然的彼此交集和相互影响。这就让我眼前一亮，便把京西人的情爱作为例证，浓墨重彩地拿来描摹、剔滤。我欣喜地发现，乡村爱情（传统爱情）和都市爱情（现代爱情）之间，存在着一个路德维希·费尔巴哈所说的“双重矫正”的关系——乡村爱情矫正着都市爱情的内容，都市爱情矫正着乡村爱情的形式——稳固、忠贞矫正着善变和背叛，优柔、平等矫正着粗糙和专断。这样的概括，或许有些不准确，但总的感觉是：两种情感样式的相互反拨、相互补充，让爱情这一永恒的主题，在新的城市样态下，有了内在的完善、内在的和谐。

于是，农村城市化是一种文明的进化，这里的人们，有福了。也为我的书写，提供了一个新的维度，我应该感恩才是。

2020 年 4 月 4 日清明节

于京西昊天塔下石板宅